A Ilha dos Ossos

Ana Lúcia Merege

1ª edição

Editora Draco

São Paulo
2014

Ana Lúcia Merege
é descendente de fenícios do Líbano e do Al-Gharb. É escritora, bibliotecária e mediadora de leitura. Publicou os livros de ficção *O Caçador* (2009), *Pão e Arte* (2012) e o ensaio *Os Contos de Fadas* (2010), além de contos e artigos. Pela Draco, publica a série iniciada por *O Castelo das Águias* (2011), organizou a antologia *Excalibur* (2013) e participa de várias antologias e na coleção de e-books Contos do Dragão.
BLOG www.castelodasaguias.blogspot.com.

Edição: Erick Santos Cardoso
Produção editorial: Janaina Chervezan
Leitura crítica e revisão: Allana Dilene
Ilustração de capa: Carolina Mylius

Dados Internacionais de Catalogação na Publicação (CIP)

Ana Lúcia Merege 4667/CRB7

M 558

Merege, Ana Lúcia, 1969 -

A ilha dos ossos / Ana Lúcia Merege. – São Paulo : Draco, 2014.

ISBN 978-85-8243-049-1

1. Ficção brasileira I. Título.

CDD-869.93

Índices para catálogo sistemático:

1. Ficção : Literatura brasileira 869.93

1ª edição, 2014

Editora Draco

R. César Beccaria, 27 - casa 1

Jd. da Glória - São Paulo - SP

CEP 01547-060

draco@editoradraco.com

www.editoradraco.com

www.facebook.com/editoradraco

twitter: @editoradraco

DEDICATÓRIA

Dedico este livro a Luciana, João, minha família e amigos, especialmente às três queridas leitoras que, por meio de suas críticas e comentários, fizeram deste um livro melhor: Allana Dilene, Ana Carolina Silveira e Vânia Vidal.

Maybe I'm lonely, that's all I'm qualified to be.
There's just one and only, one and only promise I can keep.
As long as the wheels are turning,
As long as the fires are burning,
As long as your prayers are coming true
You better believe it:
That I would do anything for love
But I won´t do that.
Jim Steinman, **I´d do anything for love**

Nenhum homem é uma ilha.
John Donne

A Ilha dos Ossos

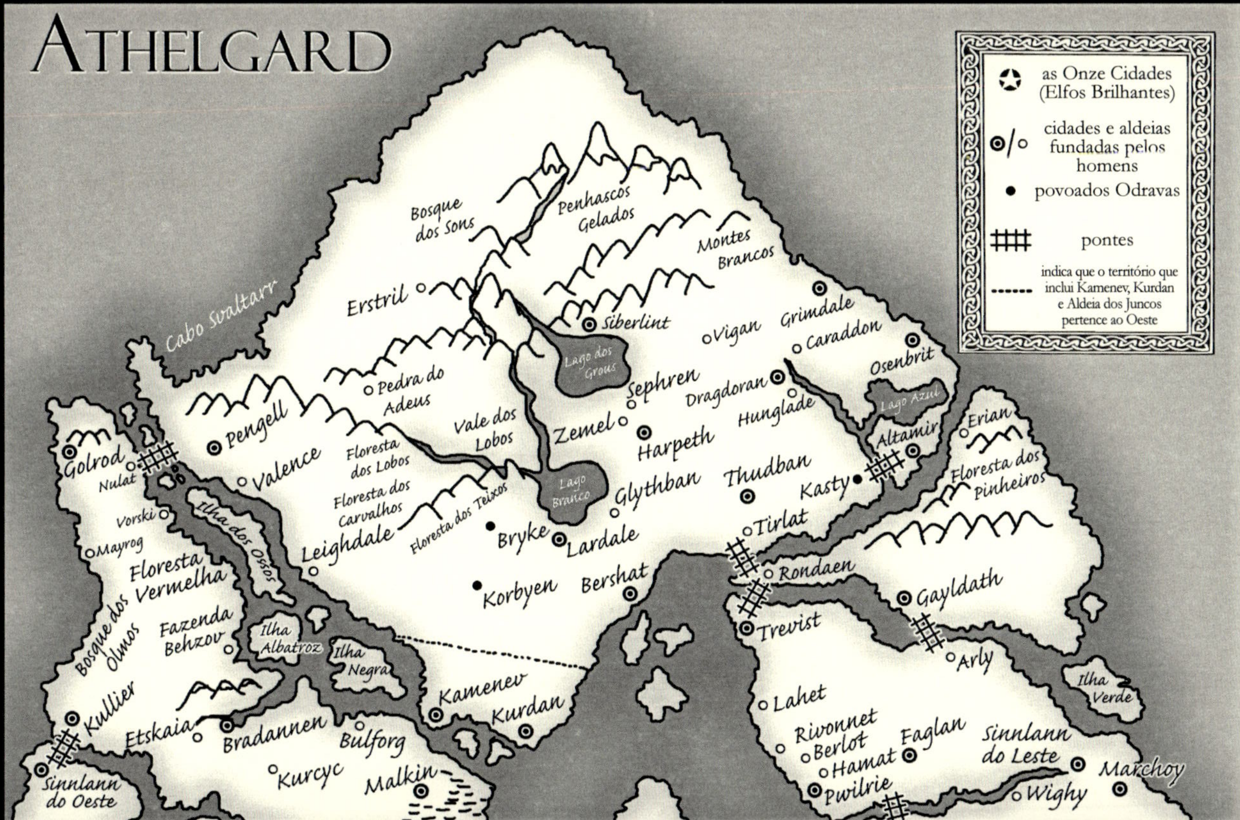
ATHELGARD
as Onze Cidades (Elfos Brilhantes)
cidades e aldeias fundadas pelos homens
povoados Odravas
pontes
indica que o território que inclui Kamenev, Kurdan e Aldeia dos Juncos pertence ao Oeste
Cabo Svaltarr
Bosque dos Sons
Penhascos Gelados
Montes Brancos
Erstril
Siberlint
Vigan
Grimdale
Caraddon
Osenbrit
Lago dos Grous
Sephren
Dragdoran
Hunglade
Lago Azul
Pedra do Adeus
Pengell
Valence
Floresta dos Lobos
Vale dos Lobos
Zemel
Harpeth
Altamir
Erian
Floresta dos Pinheiros
Golrod
Nulat
Floresta dos Carvalhos
Lago Branco
Glythban
Thudban
Kasty
Vorski
Ilha dos Ossos
Floresta dos Teixos
Leighdale
Bryke
Lardale
Tirlat
Mayrog
Floresta Vermelha
Korbyen
Bershat
Rondaen
Gayldath
Bosque dos Olmos
Fazenda Behzov
Ilha Albatroz
Ilha Negra
Trevist
Arly
Ilha Verde
Kamenev
Kurdan
Kullier
Etskaia
Bradannen
Bulforg
Lahet
Rivonnet
Berlot
Hamat
Faglan
Sinnlann do Leste
Sinnlann do Oeste
Kurcyc
Malkin
Pwilrie
Wighy
Marchoy

Urlat
Novkaren
Baydul
Pântanos
Ilha do Escorpião
Girdaen
Noussins
Pertglet
Kyrshel
Aldeia dos Juncos
Eboret
Morlath
Baraddhyn
Glen Than
Scyllix
Urdan Loth
Donnes
Madrath
Vrindavahn
Arlas Kyr
Erchedel
Floresta das Águias
Floresta Azul
Mestyen
Caer Danu
Montes Trigêmeos
Arlas Effyn
Bergenan
Thaelke
Cinnabar
Riverast
Shandayn
Bosque das Tilias
Herrien
Kalket
Ardost
Kawles
Montes Negros
Glen Sydras
Floresta da Lua
Floresta do Sol
N

Prólogo

No equinócio de outono eu me tornei o mais feliz dos homens. Eu me lembro dos ritos, realizados na floresta. Entardecia quando fomos escoltados até a clareira, Anna pelas mulheres, eu pelos homens do Castelo das Águias, que, segundo a tradição, iam tentando nos convencer a voltar atrás. À minha prometida disseram que eu era mau, que era rude e que só me importava com o trabalho mágico. Isso a fez rir, embora pelo menos uma dessas coisas fosse verdade. Já eu ouvi todo tipo de asneira e não achei graça, a não ser em um momento: quando Algias, o matemático, afirmou que Anna falava demais e eu nunca voltaria a ter um instante de silêncio. Foi a única advertência sensata.

Nesse momento eu já estava diante de Camdell, o Mentor da Escola de Artes Mágicas, que usava o traje vermelho de oficiante. Anna chegou quase ao mesmo tempo. Ainda ria das últimas brincadeiras, mas seus olhos brilharam como estrelas assim que ela me viu. Avancei e ia pegar sua mão quando Urien, o mestre de Música, bradou às minhas costas:

– Ela é boa demais para você, Kieran!

A frase soou alta e límpida em meio à clareira. Indignado, cheguei a cerrar os punhos, mas logo vi que não havia como reagir. Fazia parte do jogo – e já que era assim respirei fundo, ignorei Urien e sua provocação e me voltei para receber a mulher com quem sonhara durante tantos anos.

A cerimônia foi rápida e simples. Trocamos votos, depois anéis, que eu gravara com um padrão de folha de teixo. Camdell atou o laço em volta de nossas mãos e nos fez comer do mesmo pedaço de pão de fruta, e, enquanto eu ainda lutava para engolir o bocado seco, anunciou que estávamos unidos pelo prazo de um ano e um dia. Então, a festa de verdade pôde começar. Havia música, que não cessou um só instante, comida e bebida suficiente para que todos ficassem alegres. Eu também, a ponto de dançar ao redor do fogo com os aprendizes. Encorajados, alguns rapazes fizeram piadas sobre as noites atarefadas que eu teria a partir de agora, e eu ri, porque, embora fossem uns moleques cheios de vento e de vinho, dessa vez eles tinham razão.

À luz das fogueiras, as moças continuavam a dançar. Anna estava entre elas e fiquei a observá-la, meu sangue cada vez mais quente até que parei de resistir e a tirei do círculo. Sem olhar para trás, voltamos à nossa torre no Castelo das Águias e fizemos amor ouvindo ao longe os ecos da festa. Lembro-me do que dissemos um ao outro, de todas as promessas, e acima de tudo me lembro de ter pensado que a tradição nos levara a tomar uma precaução inútil. Devíamos ter proferido os votos definitivos, pois nada poderia nos separar, nem ao longo de um ano e um dia nem pelo resto de nossas vidas.

Era o que eu acreditava naquela noite. E continuei a acreditar enquanto o outono avançava, seguido pelo inverno, com dias cada vez mais frios e noites de tempestade.

Agora, diante da janela, eu contemplava a tarde de primavera enquanto apertava a carta em minha mão. O vento já tentara arrancá-la, e eu mesmo, por um momento, brincara com a ideia de abrir os dedos e deixar que aquelas palavras voassem para longe. Mas não podia. Tinha que enfrentá-las como o que eram, por mais que isso me custasse, e eu sabia que custaria caro. Ao mesmo tempo, sabia que iria até o fim, e essa certeza me tornava mais forte.

Pensando bem, eu já não tinha quase nada a perder.

1

O SELO DO GANSO

Aquele inverno foi o mais frio que tivemos em vários anos. Os aprendizes se encolhiam sob seus mantos, soprando nos dedos e me olhando com jeito de cão sem dono. Estavam trabalhando em seus primeiros bastões de poder e eu os orientava, contendo a vontade de usar meu próprio bastão naquelas cabeças duras. Impressionante a quantidade de vezes que faziam a mesma pergunta. Apesar disso, a maioria acabaria aprendendo, por bem ou por mal, e os que chegassem ao Terceiro Círculo iriam me adorar. Mesmo que agora me chamassem de Carrasco sempre que eu virava as costas.

O sino da Ala Rubi soou a quinta hora. Alguns garotos se agitaram, mas, de propósito, deixei que prosseguissem com a tarefa. Quando os dispensei, já perto da sexta hora, todos estavam irrequietos, e vários tinham as auras avermelhadas de raiva. A esses, eu disse:

– O trabalho mágico não acaba quando escurece ou quando soa um sino. Acaba quando fica pronto. Lembrem-se disso, caso pretendam continuar no Caminho.

As respostas se limitaram a resmungos envergonhados enquanto eles saíam, deixando-me sozinho para fechar a sala. Eu não confiava a chave a aprendiz algum, muito menos aos criados, e só com relutância aceitava o fato de que Finn possuía uma cópia. Tinha de ser, uma vez que trabalhávamos juntos: em Magia é impossível separar a Forma e o Pensamento. Felizmente, à noite ele se retirava para outra ala, e a Azul voltava a me pertencer, para ser partilhada apenas com minha mulher.

O céu se enchia de tons de cinza quando saí. No pátio, um rapaz que eu não conhecia se aproximou, com o andar gingado que denuncia os marinheiros, e perguntou onde poderia encontrar o mago Kieran de Scyllix. Disse-lhe que era eu mesmo e ele hesitou, porque esperava ver um elfo ou um velho de barbas brancas e eu não era nem uma coisa nem outra. Por fim, estendeu-me um envelope manchado de água do mar e pingos de lacre.

– Sou tripulante do *Albatroz*. – Era um barco que fazia a rota de Vrindavahn até o País do Norte. – Esta carta veio sob os cuidados do capitão para a Mestra de Sagas. Nos portões do Castelo me disseram que ela estava fora, mas que eu podia procurar o senhor numa das torres de telheiro azul.

– Sim... Eu estou sempre por aqui – resmunguei, pois não fazia ideia de que Anna tinha saído. Nos últimos tempos, ela frequentemente se esquecia de me avisar.

O marinheiro continuava ali, decidido a não sair sem uma recompensa. Dei-lhe uma moeda de bronze e ele se foi, satisfeito, enquanto eu examinava o envelope. A única inscrição era o nome de Anna, em letra floreada e elegante; o selo sobre o lacre mostrava um pássaro no qual, com boa vontade, podia-se reconhecer um ganso. Que família teria tido a ideia de pôr aquele bicho em seu brasão? Tanto fazia, pensei logo em seguida. Anna se correspondia com dezenas de bardos. A carta certamente era de um deles, selada com um emblema pessoal que nada tinha a ver com as casas nobres.

Sem pensar mais no assunto, guardei a carta no bolso, pensando em entregá-la a Anna após o jantar. Faltava pouco, mas, ainda assim, havia tempo para fazer o que os aprendizes chamavam de minha "ronda": uma caminhada pelas muralhas, na qual me certificava de que tudo estava bem nos arredores do Castelo. Estava – pelo menos até onde minha vista podia alcançar – mas me detive em cada torre de vigia, observando o céu e a floresta, a estrada de linhas tortuosas e a cidade que se estendia lá embaixo.

Vrindavahn ficava à beira do mar interior, distante do Oeste inimigo e isenta dos deveres assumidos pelas Onze Cidades élficas. Sua única obrigação perante a Liga das Terras Férteis era a de enviar águias douradas a Scyllix quando havia guerra. O solo não era especialmente bom, mas a posição era excelente para o comércio.

Somadas, essas vantagens a ajudaram a prosperar, e seus senhores acumularam uma grande fortuna, que Theoddor, o último herdeiro, usou para fundar a Escola de Artes Mágicas junto com o Mentor Camdell. A primeira providência dos dois foi reformar e ampliar o Castelo, para o que chamaram os melhores construtores e artesãos das Terras Férteis. Fizeram um bom trabalho, mas ninguém se preocupou com a questão da defesa. As muralhas eram baixas e não muito grossas, as entradas, acessíveis; qualquer bando de mercenários conseguiria tomar o lugar, a não ser que tivesse algum tipo de proteção mágica, e eu me assegurava de mantê-la. Não era meu dever, mas eu crescera como um soldado, lutando por minha terra, e esta agora era Vrindavahn. E, se as visões se confirmassem, um dia seria também a de meu filho.

De propósito, eu seguira um trajeto que terminava na Ala Branca, a ala principal do Castelo, embora tivesse apenas duas torres. Escolhi a entrada mais próxima da cozinha, onde a essa hora reinava um barulho dos infernos, e fui direto à sala de reuniões, na qual os mestres residentes costumavam se reunir para o jantar. De fato, já estavam lá, sentados ao redor da mesa de pinho e comendo castanhas assadas em uma grelha na lareira. Todos menos Anna, que eu não fazia ideia de onde estava. Talvez na casa de uma amiga; talvez na loja do livreiro. Eu poderia verificar por mim mesmo – bastava que me concentrasse por alguns momentos – mas, de alguma forma, Anna percebia quando eu usava meu Dom para encontrá-la. E já dera a entender que isso não lhe agradava.

Sentei-me no lugar vago entre Finn e Lara, a Mestra de Magia dos Nomes. Do outro lado da mesa, Camdell pedia notícias dos aprendizes que tinham partido nas últimas luas, alguns para prosseguir estudos mais avançados em Riverast, outros para trabalhar onde quer que um mago fosse necessário. Vergena, uma elfa de rosto sério, me substituíra como Mestra das Águias em Scyllix. Por sua vez, Lear, o aprendiz predileto de Finn, se tornara o mago da corte de Leighdale, no País do Norte, e estava se saindo bem apesar do frio. Ou, segundo a observação de Urien, até dar de cara com um dos dragões que diziam ainda existir nas ilhas mais remotas.

A conversa estava nesse ponto quando minha mulher entrou na sala. Nascida e criada no Norte, ela usava apenas um manto leve sobre o vestido, os cabelos presos numa trança que pendia entre seus seios. Ela passou por trás de mim e me beijou nos lábios, bem de leve, antes de contornar a mesa e se sentar à minha frente.

– Desculpem o atraso. Eu estava falando com os conselheiros – explicou, dirigindo-se a todos. – Tento fazer com que aprovem a criação de uma biblioteca em Vrindavahn, mas eles dizem ter outras prioridades.

– Você vai conseguir – sorriu Finn. Provavelmente estava certo. Oito luas antes, recém-chegada de sua floresta, Anna se intimidara com o que vira no Castelo e na cidade, mas agora aquele se tornara seu território, conquistado pelo dom da palavra. Ela era uma mestra da estratégia, perita em perder batalhas para vencer a guerra, como provara sua briga com Thalia a respeito do ensino das sagas. Depois daquilo, os aprendizes passaram a ter na ponta da língua cada estrofe escrita pelos elfos brilhantes, e a mestra de Princípios da Magia já não podia reclamar, embora boa parte das aulas continuasse a ser dedicada às histórias dos homens e das tribos.

Anna ouvia Urien tagarelar sobre os dragões enquanto saboreava o frango ao molho de ruibarbo. Algumas vezes estendia a mão e afagava a minha, pousada sobre a mesa, e então sorria, fitando-me com olhos brincalhões e cheios de promessas. Gostei do que vi, mas em seguida me lembrei da carta em meu bolso e decidi entregá-la de uma vez. Ela poderia ler durante a sobremesa e comentar com Lara ou com o Mentor, também versado em sagas. Assim, quando voltássemos à Ala Azul, não haveria nada além de mim que ocupasse sua atenção.

Pelo menos era esse era o meu plano.

– Isto chegou pelo *Albatroz* – falei, estendendo a carta. Anna a pegou com um gesto distraído, mas sua expressão mudou assim que viu o lacre, os olhos se arregalando num misto de surpresa e alegria.

– Não acredito! Lara, veja isso! – exclamou.

– De quem é? – perguntou Urien, como se fosse da sua conta.

– Da Confraria do Ganso, um grupo bárdico ligado à tradição dos homens do Norte – respondeu Anna, com entusiasmo. – Vocês sabem, trolls, dragões e gigantes do gelo. Só os membros mais elevados podem usar o selo do ganso, e nenhum deles nunca escreveu para mim.

– Sinal de que está ficando importante – disse Finn, com uma piscadela.

Anna sorriu e abriu o envelope, que continha uma única folha de papel cor de creme. Ambos os lados estavam cobertos por uma caligrafia apertada, mas ela não precisou chegar ao fim: às primeiras palavras, seus olhos brilharam de entusiasmo.

– Não acredito – murmurou, sem despregá-los do papel. – Convidam-me para um encontro que só acontece a cada cinco anos – eles, que afirmam que um bardo precisa de no mínimo duas décadas de estudo. Eu mal tenho isso de *vida*! Como podem ter me chamado?

– Talvez ser a Mestra de Sagas de nossa Escola signifique alguma coisa – disse Thalia, com frieza.

Anna mordeu o lábio e olhou para Camdell. Nesse momento, uma criada deixou cair uma travessa, felizmente vazia, mas o retinir do metal no piso de mosaicos me trouxe à boca um gosto estranho. Alguma coisa não ia ficar bem.

– A nova posição conta pontos, sem dúvida – ponderou o Mentor. – Mas Maryan, embora não pertença à Confraria, esteve em mais de um desses encontros e se corresponde com os bardos. Talvez ela tenha contado a eles sobre sua aprendiz da floresta, e tenham se interessado a ponto de lhe mandar um convite.

– É mesmo – concordou Anna. Também achei que era uma boa explicação, porque Maryan alcançara grande respeito como Mestra de Sagas antes de deixar as Terras Férteis. Como muitos seguidores de Odravas – um mago elfo da Alma, que para mim não passava de um ingênuo – ela fora viver numa comunidade do Norte, longe das cidades e do conforto, e ao chegar lá se apaixonara por Zendak, primo de Anna e xamã da Floresta dos Teixos. Eles tinham vindo no outono, trazendo uma pele de urso como presente de casamento, e eu gostara bastante dos dois. E, se é que posso me considerar amigo de alguém, passara a sê-lo de Zendak, embora implicássemos um com o outro o tempo inteiro, como é o costume da tribo entre os parentes por afinidade.

Maryan não aderira às brincadeiras. Era uma elfa de olhos cinzentos, com modos que faziam suspeitar de uma ascendência nobre e que passou os dois quartos de lua da visita na biblioteca do Castelo, em companhia de seus velhos amigos, Lara e Camdell. Eu levara seus filhos pequenos para cavalgar e ver os saltimbancos, mostrara as águias a seu marido, mas não tivera ocasião de lhe dizer o quanto estava feliz por ela ter ensinado as artes bárdicas a Anna. Foram as cartas trocadas com o Mentor a esse respeito que a trouxeram para mim.

E agora havia essa nova e maldita carta.

– Onde é o encontro? – perguntou Lara.

– Este ano, por sorte, em Bershat, que tem um porto como o nosso no mar interior – disse minha mulher. – E ainda faltam quase duas luas. É tempo de sobra para arrumar tudo e conseguir um barco, não é... Kieran?

A última palavra soou incerta: ao fazer a pergunta, ela buscara minha mão, mas eu a tinha recolhido. Anna viu minha expressão e apertou os lábios, voltando-se para Camdell, que nos observava em silêncio.

– Haveria algum problema... Quer dizer, na Escola, para os aprendizes... se eu me ausentasse para ir a essa reunião?

– Para a Escola, não – disse o Mentor, como todos sabíamos que faria. – Lara poderia se encarregar de suas aulas até você voltar.

– Oh, é uma bela viagem até Bershat – intrometeu-se Urien de novo. – Calculo uns quinze dias, talvez um pouco mais, dependendo do vento. E, se o barco parar em Pwilrie, você pode visitar a biblioteca do templo. É a maior coleção do Leste, com livros raros sobre...

– Ela não poderia desembarcar em Pwilrie – cortei, seco. – Tem um quarto de sangue élfico, e eles não querem elfos na cidade.

– Mas ela não parece uma elfa, a não ser pelo formato dos olhos – teimou o músico. – E é morena, como a maioria das pessoas no Leste. Duvido que alguém percebesse.

– E meu avô era de lá. Sempre quis conhecer Pwilrie – Anna não resistiu a falar. – Quando vim de Bryke não pude, mas agora, quem sabe?

– *Agora...?* – murmurei, sentindo o ar ficar mais denso ao meu redor. Lara percebeu e tocou meu braço em advertência.

– É melhor vocês falarem a sós – disse, baixinho. Concordei, pois era o que devíamos ter feito desde o início, mas tive a impressão de que Lara apoiava o plano da viagem. Isso me incomodou, não porque ela me devesse lealdade – já me fizera um grande favor em troca dos meus – mas porque tínhamos passado por muita coisa juntos desde Scyllix. Finn e Camdell sabiam das visões, mas Lara fora a única a visitar a Fonte Âmbar, a conhecer o que me restava de família e a ouvir os detalhes da minha história. Ela, dentre todos, devia ser capaz de entender por que eu odiava a ideia de Anna se afastar de mim.

O jantar acabou por volta da sétima hora, e dessa vez ninguém prolongou a conversa. Todos sentiam a tensão entre mim e Anna, mas nem seus amigos mais próximos quiseram interferir. Urien me olhou de soslaio e suspirou antes de se despedir e sair com os outros. Só restamos nós dois, silenciosos em nossas roupas de inverno, indecisos sobre nos dar ou não as mãos até que a porta fosse escancarada por um golpe de vento. Ele mordeu nossos rostos e atravessou as golas das túnicas, fazendo com que nos aconchegássemos um ao outro. E no final foi assim, abraçados, que percorremos o trajeto até a nossa torre.

Sete anos antes, ao vir para o Castelo das Águias, tinham-me dito que eu podia escolher entre vários aposentos, mas ninguém esperava que preferisse a Ala Azul. Finn já ocupara uma parte dela com as aulas de Magia e uma das torres fora reservada às águias, quando vinham até nós; mas outra estava vazia, e nada mais natural do que me instalar ali. Era o lugar perfeito, porque podia ficar de olho nos aprendizes, ver a floresta e a torre das águias ou, subindo um andar, Vrindavahn, o porto e um belo trecho do mar interior. A ala em si também me agradava mais do que as outras, que eram recentes, construídas e decoradas à maneira dos elfos. A Azul era humana e muito antiga, toda em pedra cinzenta, com corredores estreitos iluminados por archotes. Ali, naqueles que tinham sido os aposentos de várias gerações de senhores do castelo, eu vivera de forma confortável, porém completamente sozinho, e até preferira que fosse assim nos primeiros tempos.

Mas agora tinha Anna. Era o que eu sempre tinha desejado, e muito melhor do que estar só. E ela também era feliz ali. Eu via isso em sua aura quando ela se sentava com um caderno aberto no colo, quando dançava sem música pelos quartos, quando se enroscava em mim sob os lençóis. Porém algumas vezes eu a surpreendia olhando pela janela, fosse a do mar ou a da floresta, e percebia que sua mente estava inquieta. E sabia que mais cedo ou mais tarde ela me diria a razão.

O abraço se desfez tão logo entramos. Como de hábito, acendi a lareira, jogando lascas de junípero sobre as toras de lenha, e fiquei ali, vendo o fogo bailar, enquanto Anna pendurava nossos mantos num suporte de ferro. Quando me voltei, ela estava sentada no banco sob a janela, emoldurada por um céu enevoado e sem estrelas.

– Precisamos falar – disse, sem rodeios. – Por que você não quer que eu vá ao encontro da Confraria do Ganso?

– Não é o encontro nem a Confraria. É que não acho uma boa ideia – respondi, e me levantei, limpando a cinza das mãos. – Ainda que Camdell diga que está tudo bem, que Lara pode dar as aulas em seu lugar, você assumiu deveres para com os aprendizes; e, além disso, quem são essas pessoas? Esses bardos, Mestres de Sagas... Por que é tão importante encontrar um punhado de velhos que você não conhece?

– Porque tenho muito a aprender com eles. – Encorajada, ela passou a acompanhar o que dizia com grandes gestos. – Imagine se você estivesse em meu lugar: se você fosse bem mais novo, querendo saber tudo, e o convidassem para a reunião de uma importante Confraria de magos. Não ficaria louco para ir?

– Talvez – admiti, de má vontade. – Foi mais ou menos assim quando Mestre Mael me enviou a Riverast. Mas ele só fez isso porque não tinha mais nada a me ensinar, ao passo que você ainda tem muito a aprender aqui no Castelo.

– E vou continuar a aprender quando voltar. Serão apenas duas luas. Não é muito, se bem que eu vou ficar com saudades. Aliás... Olhe, tive uma ideia – acrescentou, animada. – Por que você não vem comigo?

– Eu? O que iria fazer num encontro de bardos?

– Não sei. Tocar harpa, quem sabe – sorriu ela, mas a tentativa de humor só conseguiu me irritar ainda mais. – De qualquer jeito seria bom, porque você não conhece o Norte, e eu também nunca estive naquela região. Seria a primeira viagem que faríamos juntos.

– Pois para mim é uma viagem sem sentido – repliquei. – Não tenho por que ir. E, se quer saber, prefiro que você também não vá.

– Não me surpreende – disse ela, com um suspiro. – Você prefere que eu não vá a lugar algum fora do Castelo.

– Como pode dizer isso? – protestei, indignado. – Eu fui o primeiro a sugerir que você conhecesse Vrindavahn!

– Sim, e eu fiz o que sugeriu, e você deu um jeito de nos encontrarmos – Anna não hesitou em responder. – Faz isso até hoje, na maioria das vezes em que vou sozinha à cidade.

– Para proteger você! – exclamei, abrindo as mãos.

O som grave de minha voz ecoou nas paredes. Anna me encarou por alguns instantes e se voltou para a janela, fazendo-me lembrar da primeira vez em que ela visitara a torre. Brincando, eu lhe dissera que não havia como pular de um lugar tão alto, e em resposta recebera a promessa de que jamais fugiria de mim. O que se perdera desde então?

– Não entendo você. – Não era isso que eu queria dizer, mas disse. – Tem seu trabalho, um bom lugar para viver e aceitou se casar comigo. E quer dar as costas a tudo isso por uma maldita viagem?

– *Não vou* dar as costas! – Anna se voltou de um jeito brusco. – Não vou fugir, não vou abandonar você, apenas ficar fora por duas luas. E não queria que brigássemos por causa disso, mas você não está me dando escolha.

– Você é que está querendo discutir – repliquei, zangado. – Já disse claramente o que penso. Uma mulher não deve ouvir o marido?

– Claro que sim, mas você não quer que eu ouça – respondeu Anna, em tom incisivo. – Quer que eu *obedeça*, ainda que não concorde.

– Não é verdade. Se eu quisesse apenas obediência, seria muito fácil – repliquei, olhando-a nos olhos. Anna recuou uma polegada e me encarou de um jeito que deveria ter servido de advertência, mas não me importei. Eu tinha ido longe demais para me deter.

– Seria muito simples – repeti. Minha voz soou calma, apesar da onda escura que começava a se erguer em meu peito. – Você nem mesmo iria perceber. Bastaria me concentrar um pouco, e, então...

– Você não faria isso – disse Anna, mas percebi a dúvida em seus olhos. Fiquei em silêncio, esperando que ela falasse, mas, em vez das palavras que acalmariam a tempestade, minha mulher teve apenas um pensamento. Foi tão nítido que pude vê-lo, embora não houvesse me esforçado para isso. E quando vi a onda cresceu ainda mais, e um punho de ferro se estreitou em torno de minha garganta.

– *Hillias.* – Nas lembranças de Anna, o rosto quase transparente de um elfo, lábios finos que sorriam com desprezo e um brinco de safira. – Por que ele, mulher? Por que você pensou no meu pior inimigo?

– Pensei? Eu não...

– Responda – exigi. As chamas da lareira cresceram às minhas costas, jogando clarões vermelhos sobre o rosto de Anna.

– Eu não sei bem – disse ela, após alguns momentos. – Acho

que pensei nele porque... foi ele que fez o que você disse. Com Lara. Quando eles eram casados – explicou, embora eu conhecesse a história. Mais do que isso, me envolvera nela, desafiando Hillias a um combate para impedir que ele destruísse a mente de Lara. Em retribuição, ela conseguira um lugar para mim no Castelo das Águias, e pouco ouvimos falar de seu marido até que, no ano anterior, ele tentasse envolvê-la em mais um de seus jogos sujos. Anna me impedira de matá-lo, mas eu o obrigara a consertar o mal que havia causado, o que drenara todo o seu poder. Agora ele amargava seu ódio numa prisão em Scyllix, e minha amada nunca saberia o quanto, na verdade, eu tinha sido cruel.

Eu era capaz de coisas assim e de outras ainda piores.

Mas Anna errara ao me comparar com Hillias. Eu jamais usara o Dom para conseguir sua obediência, jamais me insinuara em sua mente, como provava o fato de ela vencer a maioria das nossas discussões. Se a quisesse submissa, nada mais fácil, mas eu dissera aquilo acreditando que ela me conhecesse melhor. E uma vez que não, eu mesmo preferi lhe dizer, de forma a não deixar nenhuma dúvida.

– Anna de Bryke. – O tom era grave, adequado a uma promessa. – Aqui e agora, eu juro não usar o Dom da Magia para seguir você, para encontrá-la, para saber o que está pensando, a não ser que isso chegue até mim de forma espontânea. Juro também...

– Kieran, por favor, pare com isso – ela tentou me interromper, mas continuei no mesmo tom.

– Juro também que não porei palavras em sua boca nem pensamentos em sua mente, nem usarei o Dom para impedir que faça o que deseja. Isso eu juro...

– Pare! Não é preciso!

– Por minha honra – completei, erguendo a mão direita.

O ar se encheu com o peso do juramento. Anna me olhou de um jeito estranho, mas não pude saber se era medo, alívio ou outra coisa qualquer. Sua aura estava oculta aos meus olhos, e assim ficaria, porque eu fizera uma promessa e não voltaria atrás. Só assim pude deter a força escura que crescia em mim e ameaçava se voltar contra ela.

Portanto, foi por amor. E foi um erro. Mas isso eu ainda não tinha como saber.

2
A ROTA IMPROVÁVEL

A águia descreveu um círculo no ar antes de se dirigir à janela. Suas penas brilhavam como ouro e o grito era orgulhoso, como o das aves que eu treinara para a guerra. Essa também atendia ao meu chamado, mas não me devia obediência. O elo que nos unia era bem mais forte.

– Saudações, Thonarr – falei, quando os pés dotados de fortes garras pousaram no parapeito. – Que notícias me traz da floresta? Nada de novo?

– Nada – responderam os olhos da ave, quando os meus já se voltavam para o horizonte além do mar. Como se eu também pudesse atravessá-lo num bater de asas. Como se assim pudesse seguir o rastro de minha mulher.

Anna partira cerca de uma lua antes, vinte dias após ter recebido a carta da Confraria do Ganso. Nesse meio-tempo, várias pessoas tinham tentado me convencer a apoiar a viagem, mas os mais observadores se pouparam do esforço: ela e eu estávamos ressentidos, mas não brigados. Pelo contrário, eu a ajudara nos preparativos, certificando-me de que viajasse na melhor e mais bem equipada dentre as embarcações que zarpariam nos próximos dias. Isso, ao menos, ainda podia fazer para protegê-la.

A escolha recaiu sobre o *Saemundar*, um barco elegante e resistente construído em carvalho. Seu proprietário era o Conselheiro Thorold. Isso contou pontos a favor, já que ele era o padrasto de Freydis – a aprendiz favorita de Anna – e todos na cidade sabiam que era sério e honesto. Ele mesmo, quando soube que pretendíamos reservar a cabine, fez questão de nos mostrar o barco e nos apresentar ao capitão e aos marinheiros. Eram homens simples, rijos, que olhavam nos olhos, e Thorold também olhava nos meus quando disse que Anna estaria segura.

– Se bem que sua esposa sabe como pôr um marujo para correr – brincou. Era bem conhecido em Vrindavahn o episódio em que Anna, cercada por marinheiros no cais, os convencera de que era uma feiticeira e os ameaçara com uma maldição, na verdade um trecho qualquer tirado de um livro de histórias. Pelo que entendi eram todos estrangeiros, mas a notícia se espalhara mesmo assim, e agora muita gente na cidade olhava para Anna com o mesmo receio que dirigiam aos magos do Castelo.

Resolvida a questão do barco, faltava a da bagagem, e nessa eu não tinha por que opinar. Até preferi me afastar enquanto Anna esvaziava estantes e arcas, dando a impressão de que não deixaria nada para trás. No fim, deixou quase tudo, até mesmo o arco e as flechas feitas por sua avó. A última coisa a ser posta no baú foi uma caixa com material de escrita, folhas de papel e envelopes. A essa altura eu já me conformara com sua decisão, por isso perguntei se iria me escrever de Bershat. Foi quando revi um lampejo da alegria que tanto apreciava em minha mulher.

– De Bershat, só, não. Vou escrever também de Pwilrie e de Trevist. Freydis me contou que há barcos pequenos, e muito rápidos, que transportam encomendas leves ao longo da costa. Aposto que consigo um para trazer minhas cartas.

– Hum. Bom, é melhor do que nada – resmunguei.

O sol brilhava quando nos dirigimos ao porto. O *Saemundar* estava atracado, pronto para zarpar assim que a maré subisse, mas alguns homens ainda terminavam de acomodar a carga no porão. Havia mercadorias de todo tipo, mas pelo menos dois terços do compartimento estavam tomados por rolos de tecido xadrez.

– Por aqui, senhor – disse um marujo, indicando-me o estreito caminho livre até a proa, onde Anna ocuparia uma cabine. Entrei para constatar que tudo estava em ordem e deixei a bagagem – e quando saí quase tropecei num homenzinho mirrado, com uma calva rodeada por longos cabelos brancos e parecendo tão velho quanto as montanhas.

– Ora, quem diria! O Mestre das Águias! É uma honra conhecê-lo. Sou Angus, fabricante de tecidos – disse ele, e como prova estendeu uma aba do manto que lhe cobria os ombros. Era do mesmo pano xadrez que abarrotava o porão. Mestre Angus era o único outro passageiro do *Saemundar* e também iria até Bershat, mas pretendia passar lá todo o verão, enquanto Anna só ficaria durante os dez dias do encontro. Se os ventos ajudassem, eu a teria de volta em uma lua e meia.

Era tempo demais para ficar sem ela.

Naquela tarde, voltei ao Castelo mais sombrio do que nunca. Finn e Lara tentaram me animar, assim como alguns dos aprendizes, mas tudo que eu queria era estar só. O ânimo melhorou quando voltei a me envolver com o trabalho e as coisas da Escola, mas eu pensava o tempo todo em minha mulher, e sempre que o fazia praguejava contra mim mesmo. Eu nunca deveria ter feito aquela promessa.

Então, talvez para compensar o que tinha perdido, meus sonhos começaram a trazer notícias de Anna. Não podiam se comparar ao que eu teria obtido com Magia e nem tinham o significado das antigas visões, mas *eram* imagens da jornada, como comprovei ao receber a primeira carta. Eu sonhara com golfinhos, e um bando deles tinha acompanhado o *Saemundar* por dois dias; sonhara com um homem que tocava rabeca, e Anna contou que um casal de artistas subira a bordo em Pwilrie para entreter os marinheiros deixados no barco. Ela também tivera de ficar, por causa dos olhos de elfo, mas Mestre Angus descera com alguns dos homens, comprara especiarias e vinho e lhe trouxera doces do mercado. Isso foi tudo que ela viu da terra de seu avô.

A carta era longa, como seria de se esperar, e decorei vários trechos de tanto que os reli. Dias depois chegou a de Trevist, e reconheci mais uma imagem que vira em sonhos: pequenos barcos enfeitados com flores, que formavam uma espécie de cortejo. Anna explicou que era isso mesmo e que a finalidade era homenagear os mortos de um naufrágio, uma história lúgubre, ainda mais porque ocorrera no trecho do mar que o *Saemundar* ia cruzar em seguida. Isso me inquietou, mas não havia o que fazer a não ser esperar pela próxima carta.

E, com os demônios, ela estava demorando mais do que devia.

Thonarr ruflou as asas em despedida e voou em direção à floresta. Respirei fundo e me concentrei, tentando pensar em trabalho ou noutra coisa qualquer, pois não queria imaginar que algo dera errado. Eu tinha tido sonhos ruins nas últimas noites, mas não vira naufrágios nem motins, e além disso sonhara com Anna recitando uma das sagas do Senhor do Vento. Provavelmente o havia feito para os bardos em Bershat. Quanto à carta, devia ter se perdido, mas isso não importava. Ela mesma me contaria tudo dali a um quarto de lua.

Um súbito vozerio irrompeu lá embaixo. Desci as escadas, pensando que o barulho vinha do pátio, e me surpreendi ao perceber passos enérgicos vindo em direção à minha porta. Parecia uma multidão, e de fato era: um grupo assustado e abalado de aprendizes, tendo à frente Padraig, um garoto alto e forte de dezesseis anos.

– Mestre Kieran, o... o Conselheiro Thorold está aqui – disse ele, lutando com as palavras.

Na mesma hora senti um impacto no peito, como um soco violento. Isso me tirou o fôlego, mas me controlei e esperei que o Conselheiro se aproximasse. Ele vinha atrás dos garotos, abraçado com Freydis, que tinha o rosto vermelho e lambuzado de lágrimas. Tarja, uma meio-elfa do Terceiro Círculo, a tirou dos braços do padrasto para que ele pudesse avançar, com passos lentos e a expressão abatida que falava por si só.

– Entre. – Minha voz raspou a garganta, arranhou as paredes.

– Mestre, será que podemos... – aventurou Padraig, mas fechei a porta antes que acabasse de falar. Thorold ficou de pé no meio do quarto, olhando desolado para as paredes e revirando alguma coisa entre as mãos. Era um pedaço de papel amarrotado e coberto com uma caligrafia tosca.

– Fale – disse eu, lutando contra a agonia de já saber do que se tratava. – Seja o que for. Apenas fale.

– É difícil – murmurou o Conselheiro. – Mas tem de ser. Bom, você não ignora que tenho negócios no Oeste. Esta carta foi mandada pelo meu braço-direito em Bulforg, um sujeito a quem confiaria minha vida. A notícia que ela traz... Enfim, acho melhor você mesmo ler – concluiu, passando-me a folha de papel. Fui até a janela, onde estava mais claro, e comecei a decifrar as palavras, mas parei assim que fizeram algum sentido.

– O *Saemundar* foi detido no porto de Bulforg – murmurei, perplexo. – Isso fica completamente fora da rota.

– Exato. E, o que é pior, a tripulação era diferente da que deixou Vrindavahn. Sabe o que isso significa?

– Posso imaginar. – Eu me esforçava por falar e pensar com clareza. – O barco foi tomado por piratas.

– Isso. E não há como saber o que fizeram com os marujos. Ou com os passageiros – completou ele, olhando-me de soslaio. Eu devia parecer muito estranho, de pé diante da janela, com os olhos fixos em algum ponto além da floresta enquanto um outro olho se abria dentro de minha mente.

No início tudo que vi foi um ponto luminoso, mas as formas não tardaram a aparecer, e a cena foi se tornando mais clara. Um barco estreito, bem menor que o *Saemundar*, num mar de águas escuras e lodosas – um pântano, ao que parecia, cercado de juncos e sobrevoado por aves selvagens. Na proa, um sujeito alto e abrutalhado, o rosto marcado de varíola, dava ordens a dois homens que empilhavam fardos de tecido no meio do barco. Outros remavam, mas não vi seus rostos, apenas cabelos sujos e emaranhados. Tentei o melhor que pude enxergar além, mas essa era uma visão e não uma busca, e acabou como sempre acabava: de um jeito repentino, trazendo-me com um sobressalto de volta a Vrindavahn.

– O que aconteceu? – Thorold estava ao meu lado, apertando-me o ombro. – Por que ficou parado assim? Você está bem?

– Estou. Eu acho que... que vi os piratas.

– *Viu*? Mas como?

– Tive uma visão. Não faça essa cara, homem – tornei, irritado, vendo que ele franzia a testa. – Esqueceu quem eu sou, e o *que* sou?

– Claro que não. É que ainda não me acostumei com isso – disse Thorold, desconcertado. – Mas diga, o que foi que viu? Onde estavam os piratas? Sua mulher estava com eles?

– Não, não estava, mas sei que aqueles sujeitos têm algo a ver com o *Saemundar*. Eu os vi empilhando carga, e no meio estavam dois fardos do velho Angus. Só que eles não estavam no seu barco – expliquei – e sim num menor, navegando no que parecia ser uma espécie de pântano.

– Mas não há pântanos perto de Bulforg. Nem no trajeto entre Bulforg e Trevist, onde sabemos que o *Saemundar* chegou a ancorar. – Thorold coçou o queixo, pensativo. – De qualquer forma, o barco deve ter sido atacado em algum lugar entre a última parada, Trevist, e o destino final, Bershat. E o ponto mais provável são as ilhotas que ficam junto à costa de Bershat, onde às vezes se escondem barcos piratas. Eu lhe mostro, se houver algum mapa no meio de todos esses livros.

Sem dizer nada, fui até a estante e peguei um dos volumes mais grossos que Anna trouxera de Bryke. Tinha mapas de toda Athelgard, não muito detalhados, mas Thorold não tardou a encontrar um que mostrasse as ilhas das quais me falara.

– São três, fora uns rochedos sem importância – explicou. – Há vinte ou trinta anos eram refúgio de piratas, que chegaram a invadir Bershat, mas outras cidades intervieram e acabaram com a festa deles. Hoje são poucos, mas, infelizmente, ainda acontece de algum se esconder nas ilhas para surpreender e pilhar os barcos de passagem

– E de onde eles são? – perguntei, impaciente. – Norte, Leste, Oeste? O que costumam fazer com os prisioneiros?

– Calma! Eles podem vir de todos esses lugares, mas, se quer minha opinião, eu diria que os de agora são do Oeste. Primeiro, o *Saemundar* apareceu em Bulforg; segundo, sua visão mostrou um pântano, e os do Oeste são os únicos em um raio de muitas milhas.

– Mas ficam longe de Bershat – argumentei. – Pelo menos no mapa.

– É verdade, mas faz todo sentido, se pensar em como é fácil chegar lá a partir das ilhas. E de Bulforg não são mais que dois ou três dias de viagem. Vou lhe dizer o que penso que aconteceu. Perto das ilhas, o *Saemundar* foi tomado por piratas que se dividiram em dois grupos. Um seguiu até Bulforg levando o barco e a maior parte da carga, que ainda estava no porão, segundo a carta que você não acabou de ler. Lá, o barco foi reconhecido como meu e eles foram detidos, mas a carta não fala em prisioneiros, de modo que eles devem ter sido levados pelo outro grupo. E isso faz ainda mais sentido – acrescentou – porque, se eu fosse um pirata e aprisionasse alguém, não os mataria, mas tentaria vendê-los numa das cidades onde compram escravos. Bulforg não é uma delas, mas eles podem ter ido para Malkin, que é cercada por pântanos. Ou qualquer outro lugar. De qualquer forma, há grandes chances de que a Mestra Anna esteja viva, mas...

Parou, sabendo que eu já tinha compreendido. Apertei a carta na mão e me voltei para a janela, deixando o vento me bater no rosto enquanto tentava recuperar o sangue frio. Foi só por uns instantes, durante os quais todo tipo de coisa me passou pela cabeça: pensamentos de vingança, de ódio, até as dúvidas mais indignas que, no entanto, um homem não pode evitar. No entanto, eu sabia desde o início que só havia um caminho e que o trilharia até o fim – e, sendo assim, respirei fundo e me voltei de novo para o Conselheiro.

– Você supõe que Anna foi levada através do pântano – falei. – Que podem tê-la vendido a algum daqueles Pans do Oeste.

– Isso seria bem provável. Ela é jovem e forte. Seria um desperdício matá-la – disse ele, evitando falar no que seria ainda mais provável. – Os homens devem ter lutado e talvez tenham sido mortos, mas, se algum escapou, certamente o venderam também. Até o velho mercador pode ser útil, pois sabe ler e contar, e um escravo assim é valioso. Enfim, eu acredito que os dois estejam vivos – concluiu, fitando-me com olhos esperançosos. – Você não pode ter outra visão? Uma que mostre onde estão, de fato, Mestra Anna e Mestre Angus?

– Talvez aconteça, mas não depende de mim. As visões simplesmente vêm – respondi, e me odiei por ter que acrescentar: – Um juramento me impede de usar o Dom para ir atrás de Anna.

– Impede? – perguntou ele, incrédulo, mas minha expressão fez com que desistisse de argumentar. – Bom, então talvez um dos outros, não é? Mestre Camdell, Mestre Finn...

– Eles não têm esse poder – respondi. Era verdade, ao menos em parte – Camdell podia buscar visões de Anna no fogo, Finn e Thalia talvez conseguissem uma depois de um ritual – mas pedir a ajuda deles seria o mesmo que usar meu próprio Dom. Isso quebraria a promessa, e, consequentemente, as Leis da Magia. Eu ficaria à beira do precipício se o fizesse mais uma vez.

E se arriscasse, e ainda assim perdesse Anna, então podia estar certo de que era mesmo o fim.

– Bom, Conselheiro, sabemos o que deve ter acontecido. – Minha voz soou rouca, mas firme. – Agora é preciso decidir o que fazer. Suponho que vai mandar alguém a Bulforg, não? Recuperar o seu barco?

– O barco já está sob os cuidados do meu agente. Mas é claro que vou enviar alguns homens em busca da minha tripulação e passageiros – garantiu ele, e acreditei em sua palavra. – Saindo daqui ainda preciso falar com os filhos do velho, mas já mandei preparar um barco rápido para ir a Bershat. É preciso interrogar a gente de lá e saber se viram piratas por aquelas ilhas. Vou também mandar alguém a Bulforg, uma vez que...

– E o pântano? – interrompi. – Não há como ir até lá?

– Até o pântano? Bom, claro que há, mas não vejo por que fazer isso – respondeu Thorold, ainda sem entender onde eu queria chegar. – Pode ter sido a rota pela qual levaram os prisioneiros, mas, como lhe disse, eles deviam estar a caminho de uma cidade. Será mais fácil saber qual delas a partir do que meus homens apurarem em Bershat ou em Bulforg.

– Ou eles podem ter se perdido no pântano. – Cerrei os dentes, lembrando-me do relato de Mestre Mael no fim de sua vida. – Existem muitos mistérios em torno do mar interior. Quem sabe o que acontece com os que se aventuram?

– É um lugar perigoso – concordou Thorold. – Mas, hoje em dia, já não acho que seja assombrado, pois conheci vários homens que viajaram pela região. Não que seja fácil achar marujos dispostos a isso, ainda mais para ir atrás de piratas, mas...

– Eu irei – cortei mais uma vez. – E para isso preciso de um barco que me leve o mais perto possível. Pode conseguir um?

– Para você? – Thorold me encarou, como se não houvesse entendido bem. – Quer dizer que vai junto?

– Mas é claro! Acha que vou ficar aqui, sabendo que minha mulher foi raptada por piratas? – repliquei, exasperado.

O Conselheiro hesitou por um instante, depois caiu em si e assentiu. Sabia que não devia ter esperado outra coisa de mim. Apesar disso, ainda ficou por um bom tempo em silêncio, afagando a barba e me olhando como se me avaliasse, e eu já ia dizer alguma coisa quando ele voltou a falar.

– Olhe, Kieran, você tem o Dom da Magia e as suas espadas, e eu sei como deve estar louco para achar sua mulher. Por isso, vou fazer uma sugestão que não faria a um homem comum: se quer mesmo atravessar o pântano, deve navegar até Erchedel, seguir até a fronteira com o Oeste e procurar um lugarejo que chamam de Aldeia dos Juncos. Lá vivem muitos barqueiros, e você pode contratar um deles para lhe servir de guia. É o melhor que tem a fazer, pois os barcos deles são pequenos, entram em qualquer curso d'água e são bem rápidos. Se você não achar nada, ainda assim pode chegar a Bulforg antes dos meus homens e interrogar os que estão detidos. Além disso, os barqueiros conhecem o pântano, e não duvido de que muitos conheçam também os piratas. Se estiver disposto a arriscar...

– É uma boa ideia – respondi, voltando a olhar o mapa. As distâncias não eram exatas, mas ao que parecia o pântano era mesmo o caminho mais curto até Bulforg. Eu ia ganhar tempo, pelo menos.

– Você falou em ir a Erchedel – continuei. – Pode me arranjar um barco ainda para hoje? E quanto tempo eu levaria de lá até a Aldeia dos Juncos?

– Três dias, creio, se tiver um bom cavalo. Quanto ao barco, hoje é impossível, mas posso arranjar um dos pequenos para amanhã. Tem certeza de que não precisa de mais tempo para se preparar? A viagem pode ser longa.

– Não. Parto amanhã – falei, e dessa vez Thorold não demonstrou surpresa.

– Está bem, então. Amanhã, por volta do meio-dia, o barco estará à sua espera. Tudo corre por minha conta, é claro, mas, se me permite... Você vai fazer uma viagem difícil, e sabe-se lá o que vai encontrar. Precisa que lhe empreste algum dinheiro?

– Não, obrigado. Tenho o suficiente – assegurei. – O que eu gostaria é que escrevesse algumas cartas, para o seu agente em Bulforg e para pessoas que talvez conheça em outras cidades do Oeste. Pode ser que eu tenha de ir a várias delas. Vai ser mais fácil se tiver ajuda de gente da região.

– Sem dúvida. Eu vou escrever essas cartas – prometeu Thorold. – É pena não conhecer nenhum nobre, se bem que isso seria um problema caso Mestra Anna estivesse com um inimigo deles. Meus conhecidos são comerciantes e gente do mar. Se não ajudarem, também não irão atrapalhar seus planos.

Nesse momento, ouvi claramente um murmúrio do outro lado da porta. Dei um único passo longo até lá e a abri de sopetão – e quase derrubei os dois moleques de orelhas coladas à porta.

– Arton e Adrael. – Dois elfos, claro: eles ouviam melhor e podiam contar aos demais. – Não sei o que seria de vocês se eu tivesse tempo a perder.

– A ideia foi minha, mestre – disse Padraig, dando um passo à frente. O grupo agora era três vezes maior que antes e incluía um artesão e duas criadas, mas os rostos já não estavam tristes e sim cheios de expectativa. Alguns até de admiração, provando que Arton e Adrael tinham feito um bom trabalho.

– Não quero saber quem teve a ideia – disse eu, franzindo a testa. – Sumam da minha torre, vocês todos. E, Freydis, faça uma coisa por mim. Enquanto acabo de falar com seu pai, vá procurar o Mestre Finn e peça-lhe para vir até aqui. E que ele venha o mais rápido possível, pois preciso lhe dar instruções.

Suspirei, embora ninguém ouvisse, e concluí para mim mesmo:

– E acho que serão para um longo período.

3
Armas e bagagens

De nós dois, Thorold era de longe o melhor navegador. Mesmo assim consegui convencê-lo de que poderia zarpar ao amanhecer, antes da maré mais favorável do meio-dia. Isso deixava o resto da tarde e a noite para preparar a viagem, um prazo apertado, mas eu sabia que o Conselheiro iria cumpri-lo. Ele se despediu às pressas e saiu para tratar de seus assuntos, enquanto eu, tendo sido informado de que Finn descera à cidade, fui procurar o Mentor em seu gabinete da Ala Rubi.

Os aprendizes achavam que Camdell podia ver o futuro. Isso não era verdade: o que ele via eram padrões, caminhos que se abriam diante de cada um e que levavam ao futuro mais provável. Além disso tinha os sonhos e a intuição de todos os magos da Alma, e alguma coisa desse tipo o avisara sobre minha mulher, pois ele exclamou assim que entrei:

– Não se desespere! Ela está bem!

Olhei nos olhos dele, perguntando-me o que mais saberia e até onde poderia me contar sem que houvesse uma quebra do juramento. Precaução inútil: Camdell tivera apenas um pressentimento, embora afirmasse com toda certeza que Anna estava fora de perigo. Ao menos por enquanto.

– Em algum lugar, há não muito tempo, ela esteve contando histórias – disse, e suas palavras confirmaram meu sonho. – Eu soube isso no momento em que as crianças trouxeram a notícia.

– Então devem ter dito que vou atrás dela – observei.

– Sim. E que jurou não procurá-la com Magia, nem permitir que o fizéssemos. – Olhou-me com atenção, um olhar humano vindo de enormes olhos de elfo. – Suponho que isso significa que não devo acender minha pira.

– Não deve – concordei. Camdell me observou por mais um instante, depois estendeu a mão e pegou um objeto sobre a mesa: um estojo de couro em forma de cilindro, dentro do qual achei uma folha enrolada de pergaminho.

– É um mapa antigo, herança da família de Theoddor. Não sei de nenhum que detalhe melhor as rotas do Oeste – disse ele. – Só leve em conta que as pontes construídas pelos tiranos de Pengell não existem mais.

– Espero não ter que ir tão longe – repliquei. – Mas agradeço mesmo assim.

– Não há de quê. Mas tenho a sensação de que, sim, você terá de ir bem longe. E que não estará aqui para a festa do solstício de verão.

– Mas estarei no equinócio de outono. Ou, pelo menos, Anna e eu estaremos juntos em algum lugar – falei. Queria crer no melhor. Um dia após o equinócio de outono era a data para renovarmos nossos votos. Se a deixássemos passar, não estaríamos mais casados, embora pudéssemos casar de novo mais tarde. De um jeito ou de outro, eu queria ter certeza de que era para sempre.

Ao sair, descobri que as notícias já tinham se espalhado por todo o Castelo. Aprendizes dos três Círculos vieram me desejar boa sorte, assim como empregados e artistas da Ala Violeta. Os professores foram solícitos, até mesmo Thalia, que prometeu escrever uma carta me apresentando aos seus parentes de Erchedel. Sophia, a mestra de Artes da Cura, preparou uma bolsa contendo ervas e cristais, que eu aprendera a usar como parte obrigatória dos meus estudos em Riverast. Algias, alquimista e matemático, me emprestou uma bússola e o astrônomo Naheen me deu uma luneta, retrátil e pequena o bastante para caber num bolso. As duas coisas poderiam ser muito úteis quando eu estivesse no mar.

Um presente inesperado veio de Rydel, o elfo seguidor de Odravas que ensinava Ciências da Terra: sabendo que eu teria de transportar minha bagagem, e que em alguns trechos talvez viajasse a pé, ele me ofereceu a mochila que levava em suas excursões, maior e mais reforçada que minha velha mochila do exército. Até minhas espadas, em suas bainhas de couro, podiam ser guardadas ali se fosse preciso. Rydel tentava parecer otimista, mas estava preocupado com Anna, e isso o fez falar e falar até que o mandei embora. A mesma coisa aconteceu com Lara, embora de um jeito mais suave, pois mesmo irritado eu não era capaz de ser rude com ela. Não depois de ter visto as marcas deixadas por Hillias.

A noite ia avançada quando Finn bateu à minha porta. Estava abalado, mas não tanto quanto Lara e Rydel, e além disso sabia que eu não precisava de conforto e sim da certeza de que tudo ficaria bem na minha ausência. Assim, por uma ou duas horas, ele tomou nota de tudo que eu pretendia fazer ao longo das próximas luas, os livros e trabalhos recomendados a cada aprendiz e as palavras do rito usado na proteção do Castelo. E só depois de tudo resolvido me entregou o presente que trouxera.

– Uma adaga – constatei, surpreso. – Ela não fez o mesmo juramento que o dono, fez?

– Você é o dono agora. E talvez tenha que fazer o que eu não poderia – disse Finn, em voz baixa. Eu conhecia a razão daquela reserva. Anos atrás, quando eu apenas sonhava em ser um guerreiro, ele pusera seu Dom a serviço de um senhor do País do Norte, e sua negligência custara dezenas de vidas, além de uma derrota em batalha. Isso acontecera havia muito tempo, suficiente para que Finn recuperasse o equilíbrio, mas entre as várias coisas que fez como compensação estava o juramento de nunca matar, nem homens, nem elfos, nem meio-elfos como ele próprio. Era uma promessa estúpida, mas exigia coragem, pois Finn teria de escolher entre o Dom ou a vida se o obrigassem a lutar. Eu não podia nem me imaginar fazendo um juramento assim.

– Guardei essa adaga por muitos anos – disse ele, enquanto eu admirava o punho esculpido e a fina lâmina azulada. – Pertenceu a um dos meus mestres de Riverast, que deixou a Escola antes da sua época. Foi preparada para romper proteções mágicas, acredito que só as mais simples, mas acima de tudo é de bom aço élfico. Nem se compara àquelas coisas vergonhosas que você chama de espadas.

– Metal e Magia – falei, erguendo a arma na horizontal para sentir o equilíbrio. – Duas coisas de que gosto num objeto só. Muito obrigado, Finn.

Estendi a mão, mas ele a ignorou e me puxou pelo ombro, dando-me um rápido abraço. Era a primeira vez em quase sete anos.

– Boa viagem, Kieran – desejou, antes de sair levando os livros que eu lhe emprestara. Deitei no chão, sobre a pele de urso, e fechei os olhos, mas não consegui dormir, apenas me inquietar pensando em Anna. Por fim, desisti de pegar no sono e fui estudar os mapas do Oeste, principalmente o de Camdell, com as ilhas de que eu nunca ouvira falar. A maior delas tinha um nome intrigante: Ilha dos Ossos. Tive vontade de saber mais, até cheguei a procurar em dois ou três livros, mas não achei nenhuma menção àquela ou a outras ilhas do arquipélago.

Então, as estrelas que via da janela me avisaram que era hora de partir. Comi um pouco de pão e queijo e tomei uma caneca de cerveja, de pé, com o rosto e as mãos endurecidos pelo vento noturno. Fazia frio, mas estaria bem mais no pântano, por isso eu não usava manto nem qualquer outro agasalho. Queria me acostumar ao desconforto, como se fosse haver escolha ao chegar lá. Era bem como no tempo em que servira no exército.

Tranquei todas as portas atrás de mim e pus as chaves entre dois livros numa estante da sala de aulas. Finn as pegaria no dia seguinte e as guardaria, como tínhamos combinado. Atravessei o pátio às escuras e fui direto ao estábulo, onde um cavalo tinha sido separado para me levar até o porto. Faltava apenas pôr a sela e os arreios, e eu estava fazendo isso quando pressenti, mais do que ouvi, alguém se aproximar devagarinho às minhas costas.

– Está cercado – disse uma voz suave. Ao mesmo tempo, a ponta de uma espada roçou minha nuca. Baixei as mãos que tinham acabado de ajustar a brida e esperei – e no instante seguinte uma luz brilhou, vermelha como brasa, iluminando um rosto estreito e moreno.

– Razek – falei, sem surpresa. Tarja baixou a espada de treino e passou por mim, indo ficar ao seu lado. Padraig surgiu logo atrás e os três me encararam, meus melhores alunos de combate mágico, os únicos em toda a Escola que ousavam me confrontar.

– Mestre, vim pedir para ir com o senhor – Razek foi direto, o que sempre me agradara nele. – Sei que sou novo e ainda estou aprendendo, mas mesmo assim tenho certeza de que posso ser útil.

– Eu também, mestre – disse Tarja, quando eu já tinha feito um gesto de negativa.

– Vocês são corajosos – falei, porque era verdade. – Mas não posso levar aprendizes numa viagem como esta.

– Por quê? Não sou criança. – Razek era um meio-elfo magricela, de uns dezoito anos. – No exército, já teria sido mandado ao campo de batalha.

– Isto não é o exército – repliquei. – É uma escola. Vocês devem aprender as artes mágicas e não ir atrás de piratas que adorariam pendurar orelhas como as suas no pescoço.

– Não seriam capazes – disse Razek. Seus olhos brilharam, assim como a luz que tinha na mão: não uma lâmpada ou uma vela, mas um clarão feito da mais pura energia mágica.

– Vocês são todos muito bons – falei, dirigindo-me aos três. – Mas ainda são verdes, e além disso essa viagem só diz respeito a mim. Não posso arrastar ninguém comigo na trilha dos piratas.

Razek fechou a cara, mas não retrucou. Tarja segurou seu braço e o puxou para perto dela, fitando-me com olhos claros e sérios.

– Achei mesmo que não nos levaria – disse. – Mas não devia ir sozinho. Quem vai ajudá-lo se precisar?

– Espero que eu não precise – repliquei. Voltei-me outra vez para o cavalo e ia montar quando Padraig se adiantou.

– Mestre, se não quer que o acompanhemos, pelo menos aceite isto – disse, estendendo alguma coisa na palma da mão. Era o martelo de Thonarr, esculpido em madeira e preso a um cordão de fio torcido. Ao vê-lo, meu primeiro impulso foi recusar, porque não era devoto, mas em seguida pensei melhor e aceitei. Sul e Oeste são rivais, mas os Heróis são os mesmos em todos os lugares. Se eu fosse perseguido, ao menos seria com espadas e não com esconjuros.

Os três me acompanharam até os portões do Castelo. Estava escuro, por isso Razek ampliara o alcance do clarão, que brilhava como uma verdadeira esfera de fogo. Quis lhe dizer para não desperdiçar energia, para Tarja se aplicar nos exercícios e para Padraig deixar de perder tempo com Prestes e orações, mas por uma vez me contive. Que eles se despedissem do mestre sem se lembrar do Carrasco.

– Boa viagem! – desejaram, enquanto eu me afastava a galope. Suas vozes se perderam em meio a um grito forte de águia: o grito de Thonarr, que de alguma forma pressentira minha partida.

Ele também lamentava que eu tivesse preferido ir sozinho.

O dia apenas nascera, mas o porto de Vrindavahn já estava em plena atividade. Havia vários barcos ancorados, filas de carregadores indo e vindo, viajantes e marinheiros. Apeei no meio deles e perguntei por Thorold. Ninguém o tinha visto ainda, mas um garoto descreveu o barco que o Conselheiro estivera equipando na tarde anterior, e assim foi fácil encontrá-lo no cais: uma embarcação pequena, em forma de casca de noz, na qual um marinheiro grisalho estava amarrando as velas.

– O senhor é Mestre Kieran? – perguntou ele, assim que me aproximei. – Eu sou Joot. Também me chamam de Pele de Foca, mas essa é uma outra história. O Conselheiro me encarregou de levar o senhor até Erchedel. Quer subir a bordo?

Prendi as rédeas do cavalo a uma estaca e saltei para o barco. Logo vi que o casco era resistente, e as velas pareciam novas. Não havia cabines: eu teria que dormir ao relento, assim como o marinheiro. Se é que seríamos apenas eu e ele.

– Aqui, sob esta coberta, estão as provisões – disse Joot, mostrando alguns sacos e caixas. – Não é muita coisa, mas a viagem é curta. Ainda está faltando o barril de água doce, o Conselheiro vai trazê-lo, quando vier com o piloto.

– Ah, temos um piloto?

– Aprendiz de piloto, na verdade, mas ele é bom. Normalmente, numa viagem dessas, o barco levaria dois marujos – duas velhas cracas como eu –, mas o Conselheiro quer o melhor para o senhor. E o pior para mim – acrescentou, rindo. – Todo o trabalho duro vai ficar nas minhas costas.

– Lamento. Bom, vou trazer minha bagagem – disse eu, tornando a subir para o cais. Momentos depois, estava de volta, com a mochila nos ombros e as espadas pendendo do cinto. Joot soltou um longo assobio quando as viu.

– Duas? Pensei que o senhor fosse um mago, não um guerreiro.

– Fui soldado – respondi. Joot fez um sinal de compreensão e se calou. Pouco depois, porém, desatou a falar a respeito da rota e do barco, e isso durou quase dois quartos de hora até que, por fim, Thorold apareceu. Com ele vinham um carregador, que trazia o barril de água, e um rapaz alto, de cabelos louros. O Conselheiro o apresentou como Bran ap Dian, o que bastou para denunciar sua juventude: todos os homens, nas Terras Férteis, deixam de usar o nome do pai aos vinte e um anos.

– Mas Bran é um bom piloto, apesar de tão novo – garantiu Thorold. – Eu mesmo o treinei, e agora ele faz qualquer coisa ao leme de um barco. Só não sabe chamar o vento.

– Mas isso o Mestre Kieran pode fazer – intrometeu-se Joot. – Ele é um mago, não é?

– É, sim, e você é um velho bagre boquirroto – replicou Thorold. – Feche essa matraca e trate de conferir tudo. Assim que a maré permitir, vocês partem.

– O senhor é que manda – disse Joot, sem se abalar. A essa altura o carregador já havia partido, e foi a vez do piloto ir para bordo, enquanto Thorold me entregava alguns envelopes embrulhados em papel oleado. Eram as cartas para os seus conhecidos, em Bulforg e outras três cidades.

– Tenha cuidado redobrado nas da costa – advertiu. – Ali, acontece o mesmo que nos pântanos. Nunca se pode saber com quem se está falando, se é com gente boa ou com escória que acoberta os piratas. E, bons ou maus, nenhum deles faz nada a não ser por dinheiro. Tem certeza de que está prevenido?

– Tenho – respondi, embora não fosse exatamente verdade. Os mestres da Escola recebiam uma quantia razoável, todos os anos, para uso pessoal, mas Anna e eu gastávamos bastante com livros, e além disso a passagem dela no *Saemundar* tinha sido cara. Não sobrara muito para minha viagem. Mas teria que ser suficiente.

– Bom, Kieran, o barco está pronto e abastecido. Só resta desejar boa sorte – disse Thorold, estendendo a mão. Ia apertá-la e agradecer por tudo quando, para minha surpresa, o carro da Escola apareceu sacolejando sobre as pedras da praça. Nils, o cocheiro, vinha olhando em torno, e quando me avistou puxou as rédeas, parando a pequena distância do atracadouro. A porta se abriu com uma pancada e dela saltou alguém que eu jamais esperaria ver ali: Urien, o professor de Música. Ele trazia uma caixa de madeira sob o braço e uma bolsa a tiracolo, na qual se pôs a remexer enquanto se apressava em minha direção.

– O que deu em você? Ficamos na cozinha à sua espera e nada! Ainda bem que os garotos passaram por lá e avisaram da sua partida. Tive que fazer o Nils correr feito um louco. Mas, bem, aqui está a carta de Thalia para o irmão – disse, sacando um envelope da bolsa. – Lara mandou este livrinho em branco e recomendou que você não deixasse de anotar suas impressões de viagem. E eu... hum... Espero que haja espaço no barco para isto.

Estendeu-me a caixa, feita de madeira clara e sem entalhes, e esperou com as mãos para trás enquanto eu a abria. Dentro, protegida por várias voltas de tecido, havia uma harpa, pequena e de linhas elegantes.

– Você precisa levá-la – decretou Urien, vendo-me franzir a testa. – Em viagem, sempre que a gente se hospeda numa casa, mandam-nos cantar para pagar o jantar. E você cantando deve ser terrível, por isso é melhor ficar com a harpa.

– E onde diabos vou guardá-la? – perguntei, exasperado. – Minha mochila está abarrotada. Sem falar nas armas.

– Com todo respeito – disse Joot, do barco. – O senhor pode prender a harpa na mochila, como fazem os músicos ambulantes. A caixa parece forte. Não vai estragar durante a viagem, mesmo que caia n´água.

– Viu? Para tudo há um jeito – disse Urien. – Leve a harpa, a música é boa companhia quando se viaja só. E isso talvez lhe traga sorte – a sorte dos bardos. Você vai precisar para chegar até Anna.

– Mas vou chegar – afirmei, ríspido.– Com sorte ou sem sorte, vou achá-la e trazê-la comigo.

– Claro que vai. Se você não conseguir, ninguém consegue – replicou Urien.

Olhei-o de soslaio, sem saber se estava sendo irônico ou não. Ele percebeu minha expressão e suspirou, voltando ao seu jeito de sempre.

– O que eu quero dizer, Kieran, é que você é um sujeito rabugento e antipático, mas gosta de verdade dessa moça e isso o torna melhor. Pelo menos mais *tolerável* – emendou, com uma careta. – Quanto a Anna, não sei o que viu em você, mas sou amigo dela e estou preocupado. E como a sorte não a ajudou, mesmo sendo mestra de sagas, talvez possa ajudar um harpista sofrível.

– Essa é a maior estupidez que já ouvi – resmunguei, mas deixei que Joot prendesse a caixa à minha mochila. Não pesava muito, e seria um disfarce, como o martelo de Thonarr que eu levava ao pescoço. Urien me olhou por alguns momentos, depois balançou a cabeça e sorriu, chutando uma pedra solta que estava a seus pés.

– Não precisa agradecer – disse.

Percebendo que a conversa havia acabado, Thorold avisou que o vento acabara de virar. Apertei sua mão, assim como a de Urien, e disse que mandaria notícias se pudesse. Então, saltei para o barco, onde Joot e o piloto já trabalhavam com as velas e o leme.

– O vento está uma beleza! Nem vamos precisar de sua ajuda, Mestre Kieran – riu o marujo. Assenti, mas não dei resposta, porque pela primeira vez me ocorria que talvez eu nunca mais voltasse a Vrindavahn. Eu sobreviveria, é claro, houvesse o que houvesse. Tinha encarado a morte vezes demais para me render a ela como um herói ingênuo. Mas não retornaria à cidade, nem à minha antiga vida, se não pudesse partilhá-la com Anna.

Vento leste, virar a bombordo. Uma primeira onda ergueu o barco, e este se fez ao mar.

Minha jornada havia começado.

4
A Aldeia dos Juncos

Alto, de cabelos longos presos por um aro de ouro e a orelha dobrada pelo peso do brinco, Lorak de Erchedel ergueu os olhos da carta e disse, não sem relutância:

– Bem-vindo ao solar da Casa Turquesa.

Agradeci, decidido a não demonstrar o que pensava daquele tratamento. Lorak era o chefe de uma Casa da antiga nobreza élfica, acostumado ao luxo e à limpeza imaculada. Não devia ser fácil para ele receber alguém como eu, amarfanhado por cinco dias e noites no mar, com uma mochila nos ombros e a barba crescida. Não fosse isso o bastante, ele era irmão de Thalia, e certamente partilhava sua opinião a meu respeito. Mesmo assim, prometeu me ajudar no que pudesse, e começou por ordenar a um serviçal que me levasse até um dos quartos de hóspedes. Eu ia querer me lavar e trocar de roupa antes de ser apresentado à sua família.

O quarto que me deram ficava nos fundos do solar. Era pequeno, mas bem mobiliado e decorado ao jeito dos elfos. Entrei numa banheira com água corrente, provavelmente a última que veria em algumas luas, e fechei os olhos, sentindo-me oscilar como se ainda estivesse no barco.

Tinha sido uma boa viagem, com o céu limpo e o vento favorável. Eu ajudara Joot com as velas e conversara sobre bússolas e estrelas com Bran ap Dian. Esperava que eles fossem pernoitar em Erchedel, mas só desembarcaram pelo tempo suficiente para abastecer o barril com água fresca e fazer uma refeição numa taverna do porto. Então, voltaram a zarpar. Entreguei-lhes o bilhete que rabiscara para o Mentor e os acompanhei ao cais, de onde ainda pude ouvir Joot gritar a plenos pulmões:

– Um dia quero ver o senhor chamar o vento!

Acenou, com uma risada que se perdeu em meio ao ruído das ondas. Não retribuí. Mas fiquei olhando para o barco até que ele sumisse de vista.

Pouco a pouco, o balanço foi cessando, e ao sair da banheira eu já sentia a terra sólida sob meus pés. Ou melhor, sentia o piso de mosaico, semelhante ao dos salões do Castelo das Águias, porém com desenhos mais intrincados. Isso num quarto de hóspedes, provavelmente o mais modesto da mansão ornada de colunas de mármore, com muros cobertos de hera e jardins que poderiam abrigar a população de uma aldeia. Talvez tivesse acontecido no passado: Erchedel não era longe da fronteira com o Oeste. Já tinha estado sob cerco, assim como Scyllix, onde os nobres da Casa Safira tinham dado abrigo aos elfos residentes na cidade. Os homens ficaram de fora, comerciantes, artesãos e operários defendendo as muralhas ao lado dos últimos guerreiros. Muitos morreram, mas o inimigo foi rechaçado, e assim os nobres ficaram satisfeitos. Deram até uma festa, e as sobras de comida foram distribuídas aos famintos nos portões do solar.

Isso acontecera muitos anos antes, e desde então as Onze Casas tinham perdido privilégios, mas seus descendentes ainda agiam como se estivessem acima dos outros mortais. Eu duvidava que os da Casa Turquesa fossem diferentes. No entanto, precisava de sua ajuda para chegar à aldeia dos barqueiros, por isso vesti a única roupa boa que levava e fui para o salão disposto a ignorar quaisquer provocações. E de fato houve algumas, a começar pelas perguntas sobre a minha ligação com a Casa Âmbar. Queriam saber se eu tinha direito a um brinco no lóbulo da orelha; quando respondi que nem me preocupara em descobrir, ficaram consternados, como se eu houvesse aberto mão de uma grande honraria. Em outros tempos, uma conversa assim me deixaria morto de raiva, mas agora conseguia entender que não estavam me insultando: eles davam tanto valor às pedras de nobreza que não se importavam se elas os denunciavam como bastardos.

A prova disso estava diante dos meus olhos. Por puro acaso, eu chegara num dia de festa, com uma dezena de parentes distantes em visita ao solar, e vários deles usavam com orgulho suas turquesas no lóbulo da orelha. Comemoravam o nascimento de um bebê, do ramo legítimo desta vez, que era passado de colo em colo para que o admirassem. Até eu tive que segurar por um instante aquele embrulho de panos bordados, do qual emergia uma carinha vermelha com enormes olhos cinzentos. Uma ama se encarregou dele em seguida e nos sentamos para o jantar, ao som de música tocada por bardos invisíveis atrás de um reposteiro.

Como o intruso que eu era, puseram-me num extremo da mesa, longe demais do anfitrião para que pudéssemos conversar. Nem os pratos sofisticados nem o ótimo vinho aliviaram minha impaciência durante aquelas duas horas. Lorak deve ter percebido, pois várias vezes o peguei me observando, mas cumpriu até o fim as formalidades do jantar. Então, alguém sugeriu que fossem dançar no jardim, e eu já me preparava para amaldiçoar a Casa inteira até a quinta geração quando o mestre do solar veio ao meu encontro.

– Divirtam-se, meus caros. Logo estarei com vocês – disse ele aos parentes. – Preciso ter uma conversa com nosso hóspede.

– Oh, sim! Sobre a viagem dele – disse uma dama, arregalando os olhos. – É uma situação terrível, Mestre Kieran. O senhor é um homem corajoso.

– E precipitado, se me permite dizer – opinou a esposa de Lorak. – Não devia se arriscar no pântano e sim contratar barqueiros para que fizessem a busca. Eles conhecem o lugar, que além disso é insalubre, cheio de miasmas e insetos que causam febres. Não é para alguém como o senhor.

– A senhora não faz ideia do que alguém como eu é capaz de suportar – repliquei, olhando-a nos olhos. A elfa empalideceu, depois se forçou a sorrir, disfarçando com elegância o choque causado por minhas palavras.

– Se é assim, só posso lhe desejar boa sorte – disse, e se retirou de cabeça erguida. Lorak me olhou com o cenho franzido e fez um gesto para que eu o seguisse até a sala contígua. Agora, mais que nunca, estava claro que ele só me ajudaria para ser agradável à irmã, e que a conversa que teríamos seria a mais breve possível, mas não me importei. Era melhor assim.

O gabinete onde entramos era elegante, porém mais sóbrio que o salão, com estantes forradas de livros e uma grande mesa onde alguém deixara abertos vários tratados sobre a legislação das Terras Férteis. Lorak os afastou para um lado e abriu um mapa, sobre o qual traçou com o dedo uma rota imaginária entre Erchedel e a Aldeia dos Juncos.

– Você poderá seguir amanhã cedo para Loggan, com a família de meu primo. – Era o pai do recém-nascido, que tinha seu próprio solar numa aldeia vizinha. – Lá será provido de um cavalo e de um guia com quem atravessará a fronteira. Há um braço de mar e sobre ele uma ponte que deve estar em boas condições. Do outro lado já é o Oeste, mas ali ainda são amistosos. As coisas podem mudar depois de ter passado entre as montanhas – bateu sobre o ponto exato, ainda distante da Aldeia dos Juncos. – No quarto dia de viagem vocês devem chegar ao povoado dos barqueiros, e de lá o guia vai retornar com os cavalos. Você estará por sua conta a partir de então.

Assenti, murmurando um agradecimento que não deve ter soado muito caloroso. Lorak me observou por um instante, depois forçou um sorriso que lembrava o de Thalia.

– Saiba que minha irmã não gosta de você, mas o respeita por seu poder e conhecimento – disse, o que não era novidade. – Espero que eles o ajudem a encontrar sua esposa. Mas posso ver em seu rosto que está preparado para o pior.

– Tanto quanto possível – repliquei. E essas foram as últimas palavras que trocamos naquela noite.

No dia seguinte, após o desjejum, despedi-me dos habitantes do solar e parti rumo à aldeia de Loggan. A estrada era mantida em boas condições, o que encurtou a viagem: ao meio-dia já estávamos no solar menor, mas também aprazível, com um pequeno pomar e pedra cinzenta em lugar de mármore. O almoço foi servido assim que chegamos, e em seguida fui apresentado ao homem que me serviria de guia. Para minha surpresa, não era um completo estranho.

– Mestre das Águias! – A exclamação proveio de um sujeito atarracado, vestido como guarda-caça. – Não se lembra de mim? Sou Othon, do trigésimo batalhão. Servi como intendente na campanha de Baraddhyn.

– Othon... Ah, sim, é claro. O do assovio irritante. – De repente me lembrei dele e de tudo o mais. – Quando deixou o Exército?

– Logo depois do senhor – respondeu ele, com um sorriso de satisfação. – Eu me alistei por dez anos, para ajudar a família, mas nasci aqui e conheço toda esta região. Fiz quatro vezes a viagem que vamos fazer agora. E posso lhe indicar o melhor barqueiro da aldeia.

– Ótimo. Você é o homem de quem preciso – falei, e o sorriso cresceu mais ainda no rosto barbado.

Os dias seguintes provariam que tive sorte em contar com Othon. Embora não tivesse perdido o hábito de assoviar – sempre a mesma melodia – ele cuidava bem dos cavalos, conhecia o caminho e os lugares onde acharíamos pousada. A primeira noite foi passada na fazenda de um de seus parentes, que nos proporcionou um bom jantar; atravessamos a ponte na manhã seguinte e cavalgamos com pequenas paradas até o cair da noite, quando chegamos a uma hospedaria cujos donos eram um ex-companheiro de armas de Othon e sua robusta mulher do Oeste. O lugar se chamava "Ao Vinho e Vinagre", um nome adequado, já que a casa era frequentada por gente das duas regiões.

Naquela noite, ceei numa mesa comum, com viajantes provenientes de Erchedel e de Malkin. Esta era conhecida como "cidade do pântano", por isso procurei saber se os homens fariam o mesmo trajeto que eu, mas foram veementes em dizer que preferiam ir por terra, ainda que isso lhe custasse um desvio de vários dias. O pântano era assombrado, afirmaram, principalmente nas proximidades do mar interior. Só os barqueiros da Aldeia dos Juncos tinham coragem de atravessá-lo.

– Existem outras aldeias no interior do pântano? – indaguei, lembrando-me da narrativa de Mestre Mael acerca de casas construídas sobre estacas.

– Duas ou três, mas são lugares miseráveis – respondeu o líder do grupo. – A gente de lá vive metida na lama, comendo rãs e mariscos e procriando entre si. Na Aldeia dos Juncos é diferente. Eles são pobres, mas têm bons barcos, comerciam, transportam viajantes... Enfim, são homens e não animais do brejo.

– E quanto acha que vão me pedir pela travessia? – aproveitei para perguntar. Os homens confabularam entre si e responderam que seria alguma coisa em torno de cinco blenis. Esse era o nome da moeda corrente na região, equivalente à nossa moeda de cobre, portanto a quantia correspondia a pouco menos que uma peça de prata das Terras Férteis.

A par dessa informação, troquei quase todo o meu dinheiro com o dono da hospedaria, e nós dois ficamos até tarde falando sobre os costumes do Oeste. Eu nunca tinha estado numa cidade deles, embora houvesse atravessado várias vezes a fronteira. Tudo que conhecia eram fazendas e aldeias pequenas, além, é claro, das florestas e campos abertos que eram palco das batalhas. Sabendo disso, o veterano achou por bem me explicar sobre o complicado sistema de clãs, a rota dos mercados de verão e os acordos de casamento, e essa conversa me fez saber mais sobre o Oeste do que eu julgava necessário. Só não a interrompi porque, em meio a histórias esdrúxulas sobre vampiros e mulheres trocadas por bois de arado, ouvi coisas que me interessavam, tais como o fato de haver escravos em Brandannen – a cidade governada pela família de Waclav, cúmplice de Hillias em seu ato de traição – e as frequentes aparições de piratas no arquipélago onde ficava a Ilha dos Ossos. O nome continuava a me intrigar, e não parecia ser por simples acaso. Mas justamente isso o mercador não soube me explicar.

Na manhã seguinte, Othon e eu passamos pela trilha entre as montanhas, enchemos nossos cantis numa fonte e atravessamos um bosque de pilriteiros. No fim, havia uma trilha muito pisada no meio da grama, e ao longo dela alguns marcos de pedra lembrando guerras em que haviam morrido pessoas do lugar. Apenas a última era recente, a de uma batalha travada dez anos antes, na fronteira com as Terras Férteis. Lá, segundo o marco, um herói local tinha vencido dezenas de inimigos antes de morrer combatendo uma águia guerreira. Era mentira: os inimigos tinham sido apenas três. E o Mestre das Águias daquele tempo ainda se lembrava dos berros do herói pedindo misericórdia.

Dali para a frente, a trilha foi ficando cada vez mais irregular, com muitas pedras e trechos lamacentos. Os cavalos começaram a mostrar sinais de cansaço, obrigando-nos a fazer uma parada, mas depois retomamos o caminho, acompanhando o Sol que baixava sobre os arbustos. Então, quando o céu começava a se encher de tons de vermelho, Othon emparelhou sua montaria com a minha, apontando para uma súbita elevação do terreno.

– A aldeia fica atrás daquela colina. Ainda vai haver alguma claridade quando chegarmos.

– Ótimo. Fez um bom trabalho – disse eu, e o homem sorriu e cavalgou cheio de dignidade a meu lado.

A trilha era íngreme em volta da colina, o que nos fez reduzir a marcha, mas não tardamos a avistar as primeiras casas da aldeia. Eram de madeira, distantes umas das outras e tendo em volta pequenas extensões de campos cultivados. Duas ou três tinham também cercados com cabras e ovelhas, e em quase todas havia uma pocilga onde grunhiam porcos escuros e peludos como javalis.

– São fazendas. Os barqueiros ficam mais adiante, perto do rio – disse Othon, incitando o cavalo. À medida que passávamos, algumas pessoas apareciam à janela ou à porta das casas e nos fitavam com curiosidade, mas seus olhares não eram hostis. Nem mesmo minhas espadas causaram estranheza, pois a maioria dos viajantes portava armas. Eu tinha de me acostumar a não ser reconhecido como um mago ou o Mestre das Águias.

– Olá, você! – gritou um homem, acenando para meu guia. Othon deteve seu cavalo e fez um sinal para que eu também esperasse. O fazendeiro saiu da casa, um sujeito alto e parrudo vestindo uma túnica encardida, e nos cumprimentou com um forte aperto de mão.

– Você esteve aqui há uns cinco anos – disse, à guisa de cumprimento. – Tinha encomendas para enviar a Malkin. E as confiou ao Pavel Kevorkian, se bem me lembro.

– Isso mesmo, o Pavel – concordou Othon. – Preciso dele de novo, dessa vez para levar um passageiro.

– Pois terá de ser outro barqueiro, amigo – disse o fazendeiro, para nossa surpresa. – Pavel morreu no ano passado, atacado por piratas que levaram a carga e o companheiro dele. Tem havido muito disso por aqui nos últimos tempos, tanto que a maioria dos barqueiros desistiu de fazer a travessia. Mas não se preocupe – acrescentou, vendo que eu franzia a testa. – Ainda há alguns corajosos ou loucos o bastante. Venham comigo, eu acompanho vocês até lá.

– Vamos, mestre. Pode confiar nele – sussurrou Othon. Acompanhei-os, olhando para trás a tempo de ver uma mulher sair da casa e pegar os cavalos pelas rédeas. O fazendeiro atravessou mais um campo, depois um terreno alagadiço que prenunciava o pântano logo adiante. O ar foi se tornando pouco a pouco mais frio e adquirindo um cheiro de sal, e logo também de podridão, embora não tão forte que nos levasse a tapar o nariz.

As casas dos barqueiros surgiram logo a seguir. Eram pouco mais que barracas cobertas de junco, bem próximas umas das outras, como se isso ajudasse os habitantes a espantar o frio. Muitos estavam por ali, a maioria homens e rapazes de aparência rude. Suas roupas eram esfarrapadas e sujas, quase cinzentas por terem se molhado e secado várias vezes no corpo. Os que tinham idade para isso exibiam barbas hirsutas, e muitos estavam descalços. Eles se aproximaram devagar, olhando-nos com desconfiança, embora estivéssemos acompanhados do fazendeiro, e murmurando algumas frases uns para os outros. Por fim, um dos homens mais velhos se deu por satisfeito e franziu as sobrancelhas, perguntando o que fazíamos ali.

– Este é Othon das Terras Férteis. Alguns aqui devem lembrar dele – respondeu o fazendeiro. – Já trouxe mensagens para serem levadas a Malkin e hoje veio trazendo um passageiro. Este homem – disse, e todos os olhares se voltaram para mim. Achei que fariam perguntas – quem eu era, aonde pretendia chegar –, mas logo percebi que esperavam que eu mesmo me explicasse. E que não iam fazer questão de detalhes. Melhor assim.

– Preciso atravessar o pântano – falei, sem dizer meu nome, porque ninguém o havia perguntado. – Mais do que isso, preciso percorrer cada trecho dele, para procurar uma pessoa que pode estar lá. Pago bem, mas quero alguém de coragem, que conheça muito bem o pântano e vá aonde eu lhe disser para ir. Aqui há algum homem assim?

Ouvindo isso, os aldeões se entreolharam, entendendo-se por meio de gestos e sussurros. Logo um deles se adiantou: um velhote atarracado, de barba e cabelos cinzentos, com uma cicatriz que atravessava a testa de lado a lado.

– Eu posso levá-lo – disse. – Mas é preciso que saiba os perigos que se corre ao entrar no pântano.

– Sei dos perigos – repliquei, encolhendo os ombros. – Febres, mosquitos, lodos traiçoeiros. Que mais?

– Isso já é bastante com que lidar – disse um homenzarrão cabeludo, dando um passo à frente. Suas roupas eram tão sujas e rotas quanto as dos outros, mas tinham boa qualidade. Se fossem do seu tamanho, eu poderia supor que um dia fora remediado, e que, por alguma razão, descera àquela condição miserável; mas a camisa era curta demais e as calças frouxas, dando a entender que as peças tinham pertencido a outro homem. E as circunstâncias não faziam crer que tivessem sido dadas de bom grado.

– Quer atravessar o pântano? – perguntou ele. – Não há melhor barqueiro do que eu. Se pagar bem, ponho você do outro lado em quatro dias.

– Como assim, quatro dias? – exclamou o velho. – Para atravessar até Malkin são seis, com dois remadores. Para entrar em cada curva, em cada canto, como o homem está querendo, quantos serão?

– Bom, é, para isso precisa de mais tempo – admitiu o outro, de má vontade. – Mesmo assim eu posso levá-lo, e não cobro muito. Seis blenis, mais provisões.

– Eu peço o mesmo. E conheço aquele pântano como a palma da minha mão – disse o grisalho, fitando-me com olhos verdes e agudos. Outros homens, atrás dele, trocaram murmúrios, mas não pareciam estar debochando ou duvidando do velho. Ao contrário, olhavam-no com respeito, e isso contou um ponto a seu favor. De nada me adiantaria um barqueiro rápido e forte se ele não soubesse exatamente para onde ir.

– Você faria a viagem em quanto tempo? – perguntei.

– Se quer esquadrinhar todo o pântano, é preciso ir devagar. Uns doze dias – disse o velho, com uma firmeza que me agradou. – E o senhor vai gastar pelo menos três blenis com provisões.

– Três blenis! Isso dá para alimentar uma tripulação – atacou o cabeludo. – E para quê? Para você poder levar aquele moleque do seu filho, que é uma boca a mais e um peso inútil no barco!

– Ele já ajuda bastante com os remos. Claro, não é como o outro – acrescentou o velho, resignado. – Mas está aprendendo.

– A decisão é sua – disse Othon, voltando-se para mim. Assenti, mas demorei a falar, porque ainda não havia resolvido. O velho me inspirava mais confiança, mas a ideia de levar o filho dele não me agradava, porque íamos nos arriscar à procura dos piratas. Por outro lado, provavelmente se tratava de um rapaz crescido, acostumado aos miasmas e perigos do pântano. Não era o mesmo que arrastar comigo um dos garotos do Castelo das Águias.

– Se está na dúvida, venha ver os barcos. O meu é bem melhor – disse o homenzarrão. Achei que isso me ajudaria a decidir, por isso concordei e o segui, juntamente com Othon e o barqueiro mais velho.

O atracadouro ficava depois das últimas casas, quase à margem do pântano. A maré estava baixa, deixando a descoberto uma longa extensão de lama negra, fervilhante de pequenos caranguejos. Dali se sobressaíam estacas de madeira, cobertas de limo e de algas, mostrando o ponto que a água atingia na maré cheia. Os barcos estavam presos a essas estacas: oito ou dez embarcações pequenas, de fundo chato, semelhantes umas às outras a não ser por alguns detalhes. E, além disso, pelo fato de estarem quase todas quebradas ou remendadas de forma precária.

– Qual destes é o seu? – perguntei ao velhote.

– Este aqui, Pan – disse ele, apontando o segundo barco a partir da direita. Olhei-o de perto e vi que era o mais bem-conservado, com as tábuas do fundo secas e o casco quase livre de algas e mariscos. Isso foi o suficiente para acabar com as minhas dúvidas.

– Vou com você – falei, e ia prosseguir quando o homenzarrão se meteu entre nós dois.

– Não, não! Espere! Você não viu o meu barco! – protestou ele. – Olhe aqui, é o primeiro de todos, e está muito bom! O fundo é novo!

– É mesmo – respondi, dando uma olhada. – Mas é mal calafetado, e a madeira não presta. E a proa está coberta de cracas, prova de que você não cuida bem do seu barco.

– Como é ? – esbravejou o sujeito, avançando para mim. – Eu não cuido do meu barco? O que você entende disso?

– O suficiente – respondi. Ele me fitou com ódio e cerrou os dentes, sua aura se tingindo de um vermelho que terminava em borrões escuros.

Foi dentro deles, como num espelho, que enxerguei a cena.

Um temporal, no meio do pântano, encharcando o barco e os dois homens que se equilibravam sobre ele. Uma discussão, recriminações que logo se transformariam em ofensas pesadas. Xingamentos. Gritos. À luz de um relâmpago, vi crescer o vulto grande e hirsuto do barqueiro, empunhando um remo que se abateu com violência sobre a cabeça do outro homem. Sem um gemido sequer, ele tombou sobre a proa do barco, o rosto voltado para cima, a chuva lavando o sangue que escorria dos cabelos para a gola da camisa.

Aquela camisa. A mesma que eu via agora, suja, esfarrapada e pequena demais para o corpo do ladrão. Ou melhor: do assassino. Ele fizera algo ainda pior do que eu pensara no início.

– Você. Pode ir agora – disse eu.

Minha voz era grave, o tom preciso para atingi-lo no vão aberto em sua mente pelas memórias. Ele me encarou, sem entender por que o homem que desafiara passara de repente a intimidá-lo, e abriu a boca, mas não conseguiu retrucar. Olhei-o dentro dos olhos enquanto atacava, revolvendo seu remorso como se fosse o lodo do pântano – e então, tomado de um súbito horror, ele sacudiu a cabeça e se afastou quase correndo. Os outros dois me fitaram com assombro, mas fiz com que suas impressões se desvanecessem em não mais que um momento. Eu não precisava daquilo.

– Como eu dizia, vou com você – falei para o de cabelos cinzentos. – Seu barco é bom, e vejo que está seguro a respeito do pântano. Mas os viajantes com quem falei disseram que lá existem coisas assustadoras. Coisas de gelar o sangue. Você já topou com algo assim?

– Bruxaria, o senhor quer dizer? Não. – Cuspiu, mostrando seu desprezo. – Há perigo no pântano, é verdade. Além dos lodos sugadores e das febres, às vezes aparecem piratas. Mas isso não é nada que um homem não possa enfrentar.

– Bom. Fico satisfeito em ver que pensa desse jeito – repliquei. – A pessoa que procuro foi, provavelmente, raptada por piratas. Preciso ir atrás deles para achá-la ou, pelo menos, conseguir uma pista do seu paradeiro. Está disposto?

– Sim, senhor – disse o velhote, sem sombra de medo. – Foi o que imaginei, quando o senhor disse que ia procurar alguém, e foi por isso que me ofereci. Pode acreditar que nenhum guia vai servi-lo melhor. Eu também quero ir atrás dos malditos piratas.

– Você? – indaguei, surpreso. O homem fez que sim com a cabeça, um gesto cheio de vigor e teimosia. Então, contou-me a sua história, felizmente resumida em umas poucas palavras.

– Meu filho Yuri também está nas mãos dos piratas. Levando uma carga para Malkin, demorou para voltar, e fui atrás dele junto com outros homens da aldeia. No meio do pântano, achamos pedaços de madeira do barco, e o amigo que tinha ido com Yuri atirado numa margem, nu, com a barriga aberta, já meio devorado pelos peixes e pelas aves.

– Esse amigo... era o Pavel? – Othon perguntou, com um calafrio. – Ouvi dizer que os piratas o mataram.

– Sim, foi isso mesmo – confirmou o velho. – Dias depois, outro barqueiro disse ter visto piratas numa ilha que a maré baixa forma no pântano. Aquilo só pode ter sido obra deles; e, se não achamos o corpo de Yuri, é sinal de que ele foi levado para ser vendido como escravo. Isso foi no ano passado, e não espero mais achá-lo por aqui, mas, se puser as mãos num desses piratas, aposto que consigo lhe arrancar algumas pistas. Porque se não, por Woden, o que vou arrancar é a maldita língua!

Cerrou os punhos enquanto eu admirava sua aura ampla e brilhante, irradiando a energia dos que lutam pelo que é justo. Ele parecia ser perfeito para o que eu queria. Faltava apenas esclarecer um detalhe.

– Escute – comecei. – Como é mesmo seu nome?

– Ilya, senhor. Do clã Jendovian.

– Bom, Ilya, aquele sujeito disse que você pretendia levar seu outro filho. Não acha que ele vai correr perigo, se for nessa viagem?

– Sim, vai – concordou o velhote, com o cenho franzido. – Mas ele tem dezessete anos, e é preciso que aprenda a lidar com o barco e conhecer o pântano. Todos os barqueiros correm riscos, e eu acho melhor o garoto aprender a se prevenir desde agora. Mas, se o senhor não quiser que ele vá...

– Não foi o que eu disse – repliquei. – Só lembrei que esta não vai ser uma viagem fácil. Com dezessete anos, seu filho é um homem feito, e se você quer levá-lo não tenho nada a opor. Desde, é claro, que ele não atrase nem atrapalhe a minha busca.

– Ele não vai, senhor. Prometo – disse Ilya.

Com isso acertado, faltava apenas resolver a questão das provisões, que deixei a cargo de Othon. Este já havia combinado nosso pernoite com o fazendeiro, e não teve dificuldade em incluir alguns mantimentos no trato em troca de três blenis. Os dois saíram para providenciar tudo enquanto eu escrevia duas cartas. Uma era para Camdell, contando como tinha sido minha viagem até ali; a outra era para Lorak, apenas algumas linhas em que agradecia sua ajuda e pedia que enviassem minha mensagem à Escola. Quando acabei, a mulher do fazendeiro serviu o jantar, uma sopa espessa de trigo onde boiavam pedaços de presunto da grossura de um dedo.

– Comida do Oeste. Não tão boa, não tão má, empurre com cerveja – sussurrou Othon, recordando um velho dito do exército.

– Não está nada má – repliquei, mas tomei a cerveja mesmo assim.

Depois da sopa, acompanhada por um pão já duro, veio um doce avermelhado, partido em pequenos quadrados. Eu ia prová-lo quando a porta se abriu, dando entrada a um rapaz magro, de cabelos castanhos e olhos que me fitaram com admiração.

– O senhor é o Pan das Terras Férteis, não é? Meu pai disse que precisa procurar uma pessoa no pântano. É algum amigo seu?

– Seja quem for, não lhe interessa. Vamos ser pagos para remar e não para fazer perguntas – cortou Ilya, que entrara logo atrás.

O rapaz se calou, mas percebi que as questões continuaram a borbulhar dentro dele, e que nem todas diziam respeito a mim ou à minha busca. Isso me tocou de um jeito curioso, fazendo-me lembrar de alguns aprendizes – Vergena, Gwyll, Razek – mas, principalmente, de um rapaz de cabelos negros e traços angulosos, que observava o voo das águias no céu de Scyllix e que passara tantos anos em busca de respostas. Talvez eu ainda estivesse lá se não fosse por Mael.

– Como é seu nome? – perguntei ao filho do barqueiro.

– Yegor, Pan – respondeu ele, docilmente. – Yegor Jendovian.

– Bom, Yegor, meu nome é Kieran – disse eu. – No momento oportuno, você vai saber mais a meu respeito. Por enquanto, só quero que não me chame de Pan. Não usamos esse tratamento nas Terras Férteis.

– Não? E como eu devo chamar o senhor? – perguntou o rapaz.

Olhei para o rosto jovem e ansioso, para o reflexo do meu próprio passado, e não detive a resposta que me veio de forma espontânea.

– Pode me chamar de mestre.

5
Rastros

O barco oscilava feito um bêbado sobre as águas negras. O dia anterior fora de muita chuva, e isso trouxera à tona o lodo e as algas que repousavam no fundo do pântano. Sujo e desgrenhado, as roupas cheias de salpicos de lama, eu retirava a água acumulada no fundo do barco enquanto Ilya remava, fazendo um grande esforço para nos manter no rumo desejado. Yegor testava a profundidade da água para evitar que o barco encalhasse e remava nos intervalos, olhando-me, às vezes, com aquele ar de devoção que assumira desde a primeira noite. Eu procurava tratá-lo bem, mas tomava o cuidado de não falar muito sobre mim mesmo. Ainda assim, achei que ele e o pai deveriam saber que procurávamos minha mulher; e, embora lhes custasse acreditar que eu a deixara fazer aquela viagem, os dois se mostraram ainda mais solidários com a minha busca.

– Vamos até o Inferno para achar a Dama Anna – declarara Ilya. Dizia o mesmo sobre Yuri, o filho que julgava ter sido levado pelos piratas e que mencionava a todo momento. Algumas vezes comparava seu trabalho com o de Yegor, sempre elogiando o do mais velho, o que provocava no garoto uma mágoa cada vez mais profunda.

Mas hoje não. Hoje Ilya parecia ocupado demais para reclamar de Yegor ou para apontar as aves do pântano, falando sobre cada espécie como era seu costume. Rígido, os braços se movendo de um jeito calculado e brusco, ele se limitava a remar, como se isso exigisse toda a sua energia. Talvez estivesse começando a se cansar com a viagem. Aquilo me preocupava, porque tínhamos deixado a Aldeia dos Juncos havia apenas cinco dias. Ainda faltava um longo caminho a percorrer.

Joguei fora o que restava da água e me sentei. O fundo do barco estava úmido e a sensação se transmitia às minhas calças. Talvez as trocasse quando parássemos. Os barqueiros não podiam se dar a esse luxo, pois só tinham uma roupa, eternamente coberta de lama a não ser quando chovia. Yegor estava em piores condições, porque crescera demais naquele ano e não ganhara peças novas. Seus pulsos e tornozelos ossudos ficavam descobertos. Os sapatos ainda serviam, mas estavam quase desfeitos; quando ele veio para perto de mim, pude ver por um buraco os dedos roxos de frio, ao mesmo tempo que ouvia o chapinhar dos pés nos calçados encharcados. Coitado do garoto.

– Olhe, mestre, daqui a pouco vamos parar – disse ele. – Já está ficando escuro e há uma praia ali adiante. Hoje, vou andar até onde for preciso para achar lenha, e poderemos ter uma fogueira. Prometo.

– Bom. Você já tinha vindo a esta parte do pântano?

– Já – respondeu o rapaz, e sua voz assumiu um tom de confidência. – Foi por aqui que acharam pedaços do barco do meu irmão. Eu não estava nesse dia, mas depois vim com meu pai e outros homens e fomos até a ilha onde disseram ter visto os piratas. Mas eles já tinham ido embora quando partimos.

– Mas podem ter voltado – disse Ilya, lá da frente. – Faz mais ou menos um ano que aconteceu. E é nesta época que os piratas costumam estar por aqui.

– Então vamos ficar atentos – disse eu.

O velhote assentiu e continuou a remar. Seus braços se moviam de forma estranha, aos arrancos, lembrando marionetes de fio. Felizmente já estávamos perto da praia, onde ele poderia descansar e se refazer para o dia seguinte. Yegor prepararia a comida e eu exploraria os arredores, como fizera nas noites anteriores.

Pouco depois, o barco chegou à praia. Pai e filho saltaram na água para puxá-lo e eu esperei até o ponto em que meus pés pudessem tocar a areia. Era muito escura e lodosa, principalmente à beira d'água, e cobria uma grande extensão de território em direção ao norte. Nas margens não havia vegetação, exceto por juncos e capim alto, mas um pouco adiante vi árvores, que Yegor poderia usar para conseguir lenha. O rapaz começou a tratar do acampamento enquanto o pai se estendia na areia, cansado demais para fazer qualquer coisa por si ou pelo barco.

– Vou dar uma volta – anunciei. Yegor me olhou, curioso a respeito do bastão de aveleira que eu sempre levava comigo quando ia explorar os arredores. Era curto demais para que me apoiasse nele, fino e leve demais para ser usado como arma. Sua verdadeira função permanecia insuspeitada: Yegor achava que eu era um homem bom, portanto não lhe passava pela cabeça que fosse também um mago. Além disso, à exceção de uma única runa esculpida na madeira, o bastão era comum, sem nada do que se esperaria de um instrumento de poder. Era assim que eu preferia que fossem as minhas coisas.

Fui caminhando pela areia, virando-me algumas vezes até que perdi os barqueiros de vista. Dali para a frente andei mais devagar, prestando atenção em cada detalhe daquele lugar instável. O pântano vivia em mutação, entre as águas do mar e as do rio, com ondas, correntezas e praias que desapareciam na maré alta. A que eu pisava tinha alguns trechos de areia e outros semelhantes a lodaçais, e eu transpunha um deles quando, sem aviso, meus pés e pernas afundaram na lama escura e viscosa.

Os magos pensam rápido, e sabem agir por reflexo. Antes mesmo de me lembrar do nome dado por Ilya àquele fenômeno – ele os chamara de lodos sugadores – , minha mente já trabalhava, alinhando meus movimentos com a maré, impulsionando-me para cima e me ajudando a rastejar até o fim do trecho mais perigoso. A salvo sobre a faixa de areia, olhei para trás, e só então me permiti sentir um calafrio. Eu escapara por um triz de ser arrastado até o fundo do pântano.

A Magia me livrara do pior, mas os encantos tinham exigido uma boa dose de energia. Além disso, eu estava coberto de lama, e os mosquitos me picavam sem dó. Pensei em desistir da exploração e retornar, mas depois pensei que uma praia tão longa merecia ser examinada e caminhei um pouco mais, tomando cuidado para não pisar em nenhuma outra armadilha do pântano.

E, trinta passos adiante, me deparei com os restos de um acampamento.

Na mesma hora pensei nos piratas, e continuei a apostar nisso mesmo após ter refletido um pouco. Ilya comentara que era o primeiro barqueiro a sair da Aldeia dos Juncos em mais de uma lua, e o acampamento era recente, a julgar pelos restos da fogueira construída sobre pedras. Em volta dela havia um mar de detritos, principalmente escamas e espinhas de peixe, mas também cacos de vidro, a alça partida de um caldeirão e trapos sujos. Eles deviam ter se demorado ali, comendo, bebendo e se vangloriando de uma pilhagem. Ou, quem sabe, esperando por um barco, para fazer com seu ocupante o que tinham feito com o filho de Ilya.

Fosse como fosse, eles deviam estar perto o bastante para que os achássemos, e era isso que eu ia fazer. Nem que tivesse de revirar o pântano atrás dos seus rastros, eu ia pegar aqueles malditos. Para isso, no entanto, era preciso encontrá-los, por isso voltei para junto dos barqueiros, cuja fogueira já brilhava no outro extremo da praia.

– Tenho boas notícias! – anunciei. – Vi os restos de um acampamento recente, a menos de duzentos passos. Tenho certeza de que são piratas. Podemos ir atrás deles, depois de comer alguma coisa.

– Sim, senhor – disse Yegor, mas seu pai abanou a cabeça.

– A maré a esta hora não ajuda, e não é fácil manobrar o barco durante a noite. Acho melhor esperar até amanhã cedo.

– Amanhã? Os piratas vão ganhar muito tempo de dianteira.

– Não, senhor. Eles também não vão se arriscar à noite. A menos – refletiu Ilya, olhando em torno – que a nossa fogueira chame a atenção e os faça vir até aqui. O senhor quer que a apaguemos?

– Não... se ela realmente os atrair, em vez de espantá-los. Isso não seria o mais provável?

– Duvido muito. Eles estão acostumados a atacar as pessoas que entram no pântano, não a fugir delas. Se virem a fogueira, com certeza vão se aproximar, para saber se temos algo que valha a pena ser roubado. Agora, se eles forem muitos, talvez seja mais prudente não dar na vista.

– E pegá-los de surpresa, não é? Também pensei nisso – repliquei. – Mas, pesando os prós e os contras, prefiro manter a fogueira como chamariz. Se eles vierem, isso vai nos poupar trabalho. E não se preocupem com o número – acrescentei, vendo a dúvida nos olhos verdes. – Eu vou ficar acordado, de sentinela, e farei frente a quantos piratas aparecerem.

– O senhor é que sabe – disse Ilya, dando de ombros. À luz da fogueira, seu rosto parecia mais velho e marcado do que nunca. A respiração estava pesada, como se ele estivesse meio morto de cansaço. Realmente, não seria uma boa ideia fazê-lo remar antes de dormir por algumas horas.

Momentos depois, Yegor me passou uma tigela de mingau e um naco de carne seca. Havia também um pedaço de broa, muito dura, que molhávamos no mingau para poder engolir. Era o que comíamos há cinco dias, e já estava se tornando intragável. Mesmo assim matava a fome, e eu engoli até a última colherada, lembrando-me das ocasiões em que fora obrigado a comer coisas muito piores.

Aveia e sorgo dos animais, com leite roubado. Maçãs meio podres. Verduras destinadas ao cocho dos porcos. Se havia uma história que Anna não teria gostado de ouvir, esta era a de Kieran ap Fergus.

Ilya comeu um pouco de mingau e se deitou, enrolado numa manta esfarrapada. Yegor e eu devoramos nossa parte da comida e fomos até o mar, ele para lavar as tigelas, eu para tentar me limpar um pouco. Deixei minhas calças secando sobre uma pedra, vesti um outro par e me acomodei perto do fogo, pronto para passar a noite inteira de guarda. Yegor acabou o trabalho e me fitou por uns instantes, hesitando antes de se decidir a falar.

– O senhor quer que eu limpe suas botas? É só tirá-las por um instante e eu arranco essa lama de cima delas.

– Não é preciso, Yegor. Obrigado.

– De nada. Quer o seu manto?

– Não.

– Nem eu o meu. Não está fazendo frio – comentou ele, sentando-se no chão a meu lado. – Meu pai se enrolou todo, mas é por causa da dor. Ele tem a doença das juntas, sabe? Não é o tempo todo, mas ela sempre ataca quando chove. O melhor, para ele, seria não ser barqueiro, mas não sabe fazer outra coisa, nem temos para onde ir. Então, continuamos remando.

– Hum. Bom, alguém tem que fazer esse trabalho.

– É mesmo. E eu gosto dele. Meu irmão, Yuri, dizia que a gente dava duro e morria de fome, mas eu nunca me queixei. Só ele reclamava. E ele nem era um barqueiro tão bom quanto meu pai diz.

– Imagino que não. Mas talvez seu pai só se lembre das coisas boas. Ele deve sentir falta do seu irmão.

– Eu sei – murmurou o rapaz, e se calou por um momento antes de confessar:

– Mas eu não sinto falta nenhuma.

Assenti, sem me surpreender com o que percebera desde o início. Yegor não odiava o irmão, e, pelo pai, queria que ele estivesse vivo, mas isso não era o mesmo que desejar sua volta. Era mais ou menos assim que nos sentíamos eu e Seril.

O rapaz ficou ao meu lado durante meia hora. Não o afastei, porque se manteve em silêncio e porque eu sabia que ele estava com medo dos piratas. Da minha parte, não acreditava que eles estivessem perto o bastante para ver a fogueira, mas mesmo assim não me sentia seguro para dormir. Para não correr o risco, levantei-me e caminhei um pouco pela praia. Quando voltei, o garoto estava agachado na areia, junto à forma imóvel e escura que era o corpo de seu pai, e não precisei usar Magia para saber que tínhamos problemas.

Toquei o rosto do barqueiro com as costas da mão. Estava quente e seco, a pele parecendo esticada por cima dos ossos, os olhos revirados para dentro como os de um cego. Compreendi que apanhara uma das temíveis febres do pântano e passei a agir, mandando que Yegor fervesse água e indo buscar as ervas curativas em minha mochila. Escolhi a que supus ser a mais indicada e fiz um chá enquanto considerava a possibilidade de usar cristais e palavras de poder. Ilya precisava se recuperar o mais rápido possível.

– Enquanto o chá não fica pronto, vamos levar seu pai até a água – disse eu, desenrolando a velha manta. – A febre deve baixar se o resfriarmos.

Yegor me olhou com ar de dúvida, mas não discutiu. Juntos, despimos o velhote e o mergulhamos até o pescoço na água, num trecho onde não chegavam o lodo e os miasmas do pântano. Fizemos isso várias vezes, depois o enrolamos na manta e o deitamos sobre um banco de areia.

Passei todo o resto daquela noite cuidando de Ilya. Gole a gole, fiz com que ele bebesse duas tigelas da infusão de ervas e mantive sua testa úmida. Yegor se manteve acordado por um bom tempo, mas no fim pegou no sono, e eu aproveitei para aplicar alguns cristais sobre o corpo do barqueiro. Também para murmurar umas palavras de cura, que até hoje só usara para as águias, mas deviam funcionar com pessoas também. E se não, pelo menos eu estava fazendo o melhor que podia.

Pela manhã, a febre tinha baixado, e Ilya recobrara a consciência, embora ainda sentisse o corpo muito dolorido. Mesmo assim, ele afirmou que podia viajar, e só se deu por vencido quando, tentando se erguer sozinho, uma tontura e uma náusea violenta fizeram com que voltasse ao chão.

– Desculpe, Mestre Kieran – murmurou. – Não tenho como levar o barco hoje. Se Yuri estivesse aqui, em vez de Yegor, eu diria para continuarem sozinhos, mas...

– Não! Não, pai, eu posso remar! – exclamou o rapaz, como eu achava que faria. – Se Mestre Kieran quiser, eu posso levá-lo para uma volta, só para ver como as coisas estão, e depois nós voltamos para pegar o senhor. Eu posso fazer isso, pai, eu juro!

– Não diga asneira – cortou Ilya, ríspido. – Você não aguentaria remar mais de uma hora contra a correnteza.

– Aguentaria sim – teimou Yegor. – Já aguentei mais que isso em outras viagens.

– Eu acredito – falei. – Escute, Ilya, sei que ainda não está bem, mas os piratas podem estar por perto. Não quero perder a oportunidade. Eu mesmo posso remar, mas Yegor tem que me ajudar nessa busca. Ele sabe muito mais do que eu a respeito do pântano.

– É... Do pântano até que ele já entende – fez Ilya, coçando a barba. – E sem o meu peso e o da bagagem fica mais fácil levar o barco. Mas, se o senhor encontrar os piratas, o que pretende fazer? Yegor não vai ser de muita ajuda numa luta.

– Vou sim – afirmou o garoto, mas dessa vez nenhum de nós lhe deu ouvidos.

– Posso enfrentar esses vermes, sejam quantos forem – garanti. – Piratas são brutais, mas atacam de qualquer jeito, e eu sou um soldado treinado. Confie em mim.

Ilya fechou os olhos, mas não retrucou. Pelas conversas que eu ouvira entre ambos, ele e o filho tinham chegado à conclusão de que eu era algum tipo de mestre de armas, e que, portanto, podia enfrentar os piratas melhor do que qualquer barqueiro. Ficar para trás era um risco, mas ele tinha de aceitá-lo como parte dos compromissos que assumira. Comigo, quando prometera me ajudar a encontrar Anna; com Yuri, de quem procurava ter notícias; por fim, com Yegor, cuja segurança acabara de passar às minhas mãos. Naquele momento, ele estaria melhor comigo do que com o pai.

Não precisamos de muito tempo para tratar da partida. Yegor descarregou o barco, deixando apenas alguns objetos que tirei da mochila. Eu preparei mais chá para Ilya, recomendando que tomasse um pouco a cada hora. Ele ficou com suas armas, uma lança de ponta enferrujada e uma velha faca, ao passo que eu confiara a menor de minhas espadas ao rapaz. Cheio de orgulho, ele remou com disposição redobrada, e logo estávamos de volta ao interior do pântano.

– Gosto mais deste trecho – comentou Yegor, manobrando entre touceiras de junco. – A parte do rio é mais bonita que a do mar. Pena que haja tanta lama.

– Na praia também – respondi. – Ontem pisei num daqueles lodaçais sem fundo.

– Então foi por isso que chegou tão sujo? – perguntou ele, e arregalou os olhos quando confirmei. – Que sorte o senhor ter conseguido sair! Meu pai já viu um homem ser engolido pelos lodos, e, segundo ele, é coisa de poucos instantes. Não há nada mais perigoso aqui no pântano, a não ser os piratas. E as febres, claro. Vários barqueiros da Aldeia dos Juncos já tiveram, alguns morreram, mas meu pai nunca tinha pegado. Nessa altura da vida, ele não pensava que fosse acontecer.

– Ninguém está livre.

– É. Ele também não pensava que perderia o filho. – Calou-se por alguns momentos, fitando a curva do rio. – Sabe, mestre, não sei se meu pai está certo quando diz que Yuri foi raptado. Sempre ouvi dizer que os piratas matam quem resiste à captura, e meu irmão gostava de brigar. Vivia me batendo. Ele dizia que podia, porque era o mais velho. E sempre foi o preferido: meu pai nem ia se importar se os piratas me pegassem.

– Nisso você se engana – retruquei. – Sei o que é um pai que não gosta dos filhos. E o seu, acredite em mim, não é um deles.

– Mas ele nunca acha bom o que eu faço. O senhor ouviu quando ele disse que eu não era capaz de remar mais de uma hora?

– Sim, mas também ouvi quando disse que você entende do pântano. E espero que seja verdade: não faço ideia de onde estamos indo.

– Ah, só vamos entrar em outro canal – disse o garoto. – Não podemos avançar muito porque temos que voltar para buscar meu pai. Mas eu achei que, se os piratas não tivessem pressa de deixar o pântano...

Suas palavras foram encobertas por um súbito bater de asas. Era apenas um pato selvagem, mas isso me chamou a atenção para a vegetação do canal. Em suas margens havia pequenas árvores, com troncos finos e raízes entrelaçadas. Localizei ninhos de pássaro em alguns, e até a cauda de um furão se escondendo na toca. Na água, algumas vezes, passava a sombra escura de um peixe, em substituição aos caranguejos das áreas próximas ao mar. Yegor notou meu interesse e mergulhou o remo com força, tentando acertar o que parecia um bagre. O peixe se esquivou, espadanando água, e o remo subiu trazendo à tona um emaranhado de algas – em meio ao qual, por um instante em que meu coração quase saltou do peito, vislumbrei um trapo encharcado de tecido xadrez.

Eles tinham estado ali...!

– Esta região é chamada de coração do pântano – disse Yegor, quando eu ainda me recobrava do choque. – Os barqueiros o evitam porque é um dos lugares mais prováveis de encontrar piratas. Tem muitas ilhas onde eles podem descer, e muita caça também. Como aqueles patos – apontou para o céu. – Eu bem que tentaria pegar um deles se pudesse. Tenho um apito muito bom para isso.

– Um apito – murmurei, e uma ideia começou a tomar forma em minha cabeça. – Ele costuma funcionar, então? E os patos são bons para comer?

– Uma delícia, mestre – garantiu o rapaz. – Nada poderia ser melhor para variar da carne seca.

– Sim, e de peixe também – disse eu, pensando nas carcaças ao redor da fogueira dos piratas. – Por que não tenta pegar um com esse seu apito?

– Sério? Posso mesmo? – exclamou o rapaz, os olhos brilhando. – Agora é uma hora boa. Eles estão por todo lado, e eu tenho uma atiradeira. Só não falei nada antes porque achei que o senhor estava com pressa.

– Estou, mas você pode tentar. Mas fique com os remos à mão – avisei.

Yegor fez que sim, entusiasmado, e remou em direção à margem. A quina do barco resvalou pelos juncos, detendo-nos por tempo suficiente para que o rapaz pegasse a atiradeira e algumas pedras. Então prosseguimos por uma curta distância, até que a embarcação ficasse oculta atrás de uma moita de capim salgado. Yegor pescou no bolso um apito rústico, limpou-o como pôde na camisa – e soprou.

O som foi ao mesmo tempo rouco e estridente, ecoando sobre as águas, como se esperasse uma resposta. Yegor deixou que se passassem alguns momentos e soprou de novo. Só então ouvimos um grasnido em algum lugar além das árvores.

– Eles estão vindo – sussurrou o garoto, excitado, e tornou a soprar. Fez isso por três vezes, em sequência, e os chamados foram respondidos por grasnidos cada vez mais próximos. Agachei-me no fundo do barco, ao lado de Yegor, e esperei. Momentos depois, um louco ruflar de asas fez eriçar nossos cabelos, e um bando de mais de vinte patos passou sobre nós em voo rasante.

– Vou pegar um! – exclamou o rapaz, fazendo pontaria.

– Espere. Não tem como alcançá-los – disse eu, pois os patos voavam muito rápido e já haviam se distanciado. Mandei que Yegor ficasse quieto, para não nos denunciar, e tornasse a soprar o apito, esperando que as aves se sentissem seguras para voltar àquele trecho do pântano. Dito e feito: em alguns instantes, vários membros do bando retornaram, aterrissando nas moitas de capim ou diretamente sobre a água.

– Agora – sussurrei. Yegor não se fez de rogado. A pedra voou, tão veloz que meus olhos mal puderam acompanhá-la. Tudo que vi foi o baque de um pato dentro da água em meio à confusão dos que fugiam entre grasnidos.

Um instante depois, o corpo boiava na superfície. O rapaz soltou um brado de vitória e avançou, puxando com o remo a ave que abatera. Tinha acabado de atirá-la no fundo da embarcação quando, da curva que o rio fazia mais abaixo, vimos surgir de repente um outro barco, tripulado por quatro homens de aparência selvagem. Yegor arregalou os olhos e abriu a boca, e mal tive tempo de tapá-la, abafando o grito alarmado sob minha mão.

Meu plano tinha dado certo.

– Não tenha medo – falei, junto ao ouvido do rapaz. – Vamos chegar o mais perto possível antes que nos vejam. Eu vou pegá-los de surpresa – e você só vai ter que remar, o mais depressa que puder, quando eu disser que faça isso, entendeu?

– Uhum! – assentiu Yegor, assustado.

– Entendeu mesmo? Posso soltar você?

– Uhum.

– Muito bem – disse eu, e o larguei ali mesmo, de joelhos, perto dos remos. Ele os pegou, sem olhar na direção dos piratas, e se pôs a remar, seguindo as ordens que lhe sussurrei. Minha intenção era seguir sob o abrigo do capim alto, aproveitando a distração proporcionada pelos pássaros, e chegar aos piratas por trás. Provavelmente conseguiria cortar uma garganta ou duas antes que reagissem, e não seria difícil dominar os restantes. Um, pelo menos, deixaria vivo até obter as informações que desejava. E se pudesse o levaria à praia, para que Ilya o interrogasse a respeito do filho. Sempre fiz questão de honrar meus compromissos.

– Um pouco mais para a esquerda – murmurei, e Yegor obedeceu. – Agora, quando eu disser, vamos avançar, sem um ruído, até... Não. Espere.

– O quê? – fez o garoto, com um sobressalto.

– Outro barco – respondi. Meus dentes se cerraram com força ao ver a proa que apontava na curva do rio. Alheios à nossa presença, os piratas do primeiro barco estavam discutindo, disputando a posse dos patos que ainda não tinham apanhado. Seria o momento perfeito para abordá-los se não fosse pelos outros.

– E agora? O que faço? – perguntou Yegor, os nós dos dedos apertados e brancos em torno dos remos.

– Vá para o outro lado. Rápido. Vamos nos distanciar deles o máximo que pudermos – ordenei, firmando-me no fundo do barco. A espada estava em minha mão esquerda, e com a direita eu empunhava o bastão de aveleira. Ele seria mais útil que a arma neste momento. Só precisava achar um jeito de usá-lo sem atrair a atenção do garoto.

– Yegor, reme para diante – eu disse então. – Não olhe para mim nem para os piratas. Vá em direção à praia onde deixamos seu pai.

– Para a praia? Mas...

– Não discuta! Faça o que estou mandando – repliquei, e Yegor obedeceu. Nesse momento, o segundo barco acabava de completar a curva; os homens a bordo nos viram e se puseram a gritar e gesticular como loucos.

– Olhem, vocês aí! Temos visitas! – gritaram. Só então os do outro barco deram pelo nosso. Como eu esperava, eles começaram a praguejar aos berros, mas demoraram a se organizar e a ir atrás de nós. Isso nos deu alguns instantes de vantagem, suficientes para que Yegor ultrapassasse o primeiro grupo e para que eu pensasse numa solução.

– *Flutue*! – sussurrei, tocando o fundo da embarcação com o bastão de poder. Na mesma hora o barco parou de oscilar, reduzindo a quase nada a possibilidade de que virasse. A correnteza ajudava tanto a Yegor quanto aos piratas, mas estes precisavam lutar para manter o equilíbrio, por isso ganhamos uma boa dianteira.

Enraivecidos, os sujeitos despejavam sobre nós todo tipo de praga enquanto tentavam nos alcançar, encharcando-se com a água lodosa que erguiam com os remos. Dois deles, de pé no barco mais próximo, atiraram lanças, mas estas não tiveram força suficiente para nos atingir e afundaram no rio. Enquanto isso, no segundo barco, um sujeito alto e musculoso brandiu um arpão de pesca.

– Engula isso, bastardo! – berrou ele, arremessando-o em minha direção. Desviei, e o arpão passou rente ao meu ombro, indo cair na água rasgada pelo remo de Yegor. Puxei o arpão pela corda, segurei-o por um momento e o atirei, unindo à força do meu braço uma palavra de poder. Isso o levou direto à garganta do pirata. O homem soltou um rugido e caiu para trás, sobre um dos companheiros, quase fazendo virar a embarcação.

– Vasska! Ah! Maldito seja! – berrou um pirata gordo e especialmente imundo. – Que os peixes roam seu cadáver, bastardo! Que sua alma queime no Inferno!

– Vamos pegá-lo na praia! – gritou, do outro barco, um homem de cabelos louros e eriçados. O peso morto que era o corpo do grandalhão foi atirado ao pântano, e eles redobraram os esforços para nos alcançar, enquanto um Yegor exausto fazia de tudo para que não perdêssemos terreno. Olhei na direção em que ele remava e vi o canal, a mancha mais clara de água do mar que entrava pelo rio, e compreendi o que o rapaz não tinha coragem de dizer. Ele não ia conseguir vencer as ondas.

– Aguente firme, Yegor! Só mais um pouco! – falei, apontando meu bastão para as águas. Fechei os olhos e me concentrei no seu movimento, no avanço e recuo do mar sobre as praias lodosas, e então cometi o que Rydel chamava de uma "violência" dos magos contra a natureza. Inverti o fluxo das ondas que chegavam até nós.

– Pronto! Agora o mar está do nosso lado – afirmei, agachando-me para pegar o remo. Yegor me encarou com olhos de medo, a boca cerrada, o lábio superior inchado onde fora apertado pelo meu anel. Quis dizer algo que o animasse, mas os gritos atrás de nós eram cada vez mais próximos. Tudo que pude fazer foi pegar os remos.

Lodo, sal e espuma espirravam em meu rosto, molhavam minhas roupas, já encharcadas pela água acumulada no fundo do barco. Os piratas me pressionavam cada vez mais. Eu começava a pensar em lançar mão de mais um pouco de Magia quando uma onda, batendo de lado, virou o barco onde vinham os companheiros do arpoador.

– Argh! Maldição! – ouvi gritarem lá atrás. Respirei, sabendo que isso os atrasaria, mas o barco que restava estava muito próximo. Tão próximo que eles talvez conseguissem me alcançar antes que chegasse à praia, embora estivéssemos a apenas algumas braçadas – e, diante disso, ordenei ao rapaz que saltasse.

– Vá! Você nada bem, e vai chegar lá antes de mim! – exclamei, vendo que ele resistia. – Pode ir para junto de seu pai e preveni-lo. Eu me encarrego dos piratas!

– Mas quero ajudar o senhor! – protestou Yegor. – E meu pai está a salvo, na outra ponta da praia!

– Eu sei, mas vá, mesmo assim! E trate de não perder minha espada! – repliquei, quase o empurrando para fora do barco. Ele caiu de mau jeito, mas não se feriu, e não tardei a vê-lo nadando entre as últimas ondas que nos separavam da praia. Os piratas redobraram as pragas e os esforços, aproximando-se até o ponto em que pude ver o brilho do ódio em seus olhos.

Então, respirei fundo e conduzi o barco em direção à terra firme. Remando no limite das minhas forças. Esperando pelo momento em que me transformaria de caça em caçador.

6
O HOMEM ERRADO

– Por aqui! Vamos cercar os malditos!

Espada em punho, o homem do cabelo eriçado berrava para os companheiros, que se demoravam arrastando o barco para a praia. Eu estava a trinta passos deles, com Yegor, que apesar de todo o seu medo insistira em ficar e lutar. No fim, cedi, pois esperava acabar com aqueles três antes que o outro barco chegasse, e não seria difícil proteger o garoto. Se os seis viessem juntos, a história seria outra. Felizmente, eles estavam tão sedentos de sangue que não pensaram nisso, mas avançaram em minha direção enquanto seus comparsas ainda estavam no mar.

– Não falei? Não é nenhum maldito elfo! – exclamou o mais forte. – O bastardo é tão humano quanto a sua mãe!

– A roupa dele me enganou – disse o terceiro, um velho baixo e desdentado que empunhava um porrete. – Mas que o Esquerdo me leve se ele não é das Terras Férteis.

– É, sim, e vai morrer muito longe de casa! – comentou, com um riso grosseiro, o que tinha os cabelos em pé. Ele parecia ser o líder, por isso talvez fosse o mais indicado para me dar informações, mas não pude me dar ao luxo de escolher: assim que rebati seu primeiro golpe, o velho se atirou sobre mim e me atacou com o porrete. Girei, esquivando o corpo, e aproveitei o impulso para cortar a barriga do líder. Este soltou um berro horrível e se dobrou sobre si mesmo, enquanto eu partia com toda gana para cima do velho. Os dois caíram ao mesmo tempo e um sobre o outro, numa confusão de braços e pernas ensanguentados, e eu me voltei para o último pirata, cuja arma não passava de uma faca de lâmina baça.

– E então? Venha! – provoquei, erguendo a espada. Esperava que ele aceitasse o desafio, mas o maldito era mais esperto que os companheiros e recuou em direção ao mar, juntando-se aos três que acabavam de descer do barco. Avancei para eles, disposto a resolver aquilo o mais rápido possível, mas só dois se adiantaram para me enfrentar: o que tinha a faca e o gordo que lamentara a morte do arpoador. Os outros correram na direção de Yegor, que estava parado, com a boca aberta e os olhos arregalados, fixos nos piratas. Sua expressão me fez saber que não ia fugir, mas também não ia lutar, e para salvá-lo eu tinha que ser rápido. Passei a espada para a mão esquerda e empunhei o bastão, sentindo-o vibrar com o poder que fluía de meus dedos.

– *Morte* – murmurei, sem temor, pois minha própria vida estava em jogo. O bastão fendeu o ar, disparando uma descarga de pura energia mágica. Atingido no peito, o gordo caiu sem um gemido, e o outro se voltou para mim com o medo nos olhos.

– Bru... – conseguiu articular, antes que um segundo raio o silenciasse. O corpo tombou sobre a areia com um ruído fofo, ao mesmo tempo em que eu ouvia um barulho semelhante às minhas costas. No instante seguinte, Yegor gritou, e eu me voltei para ver os últimos dois piratas atacando o garoto caído.

– Moleque nojento! Vou acabar com você! – gritou um deles, um rapaz barbudo e esfarrapado. Yegor se encolheu, protegendo o rosto com as mãos, e levou um chute nas costelas. Pisquei, quase conseguindo sentir a dor, a mesma que sentira tantos anos antes, acompanhada das mesmas zombarias.

Moleque inútil! Você não presta para nada!
Vamos acabar com a sua raça, bastardo!
E o seu precioso mestre, hem? Onde é que ele está agora?

– Aqui! – bradei, em resposta.

O som atravessou minhas lembranças e me trouxe de volta ao presente. Naquela tarde, ao cair nas mãos dos garotos inimigos, ninguém viera em auxílio de Kieran ap Fergus, mas agora eu estava ali para Yegor e brandia minha espada. Um dos piratas se acovardou e disparou a correr, mas o barbudo me enfrentou, armado com uma longa faca. Seus olhos, de um verde metálico, brilharam com o reflexo de minha arma – e logo se apagaram, as pupilas se embaçando enquanto as mãos tentavam arrancar a lâmina enterrada em sua barriga.

– M... mestre – balbuciou Yegor, com uma angústia maior que a dor ou a raiva. Seu rosto estava coberto de sangue, e ele segurava o estômago, mas eu não podia ajudá-lo agora. Não enquanto não apanhasse o último pirata.

O sujeito corria como um rato sobre a areia, tropeçando nas partes mais lodosas. Segui-o por uma boa distância, ganhando terreno, mas não cheguei a alcançá-lo: vinte passos à minha frente, ele afundou até os joelhos numa poça viscosa. Na mesma hora soube que estava perdido e começou se debater, aos berros, piorando ainda mais sua situação. A visão não me dava prazer, mas também não senti pena: como os outros, ele colhia o que tinha plantado. Eu o teria deixado ali se não tivesse que fazê-lo falar.

– Estenda o braço – ordenei.

O pirata parou de gritar e me olhou, surpreso. Jamais lhe passara pela cabeça que eu fosse ajudá-lo. Mesmo assim, ele não hesitou em se agarrar àquela única esperança e esticou o braço, enquanto eu enterrava minha espada bem fundo na areia. Tirei meu cinto e amarrei o pulso do homem à arma – e assim ele ficou, metido até a cintura no lodaçal, a vida ancorada na espada do seu inimigo.

– Não se agite muito – falei, em tom neutro. – A espada pode ceder, e vai ser o seu fim. Vou buscar meus companheiros e volto já. Enquanto isso, tente se lembrar de tudo que aconteceu na última lua. Você vai ter que responder a muitas perguntas.

Dizendo isso, dei-lhe as costas e me afastei, sem me importar com as pragas ou os pedidos de misericórdia. Queria voltar logo para perto de Yegor, mas assim que o avistei percebi que não estava ferido, nem mesmo sozinho. Do seu canto na praia, Ilya tinha ouvido os sons da luta e viera ao encontro do filho, e agora os dois estavam ajoelhados na areia, debruçados sobre o corpo do pirata que eu matara por último.

– Foi bom você ter vindo, Ilya – falei, sem perceber o que se passava. – Não sei se Yegor já disse, mas fomos seguidos por dois barcos. Sete malditos piratas. E um deles ainda está vivo, à espera de que o interroguemos sobre Anna e Yuri.

– Sobre... Yuri? – repetiu o barqueiro, com dificuldade. Assenti, e ele ergueu para mim o rosto bronzeado, sob o qual uma emoção violenta tentava se esconder.

– Não é preciso perguntar sobre Yuri – disse.

Sua mão trêmula virou o rosto do pirata para cima, de forma que ambos me encarassem do mesmo ângulo. Então, nos seus traços marcados pelo tempo áspero, na desordem das barbas em seus queixos, mas sobretudo no verde dos seus olhos – eu vi. E o que vi me abalou, embora eu seja um homem duro e tenha me habituado às piores coisas da vida.

– Ilya – murmurei, após alguns instantes. – Eu sinto muito. Não fazia ideia de que esse era Yuri. Ele estava chutando Yegor e fazendo ameaças, por isso pensei que estava mesmo disposto a matar o rapaz.

– E *estava*! – exclamou Yegor, com a voz embargada. – Ele viu quem eu era, e mesmo assim ia me matar! Pai, você não sabe...

– Sim – disse o barqueiro, num sussurro. – Eu sei.

Suspirou, baixando a cabeça, os cabelos cinzentos e empastados caindo sobre o rosto. Yegor lançou mais um olhar ao irmão e se levantou, limpando o sangue do nariz. Ele estava fazendo um grande esforço para não chorar.

– Bom, Ilya, seu filho estava com os piratas – falei, tentando melhorar as coisas. – Mas talvez eles o tenham obrigado, ao menos no início. Por que não vem comigo e ouve o que aquele rato tem a dizer?

– Vai dizer que o Yuri era mau – desabafou Yegor. – Que ele teria matado até o próprio pai, se o encontrasse.

– Já chega – adverti, ríspido. O garoto me olhou de viés, um olhar magoado, mas entendeu quando fiz um sinal em direção a Ilya. Não era preciso revolver ainda mais a ferida.

– Bom, vou até lá – falei, vendo que o barqueiro não se decidia. – O que quer que ele saiba sobre Anna, vai dizer agora.

– Eu também vou – disse Yegor, pondo-se ao meu lado. Pensei que Ilya o deteria, mas, ao contrário, ele se ergueu sobre as pernas ainda trôpegas e nos acompanhou. À margem do lodo, indiquei um local seguro para que os dois se sentassem e apoiei minha bota sobre a espada que cravara na areia.

– Pronto para falar? – perguntei, debruçando-me sobre o pirata. Ele me olhou com ódio e não deu resposta. Fiz menção de soltar seu pulso, e ele estremeceu, mas continuou em silêncio. Por fim, pedi que Ilya me emprestasse sua faca e me inclinei para encostar a lâmina na orelha do homem.

– Não espero que você acredite que vou deixá-lo vivo – falei, baixinho. – Mas se não disser o que quero saber, ou se tentar me contar mentiras, posso tornar as coisas mais lentas. E bem mais dolorosas. Gostaria de experimentar?

– Vá para o inferno, seu... *Aaaargh*! Não, não, pare, eu falo! Eu falo! – berrou o pirata, um fio de sangue escorrendo do corte que eu lhe fizera acima da orelha. Yegor desviou os olhos, mas Ilya continuou a olhar para o sujeito. Então, decidi começar com uma pergunta sobre Yuri.

– Quero saber do rapaz que estava com vocês. O de barba – esclareci, para não haver dúvida. – Como era o nome dele?

– Você sabe. Ou pelo menos *eles* sabem – disse o homem, relanceando o olhar para os barqueiros. – O nome era Yuri, e vinha da aldeia deles, lá no início do pântano.

– E há quanto tempo ele estava com vocês?

– Algumas luas... Não, um pouco mais. Foi Nestorian que o trouxe, e já faz mais de um ano que ele esteve aqui pela última vez.

– Nestorian – repeti. – Quem é ele?

– O capitão – respondeu o pirata, sem hesitar. – A maior parte dos nossos está com ele nos mares do Norte.

– É um homem grande, de cara furada? – tornei, lembrando-me da minha primeira visão. – Com marcas de varíola?

– Nestorian? Não. Vasska é que era assim. O primeiro homem que você matou. Nestorian também é grande e feio como os demônios, mas sem aqueles buracos.

– E você diz que ele não vem aqui há um ano. Quem trouxe aqueles fardos de tecido xadrez?

– Tecido? – Franziu a testa, mas só por um momento. – Ah, sim, Vasska trouxe uns panos quando veio do Norte. Vinhos também. Acho que eram de um dos barcos que o capitão tomou naquelas águas.

– E não veio mais nada? – inquiri, com violência. – Diga a verdade, caso contrário será pior para você. Eles trouxeram algum prisioneiro?

– Nenhum. Se havia prisioneiros, ficaram com o capitão – respondeu o pirata.

Olhei-o dentro dos olhos enquanto vasculhava sua mente, um livro de páginas rotas cujo fim seria ainda mais triste que o início. Era verdade: ele nunca tinha visto o *Saemundar*, nem Anna, nem Mestre Angus. No entanto, pensei em algo que talvez pudesse se tornar um caminho.

– Você não estava com Nestorian quando ele interceptou o barco – falei, bem devagar. – Mas alguns dos seus comparsas estavam lá, e podem ter falado a respeito. Lembra alguma coisa?

– Não me lembro de nada.

– E Yuri? – perguntou Ilya, em tom imperioso. – Ele era amigo desse pirata. Será que não estava com ele?

– Não, ele estava com a gente aqui no pântano. Só dois estavam com o capitão: Vasska, o das bexigas, e o gordo Pechka.

– E não contaram sobre o barco das Terras Férteis? – insisti. – Disseram alguma coisa sobre uma mulher?

– Não. – Isso soou pouco firme, por isso pressionei a ponta da faca contra o ferimento. – Argh! Com os diabos, homem, não faça isso! Eu já lhe disse tudo que sei!

– Eu acho que é verdade, mestre – disse Yegor, nervoso. Dei-lhe razão e recolhi a faca, murmurando uma praga contra mim mesmo. Eu tinha deixado vivo o homem errado. Naquele momento, quase desejei ter o poder de um necromante, capaz de arrancar palavras da boca dos mortos, mas afastei o pensamento antes que ganhasse força. Um mago tem de se acautelar com o que deseja.

– Vou confiar em você – falei, por fim. – Mas ainda tenho perguntas. Onde esse Nestorian costuma vender os prisioneiros?

– Não sei – disse ele, e se apressou a emendar: – Não posso saber ao certo. Ele tem trabalhado para Pans de vários lugares, até no País do Norte, e negocia com todos eles. Mas é provável que tenha sido em Brandannen; ele sempre passa por lá nessa época do ano.

– Brandannen – murmurei, e a palavra me trouxe à boca um gosto metálico. Não podia haver pior lugar para Anna, pois lá viviam os Vannovich, a família do traidor Waclav. Ele mesmo não podia fazer nada, pois cumpria sua sentença em Vrindavahn, mas sua mulher voltara ao Oeste, e talvez houvesse contado a história aos parentes.

Não haveria misericórdia para Anna se caísse nas mãos deles. Ainda assim, eu continuava com a sensação de que ela estava bem, por isso concentrei minha energia no que podia ser feito.

– Então, Nestorian pegou um barco, deu uma parte da carga a esse tal de Vasska e o despachou para cá, onde alguns de vocês já estavam – recapitulei, querendo entender a rota da viagem. – E ele mesmo foi para o norte, passando por Brandannen. Vai voltar em breve?

– Acho que não.

– E vocês pretendiam ir ao encontro dele? – perguntou Ilya.

– Não. Nestorian queria que ficássemos e tivemos que obedecer, embora nem todos tenham gostado. O seu garoto, por exemplo, não gostou. No Norte os butins são bem maiores do que se consegue por aqui, e ele é ambicioso. Quer dizer, *era*.

Cuspiu, sem se importar com as consequências porque já perdera tudo. Ilya apertou os lábios e baixou a cabeça. Então, achando que já era hora de acabar com aquilo, eu disse a Yegor:

– Com toda essa confusão, esquecemos aquele pato que você matou. Vá pegá-lo no barco e o depene para assar no espeto. Vamos ter um jantar decente, para variar.

– Sim, senhor – disse o rapaz, contente por poder sair dali. Ele contornou o lodaçal com todo cuidado e se afastou, enquanto eu trocava um olhar de entendimento com Ilya. Nenhum de nós precisava ouvir mais nada

– Bom, obrigado por nos informar – disse eu ao pirata, enquanto desfazia o nó em meu cinto. – Agora, lamento, mas preciso disto. E da minha espada também – acrescentei, arrancando-a da areia.

Sem nada a que se agarrar, o homem começou imediatamente a afundar no pântano, urrando e bracejando como um doido. A morte rápida que eu prometera, porém, não tardou a vir na forma de um golpe rápido e seco. Limpei a lâmina da espada e voltei a embainhá-la, depois me aproximei de Ilya, que se afastara um pouco e voltara as costas à cena. Ali ficamos nós, dois homens sombrios e silenciosos, olhando ora para o céu, ora para o mar, até que o corpo do pirata afundasse de vez. Então, esforçando-se para manter a voz firme, Ilya perguntou:

– O senhor ainda quer vasculhar o que resta do pântano? Ou vamos logo para o canal que desemboca perto de Bulforg?

– Não adianta vasculhar mais nada – respondi. – Tenho de ir a Bulforg para falar com as pessoas que estavam com o *Saemundar*. De lá, provavelmente seguirei para Brandannen.

– Então teremos mais quatro dias de viagem. Talvez só três. Graças ao senhor, já estou quase bom da febre, ela não irá mais nos atrasar. Agora, só se chover demais, ou se encontrarmos algum outro barco de piratas.

– Não creio. Pelo que ouvimos, o que resta do bando do tal Nestorian deve estar no Norte. Mas pode haver outros grupos, e por isso sugiro que vocês, da Aldeia dos Juncos, façam uma batida por aqui. É preciso exterminar de uma vez todos esses ratos.

– Bem que eu queria – disse ele, com um riso amargo. – Se tivesse tido a coragem de vir antes... Mas não, não ia adiantar. Eu nunca teria conseguido levar Yuri de volta.

– É verdade, mas escute – disse eu, e pela primeira vez pousei a mão em seu ombro. – O que Yuri fez foi por escolha dele. Não é sua culpa. E, se quer que lhe diga, você ficou com o melhor dos seus filhos.

– Eu sei – disse Ilya, aprumando o corpo.

Nesse momento, Yegor reapareceu, trazendo com o pato em uma das mãos e minha espada menor na outra. Segurava-a com força e uma espécie de orgulho, e isso me fez pensar que talvez pudesse lhe ensinar alguns golpes até o fim da viagem. Um homem deve saber se defender, seja qual for o seu ofício, e ele certamente ia gostar de alguns treinos de armas. E, além disso, cresceria aos olhos do pai. No fim das contas, não era um mau presente para se dar a um garoto.

7
Bulforg

Não gosto do Oeste. Não digo isso apenas como um homem das Terras Férteis, acostumado a pensar nos Pans como inimigos, mas como alguém que navegou pelos rios, andou nas estradas e conheceu as aldeias da região. Coberto de pó e carregando meus pertences numa velha mochila, eu não esperava ser tratado como um príncipe, mas, no Sul, mesmo o mais pobre dos andarilhos sempre encontra quem lhe dê abrigo. No Oeste é diferente. Ninguém consegue coisa alguma se não pagar.

A travessia do pântano terminou numa aldeia ainda menor e mais miserável que a dos Juncos. Em troca de um bleni, eu e os barqueiros tomamos um prato de sopa e dormimos na palha de um estábulo. Os dois se despediram pela manhã, uma cena da qual não vou me esquecer, porque Yegor se atirou aos prantos em meus braços.

– Que Aegir, o Senhor dos Mares, e Thýrr, o Senhor da Guerra, o acompanhem na jornada, mestre – balbuciou, por entre lágrimas. – Que a Senhora do Amor e do Casamento proteja sua esposa, até que possa encontrá-la.

– Obrigado, Yegor. Cuide-se – falei, batendo-lhe no ombro. – Faça uma espada de madeira e pratique, como lhe ensinei. Um dia terá uma arma de verdade.

Yegor assoou o nariz e prometeu fazer o que eu pedia. Chamei Ilya de lado e lhe dei alguns blenis extras, pedindo que comprasse umas botas para o rapaz. O velho aceitou com gratidão. Ele era um bom pai, apesar de tudo.

Ilya e seu filho tinham se oferecido para me levar até Bulforg, mas isso demandaria muito esforço e a compra de mais provisões para a viagem de volta, então decidi prosseguir sozinho. Logo percebi que não seria fácil. Não havia barqueiros na aldeia, e ninguém tinha um cavalo que eu pudesse alugar por alguns dias. A única maneira de sair de lá era a pé, e foi o que fiz, esperando ter mais sorte no povoado seguinte. Este era, de fato, um pouco maior, mas também não havia barcos ou cavalos disponíveis, nem tampouco uma hospedaria. A única taverna era uma choupana de teto de palha e interior enfumaçado, e foi lá que perguntei por um lugar para passar a noite. A primeira coisa que quiseram saber foi de quanto eu dispunha.

– Tenho o suficiente – respondi, num tom que desencorajava especulações. Os homens na taverna se entreolharam, entendendo-se sem palavras sobre o fato de eu ser um forasteiro, e logo um deles fez uma oferta: um lugar na sua casa, sem comida, por cinco blenis. Outro se levantou na mesma hora e propôs dois blenis em troca de jantar e um lugar no estábulo. Hesitei, e foi quando uma velha sentada junto ao fogo disse que me hospedaria e alimentaria por um bleni se eu também rachasse um pouco de lenha para ela. Achei que era uma troca justa e aceitei – e a taverna quase veio abaixo com os gritos das pessoas que se apressavam a cobrir a oferta.

No meio da confusão, saí acompanhado da velha, que me levou até sua casa. Ficava no extremo da aldeia, uma choupana de teto arruinado em torno da qual ciscavam galinhas. Eu não achava que uma delas seria servida no jantar, e estava certo, mas mesmo assim tive uma boa surpresa: quando entrei, depois de ter rachado uma dúzia de achas de lenha, havia uma bela omelete à minha espera, com pão e legumes cozidos. Enquanto eu comia, a mulher estendeu um cobertor sobre um monte de palha, num canto da choupana, e foi ali que mergulhei num sono profundo. Nem me importei com o cheiro do cobertor, com as pulgas ou com os roncos de minha anfitriã a cinco passos de distância. Quando acordei, sacudi a palha de minhas roupas e me pus a caminho, e ninguém naquela aldeia jamais ficou sabendo quem eu era e qual a razão de ter estado ali.

Depois de caminhar boa parte da manhã, encontrei um terceiro povoado. Um fazendeiro estava a caminho de Bulforg e concordou em me levar em sua carroça, mas não deixou de cobrar o seu bleni pela ajuda. Aceitei, porque pelo menos ia poupar as pernas e os pés, cansados de caminhar sob o peso da mochila. Só os meus ouvidos não foram poupados: assim que percebeu que eu era das Terras Férteis, o homem me encheu de perguntas sobre os elfos. Respondi às menos estúpidas, na maior parte das vezes com monossílabos, mas nem assim ele percebeu que eu preferia o silêncio.

Após uma noite ao relento e um desjejum de amoras colhidas à beira da estrada, seguimos rumo a Bulforg, que alcançamos por volta do meio-dia. Era a primeira cidade grande que eu via no Oeste. Ou melhor, grande em termos locais, pois na verdade era menor do que Vrindavahn. Seria uma aldeia perto de Madrath ou Riverast. De qualquer forma, era ali que eu devia interrogar os ladrões do *Saemundar,* e para começar fui à procura do agente de Thorold.

As indicações dos passantes me levaram ao centro da cidade, onde as casas eram de madeira, com telhados pontudos. Mendigos esmolavam em todas as esquinas. Alguns me abordaram, mas outros não se deram ao trabalho, pois eu não dava a impressão de estar bem de vida. Pelo contrário, estava muito sujo, com barba de vários dias, e quando uma mulher atravessou a rua para me evitar percebi que devia fazer algo a respeito.

Providencialmente, logo adiante havia uma casa de banhos. Era uma construção de dois andares, com uma enorme chaminé que soltava rolos de fumaça escura. Logo que entrei, uma moça veio ao meu encontro e se pôs a enumerar os serviços da casa, que iam desde um simples banho até massagens com óleo e a aplicação de sanguessugas por um barbeiro. Também havia companhia íntima a três blenis por hora, ou quatro, se eu escolhesse a mulher que era chamada de Pola, a Felina. Foi difícil fazê-la se calar a fim de explicar que eu só precisava de um banho e de um espelho para fazer a barba.

Pouco depois, eu batia à porta de Semyon, o homem de confiança de Thorold em Bulforg. Era ainda moço, robusto e de modos decididos, como eu esperava de alguém associado ao Conselheiro. Nós nos sentamos para tomar uma taça de vinho e ele explicou melhor o que contara na carta, acrescentando informações que obtivera ao interrogar os homens detidos em posse do *Saemundar.*

– Por estranho que pareça, eles não são piratas – disse, enchendo duas taças com um vinho escuro e resinoso. – Alguns são conhecidos na cidade, e não são foras-da-lei, embora também não tenham boa fama, se é que me entende. Eles alegam que seu antigo capitão trocou o barco deles, chamado *Narval*, pelo *Saemundar*, e que os deixou logo em seguida. Teria ficado em terra, numa ilha na costa de Bershat, para esperar algum outro barco que o levasse rumo ao sudeste. O imediato ficou com o comando e seguiu viagem. Pretendia aportar em Kamenev, mas pegou uma tempestade que o arrastou para o nosso lado. Foi assim que os apanhamos.

– Então seriam simples marujos – falei. – Acha possível que, ao fazer a troca, não soubessem que tratavam com piratas?

– Possível sim, mas não provável. E o capitão com certeza sabia, pois conhecia as pessoas do outro barco. Mas talvez eu esteja falando demais – afirmou, esvaziando a taça. – Talvez o melhor seja você ir até lá e tentar arrancar alguma coisa deles. Estão na prisão da cidade, respondendo pelo roubo do *Saemundar* e pela morte da tripulação, visto que ninguém sabe dizer onde estão os homens do Conselheiro.

– Claro, quero vê-los, mas também gostaria de ir até o barco. Onde ele está?

– Perto daqui, no porto de Bulforg, exceto pela carga que foi encontrada no porão. – Pigarreou, endireitando as costas na cadeira. – Como representante de Pan Thorold, estou autorizado a transferir os fardos para um armazém e a mandar consertar as avarias causadas pela tempestade. O mastro principal, por exemplo, estava quebrado, e o Conselheiro não ignora que a substituição custa dinheiro. O livro de despesas vai mostrar que...

– Escute, não preciso que me preste contas do que fez com o barco ou a carga – interrompi, olhando-o dentro dos olhos. – Não sou um agente pago por Thorold, muito menos um enviado da Liga das Terras Férteis. Vim aqui por um único motivo: porque minha mulher se encontrava a bordo do *Saemundar*, e estou feito um louco atrás de pistas que me levem a ela. Nada mais que isso.

– Sua mulher? Quer dizer, sua... *esposa*? – fez Semyon, incrédulo. Assenti, e ele se levantou na hora, afirmando que não havia tempo a perder. Devíamos ir ao porto o quanto antes, não apenas para ver o barco, mas também para falar com o carpinteiro responsável pelos reparos. Talvez ele tivesse algo de útil a acrescentar à busca.

O *Saemundar* estava atracado a um cais de madeira roído pela intempérie. Meu coração se apertou ao vê-lo, mas me controlei e fui em frente, subindo a bordo com Semyon e o artesão. Este me explicou que o barco tinha sofrido muitos danos durante a tempestade; quando o apreenderam, não só o mastro, mas vários remos estavam partidos, assim como caixas, barris e garrafas encontradas no porão.

– As cabines foram invadidas pela água – disse o carpinteiro, um homem baixo e rude, com cabelo grisalho que empurrava o tempo todo para longe dos olhos. – Muito do que estava nelas foi jogado fora, porque não tinha mais jeito.

– E o convés? Foi limpo?

– Pela chuva e pelo mar, pode-se dizer que sim – respondeu ele, quando eu já me abaixava para ver. Como esperava, as tábuas tinham sido lavadas, mas não esfregadas a ponto de ocultar as marcas de uma luta recente. Em suas junções havia restos de sangue, e isso se repetia em vários pontos do convés, fazendo supor vários mortos. Ou pelo menos feridos. Não havia certezas.

Respirei fundo, afastando emoções e lembranças antes de entrar na cabine de Anna. Eu esperava encontrar algum vestígio de sua passagem por ali – um livro atirado num canto, um vestido rasgado – mas tudo se perdera nos cubículos invadidos pelo mar. Aquele estava pouco mais que nu, apenas com o estrado de madeira, do qual tinham removido o colchão, e uma prateleira em que alguém deixara uma lâmpada a óleo. Revirei-a nas mãos, depois corri os dedos pelas paredes tentando achar algum sinal deixado por Anna. Um fundo falso, um bilhete, uma palavra arranhada na madeira. Qualquer coisa.

Nada.

– A cabine ao lado está igual – informou Semyon. – Sabe dizer se havia outros passageiros?

– Um velho negociante chamado Angus. É provável que a família dele procure você – respondi, ainda tateando as paredes como um cego. – Thorold também deve mandar alguns homens para ajudar nas diligências.

– Isso é bom. Quer olhar a cabine do capitão ou podemos ir? Acho que ainda dá tempo de ver as coisas levadas para a prisão.

– Coisas? – estranhei. – Os marinheiros detidos?

– Eles também, mas me refiro às coisas encontradas em seu poder quando foram presos. Armas, dinheiro, alguma joia... Eu fui chamado para ver, mas não reconheci nada que pertencesse ao Pan Thorold, por isso deixei tudo aos cuidados do encarregado da prisão.

– Entendo. Ele é honesto?

– Mais do que a maioria – Semyon encolheu os ombros. – Veja, quatorze homens foram presos, e entre eles não se achou uma só peça de bronze, muito menos ouro ou prata. Mas havia boas armas, uma bolsa de couro trabalhado e outras coisas que pareciam ter valor.

– E quanto a papéis? – indaguei. De alguma forma eu metera na cabeça a ideia de que Anna deixara um bilhete. Semyon, porém, fez um gesto negativo, ao mesmo tempo que me olhava com uma espécie de pena. Detesto que sintam pena de mim, por isso me fechei e não voltei a falar até chegarmos à prisão.

O prédio ao qual Semyon me conduziu era de pedra e argamassa, com um telheiro esburacado. Por trás ficava um beco imundo, que parecia ser usado como depósito de lixo, e do outro lado da rua uma taverna de aparência sinistra. Não havia soldados guardando a entrada, mas um sujeito alto e largo bloqueou nosso caminho até o gabinete do encarregado. Preparei-me para lidar com ele, mas Semyon se adiantou e lhe deu algumas moedas. Então, sem dizer uma só palavra, ele deixou que passássemos.

– Já de volta? Não há nada de novo para... – o homem sentado à mesa começou, mas se deteve quando viu que Semyon vinha acompanhado. Era de meia-idade, gordo, e sua cara vermelha escureceu até ficar da cor de um presunto quando ele soube de onde eu vinha.

– Vrindavahn, é claro! Demorou, mas eu sabia que o Thorold ia mandar alguém de lá à primeira dificuldade. Ele não confia em nós, Semyonka, é o que eu sempre lhe digo. Pois bem, o que veio fazer aqui o nosso *amigo* das Terras Férteis?

– Falar com os prisioneiros – respondi, no mesmo tom. – Mas antes quero ver as coisas encontradas com eles.

– Não as armas – replicou o sujeito. – Depois que Semyon as viu, mandamos para o arsenal da cidade. É a lei.

– As armas não importam. Quero ver os outros objetos – exigi. Estava perdendo a paciência com aquele parasita lerdo e presunçoso. Ele notou minha irritação e a alimentou ainda mais, bocejando e se espreguiçando antes de levantar e se dirigir à porta entreaberta. Dali rosnou uma ordem e voltou para o seu lugar, onde ficou girando os polegares e me encarando até que um rapazinho entrasse no gabinete. Era o oposto do encarregado, branco feito papel e magricela, e carregava uma caixa que pousou sobre a mesa, sem maiores cuidados.

– O butim do *Saemundar* – disse, como se ele mesmo fosse um pirata. Inclinei-me, erguendo um pano que estava por cima de tudo, e olhei – e na mesma hora senti um baque no peito, como um soco que me arrancasse o ar e a voz.

Dentro da caixa, em meio à tralha imunda dos piratas, estava um carimbo com o selo da Confraria do Ganso.

– Como diabos... – murmurei, mas me recompus antes de prosseguir com a frase. – Qual dos piratas carregava este selo?

– E eu sei? Não fui eu que apreendi o barco – disse o encarregado, com maus modos. – Recebi tudo junto, o que estava com os marujos e as coisas soltas. Se isso é do seu interesse, pode levar, mas Semyon tem de assinar um recibo. Não quero confusão com Thorold. Vai pegar mais alguma coisa?

Ainda tenso com o choque, pus-me a vasculhar a caixa, depois acenei que não. O encarregado tornou a rosnar para o rapaz e este lhe trouxe um enorme livro de registro, no qual rabiscou com uma pena a data corrente e descreveu o objeto que eu estava retirando. Semyon assinou como representante de Thorold e o carimbo passou à minha bolsa, à espera de que pudesse examiná-lo melhor.

Mas primeiro ia falar com os homens detidos. E arrancaria cada gota de informação que tivessem.

Por bem ou por mal.

– Se preferir, levamos todos lá para baixo. Um de cada vez, se achar melhor – disse o sujeito que aceitara o dinheiro de Semyon.

Os marinheiros se apertaram uns contra os outros diante daquele sorriso mau. Estavam juntos numa cela, atrás de barras grossas de ferro, e não acorrentados, mas as marcas nos pulsos de alguns indicavam que tinham usado algemas por algum tempo.

Apesar disso, não vi sinais de tortura, apenas uma marca aqui e ali que devia ter sido feita com uma vara ou um chicote. Nada mais que a rotina das prisões.

– Há um quarto de lua esteve aqui uma mulher acusada de envenenar o marido, e eles ouviram os gritos vindos do subterrâneo – informou o homem alto, ainda com o sorriso na cara. – Ficaram apavorados, e eu até sugeri que usássemos um pouco de incentivo para eles desembucharem de uma vez o que sabem. Mas Semyon não concordou.

– Julguei desnecessário – explicou o agente de Thorold. – Pessoas vieram aqui e disseram que conhecem alguns dos homens, o que me fez achar plausível a história deles. Ainda acho. Mas diante do que você me contou, se quiser tentar...

– É, talvez eu devesse – rosnei, lançando um olhar duro aos homens por trás das grades. Eram bem como Semyon tinha descrito, a escória dos barcos, pelo menos na aparência: sujos até a alma, esfarrapados e com dentes podres, cada um deles o tipo de homem que não hesita em apunhalar alguém em troca de algumas moedas ou um jarro de cerveja. Mas piratas de verdade, capazes de fazer frente a uma tripulação como a do *Saemundar* – isso eu duvidava.

E sabia o que os deixaria com medo.

– Quero ficar a sós com eles – falei, sem tirar os olhos do grupo. Assustados desde o início, aos poucos eles foram se deixando aprisionar, fitando-me com uma expectativa que crescia junto com o pavor. Observei-os por um instante e me concentrei em dois, um louro de meia-idade com três dedos a menos e um garoto forte, que engolia em seco o tempo todo. Ambos demonstravam mais hesitação do que os outros, por isso só esperei que Semyon e o sujeito grande saíssem para me dirigir a eles.

– Vocês aí, venham para a frente. – Nem precisei fazer um sinal: eles sabiam com quem eu estava falando. – Antes de passar aos outros, quero ouvir dos dois a história de como conseguiram o *Saemundar*. Com todos os detalhes que lembrarem.

– Mas já contamos tudo! – exclamou o louro. – Contamos várias vezes, e anotaram tudo no livro, e esteve aqui gente boa que põe a mão no fogo por nós. Por que diabos ainda estamos mofando nesta cela?

– Não estão assim tão mal. A cela não está muito suja e vocês não parecem famintos. Teria sido bem pior numa prisão das Terras Férteis. – Baixei o tom e me aproximei, de forma a ser ouvido apenas pelos dois. – Mas mesmo aqui vocês vão me contar a história toda. E sem mentiras, tenho certeza. Sabem quem eu sou?

– Um... carrasco? – balbuciou o rapaz.

– Quase. Eu sou o antigo Mestre das Águias de Scyllix. Um mago poderoso – acrescentei, mas nem teria sido necessário: tão logo ouviu quem eu era, o garoto ficou com as pernas bambas e teve que se agarrar às grades, tremendo e choramingando de medo.

– A gente não fez nada, Pan. Tem que acreditar. A gente não roubou o barco, foi o capitão que trocou nosso *Narval* por esse *Saemundar*.

– Pare de miar como um gato e explique melhor – ordenei, enojado, porque ele era um homem feito apesar de jovem. – Parta do princípio. Onde foi que os barcos se encontraram?

– Numa ilha. A parte sul de uma ilha no Mar Interior. Sempre íamos lá pegar água fresca e às vezes pescar. O *Saemundar* estava ancorado na tarde em que chegamos, e junto tinha dois outros barcos menores. Assim que os avistou, o capitão começou a fazer sinais para eles, e quando ancoramos foi para bordo junto com três de nós. Mas nenhum desses três está nesta cela – avisou, e sua boca se torceu como se fosse cair no choro. – Não me olhe assim! Juro que estou dizendo a verdade!

– Ele está mesmo, Pan – disse o louro, que conseguira manter um pouco de dignidade. – Eu sou o imediato do *Narval* e posso afirmar: o capitão foi a bordo com três homens que depois ficaram com ele na ilha. Ficaram cinco ao todo, esperando um barco que os levasse para o Leste. Parece que Rodovak tinha negócios para tratar por lá.

– Esse Rodovak é o capitão? – perguntei, e o louro fez que sim. – Fale mais sobre ele. É um pirata, como os que estavam no *Saemundar*?

– Eu... eu acho que sim, ele já foi pirata – o homem admitiu. – Mas juro que nós não somos. Ele juntou uma tripulação em Kurdan, há três verões, e o que temos feito é transporte de carga ao longo da costa.

– Pouco me importa o que faziam. O que aconteceu com o *Saemundar*? – pressionei. – Quem era o capitão deles?

– O nome eu não sei, mas era amigo de Rodovak. Um sujeito

alto, moreno, com um colar de ouro bem grosso e comprido até a barriga. Enquanto nós íamos à praia, Rodovak ficou com ele no *Saemundar*, e lá permaneceu boa parte da noite. Quando voltou, me chamou para dizer que tinha combinado a troca dos barcos, e que isso não mudaria nada no nosso acordo. Até seria melhor para nós, porque o *Saemundar* é um barco melhor do que o *Narval*, e além disso...

– Espere – interrompi, querendo entender. – Você tinha um acordo com Rodovak?

– Eu, não. A tripulação inteira, menos aqueles cinco que estavam do lado dele. Nós estávamos insatisfeitos havia muito tempo, porque não arranjávamos nenhum trabalho que valesse a pena nem conseguíamos que Rodovak concordasse em ir a portos como os de Kurdan e Kamenev. Ele tinha medo de ser reconhecido como pirata nessas cidades.

– E também tinha pavor do piloto – disse o rapaz, em voz baixa. – Não se esqueça dele.

– Ah, sim, o piloto – lembrou o imediato, vendo que eu franzia a testa. – Isso vem de antes de nos juntarmos à tripulação. Como já disse, ultimamente o *Narval* vinha sendo usado para trabalho honesto. Mas o que se ouvia dizer é que ele foi tomado por Rodovak nos seus tempos de pirata e os tripulantes foram vendidos como escravos, menos um que conseguiu fugir se jogando na água. Era o piloto, e desde então o capitão teve notícias dele em vários lugares: um doido que viaja por aí com uma espada e uma bússola, dizendo que vai recuperar o *Narval* e arrancar o coração do Rodovak para comer cru.

– Entendo. – Era verdade: eu poderia ter feito o mesmo nessa situação. – Então, por causa do piloto e de tudo o mais, vocês se amotinaram e decidiram ficar com o barco, deixando para trás o capitão e os que eram leais a ele. Foi isso?

– Mais ou menos – tornou o imediato. – Não foi um motim, porque fizemos um acordo. Ele pegaria um pouco de dinheiro e as coisas dele e ficaria na ilha com os cinco, e nós ficaríamos com o barco. Era bom para nós, porque o *Saemundar* é melhor para transporte de carga. E, pelo que entendi, também era bom para os piratas, porque o *Narval*, apesar de menor e mais estreito, é muito mais rápido. Ele é bem mais útil se o negócio for pilhagem, ou perseguir outros barcos no mar.

– Certo. Quer dizer que todos ficaram felizes. E então, o que aconteceu?

– Bom, foi isso – replicou o homem. – Eu concordei, e demos ordem para que todos levantassem e arrumassem as tralhas. Aí, mudamos de barco e zarpamos com a primeira maré.

– Sendo assim, os piratas devem ter feito o mesmo – observei. – Você os viu a bordo? Falou com eles?

– Não, Pan, não falei. Talvez algum dos outros tenha falado. – Fez um gesto em direção aos marujos, encolhidos no fundo da cela. – As duas tripulações descarregaram tudo na praia, a maior parte mantimentos e as nossas coisas. Um pouco da carga do *Saemundar* foi para um dos barquinhos pequenos. Rodovak disse que o resto fazia parte do negócio, e que podíamos vender para compensar o que ele nos devia.

– Parece justo – respondi, embora não me importasse a carga e sim os passageiros. – E você parece ter dito a verdade, mas quero ouvir os outros também. Vá até eles e diga para se lembrarem do que aconteceu naquela noite, principalmente das pessoas que deixaram o *Saemundar*. Vou escutar um por um, e é melhor que não mintam nem me escondam nada. Entendeu?

– Claro, Pan. Ninguém vai esconder nada – garantiu o homem.

Fiz votos para que fosse assim: eu usara meu poder para intimidá-los, mas não podia ir muito além disso sem quebrar minha promessa. Também não queria recorrer à tortura, o que nunca me agradou, a não ser por um curto período da juventude. Por sorte, os marujos estavam mais que dispostos a se livrar da culpa atirando-a sobre os piratas, e a história foi crescendo à medida que cada um contava a sua parte.

O imediato não tinha mentido, mas o que sabia sobre os piratas não era nada em comparação ao que os outros tinham a relatar. As tripulações haviam passado a noite carregando os barcos, e houvera tempo de sobra para se falarem enquanto fardos e homens descansavam na areia. Alguns nomes surgiram, como o de Vasska – o da cara esburacada, de quem todos se lembravam – e o de um tal Ion, tão feio que era apelidado de Basilisco. Nestorian, o da corrente de ouro, foi confirmado como capitão, mas ninguém falara com ele, porque ficara até o fim no *Saemundar*. Outros membros de sua tripulação tinham feito o mesmo, passando pela praia uma única vez, para embarcar no *Narval* – e nesse ponto senti novo baque no peito, pois um dos marinheiros afirmou ter visto uma mulher no meio do grupo.

– Estava escuro, e a cabeça dela estava coberta, mas era mulher, tenho certeza – insistiu, frente à dúvida dos outros. – A capa foi um pouco para o lado quando ela passou por mim, e vi que o corpo era de mulher. E com uns peitos bem grandes. É a pura verdade.

– E como ela estava? – perguntei, mal conseguindo me controlar. – Amarrada, acorrentada? Parecia ferida?

– O quê? Não, nada disso! Estava livre, e parecia muito bem, caminhando um pouco atrás do tal capitão Nestorian. Até achei que fosse mulher dele ou coisa assim. Se bem que tinha outro homem ao lado dela – acrescentou, antes que eu tivesse um ataque. – Ele estava soluçando, acho que até chorando, e um grandalhão com um machado às costas lhe deu um tal safanão que ele se estatelou na areia.

– Um homem que chorava – repeti, pensando rápido. – Ele era velho?

– Não, mas também não parecia muito moço. Tinha cabelo comprido, como o seu, só que não tão preto.

– Mas tinha um velho com eles – lembrou um marujo desdentado. – Era baixinho, estava vestido com aquele pano esquisito do porão.

– Mestre Angus. – Tive um instante de alívio antes de voltar a indagar sobre Anna. – A mulher entrou no barco junto deles, então? Não foi levada por alguma das embarcações menores?

– Não. Ela entrou no *Narval*, disso eu tenho certeza. O do cabelo grande também – respondeu o primeiro marujo. – Já estava lá quando eu vi que tinha caído uma coisa do bolso dele. Peguei, mas me tomaram quando chegamos aqui. Era um negócio elegante, sabe... Uma espécie de sinete de armas...

– Um selo com um *ganso*? – exclamei, e foi minha ver de agarrar as grades que me separavam daqueles homens. Estava alterado, não pela surpresa, que já tivera ao encontrar o selo, mas pela ânsia de saber quem estava carregando a maldita coisa. Um membro da tripulação de Thorold? Um pirata? Até onde a Confraria do Ganso estava envolvida – e o que eles queriam de Anna?

– Vocês vão dizer tudo. Vou *destruir* aquele que souber alguma coisa sobre o selo e não me contar – ameacei, minha voz como um silvo de cobra. O marinheiro estremeceu, mas balançou a cabeça, e eu cerrei os dentes, mais uma vez lutando contra a onda que me arrastava para a escuridão.

Sim, eu queria uma visão como a que me mostrara o pântano, ao receber a notícia de Thorold. Queria ver o homem com o selo e a mulher que embarcara no *Narval*. Mas a visão não tinha vindo.

Eu tinha que me contentar com o que os ratos me dissessem.

Noite adentro, continuei a interrogá-los, mas nenhum deles tinha as respostas de que eu precisava. Tudo que pude saber foi que o *Saemundar* deixara a ilha ao mesmo tempo que um dos barcos menores, onde estavam o Vasska da cara furada e seu amigo gordo, e que estes haviam seguido para o sul enquanto o barco de Thorold navegava ao encontro da tempestade. Ninguém sabia informar a rota do *Narval*; não tinham ouvido dizer que ia a Brandannen, mas também não haviam escutado nada em contrário. Eu me exasperava cada vez mais, me odiando por ter feito aquela promessa e por não ter uma visão que apontasse o paradeiro de Anna. A aura dos marujos, porém, aparecia nítida a meus olhos, e acabou por me fazer compreender que não estavam escondendo nada. Não havia o que fazer, a não ser continuar com o pouco que sabia.

E tudo indicava que ainda teria uma longa jornada pela frente.

Depois daquilo, nada mais me prendia em Bulforg. Mesmo assim acabei ficando dois dias, hospedado com Semyon, que me pediu ajuda para planejar as futuras diligências. Àquela altura não havia muita esperança de encontrar vivos os membros da tripulação do *Saemundar*, porém era seu dever ordenar uma busca, ao menos em Bershat e nas ilhas da costa. Ele não dispunha de pessoal suficiente, mas Thorold prometera enviar alguns homens de Vrindavahn, que poderiam se encarregar de visitar as terras a leste. Eu seguiria para Brandannen e procuraria por Anna nas terras dos Vannovich, onde era provável que ele estivesse. E, se não a encontrasse, iria atrás de Nestorian, pois ele era o seu captor, embora eu ainda não soubesse a mando de quem.

Traçados os planos, eu precisava de um transporte, e Semyon me arranjou lugar num barco que transportava artigos de couro para Brandannen. Não seria uma viagem confortável, mas pelo menos seria rápida, principalmente depois que deixássemos o mar e adentrássemos o rio Kasha. Da minha parte, não me importei em deixar Bulforg, com suas ruas sujas, funcionários de prisão desonestos e ratos do mar que choravam ao ser olhados nos olhos.

Na véspera de minha viagem, após ter confiado a Semyon uma carta para Vrindavahn e outra para os homens de Thorold, deitei-me no silêncio do quarto e pensei em Anna. Minha promessa me impedia de usar a Magia para procurá-la, mas não de lhe transmitir energia. Era o que eu fazia na maior parte das noites. Nesta, porém, me concentrei mais do que de costume, e talvez por isso acabei por sonhar com minha mulher. Foi um sonho bom, com imagens recortadas do nosso passado juntos, por isso lamentei ter que acordar.

Mas só por um momento. Sonhos podem falar de nossos medos, podem abrir caminhos, mas não podem ser tocados com as mãos.

E era a Anna de carne e osso que eu queria abraçar.

8
Ciarán Milovic

– Ei, você aí! Está chegando agora? Precisa de lugar para ficar?

– Venha à nossa hospedaria, senhor. Temos bons quartos, a oito blenis por noite. Cem blenis para ficar todo o período da feira.

– Alojamento? Precisa? Há lugar para vinte homens em nosso salão.

– Decidam rápido! A casa está quase cheia!

Era assim, apregoando suas tavernas e salões, que os habitantes de Brandannen recebiam os recém-chegados. O porto na foz do rio Kasha estava repleto de barcos, muitos dos quais transportando gado e cavalos para um mercado de animais, e a cidade fervilhava com visitantes de todo o Oeste.

Em meio à confusão, desembarquei e fui caminhando pelas pedras do cais. Tentava chamar a atenção o menos possível, mas mesmo assim fiquei surpreso por me deixarem em paz, quando a disputa por hóspedes era tão acirrada. Minhas roupas eram modestas, mas tinham sido lavadas em Bulforg; eu estava tão apresentável quanto qualquer viajante, e certamente mais limpo que a maioria. No entanto, as mesmas pessoas que se atiravam sobre os demais recém-chegados me deixavam passar, e comecei a me perguntar a razão, ao mesmo tempo que procurava um lugar onde servissem comida quente.

A primeira taverna que achei ficava numa ruazinha atrás do porto. A tabuleta sobre a porta não trazia nome algum, apenas o desenho desbotado de um peixe-espada. Lá dentro, o cheiro que impregnava o ambiente era também de peixe, cozido num enorme caldeirão que borbulhava no meio da sala comum. Os fregueses eram muitos, ruidosos e alegres; a maioria parecia gente do mar, mas não tinham jeito de piratas. Nem me olharam por mais do que um momento antes de voltar a conversar.

– O que vai ser, amigo? Um prato de cozido, com pão e cerveja? Muito bem, dois blenis e um sexto – disse o estalajadeiro, usando uma enorme concha de ferro para encher uma tigela. – Sei que não é lá muito barato, mas, se quer saber, não vai comer por menos nesta cidade, até que acabe a feira. E isso se tiver a sorte de achar comida.

– Bom saber. E alojamento? Vi muita gente oferecendo no porto, mas vários diziam que os lugares iam acabar.

– E vão. Tenho três quartos aqui em cima, todos ocupados, e aluguei até os bancos desta sala. Mas você – observou o homem, em tom casual -, você talvez possa ficar no acampamento perto do rio. É lá que está o resto da sua gente.

– Minha... *gente* – repeti, franzindo o cenho. Não tinha a menor ideia do que ele queria dizer, mas talvez fosse arriscado perguntar, por isso apenas assenti e fiquei em silêncio. Momentos depois, trouxeram o cozido, e eu estava começando a comer quando dois sujeitos, um da minha idade e o outro um rapagão na casa dos vinte, entraram fazendo um alarido de palmas e assovios.

– Chegou a diversão, pessoal! – exclamou o mais velho, com uma voz horrivelmente fanhosa. – Quem de vocês esteve no porto de Kamenev? Quem conhece a Pelagia?

– Eu! Eu! – responderam dois homens com jeito de marujos.

– Uma bela mulher, hem? Do pescoço para baixo, pelo menos. Vamos cantar em homenagem a ela – tornou o fanhoso, empunhando uma cítara e dela extraindo uns acordes tão desafinados quanto a sua voz. O rapaz começou a soprar de qualquer jeito numa flauta, ao passo que as pessoas na taverna, sem ligar à péssima qualidade da música, acompanhavam animadamente o ritmo com palmas. Algumas batiam na mesa e nas canecas ou no chão, com os pés, o ruído quase encobrindo o som dos instrumentos e a voz do cantor.

Em meio à algazarra, consegui entender alguns trechos da canção, uma bobagem repleta de grosserias e rimas malfeitas, mas que todos na taverna pareciam apreciar. Quanto a mim, desliguei-me do barulho e me concentrei em observar os músicos, principalmente o fanhoso. Era um homem magro, com cabelos castanhos oleosos e barba eriçada, cujos braços e pulsos estavam cobertos por dezenas de braceletes. Sua túnica era enfeitada com retalhos de todas as cores, e os olhos tinham um brilho ao mesmo tempo inteligente e lunático. Ao terminar a canção, ele se curvou em todas as direções, fazendo mesuras, enquanto o rapaz passava um chapéu entre os presentes. Quase todos deram moedas de um sexto de bleni. Boa maneira de ganhar a vida.

– Vamos lá, amigo. Uma moedinha – disse o rapaz, estendendo-me o chapéu. – Você é dos nossos, sabe como as coisas são.

– Justamente, Andrej. É dos nossos, e acabou de chegar. Vamos dar um tempo para ele – atalhou o fanhoso. Olhei-o, intrigado, e ele riu, um riso cúmplice ao qual faltava boa parte dos dentes. Desta vez não havia como refrear minha curiosidade.

– Então – perguntei, devagar. – Como sabe que sou um de vocês?

– Como sei? Ora... A harpa! – exclamou o sujeito, apontando para a caixa que eu trazia presa à minha mochila. – Com uma bagagem assim, cabelo comprido e chegando às vésperas da feira, só pode ser um artista, não é?

Encarei-o, sem saber o que responder, mas já começando a pesar as possíveis vantagens daquilo. Em Brandannen, os riscos que eu iria correr seriam muito grandes, pois minha busca certamente me levaria até os Vannovich, e estes talvez já estivessem prevenidos contra mim. Por isso, eu já vinha pensando em usar algum tipo de disfarce, algo que me ajudasse a me esgueirar entre os inimigos sem ser descoberto; e que disfarce poderia ser melhor que o de um saltimbanco?

– Pois é... Você acertou – disse eu, esforçando-me para retribuir o sorriso. – Sou harpista, venho das Terras Férteis. Vocês são daqui mesmo?

– Não, não somos. Andrej veio de uma aldeola perto de Kurdan, e eu sou de Kulliev, à beira do Mar Exterior. Meu nome é Stávro – disse o homem, felizmente sem me estender a mão encardida. – Pertenço ao clã Dryszyk, o da espada perdida em batalha. Você é...?

– Ciarán. – Era outra versão do meu nome. – Moro numa cidade próxima de Madrath. Conhece?

– Ouvi falar nessa Madrath, sim, mas nunca fui às Terras Férteis. Quem sabe um dia?

– Eu sou Andrej, dos Kerenski – disse o rapaz, que concluíra a coleta. – Qual é a sua família?

– Relaxe – disse Stávro. – Não é inimiga da sua.

– E eu nem saberia dizer – acrescentei. – Não usamos nomes de família nas Terras Férteis.

– Pelo menos o do seu pai, então – insistiu Andrej. – Ou de seu amo. Todas as árvores têm raiz.

– É verdade – concedi, mas não me dispus a pronunciar o nome de Fergus. – Tive um mestre, que me ensinou muito do que sei. Seu nome era Mael. Serve?

– Claro que serve – replicou Stávro. – De agora em diante você se chama Ciarán Mael... Mial... Vamos dizer, Ciarán Milovic, e é nosso novo camarada. Aperte os ossos.

Estendeu a mão, que deixou traços negros de sujeira em meus dedos. Sem cerimônia, ele e Andrej se sentaram à minha mesa e pediram cerveja, e ao servi-la o taverneiro se lembrou de nossa conversa anterior.

– Você não estava perguntando por alojamento? Talvez eles estejam no acampamento de que falei.

– O de Pani Constancia? Estamos mesmo – disse Stávro. – Não tem lugar para ficar, Ciarán?

– Não. Vocês têm?

– É claro! Bom, são só tendas, mas é melhor do que pagar para dormir no estábulo de alguém. Se quiser, é bem-vindo.

– Obrigado – falei, indeciso entre aceitar ou não. Dormir em tendas não era novidade para um antigo soldado, e aqueles dois pareciam boa gente, mas eu não sabia o que esperar dos demais. No entanto, os oito anos passados na Escola de Artes Mágicas tinham-me feito conhecer muitos saltimbancos, e eu nunca tivera qualquer problema com eles. Os do Oeste não deviam ser diferentes. Além disso, meu dinheiro estava quase no fim, e todas as razões somadas acabaram por me fazer aceitar a hospitalidade de Stávro e Andrej. Aquela era certamente a melhor oferta que eu teria em Brandannen.

Meia hora depois, tendo atravessado boa parte da cidade, chegamos ao acampamento dos saltimbancos, às margens de um rio em que vários cavalos matavam a sede. Meia dúzia de tendas, feitas com panos vistosos e quase sempre desbotados, se espalhavam sob os ramos das árvores, e ao largo estavam parados um carroção e algumas carroças menores. As únicas pessoas à vista eram uma mulher e um menino, mas logo surgiram outras: uma moça ruiva, um homem segurando uma vara de pesca, um casal jovem com uma criança de colo. Stávro me apresentou como um harpista das Terras Férteis, atraído para Brandannen por causa da feira, e fui aceito com boa vontade e sem perguntas. Uma rápida discussão sobre a tenda em que eu devia ficar, e Andrej me levou até a sua, de pano encerado azul e amarelo. Estava cheia de caixas e sacos, e além disso – para me fazer lembrar de Anna – uma pele de urso, onde um rapaz de cabelo escuro dormia a sono solto.

– Esse é Pavel, o mais novo dos irmãos Sorolenko – sussurrou Andrej. – É uma família de acrobatas e malabaristas, muito boa gente. Chegaram ontem.

– Sei. E vão chegar mais pessoas, até o início da feira?

– Ninguém que estejamos esperando – fez Andrej, encolhendo os ombros. – Mas é possível que apareça mais gente, como você apareceu.

– Mas não se preocupe, há lugar para todos – disse Stávro, entrando na tenda. – A velha Pani garantiu que o terreno é todo nosso, pelo tempo que precisarmos.

– A velha... Pani? – repeti, devagar. – Quer dizer, a senhora dessas terras? Ela é uma Vannovich?

– Claro que sim. Toda Brandannen e arredores pertencem a eles – disse Stávro, franzindo a testa. – Ei, camarada, você não gostou de ouvir isso, não é? O que é que há? Tem alguma rixa com os sugadores de sangue?

– Hum, não, é que... justamente, eu ouvi falar deles dessa forma – disfarcei, lançando mão das histórias que lera nos livros de Anna. – As crônicas do Oeste contam que os Vannovich bebem o sangue e comem a carne dos inimigos. Eu fui muito prevenido contra eles, nas Terras Férteis.

– Ah, sei. Todos aqui já ouviram falar disso. Mas não passa de bobagem – afirmou Andrej. – É uma dessas histórias que as amas contam para assustar crianças.

– Ah, isso é que não é! – replicou Stávro. – Pode ser que hoje eles não façam mais isso, mas os primeiros Vannovich bebiam sangue. E não só dos inimigos: se não estivessem em guerra, eles usavam os camponeses. Acredite! – exclamou, vendo que Andrej revirava os olhos. – Foi a Pani Constancia que me disse!

– A velha Pani está *caduca*, Stávro – replicou o rapaz. – Há três anos acampamos aqui, usando o pasto e a lenha e pescando no rio, e nunca nos pediu nem um sexto de bleni. Tudo que temos a fazer é tocar para ela. Você acha que algum outro Vannovich faria isso?

– Ora... Ela é uma boa mulher. Lembre-se de que ela não tem o sangue *deles*. É apenas a viúva do velho Nicolae – que, aliás, não era tão mau, comparado com o resto da família.

– Pelo visto é uma família grande – comentei.

– Se é grande? Deve ser a maior do Oeste! Mas muitos têm suas próprias aldeias, a dois, três ou mais dias de viagem, e outros ficaram tão pobres que já mal se pode dizer que são Pans. Mesmo a Pani Constancia não possui grande coisa. Ricos mesmo são os Vannovich do castelo. Ricos e maus, na mesma medida. Mas, sabe – prosseguiu Stávro, coçando o queixo -, se você quiser, Ciarán, talvez possa conhecer alguns deles. E ainda ganhar uma boa recompensa com isso.

– Eu? – perguntei, e meus olhos devem ter brilhado, porque Stávro riu.

– Gosta de ouro, não é, camarada? Bom, não se anime muito – aconselhou, encolhendo os ombros. – Mas a verdade é que todos os Vannovich, sejam ricos ou pobres, são loucos por música. Se a gente apresentar você a Pani Constancia, tenho certeza de que ela vai adorar, e com certeza vai querer levá-lo para mostrar ao sobrinho, Pan Mircea, o senhor do castelo. Ela não vai perder a oportunidade de deslumbrar os parentes com um músico das Terras Férteis.

– E se cair nas graças dele você pode sair de lá com os bolsos cheios – disse Andrej. – Talvez ganhe até uma joia.

– É isso mesmo. Você tem sorte, Milovic! – exclamou Stávro, batendo-me no ombro. Assenti, sem prestar muita atenção, meus olhos voltados para a inesperada fonte da minha fortuna.

A harpa. Ela não me servira apenas como disfarce, mas abrira um caminho para que eu me aproximasse dos Vannovich. Talvez até para que entrasse no castelo, onde estavam os membros mais poderosos da família. E, uma vez lá dentro, descobriria se eles eram responsáveis pelo rapto de Anna. Custasse o que custasse.

– Que cara é essa? Já está pensando no que vai fazer com o ouro, é? – riu Stávro, dando-me um tapa estalado nas costas. – Fique sabendo que, se formos com você, a recompensa é dividida por todos em partes iguais. Serve assim?

– Claro que serve. Agradeço a ajuda – respondi, e estava sendo sincero. Com sua roupa esfarrapada e cabelos imundos, aquele homem tinha feito por mim bem mais do que eu esperava – mais do que qualquer joia ou quantia em ouro poderia retribuir.

E, embora eu detestasse admitir, sabia que também devia ser grato a Urien.

As palavras de Stávro me deixaram impaciente para conhecer Pani Constancia. Pretendíamos procurá-la naquela mesma tarde, mas um dos homens da fazenda nos informou que a ama tinha saído para uma visita e só regressaria na manhã seguinte. Não havia nada a fazer, por isso me sentei junto à fogueira, num círculo que foi crescendo à medida que os artistas iam chegando da cidade.

Eram mais de trinta pessoas, mas quase todos os nomes se apagaram de minha memória, assim como a maioria dos rostos. Eu me lembro de um homem que exibia um urso amestrado, preso a uma corrente – um animal tão dócil que se deitava aos pés de seu dono –, de uma garota morena chamada Nadia, que se sentou mais perto de mim do que eu gostaria, e da família de acrobatas, os Sorolenko, um dos quais partilhava sua tenda comigo e Andrej. As únicas pessoas que prenderam minha atenção foram um músico ruivo e mal-encarado de nome Dimitri e sua mulher, Irina, que tinha uma mancha arroxeada sob um dos olhos. Cerrei os dentes quando a vi, porque, de todas as coisas más que existem no mundo, nada me causa mais ódio que essas marcas. Em qualquer rosto que estejam, elas me fazem lembrar de minha mãe.

– Então, Ciarán – disse Stávro, quando todos estavam acomodados, partilhando tigelas de sopa e pedaços de pão. – Você vai tentar ver a Pani amanhã, não é? E depois disso? Vai tocar na feira?

– No meio da rua? Claro que não – repliquei, mas na mesma hora percebi meu erro e tentei disfarçá-lo. – Eu toco em banquetes, em cerimônias, não em praças ou tavernas. Além disso, com todo o barulho e a confusão de uma feira, quem iria parar para ouvir um harpista?

– É mesmo. Ele está certo – disse Pavel Sorolenko. – Harpa não é instrumento para tocar na rua. Se não sabe fazer mais nada, é melhor tentar a sorte com a velha Pani.

– Mas isso pode demorar – observou Andrej. – O que ele vai fazer até lá?

– Não se preocupem. Tenho um assunto a resolver na cidade – disse eu, com cautela. – Quero saber se um certo barco e uma certa pessoa vieram a Brandannen.

– O barco deve ser fácil – disse Stávro. – Qualquer um pode lhe dizer isso lá no porto. A pessoa, bom, aí vai depender. É algum artista?

– Não. É um... um homem do mar. Talvez vocês o conheçam de nome, pois, pelo que eu soube, ele é amigo dos Vannovich. É possível até que o tenham encontrado numa dessas feiras.

– Bom, pode ser. Nas feiras encontra-se todo mundo – disse Stávro, coçando a barba. – Mas você disse que ele é amigo dos Vannovich, não é? Sabe dizer de qual deles?

– Não, mas tenho certeza de que é um dos que têm dinheiro.

– Deve ser Pan Mircea – opinou o domador de urso. – Ele tem dois ou três capitães a seu serviço. E eles sempre aparecem por aqui nesta época do ano.

– É mesmo. Eu conheço um – disse Nadia, pondo a mão em meu braço. – O nome dele é... Hum, não consigo lembrar. Mas sei que é capitão do *Cometa*. É por ele que você procura, Ciarán?

– Não. Procuro por um barco chamado *Narval* – respondi, e me esquivei ao toque. – Até umas duas luas atrás, o capitão era Mikhal Rodovak, mas agora ele o passou a outro homem, chamado Nestorian. É um sujeito alto, moreno e que usa uma corrente de ouro muito longa. Alguém conhece?

Os saltimbancos se entreolharam, consultando uns aos outros, e pouco a pouco foram abanando as cabeças em negativa. Passei os olhos sobre eles, num exame rápido, para ver se havia sinais de que estivessem mentindo. Nada. Nenhum de meus companheiros de fogueira conhecia o pirata.

– Bom, está certo – falei, escondendo minha decepção. Eu soube que Nestorian vem a Brandannen com frequência. Acho que não vai faltar ocasião de encontrá-lo, principalmente se eu for admitido ao castelo. Quem de vocês já tocou lá?

– Dimitri vai todos os anos – disse Andrej. O ruivo sorriu, satisfeito, enquanto eu fechava a cara. Aquela não era uma companhia que eu pudesse apreciar.

– Vários aqui já estiveram no castelo, em alguma ocasião – disse Stávro. – Na maioria, foram levados por Pani Constancia, por isso acho que você tem boas possibilidades. Como já disse, todos os Vannovich gostam muito de música.

– De dançarinas também – disse Nadia, espreguiçando-se como um gato. – Se Pani Constancia levar Ciarán ao castelo, vou pedir para ir junto. Afinal, eu já dancei num dos banquetes de Pan Mircea.

– É... Mas não ao som de uma harpa, tenho certeza! – disparou Stávro, e os outros começaram a rir. Nadia corou um pouco e não retrucou. Pouco depois, as pessoas começaram a se despedir e a voltar às tendas, e em breve só restávamos Stávro e eu. Como líder do grupo, era ele que se dirigia à Pani em nome dos demais, por isso não deixei que fosse dormir antes de prometer que me levaria até ela, bem cedo, na manhã seguinte. Eu não queria esperar um só momento além do inevitável.

À oitava hora, depois de ter um bocado de trabalho para arrancá-lo da tenda, Stávro e eu fomos até a casa de Pani Constancia. Um belo sol de primavera brilhava sobre os campos da fazenda, nos quais, aqui e ali, viam-se pessoas curvadas a trabalhar a terra. Arrendatários, talvez... ou servos, pensei, imaginando como seria bom encontrar Anna entre eles. Se Nestorian a tivesse trazido para os Vannovich, o mais provável seria que a houvessem escravizado, talvez no castelo, talvez nas terras de um parente. Se fosse nas da velha Pani, eu poderia tirá-la dali num piscar de olhos. Mas nem um bardo de verdade teria tanta sorte.

A viúva de Nicolae Vannovich morava numa casa de pedra, com um jardim cercado pelos restos de uma cerca viva. Um menino de seis ou sete anos estava por ali brincando com uma bola, e assim que nos viu pôs-se a saltar e a gritar de pura excitação.

– Stávro! Stávro! Avó, o Stávro chegou!

– Shhhh! Não grite desse jeito, Kolia! – disse o músico. – Assim vai acordar todo mundo!

– O quê? Ah! Já acordaram faz tempo! – replicou o garoto. Momentos depois, a porta da casa se abriu, e dela saíram duas mulheres: uma de meia-idade, que usava um lenço azul para cobrir os cabelos, e uma velhinha empertigada de coque branco.

– Bons dias, Stávro – disse ela, e o homem se curvou, numa mesura exagerada. – Como está sua gente? Precisam de alguma coisa?

– Não, senhora. Tudo está ótimo. Muito peixe no rio, bom pasto...

– E não estão estragando nada, não é? – tornou a velha, de um jeito inquisitivo. – Cavaram a fossa como mandei? Não quero que sujem o rio.

– Não estamos sujando, eu garanto. Pode mandar verificar.

– E vou mesmo. Não por você, mas não conheço a todos – disse a Pani; e só então pareceu notar a minha presença.

– Este aqui, por exemplo, parece muito distinto, mas não sei quem é. Como se chama, rapaz?

– Ciarán Milovic, ao seu dispor – respondi, e inclinei a cabeça. Não era preciso mais que isso, ao menos segundo Lyn, a dama da Casa Rubi que fora minha mestra em assuntos corteses. Só esperava que os códigos de Riverast funcionassem no Oeste.

– Pani Constancia, Milovic é um harpista – disse Stávro. – Ele está acostumado a tocar em banquetes, por isso pensei logo em trazê-lo para conhecer a senhora.

– Banquetes, é? – fez a mulher, olhando-me com interesse. – Ele é um músico de corte, então? E de onde veio?

– Isso é o melhor – replicou o fanhoso, em tom cúmplice. – Veio direto das Terras Férteis. E ninguém, aqui no Oeste, já o ouviu tocar.

– O quê...! Verdade? – Muito azuis, os olhos da Pani brilharam, como se Stávro estivesse lhe dando uma joia. – Das Terras Férteis, onde existem todos aqueles palácios? E... e os elfos?

– Sim, isso mesmo – respondi, antecipando-me ao saltimbanco. – E já toquei em salões élficos, também. Gostaria de ouvir?

– Que pergunta! É claro! – retrucou a senhora. – Entrem, os dois.

Marya, ponha água no fogo para um chá; e você, Kolia, deixe essa bola e venha conosco. Vai conhecer um instrumento que nunca viu antes!

Dizendo isso, ela mesma nos guiou até a sala, um aposento de paredes de pedra, com uma enorme lareira e teto muito baixo. A mobília consistia em uma arca, tapetes e uma mesa cercada por bancos de madeira, nos quais a Pani ordenou que nos sentássemos. Obedeci, mas antes tirei a harpa de sua caixa, meus dedos correndo suavemente ao longo das cordas. Passei em mente meu repertório, escolhendo a canção que me pareceu mais adequada – e toquei.

Para ser honesto, devo dizer que não passo de um harpista razoável, e ainda por cima estava destreinado. Em Brandannen, porém, onde alguém como Stávro era considerado um artista – ali eu era *maravilhoso*, ou pelo menos foi o que disse a Pani ao me aplaudir com os olhos cheios de lágrimas. Jamais, em sua vida, ela ouvira algo tão lindo como os sons da minha harpa.

– E eu *tenho* que levá-lo até o castelo Vannovich – declarou, para minha satisfação. – E até lá não quero que toque para mais ninguém. Muito menos para a multidão, na feira.

– Não pretendia, senhora. Mas quando iremos ao castelo? – perguntei. – Não quero parecer ingrato, mas tenho que seguir viagem dentro de dois ou três dias. Se, nesse prazo, seu sobrinho puder recebê-la...

– Puder? Ele *vai* me receber – afirmou ela, com uma impertinência própria das velhas senhoras. – Vou até lá quando quero. Na verdade, acho que vou hoje mesmo. Marya?

– Aqui, Pani – disse a de lenço azul.

– Mande Luká escolher quatro gansos bem gordos, para levar de presente, e diga a Anton que vou querer o carro à noite. Você, Milovic, se for à cidade, não se atreva a tirar uma nota sequer dessa harpa, e você, Stávro... Tome um banho, rapaz, garanto que não morre por isso. Quero os dois aqui, prontos para sairmos, à quinta hora.

– Está bem, Pani Constancia. – Eu mal podia acreditar que fora tão fácil.

– Euhhh... Pani – disse Stávro, hesitante.– Não quer que mais nenhum de nós vá? Os Sorolenko, talvez, ou... Dimitri?

– Não! O lugar dos acrobatas é na praça – disse a velha, com desdém. – E Dimitri, ele toca bem, mas eu o tenho levado ao castelo todos os anos. Desta vez, quero apenas Milovic. E você, mas não para tocar, e sim para divertir meu sobrinho e seus homens. Você sabe como fazê-los rir.

Relutante, o fanhoso assentiu. Sem esperar que Marya voltasse de dar seus recados, a própria Pani nos serviu um chá escaldante, que tomamos antes de sair. Stávro parecia apreensivo, e, embora não dissesse nada, percebi que temia ser recriminado pelos companheiros. Se não fosse por mim, alguns deles teriam sido convidados para tocar no castelo. E eu sabia de pelo menos um que não perdoaria Stávro por ter me apresentado a Constancia Vannovich.

Diante das circunstâncias, talvez eu devesse ter ficado no acampamento e ajudado a resolver as possíveis discussões. No entanto, aquelas horas podiam ser empregadas na busca de Anna, por isso não pensei duas vezes antes de ir até à cidade e procurar os registros do porto. Inútil: não havia nenhuma informação sobre a passagem do *Narval*. Fiquei irritado, mas mesmo assim aproveitei a boa-vontade do funcionário que me atendeu para saber a respeito dos Vannovich. Quão próximos eram Mircea e Waclav – ou melhor, Mircea e a mulher de Waclav, que talvez me reconhecesse dos seus tempos em Vrindavahn? Quais eram as possibilidades de encontrá-la no castelo?

– Ah, sim... A mulher de Pan Waclav, o que morava nas Terras Férteis – disse o homem, pensativo. – Pelo que eu soube ela esteve aqui no ano passado, com os filhos, e se hospedou com Pan Mircea, que é primo do marido. Mas depois acho que houve uma briga por causa da herança, e um dos filhos foi estudar para se tornar Preste, e a mãe voltou com o outro para a aldeia dela. É a dois dias de viagem daqui, sempre para o sul, se quiser ir até lá.

– Não. Só queria saber. Você me ajudou muito – disse eu, ao que o sujeito abriu um sorriso cheio de dentes e sugeriu que eu pagasse com uma cerveja. Dei-lhe umas moedas, as últimas que tinha, mas isso não importava. Um grande passo ia ser dado aquela noite. Eu ia entrar no castelo, às vistas de todos; ia encontrar Anna, ou Nestorian, ou pelo menos alguém que me desse indicações precisas sobre os dois. Não havia muitos destinos possíveis além de Brandannen. E à medida que eu apertava o cerco em torno do pirata, mais me sentia determinado.

Com as artes de um mago e a sorte de um bardo – quem me deteria?

9
O MENOR DOS MALES

– Ora, vejam só! O incrível harpista das Terras Férteis está de volta! O que você espera ganhar, hem, Milovic? Um anel? Um prendedor para o manto? Ou o direito de dormir com uma das servas de Pan Mircea?

Com as mãos na cintura, o cabelo ruivo caindo sobre olhos também vermelhos, Dimitri me encarava, disposto a comprar briga em nome dos outros músicos. Como eu previa, eles tinham criticado Stávro por me levar até Pani Constancia, mas logo se conformaram com o que não tinha remédio e partiram para a cidade. Eu vira mesmo dois ou três deles, apresentando-se na praça onde estava montada a feira, e não pareciam ter guardado rancor. Já Dimitri tinha outra natureza. Ele não ia descansar até medir forças comigo.

– É surdo? Falei com você! – disse, em tom grosseiro. Olhei-o de cima a baixo e fui em frente, mas o sujeito insistiu, metendo-se no meu caminho de forma a bloquear a entrada da tenda.

– Você se acha o maior, certo? – perguntou, mostrando os dentes, como se rosnasse. – É bom demais para tocar na feira e orgulhoso demais para falar comigo. Mas o que os Vannovich lhe derem, isso você vai aceitar, não é, Milovic? Você não tem vergonha de tirar o que é nosso.

– Nunca tirei o que é seu – repliquei. – Qualquer um aproveitaria a oportunidade de tocar para um nobre. Não tenho culpa se Pani Constancia gostou de mim.

– É... A ponto de fazer pouco dos outros, pelo que eu soube. A velha caduca! – tornou Dimitri, os olhos apertados de raiva. – Ela esqueceu o quanto Pan Mircea gosta da minha música. Bem mais do que ele vai gostar da sua maldita harpa.

– É possível – disse eu, friamente. – Nesse caso, sugiro que você vá até lá e diga isso a ela. Melhor ainda, fale diretamente com Pan Mircea. Quem sabe você ainda pode conseguir a recompensa que tanto deseja. Agora, por favor, saia da frente. Preciso me preparar para ir ao castelo.

Avancei, sabendo que toda aquela disposição para a briga não o impediria de me dar passagem. Eu garantira isso pelo simples tom que dera à minha voz. Ali ficou Dimitri, perplexo e furioso, ruminando os planos de uma vingança que provavelmente não chegaria a perpetrar. Se tudo desse certo, aquela seria minha última noite em Brandannen.

– O que é isso? Vai levar sua bagagem? – perguntou Stávro, vendo-me com a mochila nos ombros. – Pode deixar tudo na tenda enquanto vamos ao castelo. O pessoal não roubaria nem um alfinete. Quer dizer, de um companheiro, é claro!

– Não é isso. É que eu talvez não volte ao acampamento – respondi, e o homem me olhou surpreso. – Talvez eu siga viagem hoje mesmo, depois de tocar para os Vannovich.

– Mas tão rápido assim? Devia ficar mais algum tempo – disse Stávro. – Sei que não vai tocar na feira, mas muitas corporações estão promovendo festas. Não vai lhe faltar trabalho nos próximos dias.

– Pode ser. Mas acho que terei de partir.

– Hummm – fez o fanhoso, seu olhar subitamente mais penetrante. – Você *acha*, não é? Então tem a ver com o que vai fazer lá hoje?

– Tem – admiti, saindo pela tangente. – Ou melhor, tem a ver com o que vou conseguir trazer comigo.

– Ah, sei! A recompensa – disse ele, erguendo as sobrancelhas. – Bom, eu ganhei um bracelete no último ano. Este aqui – mostrou, depois de procurar entre vários. – Você deve ganhar um também, ou algo ainda melhor. É disso que o Dimitri está com raiva.

– É verdade. Mas vai passar. E, de qualquer forma, não vou estar aqui no próximo ano.

– Vai voltar para as Terras Férteis, não é? Para os braços de uma mulher bem quentinha. É a mulher de algum nobre? – indagou

Stávro, com os olhos acesos. – Ouvi dizer que as damas do Sul adoram os bardos.

– É? Bom, decerto o que ouviu foi um bardo contando vantagem. Podemos ir? A Pani disse que sairíamos à quinta hora.

– Eu sei. E disse também para eu tomar um banho, mas a água estava muito fria. Bom, vamos lá – disse ele, e se ergueu com um estalar de juntas e ossos. Ajeitei a mochila e me certifiquei de ter a adaga de Finn bem escondida em minha túnica. Provavelmente, os Vannovich não admitiriam minhas espadas em seu salão.

Diante da casa de pedra, toda aprumada em seus melhores trajes, Pani Constancia já esperava por nós. Uma pequena carroça também estava a postos, e o cavalo atrelado a ela era forte e bem tratado. O cocheiro era um homem de meia-idade com bigodes retorcidos, que esperou um sinal da Pani para ajudá-la a subir no assento. Stávro e eu nos acomodamos na parte de trás, sobre os restos de feno que ali ficara da última carga. À porta da casa, vi então aparecer o pequeno Kolia, que acenou para a avó e para Stávro refestelado no feno.

– Cuidado com os sugadores de sangue! – gritou ele, antes que Marya, a serva, o puxasse para dentro.

– Ah, sim! Vou ter cuidado! – respondeu Stávro, rindo por cima do ombro. – Esse menino é de morte. Onde já se viu brincar assim com a própria família?

– Bom, segundo você mesmo, não é brincadeira – repliquei.

Stávro engoliu em seco e calou a boca. Melhor assim: eu podia prestar atenção na estrada e memorizar o caminho até o castelo. Era uma rota traçada através do campo, o que me favorecia, pois, se tivesse de partir, não teria que atravessar toda a cidade. Ali não haveria guardas fazendo a ronda ou tavernas abertas, ninguém que pudesse me ver, a não ser algum fazendeiro que precisasse ir lá fora durante a noite. E os morcegos. Havia muitos nos campos ao redor de Brandannen, o que explicava as histórias sobre os sugadores de sangue. Por outro lado, como todos os magos, eu sabia que por trás daquelas lendas talvez houvesse um perigo real, embora improvável, e que eu podia ser levado a enfrentá-lo. Mas só se fosse necessário. Com a sorte do meu lado, eu ainda achava que poderia resgatar Anna e partir sem olhar para trás.

O sol se punha quando chegamos à fortaleza de Mircea. Comparada ao Castelo das Águias, ela era modesta, mas gostei de sua arquitetura, com as fundações de pedra negra, torres baixas que culminavam em telhados pontudos e pórticos cobertos de entalhes. Era um lugar antigo, percebi – e meu corpo se retesou em alerta, pois, no mesmo instante, senti no ar a vibração inconfundível da maldade. Vinha de tempos remotos, assim como o próprio castelo, mas era forte o bastante para me fazer saber o que acontecera. Do outro lado daqueles pórticos, ao longo de gerações, pessoas tinham sofrido e gritado em agonia – prisioneiros de guerra, esposas infiéis, servos e aliados caídos em desgraça – e suas vozes ainda ecoavam, um coro lúgubre de maldições lançadas sobre os Vannovich. Se elas haviam se cumprido, e como, eu ainda não podia saber, mas não era um lugar para se entrar desprevenido. Eu não podia deixar que me separassem do meu bastão.

Os guardas no portão nos admitiram sem fazer perguntas, e a carroça entrou num pátio de terra batida onde se erguiam construções de barro e madeira. Procurei e logo encontrei o que devia ser o salão principal: um prédio baixo que ficava encostado à muralha, de forma a só precisar de mais duas paredes de pedra. Um sujeito com palha nos cabelos se aproximou para tratar do cavalo, enquanto um jovem fazia uma mesura para Pani Constancia, que Stávro e eu estávamos ajudando a descer da carroça. Ela se firmou entre nós dois e marchou para o salão, cuja porta deixava entrever o aposento comprido no qual o senhor do castelo jantava com seus guerreiros.

– Pan Mircea, meu amo, sua tia deseja saudá-lo – anunciou o rapaz, dirigindo-se ao homem sentado no lugar de destaque. Como eu esperava, ele era um sujeito grande, com ombros largos e pescoço taurino. Seus cabelos, de um castanho fosco, eram lisos e compridos, e as mãos ostentavam anéis com enormes rubis. Cercado por umas trinta pessoas – quase todos homens de armas, mas também um Preste e duas mulheres – ele estava de costas para a parede, diante de uma mesa coberta pelas travessas do jantar. A sala era iluminada por tochas, mas a claridade mais forte vinha da lareira, da qual emanava um calor incômodo e sufocante. Por outro lado, aquela luz amarela me permitia ver muito bem todos os presentes, e não havia ninguém que correspondesse à descrição de Nestorian. Também não vi sinais de Anna, embora não esperasse encontrá-la no salão principal. Onde estariam, àquela hora, os servos do castelo?

– Seja bem-vinda, tia – Mircea Vannovich interrompeu minhas conjecturas. – Venha sentar conosco. E da próxima vez traga o Kolia, gosto daquele moleque!

Sorrindo, as faces coradas de calor, a velha Pani avançou, seguida por Stávro, com seus trapos coloridos, e por mim, o estranho de manto azul, que fingia mancar apoiado a um bastão de aveleira. Mircea me lançou um olhar curioso, mas não desconfiado, e os outros mal pareceram notar minha presença. Ali fiquei, de pé, ao lado de Stávro, enquanto Pani Constancia se estendia em cumprimentos ao sobrinho e aos demais membros da família. Não se esqueceu de mencionar os gansos que lhes trouxera de presente e que seu cocheiro se encarregara de levar para a cozinha. Só depois deles chegou a nossa vez.

– Veja, Mircea, estes dois vieram animar a noite – disse, fazendo um sinal para que nos aproximássemos. – Você se lembra de Stávro Dryszyk, não?

– O que apaga velas com o traseiro? Claro que lembro – respondeu o homem, com um riso grosso. – E quero ver se ele faz isso de novo. Mas não agora – acrescentou, olhando para os companheiros. – Ainda não começamos a nos divertir de verdade. E esse outro aí, de cara amarrada? O que ele faz?

– É um harpista das Terras Férteis – disse, orgulhosa, a velha Pani. – Ele chegou ontem e ninguém, além de mim, o ouviu tocar. E ele é bom! Você vai gostar, Mircea.

– Oh, e eu também! – exclamou uma das mulheres à mesa. – Gosto tanto de música!

– Pode deixá-lo começar? – perguntou a outra, mais velha e mais bonita que a primeira.

– Vamos ver. Venha até aqui, harpista – disse Mircea, e não pude recusar. – Quer dizer que é das Terras Férteis, não? Por acaso é um elfo?

– Não. – Pelo jeito ele nunca vira um elfo em toda a sua vida. – Sou um homem.

– Ah, bom. Mas me diga uma outra coisa – tornou Mircea. – Já tocou durante uma batalha?

– Não. Eu não servi ao exército como bardo.

– Mas serviu de outro jeito? – replicou ele, no mesmo instante. – Já esteve em alguma guerra contra os clãs do Oeste?

– Sim.

– Para que essas perguntas? – indagou o Preste, sentado alguns lugares adiante. – Como nós, esse homem lutou ao lado de seus conterrâneos. Eram nossos inimigos, é verdade; mas não foi ele que começou a guerra, nem deve ter lucrado com ela. E agora são tempos de paz, meu irmão. Pelo menos nas terras da nossa família.

– É verdade, marido. Deixe-o tocar – pediu a mais velha das duas mulheres. – Vamos ouvir o que ninguém ainda ouviu.

– A não ser eu – lembrou Pani Constancia, com uma risadinha.

– Bom... Está certo – disse Mircea, um pouco relutante. – Toque para nós, bardo. Mas não se atreva a cantar as vitórias do seu maldito exército.

– Eu não canto. Só toco – repliquei, e o homem grunhiu em aprovação.

– Melhor assim – disse, e bateu com a taça na mesa, fazendo cessar a conversa dos guerreiros. – Ouçam, minha tia trouxe um harpista das Terras Férteis. Vamos ver se ele vai merecer o seu jantar!

Assim, na presença de trinta homens que eu não conhecia, mas que talvez houvesse enfrentado em batalha, toquei uma das mais belas músicas que aprendera em Riverast. Não era uma canção de guerra nem de amor, mas uma balada simples, muito antiga, que falava do sol, das árvores e de amigos que se encontravam após um longo tempo. Alguns homens se mexeram nas cadeiras, sem paciência para uma música que não servia para dançar ou cantar, mas outros permaneceram imóveis, apreciando os sons estrangeiros que, eu podia perceber, agradavam sobretudo à família de seu senhor. Stávro tinha razão, concluí. Sanguinários ou não, os Vannovich gostavam muito de música.

– Muito bem! Minha tia não errou ao trazê-lo... Você é bom! – declarou Mircea, quando o último acorde se desfez no ar. – Ganhou um lugar à minha mesa, apesar de ser das Terras Férteis. Mas antes pegue isto – acrescentou, tirando uma de suas várias pulseiras de ouro. – Use como uma prova de que é bem-vindo nas terras dos Vannovich.

– Obrigado – murmurei, aceitando o presente. Era uma pulseira grossa, quase um bracelete de ouro maciço, e tinha gravada a figura de um urso em pé sobre duas patas: o símbolo da família, que se via no escudo preso à parede, pouco acima da cabeça de Mircea. Não havia dúvidas de que me fora concedida uma grande honra.

Terminado meu número, eu supunha que fosse a vez de Stávro, mas Mircea o mandou sentar e tomar parte na refeição. Como eu, ele recebeu uma faca e um prato de estanho e teve que se arranjar sozinho, pois não havia ninguém encarregado de trinchar os assados ou partir o pão. Só não tivemos que disputar a comida porque vários homens de armas já tinham se fartado, e agora só bebiam, suas vozes mais altas e empastadas à medida que se enchiam de cerveja. Dois rapazes se encarregavam de abastecer as canecas, enquanto um terceiro ia e vinha de outro aposento carregando travessas repletas de carne, ou de ossos, conforme estivessem chegando ou saindo. Não havia mais nenhum servo à vista além do porteiro. Isso me inquietava um pouco, pois talvez quisesse dizer que os outros eram mantidos trancados e sob vigilância. Mesmo assim, eu estava decidido a vasculhar todo o castelo em busca de Anna – e, com o avançar das horas e o contínuo esvaziar das canecas, tive a certeza de que logo poderia sair sem ser notado.

– Você, Dryszyk, levante-se! Tire esse traseiro daí! – ordenou Mircea, por entre os risos dos demais. – Cante aquela canção das treze donzelas!

– Agora mesmo, meu senhor – disse Stávro, pondo-se à procura da cítara.

– Marido, é tarde, vou me retirar – disse, sem expressão, a mulher de Mircea. – Levo nossa tia para descansar em meu quarto.

– O quê? Ah, está bem! – rosnou o homem, dando de ombros. – Leve-a, com os diabos. Eu fico aqui... e Sonja vai ficar comigo, ahn? Não é assim?

Dizendo isso, ele agarrou a outra mulher pelo braço, puxou-a para o seu colo e a beijou, enquanto a esposa saía seguida por uma constrangida Pani Constancia. O Preste desviou os olhos, mas continuou a comer, ao passo que os homens de armas já não estavam sequer em condições de prestar atenção. Um deles se deixara cair no chão e roncava, alguns discutiam, outros cantavam abraçados, interrompendo-se para exigir que Stávro os acompanhasse com a cítara. Ele, porém, tinha-se esquecido de trazê-la, e os homens começavam a insultá-lo quando o porteiro apareceu à entrada da sala.

– Meu amo, chegou um saltimbanco que pede para ser recebido! – gritou, tentando se fazer ouvir. – Ele disse que está nas terras da sua tia, e se chama...

– Dimitri! – completou o ruivo, entrando sem que o houvessem chamado. Trazia uma rabeca sob o queixo, da qual já vinha tirando uns sons agudos e enervantes. Para felicidade de Stávro – que já se via esmagado por uma dúzia de punhos raivosos – a música alegrou os guerreiros, que deixaram de exigir a cítara e se voltaram para o recém-chegado.

– Dimitri, seu bastardo! Sabia que não ia faltar – riu um deles. – Nós precisávamos de você, porque queremos cantar, e esse imbecil sem mãe do Stávro esqueceu a cítara!

– Toque para nós, Dimitri! – pediu outro.

– Sim, com prazer. Se meu senhor Mircea permitir – respondeu o músico, inclinando a cabeça.

Mircea resmungou um assentimento e voltou a se ocupar de Sonja. Os homens de armas cercaram Dimitri, cada um querendo que começasse por sua canção preferida. Entre os risos e as pragas, o calor cada vez mais forte e a fumaça que enchia a sala, senti que havia chegado o momento de agir – e assim, antes que ele se juntasse ao coro, puxei Stávro para um canto e perguntei:

– Você sabe onde os servos do castelo passam a noite?

– Hã? O quê? – fez ele, franzindo as sobrancelhas. Repeti a pergunta, pensando comigo mesmo se valeria a pena, mas confiando na intuição que me fizera recorrer a Stávro. E, de certa forma, ela não falhou.

– Onde os servos passam a noite? Uh... Difícil dizer – murmurou o saltimbanco, repuxando a barba. – Mas a essa hora a maioria deve estar na cozinha. Por quê?

– Por nada. Como faço para chegar lá?

– Bom, eu diria que é por ali – respondeu ele, apontando a passagem usada pelo rapaz das travessas. – E depois é à esquerda, se não me engano. Mas, Ciarán, o que você vai fazer lá? As moças daqui são boazinhas, mas francamente não são grande coisa. Você podia voltar e procurar a Nadia, ela está doida para...

– Não! Não estou atrás de nada disso – repliquei, impaciente. – Só quero ver os servos, falar com eles, pois talvez possam me ajudar a encontrar alguém.

– Ah, sim! – exclamou Stávro, com os olhos brilhando. – Eu tinha me esquecido... Você procura um tal Nestorian, não é?

– Shhhh! É, sim, mas fale baixo! – disse eu, por entre dentes. – Se o Vannovich ouvir isso...

– Ei, harpista! – interrompeu, vinda das sombras, uma voz jovem e decidida. Voltei-me, já preparado para reagir se fosse preciso, e dei com o rapaz das travessas, parado na junção entre os aposentos e fazendo sinais para que eu me aproximasse.

– Nestorian não veio este ano – disse ele, num sussurro, quando cheguei mais perto. – Mas, se quer encontrá-lo, há um homem aqui que sabe onde ele deve estar e como se chega lá. Falei de você, e ele propôs que você o encontrasse para uma conversa. Você vem?

– Depende. – Encarei-o, em busca de sinais que indicassem uma armadilha. – Quem é esse homem? Um dos guerreiros de Mircea?

– Não, Váliek é um servo – retrucou o rapaz, e vi que estava falando a verdade. – Foi Nestorian que o vendeu aos Vannovich, e por isso ele só fala em vingança. E sabe tudo sobre os piratas. Esteve até no lugar onde eles costumam se esconder: uma ilha lá para o Norte, que eles chamam de Ilha dos Ossos.

A menção do nome fez-me engolir em seco. Eu sabia não ter sido à toa que ele me chamara a atenção. Stávro, por sua vez, olhou para o rapaz com uma espécie de horror, ao mesmo tempo que puxava meu braço e tentava me afastar dali.

– Não se meta nisso, Ciarán – implorou. – Volte para a mesa. Pan Mircea e os outros vão dar pela sua falta.

– Não, *você* volta para a mesa – repliquei. – Mantenha a atenção deles ocupada enquanto falo com o servo. Tenho que saber o que puder sobre Nestorian.

– Para quê? Eu já ouvi falar dessa Ilha dos Ossos – insistiu o músico. – É um lugar macabro! Se o sujeito que você procura é quem manda lá, ele deve ser pior que um ogro! Olhe, Milovic, seja qual for o motivo da briga, você devia desistir, porque...

– Não posso desistir, Stávro – falei, olhando-o nos olhos – Nestorian raptou a minha mulher.

– Aaaaah! – fez ele, e para minha surpresa sua expressão mudou no mesmo instante, de assustada para resoluta. – Bom, *isso* é diferente. É melhor ir rápido. Eu distraio os brutamontes por aqui. Vá! O que ainda está esperando?

Pé ante pé, à luz vacilante de uma tocha, o jovem servo me guiou por um labirinto de corredores. No início estávamos a rés do chão, mas uma escada nos fez descer um nível, e o caminho prosseguiu estreito e tortuoso pelo subterrâneo. Estranhei que estivéssemos indo tão longe, e o rapaz explicou que se tratava de um atalho para o alojamento dos servos.

– Por aqui o porteiro não nos vê, e além disso é mais rápido – disse, enquanto subíamos uma nova escada. Esta desembocava no pátio, perto de um aglomerado de choupanas com tetos de palha. O rapaz fez um sinal para que eu esperasse e entrou numa delas, de onde saiu pouco depois, acompanhado por um homem baixo e franzino. Com cerca de trinta anos, ele usava o cabelo castanho quase raspado, e o rosto era duro, dando a impressão de alguém que já vira muita coisa na vida. Sua aura não era límpida, mas pude ver que não pretendia me enganar, nem tinha quaisquer intenções a meu respeito, a não ser, talvez, fazer de mim seu aliado contra Nestorian. Se a aliança também me convinha... Bom, isso dependia do que ele tinha a me oferecer.

– É este o homem, Váliek – disse o rapaz. – Vou deixar vocês aqui e voltar, antes que notem que saí. Você sabe chegar ao salão?

– Sei. Obrigado – respondi, e ele desapareceu em meio às sombras. Nas choupanas dos servos, duas ou três portas se entreabriram, e Váliek resmungou, puxando-me para longe dos olhos de seus companheiros.

– Curiosos feito ratos – disse, por entre dentes. – Bom, pelo que o menino disse, você está atrás do bastardo do Nestorian, não é? Pode-se saber o porquê?

– Ele raptou minha mulher. – Àquela altura, eu não tinha por que ocultar a verdade. – Venho seguindo a pista dele desde os pântanos, e sei que trocou de barco há pouco menos de duas luas, mas disseram que depois ele devia vir a Brandannen. Acha que ainda virá?

– Duvido. Quando ele vem para estes lados, é por volta do equinócio de primavera, e já se passou uma lua. Agora deve estar nas ilhas, ou em qualquer outra parte, mas tanto faz. – Váliek cuspiu para o lado. – Ele pode visitar alguma cidade, se demorar no mar pilhando barcos, nunca se tem como saber ao certo. O que eu sei é o seguinte: se quer ter a certeza de encontrar Nestorian, o melhor que tem a fazer é ir direto à Ilha dos Ossos. Mais cedo ou mais tarde, ele sempre acaba voltando para lá.

– Hum. Pelo jeito você sabe bastante sobre essa ilha – comentei, olhando-o nos olhos. – E, segundo o garoto, até esteve lá. Isso é verdade?

– É. Mas, antes que pergunte, nunca fui da tripulação de Nestorian – disse ele, erguendo as mãos. – Eu trabalhava para um mercador, viajava muito pela costa, e numa dessas vezes fui apanhado por salteadores, que me venderam a uma família chamada Behzov. Que o Esquerdo leve todos eles, porque são uns malditos. Eles têm uma fazenda perto da Ilha Albatroz, que pertence aos piratas, assim como a dos Ossos. Fazem negócios com Nestorian e lhe fornecem víveres e madeira. E, de vez em quando, fornecem homens – qualquer servo que faça algo que não lhes agrade. Foi o que aconteceu comigo, e passei metade de um ano remando um barco pestilento, mais uma estação morrendo de fome na Ilha dos Ossos. Só depois disso Nestorian me vendeu aos Vannovich.

– E desde então você pensa em se vingar – concluí. – Tem ideia de como?

– Não. Só sei que quero acabar com ele bem devagar – disse Váliek, sombrio. – Ele esteve aqui uma vez, depois daquela em que me trouxe, mas eu tinha sido mandado trabalhar no campo e não pude pôr as mãos no maldito. Além disso, quero pegar também os Behzov, que nunca saem da fazenda deles. Foi por isso que pedi ao garoto e a todos os outros: se um dia chegar alguém à procura do pirata, diga para falar comigo. Eu conheço Nestorian e seus homens, conheço as fraquezas deles, e além disso sei como chegar às ilhas mais rápido do que qualquer um. Se puder me tirar daqui...

– Espere – falei, pois aquilo me interessava. – Você sabe chegar mais rápido às ilhas? De que jeito?

– Por terra – respondeu o servo; e isso me interessou mais ainda.

– Quando se deixa Brandannen de barco, é preciso navegar alguns dias pelo canal, quase voltando ao porto de Bulforg, para depois contar com os ventos e a sorte. No entanto, eu tinha estado aqui mais de uma vez quando trabalhava para o mercador, e conheço um caminho pelas montanhas que nos levaria à fazenda Behzov em dois quartos de lua. Menos, até, se tivéssemos cavalos.

– Mesmo? E por que você ainda não foi, se é assim tão fácil?

– Eu não disse que era fácil – replicou Váliek. – Disse que era rápido, e é mesmo, só que antes eu teria que fugir do castelo. Até agora não me atrevi a tentar. A punição para quem foge é terrível, e os servos nem querem ouvir falar em arriscar a pele. E, da minha parte, prefiro não atravessar as montanhas sem um companheiro. Sabe lá se quebro uma perna?

– Muito sensato – disse eu, passando em revista tudo aquilo que ele me dissera. – Então, se eu o ajudasse a fugir, você me guiaria até as ilhas. É isso?

– É. Que tal o acordo?

– Não é mau. Desde que o caminho seja mesmo rápido – respondi, e acrescentei: – E desde que eu possa confiar em você.

– Para ir até as ilhas, sim, você pode. Tudo que eu quero é voltar lá e acertar as contas. Se é o que você também quer, estou do seu lado, mesmo que nossas chances sejam pequenas.

– Talvez não sejam tanto – murmurei, e meus dedos se apertaram em torno do bastão. – Mas isso não importa agora. O principal é sair daqui o quanto antes. Está preparado para ir esta noite?

– O quê? Bom, eu... Eu *estaria* – disse Váliek, hesitante. – Mas o que você pretende fazer? Você é livre, imagino, para deixar o castelo. Já no meu caso...

– Eu sei. Não se preocupe, tenho um plano – garanti, sem entrar em detalhes. – Mas acho que é prudente esperar até que a bebida deixe mais guerreiros fora de combate. E também tenho que me certificar de que meu companheiro saia daqui a salvo.

– Ah, está com mais alguém? – fez o homem, esperançoso. – Ele sabe lutar?

– Eu diria que – comecei, mas um súbito ruído na escada fez com que me calasse. Váliek se colou à porta da choupana, enquanto eu erguia o bastão e me preparava para enfrentar...

– *Stávro*! – exclamei, vendo o músico que vinha esbaforido ao meu encontro. – Como foi que você chegou aqui?

– O garoto. Ele explicou o caminho – disse o fanhoso, recobrando o fôlego. – E eu vim correndo avisar que Preste Radu está vindo atrás de você. Quer dizer, agora eu acho que é *da gente*, não é?

– O Preste, vindo atrás de nós? Que história é essa?

– Preste Radu é irmão de Pan Mircea – disse Váliek, das sombras.

– É, isso mesmo – confirmou Stávro. – O Pan já se meteu num quarto qualquer com a garota, mas Dimitri notou que você saiu e convenceu o Preste de que devia mandar procurá-lo. Estão vindo por fora, pelas muralhas... Ali, ali, olhe!

Virei-me na direção em que ele apontava e vi um clarão, um borrão de luz amarela que aumentava a cada instante. Dentro da luz desenhava-se o rosto do guerreiro que levava a tocha, e atrás dele vinham vários outros, armados e sóbrios o suficiente para me enfrentar. Radu estava no meio deles, e ao seu lado caminhava Dimitri, falando e gesticulando como se o tentasse convencer de alguma coisa. De que eu era um inimigo, é claro. Verme.

– Depressa! Ele está ali! – bradou um dos homens de armas, e o grupo marchou mais rápido em nossa direção.

– O que vamos fazer? – perguntou Stávro, torcendo as mãos. Váliek se eclipsara para o interior da choupana. Quanto a mim, estava parado, mas minha mente trabalhava, decidindo sobre a melhor atitude a tomar. Sumir dali, com um escudo invisível que cobrisse a mim e a Stávro? Combater a espada com a Magia? Ou tentar um encanto mais discreto, de forma a não revelar quem na verdade era Ciarán Milovic?

– Então, meu caro, está tomando a fresca? – perguntou, adiantando-se, o Preste Radu. – O que veio fazer aqui, no meio dos servos?

– Espionar, meu senhor. Tenho certeza – disse Dimitri, em tom belicoso. – O que um bardo das Terras Férteis pode estar...

– Silêncio! Você já cumpriu o seu papel – interrompeu o Preste. Encarei-o, demorando-me em seus fundos olhos castanhos, e isso me ajudou a decidir o que fazer. Ou melhor, o que *Radu* iria fazer, já que os guerreiros não agiriam contra suas ordens.

E eu via que ele era tão fácil de manobrar quanto uma criança.

– Bom, você... Milovic – disse ele, piscando, pouco à vontade com suas novas e inesperadas ideias. – Você é de fato um bom harpista, não nos enganou quanto a isso. Mas por que deixou o salão e veio até aqui?

– Porque estou procurando alguém – respondi. – Uma mulher. Mas não a encontrei.

– É, isso mesmo! – disse Stávro, animado. – Ele estava atrás de uma mulher. Coitado, vem das Terras Férteis, onde quase só tem elfos. Então, há muito tempo que ele não...

– Conversa! – explodiu Dimitri, esquecendo-se de como fora advertido. – Se ele quisesse mulher, teria ficado com a Nadia, que só faltou se esfregar nele ontem à noite. O que esse sujeito quer, na verdade, é espionar Pan Mircea e o castelo. Eu soube desde o início, quando ele veio com aquelas perguntas sobre Nestorian. Ele quer...

– Espere – disse Radu; e isso veio dele e não de mim. – Você conhece Nestorian, bardo? É seu amigo?

– Não, não somos amigos. Nunca estive frente a frente com ele. Mas quero encontrá-lo.

– É? E a tal mulher, quem seria? – tornou Dimitri. – É ela que você procura, ou é Nestorian?

– E o que diabos eles fariam no meio dos servos? – perguntou um dos guerreiros, com ar feroz. – E por que o bardo não disse nada sobre isso a Pan Mircea?

– Isso mesmo! Ele ficou com medo – disse outro homem. – Dimitri tem razão. Ele deve estar escondendo alguma coisa.

– Não está, não! – replicou Stávro, antes que eu pudesse responder. – Ele procura Nestorian para negócios, e uma mulher para... outro *tipo* de negócios, ora. É muito simples.

– Então por que ele não falou com Pan Mircea? – insistiu o homem de armas. Outros, no grupo, começaram a murmurar, e tarde demais percebi que o Preste não detinha tanta autoridade sobre eles quanto me parecera a princípio. Ao mesmo tempo, era arriscado tentar influenciar os pensamentos de dez ou doze homens, por isso usei Radu para propor uma solução que acalmasse os ânimos.

– Não podemos afirmar que o bardo é culpado – disse ele, dirigindo-se aos guerreiros. – Mas é verdade que ele deve se explicar a Mircea; e meu irmão, hum, já se recolheu por esta noite. Assim, o que temos a fazer é manter Milovic no castelo, até que Mircea decida o que fazer.

– Isso! Assim, sim! – concordaram os homens de armas, para alívio do Preste.

– Por mim também está bem – disse eu. – Mas Stávro deve ter permissão para partir. Ele é um velho conhecido da família.

– Ah, não! Eu vou ficar! – Stávro, sempre reagindo de forma inesperada. – Ciarán, você não é espião, e faço questão de ajudá-lo a provar isso! E você tem que ficar também, Dimitri – acrescentou, erguendo um dedo acusador. – Você vai dizer a Pan Mircea que não desconfiou de nada; que na verdade estava com inveja, porque Ciarán ganhou um bracelete e você só uma moeda. Vamos! Venha com a gente!

– Para a prisão? Está louco? – replicou o ruivo. – Eu não fiz nada!

– Não vão para a prisão – disse o Preste, mas um olhar aos guerreiros fez com que se corrigisse. – Ou melhor, sim, vão ficar numa cela, mas não serão postos a ferros. E você estará com eles, Dimitri. É você que vai dizer a Mircea que tipo de perguntas o bardo andou fazendo.

– Eu? Mas... Mas, Preste Radu...

– Já chega! Os três ficam – afirmou o Preste. – Essa é minha última palavra!

Dizendo isso, ele fez um sinal aos homens de armas, que nos cercaram com as lanças em punho e nos fizeram marchar ao longo da muralha. Apoiei-me no bastão, exagerando a dor no pé alegadamente torcido, e mais uma vez me certifiquei de ter a adaga de Finn sob minha túnica. Stávro me acompanhou, muito pálido, mas sem fraquejar, ao passo que Dimitri foi o único a ser agarrado e arrastado pelos guerreiros. Vendo isso, Radu ergueu a voz para ordenar que não nos maltratassem, a menos que tentássemos reagir. Como se eu fosse me deixar esmurrar por um daqueles porcos.

– Aqui estamos – disse o Preste, enquanto ainda descíamos por uma escada estreita e sombria. – A cela em que vão ficar não é confortável, mas também não é má. É onde ficam os prisioneiros que merecem nossa consideração.

– Bom saber, mas para onde eles costumam ir depois? – perguntou Stávro, lançando um olhar agoniado à sua volta. Era naquele corredor que ele temia achar uma resposta, pois tínhamos passado por duas câmaras, ambas repletas de instrumentos de tortura.

Rodas, tenazes e chibatas de todo tipo desfilaram diante de nossos olhos, uma visão que fez tremer as pernas dos saltimbancos e me lembrou os porões da Escola de Guerra. Felizmente, à medida que avançávamos, as salas foram ficando para trás, e compreendemos que seríamos poupados. Ao menos por aquela noite.

– É aqui – disse Radu, enveredando por outro corredor, no qual havia duas passagens. Uma não era mais que uma abertura em forma de arco, da qual provinha uma corrente de ar; a outra era fechada por uma porta de ferro, que, ao ser aberta, revelou uma pequena câmara. Ao fundo havia mais uma porta, desta vez de madeira, e o Preste a destrancou, mostrando o que chamava de "cela de hóspedes": um aposento estreito, com uma enxerga e um balde limpo a um canto, e na parede um nicho com uma lâmpada a óleo. Um dos homens de armas a acendeu, e dois outros entraram trazendo braçadas de palha e mantas grosseiras. Era quase como se quisessem que tivéssemos bons sonhos.

– Podem se ajeitar por esta noite – disse Radu. – Pedirei a Mircea que os receba logo cedo e vou rezar para que tudo se esclareça. Deus os abençoe!

– Bela maneira de nos dar um chute no traseiro – rosnou Stávro, assim que a porta se fechou.

– E a culpa é sua por estarmos aqui – disse Dimitri, por entre dentes. – Ele só ia deixar o Milovic.

– Que você acusou de espionar! O que lhe deu na cabeça? – replicou o fanhoso. Os dois continuaram a discutir, suas vozes se erguendo cada vez mais até que o guarda bateu na porta, mandando-os calar a boca se não quisessem ser amordaçados. A briga cessou no mesmo instante, e os dois se resignaram a dividir a palha, enquanto eu calculava o tempo que devia esperar antes de sair. Porque, tão certo como um novo dia iria nascer, eu *ia* escapar daquela masmorra, assim que houvesse menos pessoas à minha volta. Fora por isso que eu sugerira a Radu que me prendesse. De que outra forma teria a paz necessária a tecer meus encantos?

10
A CRIPTA

Visto de fora, meu plano não era nada de mais.

Eu tinha que esperar uma ou duas horas, tempo suficiente para que Radu e os guerreiros de Mircea estivessem dormindo. Devia abrir a porta da cela e pôr o guarda fora de combate. Depois precisaria sair da masmorra e voltar às choupanas dos servos, onde, de preferência sem ser visto por ninguém, teria que acordar Váliek e convencê-lo a partir naquela noite. Então, passando pelos porteiros e pelos guardas de sentinela nas muralhas, eu partiria para enfrentar Nestorian em seu próprio reduto.

Sim, o plano era simples, e as três primeiras partes não deviam ser difíceis para alguém como eu. No entanto, havia outras coisas a levar em conta, a começar pela presença de Stávro, que se mostrara o mais leal dos companheiros. Impensável abandoná-lo ali, à mercê dos Vannovich. Além disso, eu não queria deixar minha bagagem para trás, e teria que passar pelo estábulo para reavê-la, com o que provavelmente encontraria algum servo pelo caminho. Só esperava não ser obrigado a ferir nenhum inocente.

Por um bom tempo fiquei deitado na enxerga, esperando o momento de agir e me preparando para usar uma grande quantidade de energia mágica. Stávro e Dimitri tinham parado de brigar e dormiam, e os roncos que vinham de fora mostravam que o mesmo acontecia com o guarda. Tudo o mais era silêncio.

Então, compreendendo que pouco adiantaria esperar mais uma ou duas horas, deslizei até a porta da cela e encostei nela a palma da mão. No mesmo instante, uma sensação de calor e formigamento se espalhou até a ponta dos dedos. *Abra*, ordenei, quando ficaram quase em fogo. E, com um barulho de ferro sobre pedra, a tranca caiu.

– O quê...? – fez o guarda, despertado pelo ruído. Empurrei a porta e, sem dar tempo ao homem para reagir, fulminei-o com uma descarga do bastão. Ele caiu, sem proferir um som, e eu voltei pé ante pé ao interior da cela.

– Stávro – sussurrei, debruçando-me sobre o músico que ressonava. – Está ouvindo? Sou eu, Ciarán. Acorde. Mas não faça barulho! – adverti, quando ele começou a se mexer.

– Uuuuuhhhh... Minha cabeça... Parece que caiu uma pedra em cima dela – disse, esfregando os olhos. – Já amanheceu? Nem parece. Tudo tão escuro como se fosse...

– Noite – completei, e peguei a lâmpada. – Ouça, Stávro, não temos muito tempo, então não vou tentar explicar. A porta está aberta, o guarda está no chão sem sentidos e esta é a nossa oportunidade de escapar. Você tem que vir comigo neste instante, e sem fazer nada que chame a atenção, entendeu?

– Acho que sim, mas... A porta aberta? – indagou ele, com estranheza. – E o guarda desmaiado? Quem fez isso?

– Eu disse que não ia explicar. Vamos?

– Ciarán, eu... Eu não sei não – Stávro hesitou, espiando pela porta entreaberta. – Quem está nos ajudando? Os servos? E eles vão continuar do nosso lado?

– Stávro, escute...

– Porque, se eles só puseram o guarda para dormir e abriram a porta, não adianta – prosseguiu o fanhoso. – O castelo é vigiado e trancado, não vamos ter como sair. Talvez, se esperarmos para falar com Pan Mircea, ele...

– Stávro – cortei –, eu não posso esperar. – Tenho que ir atrás de Nestorian, na Ilha dos Ossos. Um servo sabe como chegar lá e vai me ajudar, e você... Bom, você decide se vem ou não. Mas eu não me arriscaria a enfrentar as suspeitas dos Vannovich.

– É... Acho que tem razão – disse ele, coçando a cabeça. – Ainda mais porque, se um de nós escapar, ele vai ficar com raiva e descontar nos outros. Acha mesmo que podemos conseguir?

– Não acho. Tenho certeza – respondi, e Stávro me encarou com ar de dúvida.

– Bom, os servos devem estar *todos* do seu lado. Ou então você subornou os homens de armas – disse, tentando entender; e estava prestes a chegar lá. – Se não, ainda que tivesse dado um jeito de abrir a porta, você não poderia ter certeza de que ia sair. A não ser que fosse algum tipo de... de...

Parou, olhando-me como se me visse pela primeira vez – e na verdade talvez nunca tivesse reparado em alguns detalhes. Agora, à luz da lâmpada, ele podia ver com clareza as runas gravadas no meu cinto, o anel herdado de Mestre Mael e o bastão de aveleira. Acima de tudo, podia ver o fogo concentrado nos meus olhos. Foi isso que finalmente o fez compreender.

– Você é um *bruxo.* – Só um fio de voz: ele estava maravilhado, mas tinha medo. – Você abriu a porta com um feitiço e liquidou o homem, e agora vai usar outro feitiço para sair. Não foi o que fez?

– Em essência, foi, mas não uso feitiços e sim encantos – repliquei. – Não sou um bruxo, pelo menos não do tipo que você supõe. Sou um *mago.* É por isso que afirmo que posso nos tirar daqui.

– Sim, sim! Agora eu sei que pode – disse Stávro, com fervor. – Que coisa, nunca pensei que ia conhecer um mago, muito menos que ficaria contente por isso. Porque ainda somos camaradas, não somos? Você não vai me tirar daqui para depois me transformar num sapo, ou triturar meus dedos do pé para fazer uma poção mágica!

– Não, Stávro, não vou. – Era ridículo, mas não pude deixar de sorrir. – O simples cheiro dos seus pés estragaria qualquer poção. Só quero sair daqui, e rápido. Será que podemos ir agora?

– É claro! Com um mago do meu lado, o que pode acontecer? Vou só chamar o Dimitri e...

– Não – disse eu, barrando-lhe o caminho. – Ele fica.

– O quê? – Stávro engoliu em seco. – Disse que ele fica? Está brincando, não é?

– Não, não estou. Por que eu iria ajudá-lo, se ele me traiu?

– Sim, mas não podemos deixar o homem para trás – argumentou o fanhoso. – Pan Mircea vai acabar com ele, e não vai ser de um jeito rápido. E o que é que eu vou dizer à pobre da Irina?

– Ela vai ficar melhor sem ele – repliquei, e fechei os olhos, porque me lembrei de já ter dito aquelas palavras antes. Eu as repetira várias vezes, diante de Mael ou de Seril, quando Fergus abusava de minha mãe. E de alguma forma os dois sempre me convenciam a poupar a vida do maldito.

– Por favor, Ciarán! – Agora era Stávro que pedia, juntando as mãos. – Você é um bom sujeito, a gente percebe isso. Nós não podemos deixar o Dimitri aqui. Se quiser, a gente sai do castelo e depois você acerta as contas com ele, mas não o deixe para os suga-sangue. Se o acharem aqui sozinho...

– Está bem! – exclamei, de má vontade. – Está bem, eu vou tirá-lo do castelo, mas você vai ficar responsável por ele. Não quero gritos, movimentos em falso, nada que possa alertar os guardas. Cuide disso. E, Stávro – lembrei-me de acrescentar –, não precisa dizer a ele que sou um mago. Eu me encarrego de lidar com a surpresa se ele perceber.

– Certo. Vou chamá-lo.

– E eu vou ver se o guarda tem alguma coisa que nos possa ser útil mais adiante. Espero você ali – falei, e saí com a lâmpada, que pousei ao lado do homem ainda desacordado. Revistei com cuidado suas roupas, mas não encontrei nada que interessasse: nem chaves, nem sequer uma faca, apenas algumas moedas de pouco valor. Deixei-as onde estavam e voltei para a cela, onde um Dimitri já acordado discutia com Stávro.

– Você está louco! Não podemos sair assim! – ouvi-o dizer. – Tudo bem, o bardo teve sorte, conseguiu que o guarda abrisse a porta e rachou os miolos dele com o bastão. Mas e daqui para a frente? O que vamos fazer se os homens de armas nos apanharem?

– Não vão nos apanhar. Devem estar todos dormindo – respondeu o fanhoso. – Se houver um ou dois fazendo a ronda, a gente se esconde até eles passarem. E depois há um servo que vai nos ajudar a sair do castelo. Não é mesmo, Ciarán?

– É – disse eu, encarando Dimitri. – Mas, até sairmos, vocês vão ter que fazer o que eu disser; e se ficarem em Brandannen depois disso, não devem contar a ninguém o que aconteceu hoje. Estão de acordo?

– Eu sim, é claro – disse Stávro. – Você, Dimitri?

– Eu não. Por que iria obedecer a alguém como ele?

– Porque, se não, vou trancar você de novo na cela – respondi, perdendo a paciência. – De manhã, Stávro e eu estaremos longe, e você vai ter que se explicar com os Vannovich. O mínimo que eles vão fazer é arrancar a sua pele. Se acha isso preferível a vir conosco...

– Ah, está bem, está bem! Vou com vocês – resmungou Dimitri. – Espero que saibam mesmo o que estão fazendo.

– Sei que preciso chegar às muralhas – retruquei. – Tenho que ir até as choupanas onde eles mantêm os servos, e só conheço o caminho pelo qual viemos. Alguém sabe de um mais rápido?

– Bom, eu não sei, mas sei que estamos do outro lado do castelo – disse Stávro. – Se voltássemos, teríamos que andar um bocado lá em cima, e o risco de sermos vistos seria maior. Por isso, pensei em tentarmos achar um caminho aqui por baixo, e só subir perto das choupanas. Mas você é que sabe, Ciarán.

– Eu acho má ideia – disse Dimitri. – Sabe lá o que os Vannovich escondem no subterrâneo? Com a fama deles...

– Ora, ora... Pensei que você tivesse a família em alta conta – falei, para espicaçá-lo.

Dimitri me olhou com ódio, mas não disse nada. Voltei-me para a porta de ferro e testei cuidadosamente as vibrações que vinham dali. Eram pesadas, escuras e muito antigas, como aquelas que eu sentira em torno do castelo. *A maldição dos Vannovich,* pensei, fechando os olhos. Talvez fosse mesmo melhor me arriscar lá em cima com os guardas. No entanto, que mago, digno de seu anel e sua espada, teria voltado as costas àquele desafio?

– Abra... Maldita porta... Vamos, *abra*! – grunhi, fingindo forçar a fechadura enquanto operava minha Magia. A porta gemeu nos gonzos e se abriu. Olhei para os dois lados do corredor antes de me aventurar lá fora. Tudo calmo.

– Vamos por ali – disse eu, indicando a passagem em forma de arco. – Stávro, você vai na frente, levando a lâmpada; e você, Dimitri, vai atrás dele. Eu fico na retaguarda.

– Não quer me dar as costas, não é? – provocou Dimitri, mas não me dei ao trabalho de responder. Pé ante pé, atentos ao menor ruído, passamos pelo o arco, seguidos por nossas sombras, que deslizavam como espectros na parede.

– Está tremendo? Firme essa maldita mão – rosnou Dimitri, vendo que a luz bruxuleava.

– Não sou eu – disse Stávro. – É a corrente de ar. Ela está mais forte, por isso eu acho que há uma saída por aqui. Onde vai dar é que eu não sei.

– Alguma cloaca – replicou o ruivo. – Está cheirando como carne podre. Não estão sentindo?

Eu estava, mas o cheiro não parecia o de uma cloaca e sim o de um matadouro. Mais adiante, ao odor veio se somar um som profundo, cavernoso, como o de alguém que respirasse com dificuldade. O ressonar de uma fera, pensei. Se ela de fato existia, estávamos chegando ao seu covil.

Depois de talvez cem passos, o corredor dava acesso a uma câmara, situada num nível ainda mais baixo do subsolo. Suas paredes tinham sido escavadas na terra e estavam manchadas do que parecia sangue envelhecido. Numa delas havia uma tocha, e nós a acendemos na chama da lâmpada, revelando o interior do aposento em cada canto obscuro.

– Túmulos – murmurei, vendo os blocos de pedra que se alinhavam no solo. – Esta é a cripta dos Vannovich.

– E tem um monte deles aqui – disse Stávro, lançando a luz sobre os vários nichos ao longo das paredes. Todos eram tapados por lápides, algumas sem qualquer inscrição, outras com nomes e datas que remontavam a quatro séculos. Stávro se pôs a ler as mais próximas, provocando resmungos de Dimitri, que queria sair dali o mais rápido possível. Quanto a mim, tinha a atenção voltada para os túmulos maiores, nos quais se viam não apenas os nomes, mas também as imagens dos Vannovich que repousavam lá dentro. Eram quatro esculturas, todas representando homens de cabelos e bigodes longos, que se vestiam como guerreiros e tinham as mãos unidas sobre o punho das espadas. Os rostos estavam serenos, com os olhos fechados, e se pareciam entre si, mas cada um daqueles homens tinha um nome e uma alcunha diferente. Passei a lâmpada sobre as inscrições para poder lê-las. Naquele momento, nem eu mesmo saberia explicar o que me prendia ali.

– Ordon, o Urso – murmurei. – Este deve ter sido o fundador da dinastia, a julgar pelo escudo de armas. Stefan, o Ousado, e Stásiek, o Cruel, viveram no século seguinte. Mas *este*...

Inclinei-me, passando a ponta dos dedos sobre as letras que, de alguma forma, pareciam apagadas. Nesse exato momento, o som, semelhante ao de exalações profundas, ressoou com mais força na câmara, e eu senti que tudo à nossa volta vibrava com uma energia escura e ancestral.

– Escutem – sussurrei. – Estão ouvindo?

– O quê? – fez Dimitri, encolhendo os ombros. – Não estou escutando nada, só uma espécie de... eco.

– É normal, em subterrâneos – disse Stávro.

Assenti, compreendendo que meus ouvidos tinham captado uma frequência inalcançável para os de um homem comum. Também sentia as vibrações escuras, que eles não percebiam, embora começassem a ser tomados pelo terror. Eu era o único a saber ou, pelo menos, intuir o porquê de tudo aquilo.

E cabia a mim tirá-los dali.

– Bom, vamos em frente. Com todo cuidado – recomendei. Os dois respiraram aliviados e caminharam em direção à saída. Segui-os, mas antes disso lancei mais um olhar ao túmulo – e para minha surpresa, para o meu sobressalto, desta vez pude ver claramente a inscrição aos pés do guerreiro.

AQUI REPOUSA
KAREL, O INSACIÁVEL
NÃO O DESPERTEM

11
Madrugada de sangue

Um novo corredor nos aguardava à saída da cripta. Em toda a sua extensão havia tochas presas a suportes de ferro, e Stávro usou a chama da lâmpada para acender uma delas. Nós o mantivemos à frente do grupo, seguido por Dimitri, que resmungava sobre o quanto gostaria de ter uma espada. Eu também não me importaria de estar com as minhas – mas isso só para o caso de encontrarmos guardas. Armas comuns de nada adiantariam contra o que ficara atrás de nós.

– Ande mais rápido – ouvi o ruivo sussurrar.

– Melhor não – rebateu Stávro, e em seguida parou de vez. – Acho que tem alguém ali à frente.

Alarmado, avancei para perto dele e apurei o ouvido, com o que não tardei a perceber as vozes de dois homens. Deviam estar a vinte ou trinta passos, concluí, e me censurei por não haver notado sua presença há mais tempo. Eu estava tão preocupado com o Insaciável que me esquecera dos adversários vivos.

E eles estavam quase em cima de nós.

– Stávro, apague a tocha – sussurrei. – Se não conseguir, jogue-a lá para trás, o mais longe possível. Mas tem que se livrar dela.

– Por quê? Pode servir como arma – disse Dimitri.

– Não para nós – rebati. – Vamos usar a escuridão a nosso favor.

Dimitri me olhou com o cenho franzido, mas não respondeu. Talvez ele mesmo preferisse se esconder nas sombras a lutar. Stávro encontrou uma poça d´água no chão e apagou a tocha enquanto eu ocultava a lâmpada sob meu manto. Era o melhor que podíamos fazer sem Magia.

Os guardas apareceram no instante seguinte: dois homens de meia-idade armados com lanças e espadas. Um deles carregava uma vela, mas não a voltou em nossa direção, limitando-se a iluminar o caminho diante de si. Ocupados com sua conversa, eles passaram por nós, e eu já acreditava que íamos sair ilesos quando Stávro, mudando de posição, pisou em cheio sobre um rato que se esgueirava nas sombras.

– *Squiiiiiiich*! – guinchou o animal em agonia. Ampliado, o som ecoou nos corredores, e não houve tempo nem para piscar antes que os guardas lançassem a luz da vela sobre nós.

– Que diabos...? – fez um deles, ao passo que o outro já avançava com a lança em punho. Saltei sobre ele e agarrei a haste com a mão direita, enquanto a esquerda procurava a adaga de Finn oculta em minhas roupas. O homem torceu o braço e se desvencilhou, depois voltou a investir, urrando o que devia ser o grito de guerra dos Vannovich.

– *Estripaaaaaar*!

– Ciarán! – gritou Stávro, diante da lança que se destinava à minha barriga. Desviei, por não mais que dois dedos, e finalmente alcancei a adaga; mas o instinto foi mais rápido que a razão, fazendo com que eu brandisse o bastão de poder. De sua ponta saiu uma descarga de pura energia, um raio na escuridão, e a essa luz pudemos ver o espasmo da morte no rosto do guarda.

Eu já não tinha o que disfarçar quando me voltei para o segundo homem. Ele deixara Stávro de lado e ia investir contra Dimitri, mas parou ao ver o raio que atingira seu companheiro. Agora os dois me olhavam, unidos na surpresa e no terror do que não conheciam.

– Milovic... Você... – murmurou o ruivo, mas não conseguiu completar a frase. O guarda soltou a lança e recuou sem se voltar, seus olhos fixos e arregalados à espera do raio. Eles ainda estavam abertos quando o homem caiu.

– Woden e Thýrr! O que, diabos, você fez? – soou, alterada, a voz de Dimitri. – Você derrubou o sujeito com... Com esse...

– Bastão de poder – completei. – Alguns diriam “bastão mágico”, mas a Magia não está no bastão e sim em quem o usa. E agora você já sabe por que tenho certeza de que vamos sair daqui.

– Não é ótimo? Um mago do nosso lado! – Stávro soltou uma risada nervosa. – Vamos pegar as espadas dos guardas e...

– Não! Eu não vou com esse sujeito! – disse o ruivo, com violência. – Ele é um bruxo, um aliado de Loki. E quer as nossas almas.

– Bobagem! Se ele quisesse uma alma, teria ficado com a do Preste, que vale mais – replicou Stávro. – Pegue a espada desse aí que está mais perto e vamos embora. Rápido!

Dizendo isso, ele deu alguns passos na direção de Dimitri, que recuou até o fim do corredor e se colou à parede. Percebi o que ele ia fazer e ergui o bastão. Era apenas uma advertência, mas Stávro supôs que eu ia atingi-lo e se meteu entre nós dois com as mãos erguidas. Dimitri aproveitou o momento e se precipitou para a passagem.

– Você não vai me enfeitiçar, bruxo! – berrou, uma porta se fechando atrás dele com estrondo. Stávro caiu em si e me encarou com ar desamparado. Cerrei os dentes com força, impedindo-me de dizer o que me viera à cabeça. Insultos, maldições – de que adiantariam?

– Vamos atrás dele – falei, em vez disso. – Estúpido como é, pode até alertar os Vannovich a nosso respeito.

Stávro se apoderou de uma espada e me seguiu no encalço de Dimitri. Achávamos que ele não devia ter ido muito longe, pois não tinha luz, mas percorremos todo um corredor sem alcançá-lo. A câmara à qual chegamos no fim também estava vazia. Além disso, o aposento tinha três saídas, e não havia como saber qual delas fora usada pelo ruivo.

A menos que...

– Você não pode fazer algum feitiço que mostre por onde ele andou? – Stávro, antecipando-se à minha decisão. – Seria mais rápido do que entrar em todos os corredores. E mais seguro também, eu acho.

– É verdade. Fique em silêncio – falei, e me concentrei na imagem de Dimitri. No instante seguinte, o ponto entre meus olhos começou a vibrar, e eu quase pude ver a trilha de ódio e de pavor que o músico tinha deixado em sua passagem.

– Pronto! Já sei por onde ele foi. Vamos – falei, indicando uma das saídas.

– Ele escolheu muito mal – observou Stávro. – Estamos voltando, só que por outro caminho. Aposto que este vai dar na cela de onde saímos.

– Não. Pior – repliquei, sentindo a atmosfera se transformar. O ar ficara gelado, e um calafrio me percorreu dos pés à cabeça quando voltei a ouvir o som proveniente da cripta. Como no início, era uma espécie de exalação, mas não tão lenta nem tão profunda quanto antes, quando me levara a pensar em uma fera adormecida. Agora a respiração estava rápida e forte, e a tensão que a acompanhava era tão grande que não deixava margem a dúvidas.

Karel estava acordado.

– Fique perto de mim, Stávro – sussurrei, apertando o bastão. – O que quer que aconteça, não se afaste. E não tente usar essa espada se eu não mandar.

– Está bem – disse ele. Sua voz soou diferente do normal. Voltei-me e me deparei com um rosto duro, sem expressão, a não ser pelos olhos fixos em algum ponto lá adiante. No fundo havia um brilho estranho – medo, sim, mas também alguma espécie de fascínio, como o de um pássaro que olha para uma serpente. Aquilo não era nada bom.

– Fique firme – repeti, e me apressei para chegar ao fim do corredor. Era preciso deter a fera antes que o seu poder crescesse e a transformasse num flagelo. Eu não tinha a obrigação de fazê-lo, mas faria – não por Dimitri ou os Vannovich, mas pelos servos e camponeses de Brandannen. Na certa eles seriam sacrificados, como na história que Stávro ouvira de Pani Constancia. Agora eu sabia que ela era real. E a única chance de impedir que se repetisse estava nas minhas mãos.

– Falta muito? Eu... Eu estou meio esquisito – disse Stávro, passando a mão pelo rosto. – E se eu ficasse esperando você aqui?

– Não é bom nos separarmos. Mas está perto – garanti, porque sentia cada vez mais forte a presença do monstro. Além da respiração, havia agora umas batidas surdas, que ecoavam nas paredes e no chão sob os meus pés. Era quase como se eu caminhasse dentro de um tambor.

O corredor terminava numa porta em forma de arco. A cripta estava do outro lado e cheirava mal como antes, mas alguma coisa mudara naquele odor. A essência era a mesma – sangue, morte, medo -, mas as vibrações que a acompanhavam não eram simples ecos do passado. Sentindo-as, eu soube que o Insaciável já tivera sua primeira refeição e que não tardaria a seguir em busca de uma nova presa.

A primeira, é claro, tinha sido Dimitri.

Ele estava encolhido no chão sobre uma poça do seu próprio sangue, que brotava de um feio ferimento no pescoço. Quando o vi, pensei que estivesse morto, mas o ruído da porta o fez gemer e se voltar para nós. Stávro se ajoelhou ao seu lado e eu me concentrei na presença maligna que, embora não pudesse ser vista, ainda não havia deixado a cripta.

– Karel – murmurei, e me voltei na direção do seu túmulo.

Então, me deparei com uma visão perturbadora. O bloco de pedra e a estátua de espada em punho tinham sido arrastados por uma distância de vários passos, descobrindo uma cova profunda. Nela não havia esquife, apenas os restos de um lençol que servira de mortalha. O corpo também não estava lá. Acima da cova, porém, resquícios da sua energia flutuavam como uma nuvem escura, e eu ergui o bastão para um chamado que era também um desafio.

– Karel Vannovich! – Minha voz, um trovão. – Do reino onde habitam os mortos, do círculo das almas malditas, eu, Kieran de Scyllix, o convoco. Aqui e agora, onde quer que se encontre, eu ordeno: revele-se! Enfrente o seu destino!

Uma explosão de energia acompanhou minhas últimas palavras. O bastão que eu segurava começou a vibrar como se alguém o puxasse, enquanto um som agudo atravessava meus tímpanos. Concentrei-me ainda mais, recitando o melhor encanto de proteção que conhecia, e resisti, porque sabia que um só erro seria fatal. Assim ficamos nós, mente contra mente, pelo tempo de vinte respirações. Por fim, o bastão se pôs a irradiar uma luz mais suave, e um vulto agigantado se destacou das pedras da parede.

– Aqui estou – grunhiu, arreganhando os dentes de carnívoro. Tudo nele me lembrava uma fera, a começar pelo rosto, cujos traços eram tão distorcidos a ponto de perder o que tinham de humano. As mãos tinham se convertido em garras poderosas, e o próprio corpo, à força de se curvar sob os arcos da cripta, passara a se assemelhar ao de um urso que andasse sobre os dois pés. Ainda assim, os olhos com que me fitava eram os de um homem, embora fossem turvos e sombrios.

– Você... Mago – articulou a criatura. – Você entrou aqui por sua própria vontade... Despertou-me, após todo esse tempo...

– Sim, fui eu – falei, pois não havia como supor uma história diferente. Anos antes, outro mago, talvez não muito sábio ou poderoso, aprisionara o Insaciável em seu sono, deixando a maldição suspensa como uma espada sobre o clã dos Vannovich. Nada o havia despertado até agora: nem o ruído de pás e de armas, nem o praguejar dos guardas, nem mesmo os gritos de agonia dos torturados. No entanto, a energia mágica despendida em minha fuga havia atuado sobre ele, fazendo com que se erguesse para prosseguir em sua trilha de sangue.

E agora eu compreendera que era o responsável, e que detê-lo não era uma questão de bondade e sim de equilíbrio. Pelas leis da Magia, eu devia concluir o que começara, acabando com a maldição de uma vez por todas – ou, se não fosse capaz, partilhando-a com o monstro. Eu não tinha escolha senão enfrentá-lo.

– Karel – falei, e em minha voz já vibrava o som encantatório. – Sua maldição é um tormento para o povo de Brandannen, e sua agonia é estar entre o reino dos vivos e o dos mortos. Entregue-se a mim! Eu posso libertá-lo do seu sofrimento!

– Ah, mas eu não sofro, mago – disse ele, com um riso cruel. – Eu me alegro com o medo que farejo em minhas presas. Eu me divirto! Se soubesse como é bom...

– Não se aproxime – adverti, vendo-o se esgueirar em minha direção. Ele parou, seus olhos fixos no bastão como se tentasse avaliar seu poder. Não parecia ter medo, mas hesitava, talvez considerando a possibilidade de uma fuga. Preveni-a selando todas as saídas com uma palavra, ao que Karel ergueu para mim seu olhar injetado.

– Sua arma é boa – disse, lentamente. – Mas para me destruir é preciso mais. É preciso... muito... *mais*!

Um bote para a frente acompanhou a última palavra. Como um enorme morcego, o vulto de Karel cresceu sobre mim, e mal tive tempo de repeli-lo antes que suas garras mergulhassem no meu pescoço. Stávro soltou um berro, e o próprio vampiro gritou ao se chocar contra as pedras, enchendo a cripta com um eco agudo e horripilante.

– Foi sua última defesa, mago! A última! – bradou, com os lábios cheios de espuma.

No instante seguinte, ele saltava de novo sobre mim, mas dessa vez não o fiz voar pelos ares. Com o bastão e a força da minha vontade, criei um escudo entre meu corpo e o da fera, e, enquanto esta se debatia tentando me alcançar, peguei a adaga que não usara contra os guardas. Os olhos do vampiro se alarmaram ao vê-la, mas em seguida ele sorriu, contraindo o rosto numa careta de prazer e escárnio.

– Não é prata – anunciou, e eu pisquei: meu primeiro e único blefe em toda a luta. Ao ver minha reação, Karel voltou a rir, e riu ainda mais ao perceber que eu desfizera o escudo. Que presa fácil, no fim, eu me revelava!

– Se crê em algum deus, diga suas preces, mago – murmurou, lambendo os lábios. – Ou diga ao Esquerdo... pois vou mandá-lo direto ao Inferno!

Dizendo isso, ele se precipitou contra mim, garras e dentes prontos para rasgar minha carne. Seus olhos estavam cheios de loucura, arregalados e vermelhos, e se avivaram como brasas com a surpresa e o impacto do golpe. Porque, no exato momento em que ele saltara sobre o que lhe parecia uma presa fácil, eu enterrara a adaga em seu peito, estilhaçando a carne e os ossos até cravá-la em seu coração.

Um homem comum teria caído ali mesmo, mas o vampiro conseguiu recuar, até zombar de mim por mais um instante antes que uma onda de sangue negro e viscoso lhe enchesse a boca. Incrédulo, ele ergueu os olhos como a pedir uma resposta, mas as duas brasas se extinguiram sem que eu pudesse dá-la. Grunhindo, o sangue escorrendo aos borbotões pela boca aberta, ele tombou, e foi como se a cripta se enchesse de uma súbita lufada de vento.

– Meu Deus, Ciarán... O que foi isso? – perguntou Stávro, num fio de voz. Voltei-me e o vi sentado no mesmo canto escuro, tendo no colo a cabeça de Dimitri, cuja ferida pressionava com a mão. O cuidado era talvez inútil – o homem tinha perdido muito sangue – mas, quando me aproximei, vi que ainda respirava. Stávro e eu teríamos que tirá-lo dali.

– Ele está branco feito um lençol – disse o fanhoso, enquanto eu examinava o ferimento. – Você pode curá-lo?

– Não. Com ervas e cristais, poderia fazer alguma coisa, pelo menos deixá-lo mais forte. Mas aqui não tenho nada disso.

– Bem, o sangue está parando, pelo menos – observou Stávro. –

Acho que ele vai resistir até chegarmos ao acampamento. O plano ainda é o mesmo, não é?

– Claro.

– Bom. Eu vou com você e o outro camarada até as montanhas. E o que vai fazer com o sugador de sangue? – perguntou, com um gesto na direção de Karel. – Não tem que enterrá-lo, ou queimá-lo, ou qualquer coisa assim?

– É. Qualquer coisa assim – falei, e quase consegui achar graça. – Você sabe bastante sobre essas criaturas, Stávro.

– Não muito. É de ouvir falar por aí. E, escute, Ciarán, como conseguiu matá-lo com aquela faca? Ela não é de prata, é?

– Não. É uma adaga de aço élfico. Também serve para acabar com vampiros.

– Ah.

– Mas não vai servir para o que tenho que fazer agora – prossegui. – Ainda está com a espada do guarda? Se está, me dê. E veja se consegue carregar o Dimitri sozinho. Prefiro estar com as mãos livres quando sairmos daqui.

– Também prefiro que você esteja – disse Stávro, passando-me a arma. Peguei-a e caminhei devagar até o vampiro, uma forma escura e compacta enrodilhada no chão da cripta. Visto assim, parecia menor, e... Sim, com as feições relaxadas, quase poderia passar por humano.

Eu sabia o que tinha a fazer e estava com pressa, mas mesmo assim gastei um momento a contemplar a criatura – a pensar no que seria de sua alma, se é que ele ainda tinha uma. Talvez, quebrada a maldição, ela pudesse ter o descanso negado por mais de um século. Talvez o Preste Radu pudesse interceder junto aos Heróis por seu antepassado. Quanto a mim, devia me assegurar de que o corpo, ao menos, repousasse para sempre – e assim, depois de me concentrar por um instante, ergui a espada com as duas mãos.

Mirando aquele ponto tenro, vulnerável, que existe em toda garganta.

Sentindo-me, por um breve e glorioso momento, não um carrasco, mas um libertador.

12
A MONTANHA

As horas seguintes se escoaram tão rápido como um sonho.

De volta ao aposento com as três saídas, escolhemos a da direita, que nos levou para fora das masmorras. Para nossa sorte, as cabanas dos servos se achavam a apenas cem passos dali. Um guarda meio bêbado foi posto fora de combate sem atrair a atenção de ninguém, e Váliek, quando o encontramos, demonstrou estar tão disposto a fugir conosco quanto antes. Ele nos guiou em segurança até o estábulo, onde, após eu ter recuperado minha bagagem, permiti que Stávro se apoderasse de três cavalos. Como o de Pani Constancia, eram animais de excelente porte, bem resistentes, que muito nos ajudariam no trecho inicial da viagem. Stávro montou um deles, com Dimitri ainda sem sentidos à sua frente, e Váliek foi puxando os dois outros pelas sombras, até que chegássemos bem perto do portão principal. Sem querer arriscar a segurança do grupo, usei o bastão para neutralizar os sentinelas, à distância – e agora Váliek era mais um a conhecer o meu segredo.

– Mas não diga a ninguém – adverti. Ele engoliu em seco, mas jurou silêncio. Assim, em meio à escuridão, regressamos ao acampamento dos artistas, e Váliek me ajudou a carregar Dimitri até a sua tenda.

As mulheres são muito mais fortes do que supõem os homens. Após o primeiro impacto, que a fez se desesperar e chorar sobre o peito do marido, Irina se controlou o bastante para ouvir nossas explicações. Stávro, em quem ela confiava, lhe contou toda a história, isentando-me de culpa, e depois eu mesmo a alertei sobre o que achava que ia acontecer. Karel Vannovich estava morto e bem morto, por isso Dimitri não se reuniria a ele, no caso de não resistir à perda de todo aquele sangue; mas, se resistisse, provavelmente não viveria muitos anos. Sua saúde seria sempre frágil, abalada pelo horror do que fora seu encontro com o vampiro.

– Você vai precisar de paciência. Vai ter que cuidar dele – falei, e Irina me surpreendeu com um sorriso ao mesmo tempo doce e amargo.

– Quem sabe minha vida vai ser melhor desse jeito – disse ela.

– Quem sabe – concordei, querendo poder lhe garantir que seria assim. Debaixo daquela aparência simples eu percebia um coração sensível e amoroso, e a aura era límpida, com os mesmos traços dourados que apareciam na de Anna. Uma boa mulher, capaz de dar e receber amor, e com Dimitri fora de sua vida isso se tornaria mais provável. Mas talvez ela tivesse um longo caminho a percorrer antes de chegar lá.

– Bom, como eu disse, você vai ter que cuidar do seu marido – falei, afastando a visão. – Tenho umas ervas que ganhei de uma curandeira nas Terras Férteis. Elas podem ajudar, nas duas ou três primeiras noites, mas você é que vai ter que fazer os chás. Eu preciso preparar minha partida, pois talvez os Vannovich venham me procurar no acampamento. Espero sinceramente que vocês não sofram as consequências.

– Quanto a isso, não se preocupe – disse Stávro, que entrara na tenda acompanhado dos irmãos Sorolenko. – Abel e Pavel aqui vão dar um jeito em tudo. Para começar, vão disfarçar o Dimitri, pintando a pele e o cabelo como se ele fosse subir num palco, e quando terminarem ninguém vai saber que o moreno já foi ruivo. Todos aqui vão sustentar até o fim que não nos viram, que não aparecemos, e se preciso vão pedir ajuda a Pani Constancia. A nós três ela talvez até entregasse, por lealdade à família. Mas não vai deixar que levem nenhum inocente sob a sua proteção.

– Muito bem. Então, prepare suas coisas – falei. – Veja se alguém arranja umas roupas e uma arma para o Váliek. E, sobretudo, não deixe que ninguém venha atrás de mim. Tenho algo muito importante para fazer antes da partida.

– Está bem, Ciarán – disse Stávro. Afastei-me, perguntando a mim mesmo se ele prestara atenção à forma como eu pronunciara meu nome na cripta e se passaria a usá-la, mais tarde, quando estivéssemos longe.

No momento isso não era provável, pois tínhamos contado a história da fuga pela metade, e nessa versão não chegáramos a ver o que tinha atacado Dimitri. Assim, à exceção de Irina, os saltimbancos ainda pensavam que o vampiro era uma lenda e que eu era o bardo Milovic. E vários lamentaram que a pressa me houvesse feito esquecer a harpa no castelo.

A coisa mais importante, porém, não havia ficado para trás. Era ela que eu tinha em minhas mãos agora: um fardo pesado, arredondado, embrulhado no manto úmido de sangue do vampiro. Juntei a isso mais dois ou três objetos de minha mochila e caminhei até perto do rio, disposto a assegurar o repouso eterno para Karel.

Pelo menos tentar.

Os ritos pertencem ao domínio da Forma. Como boa parte dos adeptos da Magia do Pensamento, não sou um executor muito inspirado, e além disso não tinha à mão o instrumental necessário para um ritual em grande estilo. Tudo que pude fazer foi traçar um círculo e algumas runas com meu bastão e pronunciar as palavras que me pareceram adequadas. Então, numa fogueira improvisada com ramos, queimei a cabeça do Insaciável, deixando que suas cinzas se misturassem à terra e ao vento. Queimei também o manto que tirara dele e, por fim, a minha própria túnica, na qual enxugara a espada e as mãos respingadas de sangue. Quando tudo acabou, desfiz o círculo mágico, entrei no rio e me lavei dos pés à cabeça, a fim de que a água corrente me limpasse de qualquer vestígio. Em Riverast me chamariam de supersticioso. Mas cada um dos meus aprendizes em Vrindavahn é instruído a fazer isso.

O ar da noite mordia minha pele enquanto me vestia. Stávro e Váliek deviam estar à minha espera, e eu tinha que me apressar para partir antes que amanhecesse. No entanto, nem bem havia deixado a margem do rio quando avistei uma mulher que caminhava em minha direção. Esperei-a, porque pensei que se tratasse de Irina, mas logo percebi que era Nadia, a dançarina que se sentara ao meu lado na noite anterior.

– O que faz aqui? É cedo demais – falei. – Devia aproveitar para dormir enquanto não amanhece.

– Eu sei, mas não pude – replicou Nadia. – Todos no acampamento estão acordados. A tenda de Irina está cheia, todo mundo quer ver o Dimitri, e Andrej começou uma coleta para ajudar a viagem de vocês. É verdade que vão até a ilha dos piratas?

– Eles, não sei. Eu, sim. E tenho que partir agora, por isso...

– Espere, Ciarán! – Avançando, Nadia fez menção de me pegar pelo braço, mas me esquivei. – Escute, sei que está com pressa, mas podíamos nos divertir um pouco antes da sua partida. O que me diz?

– Que fico muito grato, mas não posso aceitar – respondi. A moça me fitou com assombro, que logo se transformou numa espécie de raiva.

– Quem você pensa... – começou ela, entre dentes, mas parou quando lhe dei as costas e voltei ao acampamento. Ela também, porque não tinha outra coisa a fazer. Deixei-a com o primeiro grupo que se aproximou e fui em frente, atendendo ao chamado de Andrej, que me esperava junto à fogueira.

– Parece que Dimitri vai viver – disse ele, com expressão séria. – Ele esteve delirando, disse umas coisas confusas sobre um bruxo, um demônio, não sei bem. Depois caiu no sono, e Irina pôs todo mundo para fora da tenda e foi descansar. Ela pediu para lhe agradecer por tudo que fez pelo marido.

– Não há o que agradecer. – Respirei fundo, tentando não pensar em minha mãe. – Irina é uma boa mulher. Ela merece mais do que surras e insultos.

– É verdade. Dimitri devia ter sido melhor para ela – disse Andrej, corando um pouco. – Mas, se quer que eu seja sincero, ninguém está muito preocupado com ele. Nem com você, aliás, e muito menos com aquele sujeito que saiu com vocês do castelo. Quem nós queremos ver em segurança é o nosso Stávro. É por ele que todo mundo está se empenhando o máximo que pode.

– Eu sei. Mas agradeço mesmo assim – disse eu. Andrej me encarou por um momento, depois assentiu e me entregou uma pequena bolsa de couro.

– Fizemos uma coleta para a viagem – explicou. – Não é muito, mas vai servir para pagar por uma noite ou duas na casa de algum montanhês. Não dou o dinheiro a Stávro porque ele não tem meias medidas: ou não aceita se separar de meio bleni para uma refeição ou gasta tudo que tem com mulheres e cerveja. Também arranjamos roupas e uma adaga para o seu guia e preparamos um pacote de comida. Tudo está pronto para quando quiserem ir.

– Bom, por mim pode ser agora – repliquei, fitando o céu já bem claro.

Como se houvesse escutado – ou talvez só esperasse um sinal – Váliek se aproximou, puxando pelas rédeas os cavalos dos Vannovich, entre os quais já tinha repartido nossa bagagem. Com ele vinha um grupo de artistas, curiosos, mas discretos, que pararam a pequena distância e me observaram enquanto eu arrumava minhas coisas na mochila. Muitos teriam gostado de um pretexto para falar – fazer perguntas, dar palpites –, mas consegui manter o silêncio até o momento em que Stávro se juntou a nós. Então, foi o fim de qualquer tranquilidade.

– Bom, pessoal, o encontro foi ótimo, mas desta vez foi breve! – A voz fanhosa que eu já me resignara a ter nos ouvidos pelos próximos dias. – Este ano vou deixar Brandannen para vocês e dar um giro pela costa. Se calhar, a próxima lua vou passar em Sinnlann, na casa de Petrov, o velho caldeireiro. E as noites, se tiver sorte, na cama da filha dele. Torçam por mim!

Ouvindo isso, o grupo irrompeu numa gargalhada, na qual também percebi uma espécie de alívio. Talvez aquela fala os tivesse feito ver que as coisas não seriam tão difíceis quanto supunham. Não para alguém como Stávro. Sempre haveria um Herói para proteger um filho da mãe tão alegre.

– A gente se encontra no verão – disse Andrej, abraçando o amigo. – Até lá, cuide bem dessa carcaça.

– Cuido, sim. E, qualquer coisa, peço socorro ao Milovic – riu Stávro, agora nos braços de Pavel Sorolenko. Outros artistas se aproximaram para lhe dizer adeus e desejar boa sorte, e alguns também se despediram de Váliek, já montado no menor dos três cavalos. Quanto a mim, agradeci os votos de boa viagem, aceitei o aperto de mão de Andrej e Pavel e ia montar quando Nadia, inesperadamente, irrompeu no meio do círculo formado à nossa volta.

– Então, Ciarán... Já sei qual é a sua história – disse ela, hesitando um pouco. – Stávro estava agora mesmo me dizendo que você vai atrás da sua mulher, porque ela foi raptada pelos piratas. Foi por isso que você não quis...?

– Foi – confirmei. Nadia me olhou com intensidade, depois sorriu, pousando uma das mãos em meu ombro.

– Então você é um homem raro – disse. – E eu lhe desejo toda a sorte do mundo para encontrar sua mulher.

– Obrigado – respondi, e não soube mais o que dizer. Em apenas dois dias, aqueles saltimbancos tinham mostrado ser muito mais do que eu supunha. Isso me desconcertava, por isso saltei para o dorso do cavalo maior e o incitei, despedindo-me de todos com um aceno neutro. Nadia pareceu surpresa, mas recuou, misturando-se ao resto do grupo enquanto eu me afastava.

E, num relance, pude ver que seu sorriso havia morrido.

Os mapas fornecidos aos exércitos das Terras Férteis sugerem a existência de uma planície ao norte de Brandannen. Mas estão errados. Lembro-me de quando os estudei, muitos anos atrás: a região era colorida em verde, sem a indicação sequer de uma colina, como se a costa pudesse ser alcançada com uma simples marcha. O que encontramos pela frente, porém, foi uma cadeia de montanhas baixas, cortadas por trilhas tão íngremes que teríamos feito bom uso de ganchos e cordas. Infelizmente, não tínhamos trazido nada disso.

– Agora é daqui para cima pelos próximos quatro dias – disse Váliek, sem rodeios. – Vamos ver até onde chegamos sem perder o fôlego.

Stávro olhou para o alto e soltou um longo suspiro.

O primeiro dia de subida não foi difícil. A trilha era pedregosa, mas não muito inclinada, e havia alguns platôs nos quais podíamos descansar e fazer pastar os cavalos. Ainda estávamos no território dos Vannovich, por isso forçamos a marcha e dormimos a céu aberto em vez de pedir pousada numa das cabanas da encosta. Na manhã seguinte, porém, dois pastores nos saudaram como se nunca tivessem ouvido nada a nosso respeito, e tudo parecia tão calmo que decidi tentar a sorte num povoado. Segundo Váliek, seria o único que acharíamos na subida, e era tão pequeno que nem sei se merecia esse nome: apenas cinco ou seis casas encravadas num platô, cada qual com seu cercado vazio, pois as cabras que costumavam abrigar estavam pastando na montanha.

A maior parte das pessoas da aldeia também estava fora, mas

uma chaminé tinha fumaça. Foi nessa casa que batemos para tentar conseguir uma refeição quente. Sorte: a casa era de um pastor que se casara poucos dias antes, e sua mulher tinha um caldeirão cheio das sobras do cabrito morto para a festa. Por um bleni e dois sextos, cada um de nós recebeu uma tigela, e fomos comer sentados à soleira da porta. Dali podíamos ver a montanha e o desafio que tínhamos pela frente.

– É alto, não é? Difícil de atravessar. – Quem falava era a mãe do pastor, uma velha de pele curtida por sol e vento. – Os homens do povoado levam dois, três dias para chegar ao templo, e estão acostumados a andar por aqui. Mas o Preste que casou meu filho veio mais rápido, claro. Com a ajuda do Herói...

– Que Herói? E que templo? – perguntei, olhando para Váliek. – Você não disse nada a esse respeito.

– Não fazia diferença – replicou ele. – Aqui nas montanhas há um templo dedicado a Thonarr, o Senhor do Raio. Mas não precisamos ir até lá para passar ao outro lado.

– Ora... Pensei que era para onde estavam indo – disse a velha. – É o destino de quase todos que passam por aqui. Principalmente os que vêm se explicar por não poder pagar os impostos.

– Impostos? Ao Templo?

– Disso eu não sabia – assegurou Váliek.

– Só começou no ano passado – explicou a mulher. – Um rapaz dos Vannovich entrou para o Templo, e as terras da montanha foram doadas pela família. Nosso amo, agora, é o Senhor do Raio. E bem que eu gostaria que ele estivesse aqui em pessoa. Com ou sem martelo, seria muito melhor do que aqueles Prestes.

Ouvindo isso, Stávro soltou uma gargalhada. Também ri, apreciando não apenas a tirada, mas também a informação que acabara de receber. Se a montanha não pertencia aos Vannovich, isso queria dizer que eles não exerciam vigilância sobre o lugar. Não havia homens de armas a postos e as notícias não chegavam rápido. Assim, mesmo que nosso paradeiro viesse a ser descoberto, teríamos uma boa dianteira sobre os guerreiros. E ainda havia a possibilidade de que sequer nos seguissem.

Fosse como fosse, não permiti que a boa nova atrasasse nossa jornada. Raspadas as tigelas com um naco de pão escuro, recebidos os votos de boa viagem, lá estávamos nós de volta à montanha, conduzindo pelas rédeas os cavalos que não podíamos montar. Haveria vários trechos assim ao longo da tarde e muito piores no dia seguinte; embora isso não me agradasse, eu sabia que em breve teríamos de deixar as montarias para trás.

Mas essa não foi a mais difícil das decisões que precisei tomar.

Estávamos avançando tão rápido quanto possível. O treinamento que eu mantinha desde o tempo da Escola de Guerra me ajudava, mas os outros precisavam se esforçar para acompanhar meu ritmo. Váliek era mais lento, mas também mais resistente. Stávro, ao contrário, disparava encosta acima como uma cabra, saltando, gritando e às vezes até cantando – para nos esperar lá adiante, sem fôlego, com o estômago embrulhado e a cabeça mais oca do que de costume. Nos poucos trechos em que podíamos cavalgar, ele tentava ficar perto de um de nós e puxar conversa, não se importando com minhas respostas curtas ou o silêncio de Váliek.

O antigo servo dos Vannovich ia ficando mais reservado à medida que avançávamos. Não se negou a responder a minhas perguntas sobre os piratas, mas não gostava de falar do assunto, e não dizia uma palavra sobre si mesmo. Cheguei a investigar seus pensamentos para me prevenir quanto a uma possível armadilha. Desnecessário: o que havia era uma tensão crescente, que atribuí ao receio do que aconteceria quando reencontrasse os piratas e a família Behzov. Então deixei em paz a mente de Váliek, pois não me interessava seu futuro, apenas sua lealdade. E essa eu tinha, pelo menos até aquele momento.

Assim, ao lado daqueles homens tão diferentes entre si, cheguei ao ponto mais difícil da travessia. Era um trecho não muito extenso, porém tão íngreme e escarpado que os cavalos não teriam como subir.

– É aqui que vamos ter que deixar os animais – Váliek antecipou o que eu ia dizer.

– Mas como? Com quem? – inquietou-se Stávro. – Eles não vão saber como voltar a Brandannen. Na verdade, nem sei se vão saber *descer a montanha*! Não podemos largá-los desse jeito!

– Eles se arranjam – garantiu Váliek. – Está vendo aquela trilha, à esquerda? Ela vai dar no templo de Thonarr, e é bem menos íngreme. Seria bom se pudéssemos ir por ela, mas de lá não há caminho para o outro lado.

– Sim, e então? No que isso ajuda? – perguntou o saltimbanco.

– Bom, se é verdade o que disse a bruxa velha, as pessoas sobem e descem a trilha com frequência – replicou o outro. – Mais cedo ou mais tarde verão os cavalos. Então, vão levá-los para o templo, ou lá para baixo, não importa. Nós é que não podemos continuar com eles.

– Váliek tem razão, Stávro – falei. – Não apenas não podemos subir com os cavalos: eles também não têm como se alimentar. Já não há grama no meio dessas pedras, só uns espinheiros secos. E a única água que existe aqui é a que resta no seu cantil.

– Eu sei, mas... Bom... Você é um mago. – O olhar brilhante, esperançoso. – Você não pode fazer aparecerem água e comida? Ou talvez até dar um jeito de levar os cavalos lá para cima?

– Não, Stávro – respondi, e meus lábios se apertaram com a lembrança. – Eu passei muitos anos tentando criar cavalos alados, e tudo que consegui foi causar sofrimento. Nunca mais pretendo agir em desacordo com a Natureza. Sendo assim, a não ser que eles fossem içados por cordas – o que não temos – cavalo nenhum escalaria uma parede como essa.

– Se é assim, não está mais aqui quem falou – disse o saltimbanco, encolhendo os ombros. – Mas é uma pena deixar para trás animais tão bons. Nem marca eles têm, para mostrar que são dos Vannovich. A gente poderia conseguir um bom dinheiro pelos três, lá do outro lado.

– É verdade – disse Váliek. – Mas, a não ser que o mago dê outro jeito, não temos escolha.

Dizendo isso, ele tirou sua bagagem da sela. Stávro e eu fizemos o mesmo e nos encaminhamos para a trilha íngreme. Ainda haveria claridade por algum tempo, e esperávamos que fosse suficiente para alcançar o próximo platô. Ali pretendíamos passar a noite. No entanto, a subida acabou por ser mais difícil e muito mais lenta do que o planejado.

– Ponha o pé ali – eu dizia, a cada três passos, quase sempre para Stávro. – Estique o corpo para a esquerda e use aquela pedra como apoio. Conseguiu? Está bem, me dê a mão.

– Estou fazendo vocês se atrasarem um bocado, hem? – perguntou o músico, da última vez que precisei socorrê-lo. – Daqui a pouco vão se encher e me largar aqui.

– Eu avisei que era difícil – disse Váliek, que vinha atrás. – Já fiz esse caminho três vezes, e em duas perdemos um homem. Basta um passo em falso.

– Se sabia como era, podia ter dito, e nós teríamos trazido cordas – resmunguei. – Certamente os artistas tinham algumas.

– É. Também usávamos, quando eu trabalhava para o mercador, mas só para içar os fardos. Não costumávamos nos amarrar a elas. Mas, de qualquer forma, saímos com tanta pressa que não me lembrei. E agora não tem jeito.

– Bom, seja como for, a gente vai conseguir – disse Stávro, otimista. – Vamos continuar até o platô. Amanhã chegamos ao ponto mais alto do penhasco, e para baixo vamos mais rápido. Nem que seja rolando.

Ouvindo isso, Váliek fez um gesto de proteção e cuspiu. O medo de cair, que ele confessara desde Brandannen, chegara ao extremo naquele ponto da subida. Não era grande o bastante para detê-lo, mas o fazia avançar mais lentamente do que poderia, e além disso não permitia que desgrudasse um só instante da rocha para ajudar Stávro. Ele, que conhecia o caminho e deveria nos guiar, ficava para trás, só avançando quando se julgava seguro. Isto é, tão seguro quanto se pode estar, escalando sem cordas uma parede quase vertical e carregando na mente a imagem nítida do seu próprio corpo em queda livre.

Sim, aquilo tinha mesmo que acontecer. E, sim, eu devia ter previsto.

Mas não previ. E, quando chegou a hora, não tive como evitar. Um gesto sobre a própria cabeça, uma cusparada – e em seguida, tentando se firmar para seguir em frente, um passo em falso, que fez desaparecer o chão sob os seus pés.

Apavorado, Váliek soltou um berro, ao mesmo tempo que Stávro se inclinava tentando segurá-lo. Antes, porém, que o alcançasse, a única mão com que Váliek se mantinha preso cedeu ao peso do corpo, e um novo grito cortou os ares enquanto Stávro e eu víamos nosso companheiro desaparecer na borda da parede rochosa.

– M... Meu Deus – balbuciou o músico, ao passo que meus ouvidos ecoavam com o som de um baque. – Ciarán, ele caiu! Váliek caiu!

– Eu *vi*, Stávro.

– E acha que ele morreu? – tornou o saltimbanco. Senti a atmosfera à minha volta antes de responder. Não havia nenhuma vibração de morte em toda a montanha.

– Eu diria que está vivo – respondi, por fim. – Mas pode ser que esteja mal. Eu vou descer para ver o que houve. Fique preparado, pois talvez eu precise da sua ajuda para tirar Váliek de lá.

– Tudo bem. Por favor, vá logo – pediu Stávro. Senti seu olhar inquieto sobre mim enquanto descia pela rocha. O que seria dele se eu também caísse?

– Váliek! – chamei, minha voz vibrando em meio à escuridão. – Váliek, sou eu, Ciarán. Está me ouvindo?

Do meio das pedras, mais abaixo, subiu o som de um gemido. Desci um pouco mais, com todo cuidado, e então esfreguei as pontas dos dedos, trabalhando a energia pura até que o calor do meu corpo se transformasse numa luz avermelhada. Atirei-a por todos os cantos à procura de Váliek, mas precisei ouvir um novo gemido para localizá-lo, aturdido e todo arranhado, sobre uma moita de espinheiros. Aquilo amortecera sua queda. Pelo menos em parte.

– Estou chegando aí. Fique calmo – falei, em voz alta. Váliek respondeu com um grunhido. Ele conservava a mochila nos ombros e tentava se desvencilhar, o que parecia lhe custar muita dor e esforço. Tirei-a e ele conseguiu se erguer sobre os cotovelos, mas seu corpo não se moveu uma só polegada da cintura para baixo. Mau...!

– Consegue levantar? – perguntei, embora já soubesse a resposta. – Pode mexer as pernas, ao menos?

– Não. Acho que quebrei as duas. Maldição! – ofegou Váliek, deixando-se cair de costas. – Quebrar as pernas no meio da montanha, quando já estávamos tão perto!

– Mas não parecem quebradas – observei, e apertei seus joelhos com as mãos. – Sente alguma dor aqui?

– Não.

– E aqui? – Apertei um ponto mais acima.

– Não – respondeu Váliek, e foi repetindo "não" a cada vez que eu perguntava. Por fim, na altura dos quadris, ele disse que podia sentir o toque; mas essa foi uma afirmação sem esperança, pois, embora eu não houvesse dito nada, Váliek compreendera tudo muito bem.

Não, suas pernas não tinham se quebrado, como ele temia. Era pior. Muito pior.

– Foi sua espinha, Váliek – disse eu, olhando-o nos olhos. – Não posso curá-lo, antes que me pergunte, mas talvez haja alguém que possa. Eu já vi homens voltarem a andar, várias luas depois de um ferimento os ter deixado paralíticos. Mas, neste momento...

– Eu sei. Eu não posso – murmurou ele. Isso lançou a decisão em minhas mãos. Baixei a cabeça, pensando no que fazer – e foi então que senti, mais do que *vi*, alguma coisa grande e pesada despencar lá do alto, caindo com um ruído fofo a três passos de onde estávamos.

– Que diabos...? – exclamou Váliek, enquanto eu me apressava a lançar minha luz sobre o objeto. Era um saco de pano, grande e disforme, do qual pendiam correias muitas vezes remendadas: a mochila de Stávro, que, depois de tê-la atirado, vinha deslizando paredão abaixo feito uma aranha.

– Ciarán! Tudo bem por aí? – perguntou ele, sem se deter. – Não consegui ficar lá em cima sem saber. Você encontrou o Váliek?

– Está aqui – confirmei, e o músico soltou uma exclamação de alívio. Pouco depois, saltava de um degrau na rocha até onde estávamos e se inteirava do problema, para o qual logo propôs uma solução.

– Vamos carregá-lo até lá em cima. – Como se fosse muito fácil. – A gente o prende com nossos cintos e vai levando. Você puxa, eu empurro, e... Bom, talvez ele fique meio arranhado, mas vai chegar vivo, não é?

– Não podemos fazer isso – discordei. – Não temos como puxar nada nem ninguém. De mais a mais, Váliek machucou a espinha, e esse puxar e empurrar iria piorar as coisas. Na verdade, não devíamos nem movê-lo. Mas...

– Mas o quê? Não está pensando em deixar o coitado aqui, não é?

– Está, sim – disse Váliek, antes que eu respondesse. É nisso mesmo que ele está pensando. E não lhe tiro a razão. Eu também, se o ferido fosse um de vocês, iria embora sem olhar para trás.

– O quê? Ah, não! – fez Stávro, com olhos de espanto. – Nós não vamos largar assim um camarada ferido! Afinal, Ciarán é um mago, e dos bons. Ele pode dar um jeito. Não pode, Ciarán?

– Não com Magia – respondi, francamente. – Eu não me arriscaria a usar o pouco que sei de Artes da Cura para uma coisa como essa, pois isso talvez piorasse ainda mais a situação. Quanto a tirá-lo daqui, há outra questão envolvida: para onde o levaríamos? Ele não pode ir comigo à Ilha dos Ossos. Não pode enfrentar Nestorian. Haverá quem o recolha e cuide dele por aqui? A mulher lá de baixo, talvez?

– Ela talvez não, mas... O *templo*! – exclamou Stávro, abrindo um sorriso. – Todos os templos têm um Preste ou um Irmão que entende de cura. Um de nós pode ficar aqui com Váliek, e o outro ir até lá buscar ajuda. O caminho é íngreme, mas pelo menos se pode andar, não é preciso escalar nenhuma parede como essa aí.

– É verdade, mas acho que seria um esforço inútil – murmurou Váliek. – O Preste não vai querer vir. Mesmo que viesse, como iria me tratar no meio da montanha?

– Não iria. Nós pediríamos que mandasse mais alguém para levar você, com uma carroça, ou uma maca, sei lá. Que diabo, deve haver uma maneira de transportar um sujeito com as costas quebradas! O que acha, Ciarán?

– Estou em dúvida – respondi. – Se houvesse um transporte, eu ficaria mais seguro para movê-lo, pois tenho como sentir e proteger o lugar que está machucado. Mas o templo pode não mandar ninguém. Além disso, embora tenham passado a ser os senhores da montanha, eles se dão com os Vannovich. Têm até um deles aqui. Não acha que poderiam nos denunciar?

– Acho que não – replicou o saltimbanco. – Estamos a vários dias do castelo de Pan Mircea, e os pastores lá embaixo não sabiam de nada. E onde vamos procurar ajuda, se não no templo? Não podemos deixar um camarada entregue à própria sorte.

– Eu sei. E não estava pensando em fazer isso. – Era verdade, mas Váliek me olhou como se não acreditasse. – De todas as alternativas, o templo parece ser a melhor, embora estejamos correndo riscos, mas não importa. Agora, ouçam: se um de nós ficasse com Váliek, aquele que fosse até o templo poderia ter problemas, e os que estivessem aqui não teriam como saber. Mesmo que não houvesse problema algum, nada garante a vinda do Preste. Sendo assim, acho que devemos improvisar uma maca, e nós dois carregamos Váliek até o templo. É mais seguro desse jeito, e mais rápido, concordam?

– Ora, é claro! – exclamou Stávro. – Posso pegar seu bastão para usar na maca?

– De jeito nenhum. Há uns arbustos aqui e outros mais abaixo, onde deixamos os cavalos. Tente pegar alguns galhos.

– É para já – disse o músico, e se afastou quase correndo.

– Mago – chamou Váliek, do chão, com a voz rouca. – Não sei como lhe agradecer.

– Não é preciso – repliquei, mas ele insistiu:

– Estou falando sério. Stávro, é claro, teria me ajudado. Ele é uma boa alma, não mata nem os seus próprios piolhos. Já eu, se estivesse no seu lugar, não pensaria duas vezes antes de largar você aqui, e era o que esperava que fosse fazer comigo. Mas você vai se desviar do seu caminho por mim. É por isso que agradeço.

– Está bem. Agora, descanse – cortei, antes de me sentir constrangido.

Váliek assentiu e fechou os olhos. Nesse momento, Stávro reapareceu, os braços carregados de galhos que deixou cair a meus pés. Usando nossos cintos e mantos dobrados, improvisamos uma maca – e não muito depois, lá estávamos nós subindo a trilha, os primeiros passos da jornada que nos levaria ao templo de Thonarr. Um atraso de pelo menos dois dias em minha viagem. Mas Anna seria a primeira a me apoiar se soubesse a causa.

– Ciarán – disse o saltimbanco, após um bom tempo de marcha. – Não existe algum encanto que torne o Váliek um pouco mais leve?

– Existe. Mas...

– O quê?

– Não é necessário.

– Eu sabia – gemeu Stávro, seguindo em frente.

13

O PECADO DOS PAIS

– Alto! Quem vem lá? Digam seus nomes e a razão para estarem aqui!

Encravado nas rochas, o templo era cercado de muros como uma fortaleza. O homem que nos falara era um iniciado, mas também um guarda com um peitoral de ferro sob o manto. Lança em punho, ele caminhou até a metade da ponte, pela qual poderia voltar e alertar os demais se nos revelássemos uma ameaça. Mas não parecíamos sê-lo, nem de longe. Éramos dois homens sujos e barbados carregando um ferido.

– Irmão, nós viemos em busca de ajuda – disse Stávro. – Este pobre homem perdeu o uso das pernas numa queda. Nós somos saltimbancos, não temos para onde levar nosso companheiro, mas supomos que alguém neste templo entenda de cura. Foi o que viemos procurar.

– Aleijado, sei – repetiu o guarda, em tom mais compassivo. – E de onde estão vindo? De alguma aldeia na costa?

– Não, senhor. Vínhamos de Brandannen.

– Brandannen! – Desta vez o homem franziu as sobrancelhas. – Por acaso vocês são homens de Mircea Vannovich?

– Não, mas estamos em bons termos com ele – garantiu Stávro.

Imaginei que isso nos garantiria a entrada no templo, mas, para minha surpresa, o rosto do guarda voltou a endurecer.

– Estas terras não pertencem mais aos Vannovich – disse, como se recitasse um texto decorado. – Os pastores da montanha são bem-vindos. A gente da costa é bem-vinda. Os de Brandannen devem fazer seus sacrifícios no templo da cidade.

– Mas não queremos fazer sacrifício. Viemos em busca de cura – argumentei. – E, além disso, nenhum de nós é de Brandannen. Estávamos de passagem. Até onde sei, todos os templos acolhem viajantes.

– Este não – tornou o guarda. – A não ser que sejam devotos de Thonarr. Nesse caso...

– Ciarán é! – bradou Stávro, em tom de triunfo.

Olhei-o sem entender, mas ele não se deu ao trabalho de explicar. Sem cerimônia, meteu a mão na gola da minha túnica, e lá de dentro puxou um pingente em forma de martelo: o símbolo de Thonarr, que eu ganhara de Padraig e carregara comigo durante toda a viagem.

– Está vendo, Irmão? Meu amigo é seguidor do Herói – disse Stávro, exibindo o amuleto. – O que me diz agora?

– Bom, já que é assim... Acho que vocês podem entrar. – Indeciso, o guarda coçava a barba. – Mas têm que ficar no pátio até que eu avise nosso superior, o Preste Kostas. É ele que vai decidir o que fazer.

Recuou, abaixando a lança a fim de nos deixar cruzar a ponte. Eu estava tranquilo, pois, garantida a entrada no templo, seria fácil manobrar o tal Kostas e conseguir que Váliek fosse acolhido. Os cuidados dos prestes eram certamente os mais eficazes que se poderiam arranjar nos arredores. Eu estava fazendo o melhor possível por meu companheiro.

Os muros do templo eram de pedra e bem sólidos, mas seus portões eram de madeira: tábuas grosseiras e carcomidas, reforçadas com barras de ferro e fechadas com trancas por dentro. No pátio havia apenas um edifício em pedra, possivelmente o alojamento dos Prestes, já que os ritos em honra de Thonarr são realizados a céu aberto. As outras construções eram de adobe, à exceção de um cercado de madeira com meia dúzia de cabras. Dele saiu um sujeitinho corcunda que nos olhou com curiosidade, mas não fez perguntas. Logo, outros homens apareceram. Quase todos eram religiosos, inconfundíveis com seus mantos cinzentos e barbas longas, mas havia também dois ou três empregados carregando baldes e pás.

Por fim, um Preste já bem idoso saiu da construção de pedra, apoiando-se no ombro de um rapaz de quinze ou dezesseis anos. Os dois caminharam devagar em nossa direção, fitando-nos com olhos de diferentes tons de azul. Os do rapaz me pareceram familiares, embora eu não me lembrasse de onde o vira pela primeira vez. Certamente não num templo do Senhor do Raio.

– Saudações, viajantes. Eu sou Kostas – disse o velho, com uma voz que se esforçava por manter firme. – Sou o Superior deste templo. Vocês vêm de Brandannen? E são devotos de Thonarr?

– Meu amigo aqui é devoto – disse Stávro. – Eu faço minhas preces a Bragi, que protege os artistas. Mas o importante, Preste, é que nosso outro companheiro está ferido, e viemos em busca de ajuda. Se o senhor tiver compaixão...

– Nós temos – disse inesperadamente o rapaz. – Nosso herbanário, Preste Franzisk, vai examinar o ferido. Não é mesmo, Preste Kostas?

– Oh... Sim, sim, é claro. – Desconcertado, o velho pigarreou, dando ensejo a que o garoto continuasse a falar por ele.

– Você, que não partilha de nossa devoção, pode acompanhar seu amigo até a cela dos enfermos. – Isso para Stávro, que não viu razão para discordar. – O *senhor*, porém, talvez queira se reunir a mim e fazer suas preces no altar. Não é longe – acrescentou, vendo que eu ia dizer alguma coisa. – É mais perto do que alcança uma águia num bater de asas.

Olhou-me, um olhar agudo e cheio de significado, e não precisei de mais para compreender. Não, eu ainda não sabia quem era aquele rapaz, nem tinha certeza se o vira antes. Mas *ele* sabia que eu era o Mestre das Águias.

– Muito bem, Irmão. Vou com você – falei, porque não podia fazer outra coisa.

O jovem acenou a um empregado para que ajudasse Stávro com a maca. Os dois homens se afastaram, levando Váliek, enquanto o rapaz me guiava por um estreito caminho entre as muralhas.

– É aqui – disse, voltando-se para mim. Estávamos do lado de fora dos muros, sobre um platô que os Prestes mantinham limpo de arbustos e de relva. O que chamavam de altar estava ali: uma pedra negra, provavelmente caída do céu, com uma fenda provocada pelos raios que eram atributo do Herói. O rapaz estava de pé ao lado da pedra, olhando-me com seus ardentes olhos azuis. Não parecia ter medo nem raiva, apenas expectativa, como se esperasse para saber se eu o reconheceria. O silêncio se manteve por um bom tempo até que ele se convencesse do contrário.

– Bom, aqui estamos – disse, por fim, pousando uma das mãos na pedra do altar. – Não temos bodes para abater, nem martelos, mas acho que o senhor não se importa. Afinal, nunca soube que fosse um devoto... Mestre Kieran.

– De fato. E quanto a você? – perguntei, sem me abalar. – Eu o vejo com as roupas de um Iniciado, mas tem que ser mais do que isso para dar ordens ao Preste Superior. Quem é você, na verdade?

– Pensei que saberia – replicou o rapaz. – Nós já nos vimos várias vezes em Vrindavahn, embora, é claro, eu não estivesse em posição de ser notado. Eu sou Goran... Filho de Waclav Vannovich.

Ergueu a cabeça, desafiando-me a insultar seu pai ou sua família, mas sem resultado. Eu não faria isso, por mais que tivesse motivos. Não diante do garoto. Ele já pagara um preço bem alto pelos erros de Waclav.

– É verdade, não me lembro de você – admiti. – Até deixar Vrindavahn, tudo que sabia é que a mulher e os filhos de Waclav tinham voltado para o Oeste. Mais tarde, soube que tinham estado em Brandannen, e que depois a dama e um dos filhos tinham ido para uma aldeia enquanto o outro ingressava no Templo. Nunca pensei que o encontrasse num lugar tão isolado, onde além de tudo a gente de Brandannen não é bem-vinda. Por que ordenou que fosse assim, Goran?

– Para manter os Vannovich o mais longe possível – disse o rapaz, sombrio. – Foi a forma que encontrei de romper os laços. Eles não vão se importar, pois concordaram em doar as terras da montanha, de onde não vinha nenhum lucro. A herança que caberia a meu pai é bem mais atraente aos olhos de meu primo Mircea.

– Uma desavença em família. – Eu não tinha interesse pelos detalhes. – Mas você tomou o partido de seu pai, ao que parece. Sendo assim, por que me admitiu ao templo? Eu e Waclav somos inimigos, como deve saber.

– Não, Mestre Kieran. – Moveu a cabeça, com pesar, mas também com uma convicção que me agradou. – Eu continuo a honrar meu pai, porque é meu dever, e apesar de tudo não deixei de amá-lo. Mas a verdade é que ele errou, e muito, durante os anos que passamos em Vrindavahn. Ele traiu a confiança de toda uma cidade. Quanto ao senhor, seu dever era defender as águias e o castelo. Sem falar em sua *esposa* – acrescentou, corando um pouco. – Eu soube o que meu pai tentou fazer. Se soubesse o quanto me sinto envergonhado...

– Eu imagino. Mas não deve – repliquei. – Você não é culpado pelos erros de seu pai. Muito menos pelos atos dos Vannovich.

– Sei disso – afirmou o rapaz. – Nem todos eles são ruins. Mesmo o irmão de Mircea, meu primo Radu, é um homem bom e justo, embora de vontade fraca. Quando jovem, ele preferiu entrar para o Templo em lugar de disputar a herança, e foi por seu conselho que fiz o mesmo. E me isolei ainda mais, aqui na montanha. Nunca pensei que fosse voltar a ver o senhor.

– Nem eu pretendia vir – assegurei. – Foi um desvio da jornada, por causa do ferimento do meu guia. Nós estávamos indo até a fazenda dos Behzov, na costa, e de lá para a Ilha dos Ossos. É para onde pretendo seguir, o mais rápido possível. Suponho que Váliek possa ficar aqui, sob os cuidados do herbanário.

– Quanto a isso, não se preocupe. Tem minha palavra – disse Goran, mas sua expressão era de surpresa. – No entanto, posso perguntar o que vão fazer na Ilha dos Ossos? Aquele é um lugar perigoso, Mestre Kieran. Um antro de piratas.

– Eu sei, mas tenho que ir. Anna está nas mãos de um deles – repliquei, para o assombro do rapaz. – Indo para o Norte, o barco em que ela estava foi aprisionado por um pirata chamado Nestorian. Segui a pista dele até Brandannen, porque me disseram que o maldito costuma vender seus prisioneiros a Mircea Vannovich, mas então descobri que ele não veio à cidade este ano. E que isso é um indício quase certo de que ele levou minha mulher para a Ilha dos Ossos.

– Temo que sim. Pobre Dama Anna! – lamentou Goran. – Só a vi de relance, mas o Preste Drusius e o Mestre Thorold a elogiavam muito. Padraig também – o seu aprendiz, de quem fui muito amigo quando morava em Vrindavahn. Foi a paixão dele por Thonarr que fez de mim um devoto.

– Padraig é um ótimo rapaz. Foi ele que me deu este amuleto, que meu outro companheiro usou para entrar no templo. Eu jamais teria pensado nisso.

– Então tivemos sorte – replicou o jovem. – O senhor certamente poderia ter entrado aqui de outro jeito, se quisesse. E, pelo que ouvi a seu respeito em Vrindavahn, isso não seria muito bom para nós.

– Tem razão, Goran – sorri. – Não seria nada bom.

Cruzei os braços, olhando para o garoto e apreciando sua atitude.

Da árvore torta, regada a sangue, que era o clã dos Vannovich brotara enfim um bom ramo. Tornando-se um preste, o jovem Goran não deixaria descendência, mas eu sabia que seus anos sobre a terra seriam bem vividos. O suficiente para justificar a existência de um verme como Waclav.

– O senhor pode ficar o tempo que quiser, Mestre Kieran – disse ele, muito sério. – Quando partir vai levar provisões e uma carta recomendando-o aos Behzov da minha... Er... Digo, da parte do Preste Kostas. Sinto muito não poder fazer mais.

– Mas isso já está ótimo – repliquei, ao que o rapaz balançou a cabeça.

– Não, não está. Eu queria contar com guerreiros para ajudar no resgate de sua esposa. Eu mesmo iria, se pudesse, para compensar o mal causado por meu...

– Pare com isso, Goran! – exclamei, mais áspero do que ele merecia. – Não foi você que traiu Vrindavahn e sim seu pai. Imagine um homem que morre deixando dívidas. É justo que elas sejam cobradas de seus filhos?

– Não, não é justo. Mas é o que acontece, aqui no Oeste – disse o jovem, com os lábios apertados.

Olhei-o, sentindo crescer em mim uma espécie de revolta – não pelo que ele dissera, mas por aquilo em que o tinham feito acreditar. Fergus tentara fazer o mesmo comigo, muitos anos antes, no meu regresso de Riverast: um jovem mago, recém-confirmado no cargo de Mestre das Águias, cujo prestígio podia garantir uma aliança valiosa para a família. Eu me negara a ser o instrumento da sua cobiça e jamais me culpei pelo que veio a acontecer depois. Mas tudo teria sido mais difícil se o amasse.

O vento soprou mais forte sobre nossas roupas e cabelos. Goran voltara a se apoiar no altar e me olhava como se esperasse alguma resposta, a cura para suas dúvidas e sua angústia. Mas eu não tinha nenhuma. Não definitiva. Ele teria que seguir seu próprio caminho até aprender.

– Você não tem que pagar dívida alguma, Goran – falei, por fim. – Esqueça os erros de seu pai. Eles não lhe pertencem. Você não vai ficar em paz enquanto os tiver em sua consciência.

– Paz...! Foi isso que vim procurar, Mestre Kieran! – exclamou o rapaz. – Aqui, na montanha, estou perto de Thonarr e longe do castelo Vannovich. Não sei o que acontecia, mas o lugar me fazia mal, mesmo quando eu estava sozinho. Era como se as antigas histórias da minha família fossem verdade. Já ouviu a respeito delas?

– Sobre o seu antepassado? Sim, ouvi – disse eu, sentindo que um sorriso me torcia os lábios. – Ele foi muito pior que seus descendentes. Você, por sua vez, será melhor do que eles, e assim por diante a cada nova geração. É essa a esperança dos Magos da Alma.

– Dos sacerdotes também – disse Goran, com ar pensativo. Junto à pedra manchada com o sangue dos sacrifícios, ele olhava para o vale, lá embaixo, lembrando talvez de tudo aquilo que deixara para trás. Quanto a mim, fitava o horizonte, antecipando a rota que devia seguir a fim de encontrar Anna.

Porque era ela que me fazia desejar ser bom, mais do que apenas justo.

Porque em seus olhos eu via a imagem de meu filho e sabia que ele seria melhor do que eu – tal como, apesar de tudo, eu me tornara um homem melhor do que meu pai.

14
Um ninho de serpentes

A ajuda prestada pelos sacerdotes de Thonarr acabou por ser melhor do que eu esperava. O herbanário do templo assegurou já ter visto casos como o de Váliek, e, embora não pudesse garantir a cura, prometeu cuidar de nosso guia pelo tempo que fosse necessário. Ele e Goran me ajudaram a persuadir Stávro a ficar também, uma tarefa não muito fácil, pois o fanhoso insistia em me acompanhar. Creio que estava empolgado com a ideia de se aventurar nas ilhas ao lado de um mago. Felizmente, aquela cabeça tonta abrigava ao menos um pingo de juízo, e no fim conseguimos convencê-lo a se manter longe dos piratas e dos Vannovich.

– Eles não devem estar à sua procura – disse Goran. – Mesmo assim, é mais seguro ir embora daqui sem voltar a Brandannen. O melhor é esperar a caravana que nos traz mensagens e provisões. Ela deve chegar em um quarto de Lua, e parte alguns dias depois em direção a Novkaren. Você pode ir com eles, Stávro, e ficar onde quiser pelo caminho.

– É? Bom, talvez Novkaren me convenha. É a terra de Irina, e de muita gente boa, também, que gosta de música. Acho que o senhor me convenceu, Pan Goran.

– *Irmão* Goran – corrigiu o rapaz, mas Stávro apenas sorriu. Tanto quanto eu, ele sabia que aquela montanha jamais deixara de pertencer aos Vannovich.

Naquela tarde partilhei o jantar dos prestes: uma sopa insossa de ervas, acompanhada de queijo de cabra e pão escuro. A congregação se recolheu logo depois, mas Goran e o Preste Kostas ficaram comigo, discutindo sobre a melhor forma de me apresentar ao chefe da família Behzov. Goran achava que eu podia dizer logo quem era e qual o meu objetivo, mas o velho argumentou que devíamos ser mais cautelosos. Sim, os Behzov tinham sido forçados a conviver com os piratas. Era o que alegavam quando criticados pelos Prestes. Mas também lucravam com aquele acordo.

– Eu acho que devemos apresentar Mestre Kieran pelo que é: um viajante, devoto de Thonarr, que se tornou nosso amigo. – Kostas falava com naturalidade: para ele eu não era um mago, e sim um mestre de ofício das Terras Férteis. – Lá, ele vai poder sondar o terreno e decidir se confia nos Behzov para ajudá-lo a negociar a liberdade da esposa.

– Mas, Preste, confiando ou não, se ele quer a Dama Anna de volta, vai ter que se entender com os piratas – disse Goran. – Nesse caso, pouco importa se os Behzov estão ou não com eles.

– É verdade. Mas Anna pode ter dito alguma coisa a meu respeito – repliquei. – Os piratas podem ter decidido acabar comigo se eu for até lá, e, sendo assim, podem ter posto os Behzov de sobreaviso. É por isso que concordo em sondar o terreno, como sugeriu o Preste Kostas.

– Bom... Está bem, se é o que prefere – disse Goran, depois de refletir por um instante. – Quem sabe é melhor assim. Ah, e eu pensei em uma coisa que talvez possa ajudá-lo. Meu primo Mircea está em bons termos com o capitão pirata que chamam de Nestorian, e o senhor diz ter ganhado uma pulseira com as armas dos Vannovich. Se a usar, e disser que é amigo da família, é provável que os piratas não lhe façam mal. Talvez até o admitam à Ilha dos Ossos.

– É mesmo. Obrigado pela ajuda – disse eu; e não estava apenas sendo educado. A ideia não era má, embora, é claro, eu preferisse não ter que lançar mão dela. Por outro lado, não podia esperar muita ajuda por parte dos Behzov, fossem eles amigos ou reféns nas mãos dos piratas. No máximo que me ajudassem a chegar às ilhas. Eu estaria por minha conta a partir dali.

Assim, com a bênção dos Prestes e um comovido abraço de Stávro, retomei a jornada, escalando o mesmo paredão que fora a causa do nosso desvio. Dessa vez eu tinha um gancho e cordas e não precisava esperar ninguém, por isso a subida foi rápida e livre de incidentes. Do cume, onde cheguei cansado, mas ileso, podia-se avistar a planície onde os Behzov tinham sua fazenda, e mais além uma grande faixa de mar azul e cintilante. As ilhas eram manchas escuras, sendo a mais próxima da costa a Albatroz e a maior a dos Ossos. Era numa dessas, certamente, que minha mulher se achava prisioneira.

A noite caíra mais uma vez quando cheguei ao sopé da montanha. A fazenda dos Behzov ficava a um dia de caminhada, mas Váliek me falara de uns camponeses que viviam ali perto e que me hospedariam de bom grado em troca de um bleni. Fora essa, exatamente, a quantia que eu me permitira aceitar de Stávro ao lhe entregar o dinheiro dos saltimbancos: alcançada a choupana, deram-me um prato de guisado e um lugar para dormir no celeiro, e de manhã parti outra vez com a bolsa vazia.

Andei durante todo aquele dia de primavera. Ao meu redor tudo eram pastos e campos lavrados, e as pessoas que vi pelo caminho pareciam saudáveis, embora estivessem malvestidas e com um ar descontente. Eram como os camponeses de Scyllix, obrigados a trabalhar para dar de comer ao exército. Aproximei-me de alguns homens para perguntar o caminho; quando responderam, aproveitei para saber também de quem eram aquelas terras.

– Dos Behzov – disseram, sem interromper a colheita do sorgo. Eu estava indo na direção certa.

O último trecho da jornada foi o mais agradável. O calor já havia diminuído, e, com a proximidade da costa, o ar era refrescado por uma leve brisa marinha. Eu acabara de passar pelos campos lavrados e chegara a um bosque, onde parei para beber de uma nascente. Segundo a indicação dos camponeses, devia caminhar em direção ao leste, e antes do cair da noite chegaria à fazenda. No entanto, mal havia acabado de comer, ouvi as vozes de homens que se aproximavam, e o que diziam me fez pensar que talvez não precisasse prosseguir sozinho.

– Eu bem que disse a você, Ivasha. Nada de raposa – resmungava uma das vozes. – Nem raposa nem bicho nenhum. Com que cara vamos dizer isso a Pan Gyorgy?

– Ora, com que cara! Com as nossas, a minha e a sua. – Ivasha, que pela voz ainda era bem jovem. – Não temos culpa se os laços não pegaram nada, e muito menos se o Nestorian decidiu que quer um manto de pele. Eles não vão para o Norte? Então. Lá vão achar raposas à vontade.

– Bom, isso é – concordou o outro sujeito. Os dois já estavam perto o bastante para que eu os visse: um rapaz alourado, com a cara cheia de espinhas, e um homem moreno, mais ou menos da minha idade. As roupas e os modos mostravam que não eram mais que servos dos Behzov, e não me preocupei em ocultar minha presença. O que tinha a perder?

– Vem vindo gente – disse Ivasha, um momento antes que eu aparecesse diante deles. Os dois recuaram, mais pela surpresa do que por receio, já que eu não tinha minhas armas à vista e usava roupas limpas. Que diabo, estava até sorrindo, ou pelo menos me esforçando para sorrir. Não venham depois dizer que eu não tento.

– Quem é você? – perguntou o homem mais velho. – Amigo ou inimigo?

– Amigo. Venho da parte do Preste Kostas, do templo de Thonarr. Vocês são dos Behzov?

– Somos. Você... o senhor veio à procura de Pan Gyorgy? – arriscou Ivasha, que parecia ser o esperto da dupla. Respondi que sim, para tratar de um assunto que só revelaria na presença do próprio Gyorgy, e, após alguma hesitação, os dois concordaram em me levar até seu amo.

Anoitecia quando chegamos à fazenda Behzov. O lugar parecia próspero, com campos bem cuidados, um curral com vacas e bezerros gordos e uma sólida casa de madeira. Esta ficava numa elevação a duzentos passos do mar, que, conforme subíamos a trilha, se revelava em toda a sua extensão aos nossos pés.

– Pani Zozya! Pan Gyorgy! – foram gritando, no fim da subida, Ivasha e o companheiro. À porta da casa surgiu uma mulher loura e robusta, seguida por uma mocinha e um garoto sardento de uns treze anos.

– Fiquem aí – ouvi-a dizer, antes de se voltar para os empregados. – E vocês dois também: não entrem antes de se explicar. Quem é esse homem?

– Um viajante, Pani Zozya. Veio do templo – disse Ivasha. – E quer falar com Pan Gyorgy.

– É mesmo? – inquiriu a mulher, desconfiada. – Você não parece ser um Preste.

– E não sou. Só me hospedei no templo por uma noite. Mas eles me enviaram até aqui, com esta carta como garantia – disse eu, mostrando o envelope com o selo do Preste Kostas.

Diante disso, Zozya não teve remédio senão me mandar subir, dizendo que seu marido logo voltaria do cais. As crianças me ofereceram cerveja, e eu estava começando a beber quando a mãe deles entrou, acompanhada do marido e de dois filhos tão grandes e fortes como ela. De fato, não havia muito neles que lembrasse Gyorgy Behzov, um homem pequeno e franzino, que piscava repetidamente, entortando o pescoço, toda vez que precisava encarar alguém. Foi isso que ele fez enquanto eu me apresentava. Usei a forma mais comum do meu nome, porém não mencionei Vrindavahn e muito menos minha cidade natal. Os Behzov também não pareceram interessados nisso. Tudo que queriam saber era a razão de ter ido procurá-los.

– Estou aqui porque preciso me entender com o homem que chamam de Nestorian. – Foi o que eu disse para começar. – Em Brandannen, fiquei sabendo que vocês têm um acordo com ele, o que foi confirmado pelo Preste Kostas. Vim vê-los na expectativa de que seja verdade.

– Nós... Bom... É, o capitão Nestorian passa por aqui, algumas vezes, nesta época do ano – disse Gyorgy, inseguro. – Não temos exatamente um acordo, mas ele precisa se abastecer com gêneros, e vem buscá-los na fazenda. Se não os déssemos, ele os tomaria. O senhor compreende, não é?

– Claro. Não deve ser fácil ter um pirata como vizinho. Por outro lado, imagino que vocês possam me ajudar a chegar até ele e conversar. É a respeito de um barco. Nestorian, pelo que soube, o trocou pelo de um homem chamado Mikhal Rodovak.

– Ah, Rodovak! – exclamou o filho mais velho. – Ele também costumava vir aqui. Mas faz bastante tempo que não vem. Cinco anos, talvez. Não é mesmo, mãe?

– Mais tempo. Uns oito anos. É com Rodovak o seu negócio? – perguntou Zozya, lançando-me um olhar cheio de suspeitas. Para ganhar tempo, respondi que não tinha certeza, pois o "negócio" em questão era muito complexo, e os Behzov mais velhos se entreolharam e se fecharam em copas. Foi do garoto que partiu a indiscrição.

– Eu acho que Nestorian fala com o senhor, se um dos meus irmãos o levar até lá. Nem sempre ele está de bom humor, mas ultimamente sim. Ele espera fazer fortuna no Norte, conforme a profecia.

– Que profecia? – perguntei, mas Zozya mudou abruptamente o rumo da conversa.

– A profecia não interessa por enquanto. O que importa é que você foi mandado pelo Preste Kostas, por isso é bem-vindo entre nós. Vou mandar que levem sua bagagem para um quarto e em seguida vamos comer. Quanto ao seu negócio com o capitão Nestorian, pode esperar até amanhã, não acha, marido?

– Ah, sim, sim, é claro – disse Gyorgy, sem me olhar nos olhos. Minhas suspeitas quanto ao casal, que já não eram pequenas, redobraram ao ouvir aquilo. Mesmo assim deixei que minha bagagem, à exceção do bastão, fosse levada para outro aposento, e pouco depois aceitava o convite para me sentar e comer com eles.

A aparente prosperidade da fazenda se confirmou naquele jantar. Havia carne à vontade, inclusive um porco assado como poucas vezes eu tinha comido, e uma sopa que fez lembrar meus tempos de camponês. A própria Zozya se encarregava de servir os pratos, sem parcimônia; uma velha entrou para trazer mais cerveja, mas, fora isso, nenhum servo apareceu na sala. A conversa se limitou a algumas observações, por parte dos filhos, a respeito de levar o gado para um pasto distante, o que discutiram não com Gyorgy e sim com a mãe. Àquela altura, já estava claro quem era o chefe da família.

Como todos os fazendeiros, os Behzov iam cedo para a cama. Sendo seu hóspede, também tive que me recolher. Minha mochila fora levada para um cômodo longo e estreito, anexo à casa principal, onde se alinhavam dez ou doze camas de palha. A princípio pensei que fosse o alojamento dos servos, e não estava de todo errado, mas os três filhos homens dos Behzov também dormiam ali. Logo após nossa chegada, apareceram Ivasha e outros dois rapazes, e entre eles começou uma conversa interminável sobre mulheres. Da minha parte, eu já tivera o suficiente daquilo no exército, por isso virei para o lado e fingi ter caído no sono. Mais cedo ou mais tarde, eu tinha certeza, alguém falaria de mim pelas costas. Eu queria que ficassem inteiramente à vontade para isso.

Não demorou quase nada para começar.

– Ei, Pan Kieran, está dormindo? – sussurrou um dos Behzov. – Acho que ele já pegou no sono, Makar.

– É, deve estar cansado – disse o irmão mais velho. – Não é de se estranhar, se andou o dia inteiro. E isso depois de atravessar as montanhas.

– Tem razão. O sujeito deve estar esgotado. Se bem que ele é forte – opinou o outro. – Olhando assim, parece magro, mas veja os ombros como são largos. Aposto que ele é um homem de armas ou coisa assim.

– Não, Chakro, duvido. Não vejo arma nenhuma com ele a não ser esse bastão idiota, que não serve para nada. Qualquer pancada quebra isso ao meio.

– É, mas a bolsa é grande o bastante para esconder uma espada – opinou Ivasha. Bem que eu havia percebido que ele era esperto.

– Vamos abrir – propôs Chakro Behzov.

De olhos fechados, ouvi o deslizar de três pessoas para o lado de minha cama, depois o som da mochila sendo arrastada para um canto. Por um momento, houve silêncio, logo substituído por pragas abafadas ao perceberem que não conseguiriam abrir as correias. Ninguém poderia, aliás, se eu não quisesse. Elas tinham sido fechadas com uma palavra especial.

– Que inferno! Não estou conseguindo! – desabafou Makar. – O que, diabos, o sujeito fez com essas correias?

– E se cortarmos? – sugeriu Ivasha.

– Nada disso! Não sabemos quem ele é e o que pode fazer – replicou Chakro. – Ele disse que ouviu falar de nós em Brandannen, pode ser um protegido de Pan Mircea. Talvez até um dos seus guerreiros, quem sabe?

– Acho que não. Se fosse, conheceria Nestorian e não precisaria de nós para nos levar a ele. Se bem que – riu Makar – com aquele pirata, não adianta ser amigo do amigo. Se ele não gostar de alguém, é o fim.

– Mas isso não vale para os homens de Pan Mircea – ponderou o outro. – Ou acha que, mesmo assim, ele poderia dar cabo do sujeito?

– Claro que sim. Como os Vannovich iam ficar sabendo? Por nós é que não havia de ser!

– Talvez Nestorian o vendesse para algum senhor do Norte. Eu faria isso, se estivesse no seu lugar. Assim me livraria dele e ainda ganharia algum dinheiro – disse Ivasha, como se ele próprio não fosse um servo. Tive vontade de me levantar e torcer-lhe o pescoço. No entanto, por tudo que ouvira, eles pareciam inclinados a me levar até Nestorian, por isso deixei que os três se ajeitassem e dormissem em paz. Foi só então que me permiti repousar de verdade.

Na manhã seguinte, após um desjejum de pão preto e mingau de aveia, Gyorgy Behzov me informou que um de seus barcos partiria naquela tarde para a Ilha Albatroz. Lá estariam homens de Nestorian, que pegariam a carga de provisões e rumariam para a Ilha dos Ossos: uma viagem de quatro horas, se os ventos fossem favoráveis, ou o dobro disso, avançando à força de remos. O que os Behzov se dispunham a fazer era me levar até a primeira ilha, onde ficaria a meu cargo me entender com os piratas. Eles podiam ou não permitir minha ida à Ilha dos Ossos. E ninguém tinha como prever o meu destino ao chegar lá.

– Isso porque não temos como garantir que Nestorian o escute – desculpou-se Gyorgy. – E muito menos os homens dele. Se bem que nesse ponto nós até poderíamos, quem sabe, facilitar a conversa. Se déssemos alguma coisa a eles em seu nome...

– Sei, já entendi. Mas isso está fora de questão, Pan Gyorgy – repliquei. – Não pretendo comprar a boa vontade de nenhum pirata.

– Você é que sabe! Só sugeri porque achei que seria mais fácil – disse o homenzinho, amuado. – Para quem quer negociar com o próprio Nestorian, não seria nada demais fazer um agrado aos homens dele.

Eu também achava, mas a verdade é que não possuía nada que pudesse interessar a um pirata – e, por falar nisso, tampouco aos Behzov ou a seus servos, embora eles pensassem o contrário e estivessem ávidos para tomar parte no butim. A única coisa que os impedia de me cobrar pela hospedagem e pelo lugar no barco era a carta do Preste Kostas, por quem, apesar de tudo, pareciam ter algum respeito. Quanto à pulseira dos Vannovich, não fora preciso mostrá-la, por isso eu a guardara para usar com os piratas. Talvez Nestorian desse algum valor à proteção conferida por seu amigo Mircea.

E se não fosse assim, eu continuava a contar com meus próprios métodos.

15
Nestorian

Impelido pelos remos, o barco se aproximava da Ilha Albatroz. Céu e mar estavam escuros, mas a lanterna que levávamos à proa iluminava o caminho, revelando um banco de areia a pouca distância. Makar, que estava no comando, deu ordens para contorná-lo, e os servos que remavam redobraram seu empenho, embora eu pudesse ver que todos estavam nervosos.

O barco fora carregado pela manhã, mas eles adiaram a partida até o fim da tarde, na expectativa de que os caçadores trouxessem ao menos uma raposa. Inútil: mais uma vez voltaram de mãos vazias. A ideia de não atender a um pedido de Nestorian deixou amos e servos preocupados, e foi então que Virgil, o mais novo e inocente dos Behzov, voltou a mencionar a profecia de que haviam falado na véspera.

– Nestorian pode resmungar um pouco, mas só isso – disse o garoto. – Ele ficou bem mais tranquilo depois que se uniu à Donzela Oráculo.

– Vá sonhando – resmungou Makar. Os irmãos mais velhos se afastaram para guardar os arcos, e eu aproveitei a oportunidade para me acercar de Virgil, que ficara treinando a pontaria em um alvo de palha.

– O que você acabou de dizer me interessa – comecei, tentando não despertar suspeitas. – Por tudo que eu soube, Nestorian é muito difícil de lidar; eu só vim porque não podia deixar de resolver meu problema. E agora você me diz que ele tem estado menos violento por causa de uma mulher... Isso é verdade?

– É, sim – confirmou o garoto. – A Donzela Oráculo diz que ele tem que agir como um grande Pan, que perdoa os erros dos outros e faz justiça. Só assim ele vai merecer as riquezas que o esperam no Norte. Eles vão todos para lá, sabe? Os homens de Nestorian. Estão preparando o melhor barco para zarpar na primeira lua nova após o solstício. Querem conquistar as Terras Geladas, e aí Nestorian vai ser o rei e ter uma frota inteira.

– Imagino. Mas fale mais um pouco sobre essa profecia – pedi. – Quem é a Donzela Oráculo?

– Não sei ao certo. Minha mãe não quer que eu vá à Ilha dos Ossos. – Balançou a cabeça, desolado. – Meus irmãos viram a Donzela, uma vez, mas foi de longe. Ela fica numa caverna, só recebe Nestorian e uns poucos homens em quem ele confia. E tem dois servos que cuidam dela, um velho e uma mocinha.

– Como? Espere aí. – Dessa vez foi difícil conter minha ansiedade. – Um velho e uma moça, você disse? Quem são?

– Ora, são... Bom, são *servos*, não é – disse Virgil, confuso. – Desses que Nestorian traz. Tem sempre alguns, na Ilha dos Ossos, nos intervalos das viagens. Às vezes ficam lá durante anos até serem vendidos. Muitos morrem. Mas esse velho e essa moça vão viver, porque...

– Já sei! Porque a Donzela Oráculo os protege – interrompi. – E como ela é? Velha, jovem...?

– Não sei. Quando meus irmãos a viram, ela estava com um manto que cobria a cabeça. Mas, pelas coisas que diz, deve ser muito velha, Pan Kieran. Se fosse moça só diria bobagens, como a minha irmã.

Assenti, fingindo concordar, mas meu coração estava aos saltos com a história da Donzela Oráculo. Eu não viera esperando algo assim, nem sabia o que iria encontrar na Ilha dos Ossos. O mais provável era que uma maga sem muitos escrúpulos houvesse se associado a Nestorian, quer por ter tido de fato visões sobre um futuro glorioso, quer por desejar manobrá-lo com vistas a algum outro fim. Ambas as razões seriam suficientes para que eu me acautelasse. No entanto, tinha também motivos para ser grato, pois, se não fazia a menor ideia de quem ela era, por outro lado não tinha dúvidas sobre seus protegidos.

O velho: Mestre Angus de Vrindavahn. E a moça, é claro, Mestra Anna de Bryke – *minha* Anna. Provavelmente era à tal Donzela Oráculo que devíamos sua integridade.

A certeza de que iria encontrá-la mexeu comigo de um jeito poderoso. Num impulso, pedi a Virgil que me emprestasse o arco e as flechas que usara na caçada, feitos por ele mesmo e cuja precisão eu já havia elogiado. O garoto ficou tão orgulhoso que nem perguntou por que eu queria suas armas e não as de seus irmãos. De fato, elas seriam mais adequadas a um homem do meu tamanho, mas eu estava levando o arco e as flechas para Anna, porque talvez precisássemos abrir nosso caminho à força. Seria bom estarmos preparados para uma batalha.

O barco tinha acabado de contornar o banco de areia e se aproximava da ilha. Agora já podíamos ver a praia, uma faixa de terra lodosa na qual um homem caminhava de um lado para o outro. Quando chegamos mais perto, vi que lhe faltava uma parte do nariz, e isso me fez saber de quem se tratava: Ion de Bulforg, chamado pelos outros de Basilisco, já que, segundo diziam, sua feiura seria capaz de matar quem o encarasse.

– Ei-hoo! – gritou Ion, da praia. – É a gente dos Behzov, não é? Chegam bem atrasados!

– Tentando conseguir as peles de raposa – disse Makar, ao mesmo tempo que lançava âncora. O barco parou, oscilando ao sabor das ondas, e os remadores saltaram no mar, patinhando na água rasa em direção à praia. Ergui minha mochila sobre o ombro e saltei também – e na mesma hora senti sobre mim os olhos desconfiados do Basilisco.

– Quem é esse? – perguntou, dirigindo-se a Makar. – Não vá dizer que Pan Gyorgy comprou servos de outro. O capitão não iria gostar de saber!

– Eu sei, mas ele não é um servo. Preste Kostas, do templo de Thonarr na montanha, o mandou até nós. Ele diz que tem um assunto a tratar com Nestorian.

– Ah, é? E pode-se saber que assunto é esse? – Desta vez, a pergunta se dirigia a mim. – Mandado ou não por um Preste, o capitão não fala com qualquer um. Quem é você, para começar?

– Kieran – respondi, simplesmente, e o pirata franziu a testa.

– Esse é o seu nome. Mas quem é *você*?

– Estou vindo de Brandannen – retruquei, e olhei dentro dos seus olhos. Ele me encarou por um instante, depois engoliu em seco, sem saber o que o fazia capitular diante de um estranho. Mas eram as minhas condições, e mesmo em silêncio o obriguei a aceitá-las. Eu não diria nada a meu respeito, a não ser diante de Nestorian.

– Ion, não vai ver a carga? – perguntou Makar. – E onde estão os rapazes?

Em resposta, três homens se destacaram das sombras, caminhando em nossa direção. Dois eram quase idênticos, uma dupla de gêmeos louros e magricelas que não deviam ter mais de vinte anos. Váliek me falara sobre eles, que eram conhecidos apenas pelos apelidos, Bagre e Caveira. O outro era um homem alto, taciturno, e não o reconheci pelas descrições até que o Basilisco dissesse seu nome.

– Olá, Rumen. – Era o imediato de Nestorian. – Mande os garotos verem a carga e venha até aqui. Este sujeito diz que quer ver o capitão, mas parece que não vai adiantar nada da conversa. O que fazemos?

– Bom. – Rumen me olhou dos pés à cabeça antes de se pronunciar. – Acho que podemos levá-lo até lá. Talvez tenha algo a dizer que interesse a Nestorian. Se não tiver, azar o dele. Mas quem tem que decidir é o capitão.

– Isso é verdade – disse Ion, mais tranquilo com o apoio do companheiro. Para mim, a tarefa de influenciá-lo fora das mais fáceis, mas eu sabia que não seria assim com todos os piratas. O próprio Rumen parecia ter uma vontade forte, e certamente havia outros como ele no bando. Eu não podia esperar dominar a todos e fazer com que libertassem Anna.

E não podia me esquecer da Donzela Oráculo.

– Tudo certo – disse um dos gêmeos. – Só não estou vendo as peles para o manto do capitão.

– Não encontramos raposas – disse Makar. – Diga a ele que vamos continuar tentando. Afinal, ainda falta bastante para vocês partirem.

– É, mas ele quer fazer o manto antes de ir – disse Rumen. – Sei lá o que deu nele, mas meteu isso na cabeça, junto com a ideia de invadir as Terras Geladas. Tudo por causa do que diz aquela maluca.

– Ela é boa, Rumen – protestou um dos gêmeos. Ligeiramente mais alto que o outro, ele tinha olhos fundos, ao passo que os do irmão eram saltados, fazendo lembrar os de um sapo ou um peixe. O Bagre, concluí, e o mais alto era o Caveira. Segundo Váliek, eles eram como crianças crescidas, mas não percebi nada de errado com os dois. Pelo menos não naquele momento.

– Bom, a *Vadia Oráculo* não vem ao caso – resmungou o Basilisco. – O fato é que o capitão quer as peles. E vai ficar zangado quando souber que não trouxeram nenhuma.

– Eu sei – disse Makar, já meio aflito. – Nosso melhor caçador é o Matias, e ele tem estado dia e noite atrás das raposas. Mas o que podíamos fazer, se não achamos nenhuma?

– Vou lhe dizer – retrucou Rumen. – Vocês voltam para a fazenda, para o bosque... Para o inferno, sei lá... E conseguem as malditas peles. O capitão vai esperar, mas só por alguns dias. Se não trouxerem nada, vão ter que se entender com ele. É isso. E, agora, vamos indo! – comandou, erguendo a voz. – Você também, estrangeiro. Pode pegar nos remos com os garotos. Ande!

– No mesmo barco? Pensei que fossem descarregar.

– E vamos. Na Ilha dos Ossos – disse o Bagre. – Depois a gente devolve o barco vazio.

– É mais fácil assim – sorriu o Caveira. Sentei-me perto dele, sem perder de vista Makar, que se afastava na companhia dos servos. A praia estava às escuras, mas pude ver que encontravam um bote e o empurravam para a água. Remos em punho, eles partiram em direção à costa, enquanto o Basilisco içava a vela para que fôssemos em frente.

Para a Ilha dos Ossos.

Ao longo da viagem, eu obtivera muitas informações sobre Nestorian e seus piratas. Graças a Váliek, chegara até eles do jeito mais rápido possível, e o mapa de Camdell me ajudaria a alcançar o País do Norte, quando Anna e eu conseguíssemos escapar. No entanto, eu ainda não sabia o porquê de a Ilha dos Ossos ter esse nome. Foi preciso vê-la de perto para saber a resposta.

– Olhe! Estamos chegando! – exclamou o Caveira. – Está vendo aquelas coisas brancas lá na frente? São ossos que a gente usa como atracadouro.

– Ossos? Daquele tamanho? – murmurei, embora não tardasse a deduzir do que se tratava. – Não sabia que dragões tinham habitado estas ilhas.

– Isso foi há muito tempo – replicou o Bagre. – Já não havia nenhum quando o capitão chegou. Só esqueletos, todos já sem nenhuma carne. Limpos e brancos. Por causa deles é que a ilha se chama assim.

Assenti, mantendo os olhos fixos no atracadouro. Com a maior proximidade, aquilo saltava aos olhos: dezenas de ossos, longuíssimos e pontiagudos, projetando-se do mar como se fossem estacas. Era fascinante, porém minha atenção foi desviada pelas construções ainda mais estranhas que vi na praia: três cabanas longas, mais uma espécie de curral, tudo sustentado por ossos de dragão, com o reforço de tábuas e pedaços de madeira. A cobertura era parte couro, parte o tecido resistente usado em velas de navio: a ilha não tinha árvores que fornecessem ramos. O que havia era um bocado de pedras e rochedos, do alto dos quais uma dúzia de homens vigiava a chegada do barco.

– Tudo bem! São Rumen e Ion! – disse alguém lá de cima. Com isso, a maior parte dos homens desapareceu, enquanto outros surgiam na trilha que vinha dar à praia. Três deles se dirigiram ao atracadouro, prontos a amarrar as cordas atiradas do barco, mas um grupo ficou à espera, e nele pude ver que havia tanto piratas quanto escravos. Reconheci os últimos não por estarem acorrentados, mas porque tinham uma expressão infeliz e pareciam desnutridos e fracos. Sob as ordens dos captores, eles começaram a descarregar o barco, empilhando na praia os sacos de grão e os barris de cidra e carne salgada.

– Trouxeram tudo? – indagou um dos piratas, que acabava de chegar. – Resina para calafetagem, como Nestorian queria? Bastante farinha?

– Tudo, menos as peles – respondeu o Basilisco.

– Ótimo. E esse aí, quem é?

– Não sabemos, ainda – disse o outro, olhando-me de esguelha. – Ele diz que tem negócios a tratar com o capitão. Conforme for, pode ficar para o jantar... Ou *ser* o jantar dos peixes, heh, heh!

Riu, uma risada arfante e meio rouca que lembrava o ladrar de um cão. Nesse momento, os últimos fardos acabavam de ser descarregados, e os gêmeos desceram, fazendo-me um sinal para que os acompanhasse. Os dois se encaminharam para a trilha, mas, antes que eu fizesse o mesmo, Rumen se meteu na minha frente, bloqueando o caminho.

– Não tão rápido – disse. – Primeiro vamos saber se Nestorian quer ver você. Fale com ele, Bagre.

No mesmo instante, o rapaz sumiu por trás de uma encosta, seguido pelo irmão. Ion se juntou aos piratas que comandavam o transporte dos gêneros e Rumen ficou ao meu lado, olhando, ora para mim, ora para o mar que ia e vinha em ondulações brilhantes.

– Vamos ver se você tem sorte – disse, após alguns momentos. – Pelo humor do capitão nestes dias, eu até diria que ele vai ouvir você antes de atirá-lo aos peixes. Mas posso estar errado.

Minha resposta se limitou a um encolher de ombros. Ele também não disse mais nada, embora resmungasse alguma coisa de si para si enquanto esperávamos. Assim ficamos por cerca de meia hora. Por fim, o Bagre apareceu no alto das rochas, gritando em alto e bom som:

– O capitão mandou o Kieran subir até o forte!

– Kieran é você? – perguntou Rumen.

– Sou. Quem mais?

– Ninguém, é claro – fez o pirata, encolhendo os ombros. – Só não sabia seu nome. E ele é bem estranho. Das Terras Férteis?

– Sim. Sou de lá. Algum problema?

– Por mim, não. – Cuspiu, espremendo um riso mau no canto da boca. – Já tivemos homens do Sul por aqui. Mas também temos gente que esteve nas guerras e odeia os das Terras Férteis acima de tudo; e o que pensa que aconteceu?

– Nada de bom, suponho – repliquei, sem me abalar. – Mas acho que Nestorian está nos esperando. Podemos ir agora?

Sem esperar resposta, pus-me a caminhar pela trilha, o que deixou Rumen sem ação por alguns instantes. Logo, porém, ele se recuperou e tratou de me acompanhar, soltando montes de pragas a meia-voz. O caminho era íngreme, mas tinha pontos de apoio e nós o percorremos rápido, logo nos reunindo ao Bagre e a um sujeito grande armado com um machado de dois gumes.

– Aquele é o nosso forte – disse o Bagre, apontando para uma casa construída com pedras e madeira de naufrágio. A ideia era fazer com que se assemelhasse a um castelo, para o que tinham erguido uma cerca com ossos de dragão; a casa seria a torre de menagem, mas, em vez de construi-la na vertical, os piratas a tinham feito baixa e larga como uma casa de fazenda. Ainda assim, a construção era sólida, apta a servir de fortaleza em caso de ataque. Eu podia entender por que o Bagre se mostrava tão orgulhoso dela.

– Vou chamar o capitão – disse Rumen, atravessando a cerca. Encaminhava-se para a porta quando ela se abriu, dando passagem ao Caveira e a um punhado de piratas sujos e de cara fechada.

E depois de todos eles, como um rei precedido por sua corte... Nestorian.

Eu antecipara aquele encontro, não como um duelo, mas como uma daquelas conferências que vêm antes das guerras. A imagem do homem moreno, de traços grosseiros e com a corrente no pescoço estava bem formada em minha mente, e eu sabia muito sobre ele através de Váliek. Sua frieza, a crueldade, as superstições – tudo me dizia que o sujeito era uma espécie de fanático, movido não apenas pela cobiça, mas pela fé no que supunha ser seu destino. No entanto, essas mesmas qualidades eram indício de uma vontade forte. Foi o que senti em Nestorian quando que o vi.

– Ora, ora – disse ele, esquadrinhando-me dos pés à cabeça. – Quando disseram que eu tinha visitas, não acreditei. Mas, vejam, há mesmo alguém aqui. E alguém importante, pelo jeito.

– Não parece – disse o homem a seu lado. – Para mim, com essas roupas, pode ser qualquer um.

– As roupas não dizem muito – concordou Nestorian. – Mas a cara diz, e, por ela, já sei que é alguém acostumado a mandar. Homem de armas?

– Fui. Não sou mais.

– Nas Terras Férteis – acusou Rumen. – Ele disse que é de lá.

– Mesmo? – fez Nestorian, contraindo as feições. – Você não veio no barco dos Behzov?

– Vim, porque o Preste Kostas, do templo de Thonarr, me mandou até eles – repliquei, sustentando seu olhar de suspeita. – E antes disso estive em Brandannen, com Mircea Vannovich. Eu soube que ele é um grande amigo seu.

– Pan Mircea! Sim, é verdade. – Recuou, levando a mão ao queixo, como se refletisse. – Você esteve com ele, então, no castelo? Trabalhou para ele?

– De certa forma, sim. E ele me recompensou pelo trabalho.

Disse que, se eu mostrasse o que me deu, todos saberiam que eu estava sob a sua proteção. Quer ver?

Nestorian pensou um pouco, depois assentiu. Pousei minha mochila no solo e abri um de seus bolsos, de onde tirei a pulseira gravada com o urso dos Vannovich.

– É isso – falei, passando-a às mãos do pirata. Para minha sorte, ele a reconheceu na mesma hora.

– Bom! Isso é alguma coisa – disse, num tom diferente do que usara antes. – Parece que Pan Mircea quer que tratemos bem o nosso visitante.

– Com os diabos, Nestorian! – protestou Rumen. – Você não devia acreditar em tudo que ouve. A pulseira é dos Vannovich, até aí está bem, mas esse sujeito pode tê-la roubado. Quem vai saber?

– *Eu* sei – replicou o capitão pirata. – Esse homem pode ser soldado ou qualquer outra coisa. Mas tenho certeza de que não é ladrão.

– Não? E que outra coisa seria? Por que Pan Mircea o mandaria aqui?

– Isso – disse Nestorian – vamos deixar que ele mesmo responda.

– Não é tão fácil – falei, testando o terreno. – Para começar, não foi o Vannovich que me mandou; eu estava à sua procura desde muito antes. Na verdade, eu o procurei nos pântanos, e depois em Bulforg. Foi lá que eu soube que você havia trocado de barco com Mikhal Rodovak.

– Troquei mesmo! Foi um bom negócio – riu o pirata. – O barco do Sul era de primeira, mas o *Narval* é mais adequado aos meus planos. É de um barco que você precisa?

– Eu...

– Capitão! Acho que descobri! – exclamou, às minhas costas, a voz inesperada do Bagre. – Lembra do que o Rodovak falou sobre aquele homem que o perseguia, o piloto do *Narval*? Pois então. Eu acho que ele está bem aqui à sua frente!

– Como? – fiz eu, felizmente tão baixo que os piratas não perceberam. Alguma coisa tilintou às minhas costas, fazendo com que me voltasse – e então me deparei com uma cena que me fez gelar. Como um maldito idiota, eu tinha deixado aberto o bolso da mochila onde guardara a pulseira, e o Bagre o estava revirando como se fosse o seu próprio nariz.

– Olhem o que achei – disse ele, erguendo triunfalmente a

bússola e a luneta que eu trouxera do Castelo das Águias. – E vejam o que tem neste embrulho. Mapas!

– É verdade – concordaram os homens mais próximos. Mordi os lábios, controlando-me para não avançar sobre o rapaz e torcer-lhe o pescoço. No entanto, saber que minhas ferramentas mágicas estavam a salvo me ajudou a manter o controle, e pouco depois – ironia das ironias – percebi que a indiscrição do Bagre me favorecera, fornecendo-me uma história e uma razão para estar ali.

– Com os diabos! Se não é o tal piloto sanguinário! – riu Nestorian, não sem um certo assombro. – Bem que Mikhal avisou que ele era... o que, mesmo, Bagre?

– Um sujeito sinistro – animou-se o rapaz. – O capitão Rodovak vivia com medo de que ele o encontrasse. Ele disse que o piloto tinha estado em várias guerras e usava a espada como quem usa um palito de dente; que era de poucas falas, mas, quando metia uma coisa na cabeça, não tinha nada nem ninguém que o fizesse desistir.

– E é verdade, tanto que ele veio até nós – concluiu Nestorian. Como se a doce criatura que eu sou pudesse ser descrita daquela maneira.

– Tudo bem, isso eu entendi. Só não sei o que ele pode estar querendo – disse Rumen, de cara fechada. – Acho que não espera que você devolva o barco.

– Devolver? Nããããão...! Ele é esperto o bastante para saber que, no nosso negócio, não há como pedir devolução. A menos que o lucro seja grande – disse Nestorian, encarando-me abertamente. – Você não pretendia comprar o barco de volta, não é, piloto?

– Não. Eu não tenho nem um bleni comigo – respondi.

Ouvindo isso, os piratas se entreolharam, murmurando entre si, mas não me importei. E, pelo visto, Nestorian também não.

– Na verdade, prefiro assim – disse ele. – Estamos preparando uma viagem grande, e o *Narval* é um bom barco, do qual não quero me desfazer. Aonde vamos há riqueza maior. Olhe, piloto – prosseguiu, em tom cúmplice. – Não costumo fazer propostas como essa, mas você é amigo de Pan Mircea, e um homem de fibra pelo que disse Rodovak. Sendo assim, por que não se junta a nós? Vai haver muito mais do que dinheiro nessa empreitada.

– Pode ser. Mas preciso pensar – disse eu, querendo ganhar tempo.

Na verdade, pensar era o que menos precisava – eu acabara de achar um jeito de ficar na ilha – mas, mesmo no disfarce de piloto, teria que dar um jeito de encontrar e partir com Anna. Quanto à Donzela Oráculo, podia ser nossa aliada ou nossa inimiga; eu não tinha como saber enquanto não a visse. Era preciso planejar cada passo dali para a frente.

– Sua proposta é tentadora – disse eu, por fim. – Mas nunca estive numa companhia como a sua. O que se espera de mim, além de pilotar o *Narval*?

– Na ilha, nada. A bordo, será como em qualquer barco. Você conhece as regras, não? Claro que conhece – afirmou, sem esperar a resposta. – E vou lhe dizer uma coisa: não tenho pena de quem está do outro lado da minha lâmina, mas com a tripulação faço questão de ser justo. Eles são todos homens livres, me seguem por vontade própria e porque confiam em mim. Faça o mesmo, e terá os privilégios que cabem ao piloto, além de uma promessa: quando chegarmos ao Norte e eu triunfar, todos serão bem recompensados com terras e honrarias. Mais alguma dúvida?

– Uma. Não devia haver outro piloto? Quem trouxe o *Narval* até aqui?

– Nós mesmos. Até a ponta do Cabo Svaltarr, as águas são mais que conhecidas. Mas, no mar do Norte, daria jeito um piloto de verdade. O que tínhamos morreu de uma febre que pegou no pântano.

– Bem feito. – Um dos homens cuspiu. – Aquele cão imundo. Quando penso no que ele fez...

– Dormiu com a sua mulher! Ora, grande coisa! – riu o grandalhão que segurava o machado. – As que temos aqui são melhores, se bem que estão meio magras. Você vai fazer uma visita a elas logo mais, certo, piloto?

– Bom... Há *uma* mulher, aqui na ilha, que eu gostaria de ver – respondi, atento à reação de Nestorian. – Os Behzov me falaram sobre uma sábia... Uma espécie de profetisa que...

– Sim! A Donzela Oráculo – disse o pirata, cheio de seriedade. – Aegir, o Senhor dos Mares, a mandou para mim, e ela revelou meu destino de lutas e glória. Por que está rindo, Rumen?

– Não estou – disfarçou o imediato. – Eu tossi, só isso.

– Então – insisti, impaciente. – Posso ver a Donzela Oráculo?

– Por que a pressa? Ela não vai a lugar nenhum – disse Nestorian. – Piloto, a Donzela só fala com os homens da minha confiança. Se você provar que é um deles, vou deixar que a veja. Se não...

Fechou a cara, e isso deixou claro que eu não tinha escolha. Era aceitar a proposta ou partir. Talvez nem mesmo houvesse alternativa, já que o piloto, cujo papel eu assumira, seria uma ótima aquisição para o bando de Nestorian. Se eu fosse um capitão pirata, não deixaria alguém como ele ir embora.

– Está bem, aceito – falei, por fim. Nestorian fez um gesto de aprovação. Os companheiros também ficaram contentes e o demonstraram, batendo-me nas costas entre risos e pilhérias. Todos estavam alegres por voltar a ter um piloto. Isto é, todos à exceção de Ion e Rumen. Esses teriam preferido me atirar aos peixes.

E eu tinha certeza de que, mais cedo ou mais tarde, eles iam tentar.

16
A Donzela Oráculo

Se eu precisasse escrever um relato sobre a Ilha dos Ossos, não gastaria mais que cinco linhas. Todo o centro era ocupado por um maciço pedregoso, e à volta havia pequenas praias, a maioria no lado oposto àquele que se voltava para a Ilha Albatroz. Os piratas se concentravam nas duas praias desse trecho, que eram muito próximas, porém separadas pelo rochedo do forte. A maior tinha o atracadouro de osso e os depósitos onde estocavam suprimentos; na outra, eu soube mais tarde, ficavam os prisioneiros, amontoados em duas cabanas onde eu não alojaria um cão.

A Donzela Oráculo vivia numa gruta escavada no sopé do rochedo. Nestorian foi ter com ela assim que amanheceu, mas antes ordenou a seus homens que me mostrassem os barcos. Não precisou designar ninguém pelo nome, porque os gêmeos logo se puseram a meu lado, assim como Rumen. Embora não houvessem dito nada, ele e o Basilisco tinham deixado claro que vigiariam cada passo meu nos primeiros tempos.

Ao sol da manhã, o atracadouro era ainda mais estranho, mas tinha ao mesmo tempo uma espécie de beleza, talvez porque eu soubesse que aqueles ossos brancos haviam pertencido a dragões. Presos a eles havia vários barcos além do *Narval*: um do mesmo tipo, estreito e raso, mas um pouco menor, com o nome de *Diamante*; dois semelhantes ao *Saemundar*, também capazes de atingir boa velocidade, porém mais adequados ao comércio do que à pirataria; por fim, quatro botes e uma canoa a remo. Todas as embarcações estavam bem cuidadas, mas o barco adquirido de Rodovak parecia ser o preferido, e era fácil saber o porquê. Com o mastro de madeira nova e a proa alta, esculpida na forma de uma cabeça de narval, era uma bela embarcação, capaz de transportar os piratas até onde quer que os esperasse o butim.

– Kieran, o capitão quer que você vá a bordo do *Narval* – disse o Bagre. – Você já o conhece, claro, mas o Basilisco tanto mexeu na gaveta do antigo piloto – quer dizer, na *sua* gaveta – que pode ter quebrado alguma coisa. Daí, se precisar, a gente pode tentar conseguir o que falta com os Behzov antes da viagem.

– Hum. Bom, suponho que não falte nada de essencial, já que chegaram até aqui – repliquei. – Foi o Basilisco, então, que pilotou o barco?

– Ele e Tostig – confirmou o rapaz. – Ninguém mais sabe mexer com aquele negócio de medir a "fundura" do mar, nem com aqueles pauzinhos... Como se chamam mesmo?

– Pauzinhos? – estranhei, mas a mímica que o Bagre fez com os dedos me deu a resposta. – Quer dizer, um compasso?

– Acho que sim. Eu não sei, não entendo nada disso. Tínhamos um piloto, mas ele morreu no pântano. E alguns dos nossos tiveram que ficar cuidando das coisas por lá. Não sei se ainda vai chegar alguém antes de rumarmos para o Norte.

Assenti, lembrando-me do grupo que encontrara no início da minha jornada, no qual se incluía Yuri Jendovian. Duas luas tinham se passado, e eu podia dizer com certeza que eles ficariam no pântano para sempre. Mas o Bagre não precisava saber.

– É claro que vou subir a bordo do *Narval* – falei. – Mas não hoje. Nossa viagem me deixou cansado, e tenho que repousar. E comer. Quem cuida da comida por aqui?

– Um dos servos. Ele foi cozinheiro de uma casa nobre e toda tarde faz um assado ou ensopado para a gente. E ao meio-dia Rumen distribui comida e água doce da despensa. Tudo vem dos Behzov.

– Imagino. Eles parecem ser grandes amigos de Nestorian.

– Que nada! Eles são falsos – disse o Caveira, franzindo as sobrancelhas. – Fingem que gostam do capitão porque têm medo. Mas se pudessem matariam ele.

– Acho que não – replicou o Bagre. – Eles têm um bom lucro em troca do que fornecem para a gente.

– Um bom acordo – concluí, e os dois sorriram. A essa altura eles já tinham demonstrado que só eram grandes no tamanho, mas – ao contrário de algumas crianças que conheci – não tinham qualquer traço de maldade ou mesmo de malícia. Era estranho vê-los ali, no meio de tantos homens de aura escura. Talvez Nestorian os conservasse por uma espécie de capricho, ou talvez tivessem outros laços, um parentesco quem sabe. A verdade é que desde o primeiro dia passei a vê-los como garotos brincando de piratas.

Restava apenas saber o que faziam quando a brincadeira ficava séria demais.

Passei o resto da manhã com os dois rapazes, acompanhado à distância por Rumen, que não se preocupou em arranjar um pretexto para nos seguir. Os demais estavam espalhados por ali, consertando redes de pesca, limpando armas ou jogando dados à sombra dos rochedos. Ao meio-dia, todos se reuniram para receber uma ração de pão, carne e frutas trazidas da fazenda dos Behzov, e fui encorajado a me unir a eles pelos gêmeos e por um sujeito alto, de cara e cabelos vermelhos, que os companheiros chamavam de Beterraba.

– Hoje temos cerveja. Tome um trago – disse ele. Aceitei, e a caneca me foi passada por um pirata grisalho, que as informações de Váliek me faziam supor ser Dusan, o carpinteiro de bordo. Aos poucos, outros nomes foram surgindo, associando-se aos rostos e às histórias que eu ouvira do antigo servo. Ali estava, por exemplo, o Barriga Solta, um sujeito de pele amarelada, assim chamado por causa das urgências que o acometiam antes das batalhas. Tostig, o grandalhão que lembrava Mestre Thorold, era um bárbaro das Terras Geladas, falastrão e até alegre, mas nunca ficava tão feliz como quando cortava alguém ao meio com seu machado. Evgeni era um louro bem-apessoado, e seu melhor amigo, o Javali, um tipo imundo e repulsivo que cheirava mal à distância.

Juntando as informações de Váliek ao que eu mesmo podia perceber, concluí que nenhum dos piratas representava uma grande ameaça. Alguns eram fortes, mas poucos me fariam frente num combate homem a homem; à exceção de Rumen, Tostig e, é claro, Nestorian, nenhum era difícil de dominar pelo pensamento, e eu não teria hesitado em fazê-lo noutras circunstâncias. No entanto, eu estava só e eles eram cerca de quarenta, sem falar na Donzela Oráculo, que eu teria de enfrentar com Magia e não com metal. Além disso, mantinham Anna prisioneira. Se eu os atacasse, e fosse malsucedido, ela iria arcar com as consequências. Era isso que eu queria evitar, ainda que tivesse de renunciar a livrar os mares da praga que era Nestorian. Claro que eu adoraria dar um fim ao maldito, e também a seus comparsas, em especial Rumen e o Basilisco. Esperava poder fazer isso. Mas a verdade é que os deixaria viver, saquear todo o Oeste e o Norte até as Terras Geladas, se fosse o único jeito de tirar Anna sã e salva da Ilha dos Ossos.

Fitei a abertura na base do rochedo, larga o bastante para que seis homens passassem lado a lado. Para vedá-la, várias peles de boi tinham sido costuradas umas às outras e presas por ganchos de metal, uma cortina que fazia as vezes de porta. Anna estava por trás dela – a certeza disso era tão forte que quase me tranquilizava – e também a Donzela Oráculo, cuja presença eu sentia sob a forma de uma estranha vibração mágica. Era ainda mais antiga que a da tumba do Insaciável, porém completamente diferente, sem traços de corrupção ou de maldade. Pelo contrário, o que eu percebia eram os ecos de uma sabedoria e de um poder que, de alguma forma, pareciam ter se eternizado naquelas pedras. Seria delas, e não da Donzela, que provinha a Magia?

Eu acabara de me fazer aquela pergunta quando a cortina foi afastada num dos lados, dando passagem a Nestorian. Sua expressão parecia intrigada, como se ele também se questionasse sobre alguma coisa, mas vi que estava de bom-humor. Isso se confirmou quando me viu ali sentado com seus homens.

– Ah, então já está se entrosando! Isso é bom – disse, aceitando uma caneca de cerveja. – Você não vai se arrepender de ter se juntado a nós. Nem eu estou arrependido de ter feito a proposta – acrescentou, erguendo a voz de forma a ser ouvido pelo resto do bando. – Escutem, vocês todos: a Donzela Oráculo já sabia da vinda do piloto. Assim que entrei lá, sem ter dito nada, ela me contou que tinha sonhado com a chegada de um homem alto, de cabelos pretos e usando um anel em forma de serpente. Ela disse que eu devia tratá-lo bem, pois ele me ajudaria a conquistar o reino que me é destinado.

– Verdade, capitão? – Os olhos do Caveira brilharam no fundo das órbitas.

– Claro, garoto. Por que eu iria inventar uma coisa assim?

– Que bom. Eu gostei dele, vai ser um bom companheiro – declarou o rapaz. Alguns homens riram, outros balançaram as cabeças em aprovação, e o Barriga Solta bateu no meu ombro como se fôssemos camaradas. Só Rumen continuou a me olhar sob o cenho franzido. Nestorian esperou que os cumprimentos acabassem, depois acrescentou:

– A Donzela pediu que o piloto fosse até a gruta. Ela quer vê-lo à luz das gemas sagradas. – Olhou para mim, talvez à espera de que eu dissesse algo, mas não movi um músculo. – Eu vou levá-lo agora mesmo, mas antes, meu amigo, deixe que lhe dê um aviso: não toque em nada que estiver dentro da gruta, nem as gemas nem a estátua, e *não se atreva* a tocar na Donzela Oráculo. Se encostar nela a ponta de um dedo, piloto ou não, você morre. Está entendido?

Assenti, sem saber o que esperar do encontro, mas minha intuição me fazia crer que seria proveitoso. Pelo visto, a tal Donzela tinha mesmo algum poder, mas não pretendia se livrar de mim, ao menos não ainda. Talvez quisesse me cooptar para seus planos de grandeza ao lado do pirata. Fosse como fosse, eu só iria saber quando estivesse diante dela, por isso me apressei a seguir Nestorian, que já voltava a desaparecer por trás da porta de couro.

– Lembre do que falei. Não encoste em nada – disse ele, desatando uma segunda cortina. Isso revelou o inesperado. Eu tinha imaginado que nos veríamos num salão escuro, iluminado com tochas ou lâmpadas de óleo, mas, para minha surpresa, a caverna resplandecia com pequenos focos de luz, provenientes de gemas incrustadas em vários pontos da rocha. Algumas eram pequenas e delicadas como pérolas, outras eram achatadas e tão grandes quanto a palma de minha mão. Nestorian tinha me dito para não tocá-las – ele mesmo as evitava com cuidado – mas eu o desobedeci tão logo voltou as costas, reconhecendo nelas as gotas-de-luz de que tanto ouvira falar. Primeiro nos esfarrapados livros de Mael, quando aprendiz; mais tarde, na voz de Dargias, o elfo de olhos cinzentos que fora meu Mestre de Sagas em Riverast.

A gota-de-luz se parece com âmbar, mas, em seu interior, há um brilho que reluz e ilumina como o fogo. Ela provém do hálito dos dragões, condensado em rochas antes úmidas, nas quais, no entanto, eles decidem fixar morada. Quase sempre fazem isso antes de morrer. Se, ao entrar em uma caverna, vocês virem essas pedras, podem estar certos de que um dragão encontrou ali o seu fim – e que este foi pressentido e possivelmente desejado. E um pouco da essência de vida do dragão sempre permanece na gota-de-luz.

O calor das gemas, transmitido a meus dedos, e a sensação de bem-estar que me invadiu confirmaram aquelas palavras, mas ao mesmo tempo me fizeram saber de onde provinha a Magia que eu percebera lá fora. Era aquilo que emanava da caverna, o sopro do dragão – aquele ser misterioso, às vezes aliado, às vezes inimigo, cujo poder e sabedoria eram superiores aos dos homens e dos elfos. Um deles tinha morrido naquela gruta, possivelmente escavada por ele mesmo, e que agora servia de morada à Donzela Oráculo. O dom sagrado da profecia se unira aos ecos de uma Magia ancestral. Como eu devia reagir diante daquilo?

Percorri a gruta com os olhos em busca de respostas, mas não havia muita coisa para ver. O salão estava quase nu, exceto por um tapete, duas cadeiras toscas de madeira e uma mesa de pedra onde estavam empilhados alguns pratos e canecas. Um nicho fora escavado na parede e continha uma estatueta de osso representando Aegir, o Senhor dos Mares. A alguns passos desse altar improvisado, o salão começava a se afunilar, até se reduzir à largura de uma porta comum. De fato, havia ali uma abertura de bordas regulares, fechada por uma tapeçaria em tons de azul.

– Garota! Venha cá! Estou de volta – chamou Nestorian, com o tom de quem se dirige a uma serva. Meus músculos se retesaram, pois achei que poderia estar falando com Anna. Logo, porém, um canto da tapeçaria se ergueu, e uma moça de cabelos castanhos e rosto manchado espiou para dentro do salão.

– Bem-vindo, capitão – disse ela, dando um passo à frente. Foi quando vi que estava grávida e não longe de dar à luz. Nestorian não se deu sequer ao trabalho de olhá-la quando passou por ela, e a moça por sua vez manteve a cabeça baixa, mas a ergueu por um instante às costas do pirata e formou algumas palavras com os lábios. Foi rápido demais para que eu as lesse, mas eram dirigidas a mim. Um aviso ou um pedido de socorro? Era o que eu esperava descobrir.

O salão por trás da tapeçaria era menor que o anterior, embora fosse grande o bastante para servir de morada a um dragão. No entanto, não vi sinal de dragões ali, exceto por um aglomerado de gotas-de-luz numa parede. Abaixo dela, recebendo sua luz iridescente, havia uma mesa coberta por contas de âmbar e osso, e nela se sentava uma mulher usando um manto de tecido grosseiro. O capuz estivera puxado sobre a cabeça, mas ela acabava de erguê-lo com as mãos pequenas e morenas – e, ainda que eu viva tanto quanto um elfo, jamais saberei como pude permanecer ali, de pé, a boca cerrada, meu corpo estremecendo com as ondas da emoção mais violenta que alguma vez já fui capaz de sentir.

Anna. Minha mulher estava ali, à minha frente. Pisquei, aturdido, mas sabia que não se tratava de ilusão. Era ela, em carne e osso, vestindo o manto daquela que Nestorian chamara de Donzela Oráculo.

Mas como...?

– Seja bem-vindo. – A voz suave que eu conhecia tão bem. – Você era esperado, e muito necessário. Fico feliz por tê-lo entre nós.

Assenti, tentando murmurar alguma coisa, mas não consegui nem mesmo mexer os lábios. Raiva, surpresa, alívio, indignação – tudo isso eu sentia ao mesmo tempo, e tudo contribuía para me manter ali, diante dos olhos oblíquos que me fitavam sem demonstrar mais do que um ligeiro interesse. As mãos, porém, tremiam um pouco, e ela as entrelaçou sobre a mesa em vez de movê-las para acompanhar as palavras, como era seu costume ao falar.

– Sonhei com sua chegada – disse, olhando-me nos olhos. – Meus sonhos, porém, não me fizeram saber seu nome. Como se chama, estrangeiro?

– K-Kieran – respondi, com dificuldade, mas percebendo que devia colaborar na farsa. – Eu sou, ou melhor, eu *fui* o piloto do *Narval.*

– Isso eu disse a ela – falou Nestorian. – E ela confirmou que vai voltar a ser o piloto, dessa vez a serviço de um rei. Não é, minha Donzela?

– Sim, meu senhor, mas devo lembrá-lo de que ainda não é um rei. Isso virá no futuro, quando conquistar o que as estrelas lhe destinaram – afirmou ela, com um sorriso. Tive de repetir para mim mesmo que era falso, embora não parecesse. Como diabos aquela mulher conseguia fingir tão bem?

– Sentem-se. – Ela mostrou um banco longo junto à parede. – Tomam um pouco de vinho? Ou meu bravo capitão já teve o bastante em sua visita matinal?

– Sim, foi o bastante. Não quero me embebedar – sorriu ele. – Se não, quem sabe se poderia continuar resistindo ao seu encanto?

– *Precisa* resistir. – Ela foi rápida, para a sorte de Nestorian: se ele a tocasse, eu o fulminaria, não importando quantos piratas houvesse lá fora. – Eu lhe expliquei desde o início, meu senhor. Aegir é zeloso de minha pureza. Ele só permitirá que eu conserve o dom da profecia enquanto permanecer intocada, ainda que apenas pelas mãos de um homem.

Dizendo isso, ela olhou para *minhas* mãos, das quais sempre dissera gostar, e ergueu um canto da boca. Tive que aceitar isso como um sorriso, que eu sabia ser de verdade, mas não consegui retribuir. Anna mantinha os dedos entrelaçados sobre a mesa, e eu vira que não estava usando o anel com a folha de teixo. Ela o teria escondido, para que não soubessem que era casada? Ou os piratas o haviam tomado? De qualquer forma, pensando com a cabeça fria, a ausência do anel era um alívio, pois eu usava um igual na mão esquerda. Assim, sem par, não o reconheceriam como um anel de casamento.

E também não saberiam quem de fato era a Donzela Oráculo.

– Eu estava brincando – disse Nestorian, sentando-se na ponta do banco. – É claro que vou resistir, embora seja difícil. Sei o quanto vale o seu dom. Mas um dia, quando já houver estabelecido meu reinado e esmagado meus inimigos, então, eu prometo, vou fazer de você minha rainha. Você gostaria disso, não é verdade?

– Claro que sim, meu senhor. – A raiva ferveu dentro de mim, mas fiquei quieto, prestando atenção enquanto ela prosseguia. – Meu desejo é fazê-lo feliz, mas lembre-se: há uma viagem a empreender, batalhas a travar, um reino a conquistar no País do Norte. Você precisa aparelhar seus barcos e preparar os homens. Os servos, inclusive, que irão remar ao encontro da fortuna. Eles estão se fortalecendo, como recomendei?

– Estamos dando bastante comida a eles – respondeu Nestorian. – E Behzov me prometeu mais alguns, fortes e descansados. Estou fazendo tudo que disse, mas espero que o resultado compense, pois se perder minha tripulação ou meus barcos...

– Não fale assim! – exclamou ela, e se levantou, abrindo os olhos que faiscaram como pérolas negras. – Meu capitão, Aegir o distinguiu com seu favor e me enviou para que o conduzisse à vitória. Se duvidar do que lhe digo, estará duvidando do seu poder, e então a ira do Herói será terrível! Lembre-se disso e prepare sua viagem!

Sua voz soou com uma força que até então eu não conhecia. Olhei para Nestorian, que parecia impressionado, e respirei fundo, compreendendo o que se passava. Anna salvara sua vida com uma história, mas, para que desse certo, precisava agir e falar como se fosse de fato a Donzela Oráculo. Era o que sempre ouvi dizer sobre os bardos: sua força está em acreditar no que eles mesmos dizem, tanto quanto os magos precisam confiar em seu próprio poder. Ela o fizera muito bem até ali, mas estava jogando um jogo perigoso, do qual agora eu também passara a fazer parte. *Engane-o-pirata*, poderíamos chamá-lo, e o objetivo era deixar com vida a Ilha dos Ossos.

Ou pelo menos foi o que pensei antes de conhecer os planos de Anna.

A entrevista foi encerrada logo depois. Ao sair da gruta passamos outra vez pela moça grávida, mas ela não voltou a formar palavras com os lábios, apenas um sorriso. Também não vi sinais do Mestre Angus. Isso me preocupava um pouco, mas não demasiado: eu tinha mais em que pensar, principalmente na melhor maneira de entrar na gruta sem ser visto. Pois é claro que eu planejava ir ao encontro de Anna quando todos dormissem.

Talvez pela expectativa, o resto do dia pareceu se arrastar. Os piratas puxaram conversa e me chamaram para jogar dados, mas preferi ficar num canto esculpindo um pedaço de madeira. Os gêmeos ficaram por perto, dando sugestões, mas não me incomodei. Eu não tinha tanto ódio deles quanto dos outros.

No meio da tarde, o servo que chamavam apenas de Cozinheiro acendeu uma fogueira e começou a preparar um assado. Era um homem de trinta e poucos anos que já devia ter sido gordo, mas perdera muito peso, o que o deixara com a pele e as roupas frouxas. Ainda assim, estava mais forte do que os outros prisioneiros, uma dezena de homens de diferentes idades que eu vira executando tarefas pela ilha. Mulheres ainda não tinha visto, mas sabia de sua existência pela conversa dos piratas. Alguns foram à procura delas assim que acabaram de comer, e guardei seus nomes em minha memória, porque estariam entre os primeiros que eu ia matar se tivesse chance.

Conforme a noite avançava, mais e mais homens do bando iam

ficando fora de combate. Alguns pegaram no sono ali mesmo, junto às cinzas da fogueira, outros foram dormir no forte, embora seu interior lembrasse mais um depósito do que uma casa. Era um cômodo longo e escuro, sem divisões, com uma lareira num canto e o resto do espaço tomado por utensílios de todos os tipos. Havia até mesmo uma cama, um estrado de madeira recoberto de palha, no qual caberiam três homens se não fosse reservado para o uso de Nestorian. Quando entrei ele já dormia, alheio ao barulho dos piratas que tropeçavam e praguejavam à sua volta. Cada um se ajeitou o melhor possível: sobre um couro curtido de vaca, como o Bagre, em bancos, como Evgeni e Dusan, sobre um resto de palha fétida como o Javali. Os últimos a chegar tiveram que ficar no chão, e usei isso como pretexto para tornar a sair. Escolhi um canto limpo junto ao rochedo e me deitei – e tal como esperava, nem bem alguns momentos haviam se passado quando Rumen apareceu com um cobertor embaixo do braço.

– Bela noite, não é? – rosnou, acomodando-se ao meu lado. – Acho que também vou ficar por aqui.

– Tenha bons sonhos – repliquei. Ele me olhou com raiva, mas, sem saber o que dizer, acabou se embrulhando no cobertor e fechando os olhos. Fiquei com os meus abertos, embora me aquietasse para fingir que tinha adormecido. Rumen fez o mesmo por algum tempo, depois pegou no sono de verdade e começou a roncar. Foi quando decidi entrar em ação.

A maioria dos homens que conheço tem sono pesado, mas Rumen podia não ser um deles, e além disso estava decidido a não me perder de vista. Se acordasse durante a noite e não me encontrasse ali, iria alertar os outros, por isso me debrucei sobre ele e segredei algumas palavras em seu ouvido. Elas o manteriam na terra dos sonhos durante várias horas. Em seguida, levantei-me e caminhei pela praia em busca de um vigia, mas não vi ninguém a não ser os piratas enrodilhados em torno das cinzas. Faltava apenas verificar o rochedo, aliás um lugar estratégico, pois lá de cima viam-se as duas praias. Era onde eu poria um sentinela se fosse encarregado de defender a ilha.

Pé ante pé, fui contornando o rochedo, os olhos apertados para examinar cada brecha e cada saliência daquelas pedras. A noite estava tranquila, o ar, parado; o único som era o do mar indo e vindo sobre a praia, e eu teria percebido qualquer barulho ou movimento fora do comum. No entanto, nada aconteceu, e eu quase me convencera de que não havia guardas quando uma súbita luz brilhou nas rochas, a meio caminho entre o forte e a gruta que tinha sido do dragão.

Na mesma hora, recuei sobre meus passos e me esgueirei por trás de uma pedra. A luz brilhou de novo, agora por mais tempo, e meu coração deu um salto ao perceber que tinha a iridescência das gotas-de-luz. Os piratas não as tocavam, portanto se tratava de uma abertura natural que deixava passar a claridade – ou de um sinal de Anna, tentando transmitir uma mensagem.

Fosse o que fosse, aquilo reforçou minha resolução de ir até ela, e decidi que o mais seguro seria usar um encanto de invisibilidade. Não era dos mais difíceis, meus aprendizes mais adiantados já o dominavam, mas exigia concentração máxima: o menor desvio de atenção ou energia era suficiente para que se desfizesse. Mesmo assim, a prática me permitiu realizá-lo em poucos instantes, e logo eu estava diante da gruta, desfazendo os nós que prendiam a porta de couro aos ganchos inferiores.

A cortina seguinte já estava aberta, o que não me surpreendeu, apenas fez crescer ainda mais minhas expectativas. Lá dentro, a moça grávida estava sentada numa das cadeiras, com as pernas estendidas e os pés apoiados numa pilha de cobertores, e a tapeçaria azul acabava de ser afastada para dar passagem a um homenzinho calvo, animado e que esfregava as mãos de contente.

– Eu acho que ele viu, Nina. Não sei onde ele está agora, mas tenho quase certeza de que enxergou a luz. Não quero dizer a Anna porque ela pode se animar à toa, talvez ele não tenha como vir, mas é provável que venha. Aí, finalmente, você vai conhecer o famoso Mestre das Águias.

– Já conheci, ora! Ele veio aqui se fingindo de piloto. – Nina aparentava uns dezoito anos e tinha um jeito impertinente, porém divertido. – Como Anna disse, ele tem uma cara zangada, mas até que não é feio. Só não imaginei que usasse barba.

– Não uso, cresceu durante a viagem – falei, e os dois levaram tamanho susto que gritaram, agarrando-se um ao outro. Xinguei a mim mesmo por isso: eu não estava lidando com Tarja e Razek, mas com uma grávida e, pior, um velho que poderia cair duro diante da aparição inesperada. Felizmente se recuperaram rápido, embora, ao apertar minha mão, Mestre Angus mantivesse a outra sobre o peito, dizendo entre dois arquejos:

– Quase me matou do coração, Mestre Kieran.

– Peço desculpas. Estou feliz por ver que o senhor está bem – falei, e fui direto ao ponto. – Onde está Anna? Preciso vê-la o quanto antes, eu...

– Estou aqui! – exclamou ela, atravessando a tapeçaria como um relâmpago e se atirando nos meus braços. Foi tão rápido que nem sequer pude ver seu rosto, nem mesmo dizer seu nome, aquele que eu repetia todas as noites como a uma palavra de poder. Sua boca se colou à minha, tão macia quanto eu me lembrava, e só fui capaz de pensar que dessa vez não era um jogo nem uma farsa.

Eu jamais teria me enganado com aquele beijo.

17
A HISTÓRIA DE ANNA

As gotas-de-luz na parede formavam a silhueta de um lobo.

Anna e eu estávamos encaixados um no outro, meus braços ao redor do corpo dela, meus lábios tocando seus cabelos que tinham gosto e cheiro de mar. Tínhamos tirado os mantos e nos deitado, mas antes de mais nada eu precisava ouvir e ela contar sua história. A narrativa já durava um bom tempo, pois tudo começara antes do ataque ao *Saemundar*. Na verdade, várias luas antes, naquela maldita noite em que ela brigara com Thalia e fora até o porto de Vrindavahn pensando em achar um barco que a levasse de volta para sua tribo. A farsa que representara diante dos marinheiros se espalhara por toda Athelgard, em diferentes versões, até surgir aquela em que Anna era uma vidente abençoada pelos Heróis.

Pouco tempo após nosso casamento, a história chegou aos ouvidos de um bardo, Rauck de Dragdoran, que csfaqueara um mercador em sua terra natal e buscara guarida junto ao senhor de uma cidade nortenha chamada Valence. Rauck se orgulhava de pertencer, ou ter pertencido, à Confraria do Ganso, mas suas sagas e canções requintadas não fizeram tanto sucesso em Valence quanto ele esperava. Ansioso por se manter nas boas-graças do nobre, ele lhe contara sobre Anna e o convencera a trazer a vidente para sua corte, atraindo-a com uma armadilha: o falso convite, lacrado com o sinete autêntico que ele recebera ao ingressar na Confraria.

O mau uso do selo foi apenas uma parte da traição. Cartas trocadas com outros bardos algum tempo antes o haviam feito saber que a aprendiz de Maryan de Bryke era agora Mestra de Sagas em Vrindavahn, e a história dos marinheiros preservara o nome de Anna, por isso ele deduziu que se tratava da mesma pessoa. Ninguém jamais mencionara seus dons proféticos, mas ele achou possível que ela os tivesse; como muitos trapaceiros, Rauck acreditava ser o único no mundo capaz de criar uma boa farsa. E, como a maioria, devia ser persuasivo, pois o senhor de Valence concordou com sua proposta e contratou Nestorian para cuidar da outra parte do plano.

A carta que eu adoraria ter queimado sem ler fora confiada a um capitão honesto, que não sabia de nada sobre a trama. Rauck se dirigira a Vrindavahn em outro barco e se hospedara numa estalagem do porto, da qual foi fácil observar nossas diligências. Foi como descobriu que Anna viajaria no *Saemundar*. Ele embarcou dois dias antes dela, num daqueles barquinhos rápidos que se deslocavam pelas cidades do Leste, e foi se encontrar com Nestorian, cujo barco estava à espera numa ilha junto à costa de Bershat. O combinado era tomar o *Saemundar*, escravizando os marinheiros que sobrevivessem à abordagem, e navegar para Valence. Anna seria entregue ao nobre e tanto o bardo quanto o pirata receberiam uma recompensa. Era um bom plano, e teria dado certo, não fosse a manobra de Anna ter surtido efeito sobre a cobiça e a credulidade de Nestorian.

O corpo dela estremeceu em meus braços ao contar sobre o ataque. Era noite, e Anna dormia em sua cabine quando os primeiros sons da luta a despertaram. Um dos marujos entrou, enviado pelo capitão para protegê-la, e os dois ficaram ali trancados, enquanto lá fora se multiplicavam berros e o ruído de metal contra carne. Um nome era repetido com frequência pelas vozes estranhas – Nestorian, capitão Nestorian – e ela escutou mais de uma vez a palavra *oráculo*, mas não soube o que isso queria dizer. Nem houve muito tempo para pensar: logo alguém de fora conseguiu abrir a porta da cabine, um homem grande com quem o marinheiro trocou alguns golpes antes de caírem ambos feridos de morte.

Anna ficou onde estava, lamentando não ter trazido o arco e as flechas da avó, impotente diante das cenas que nunca poderia esquecer. O convés coberto de sangue, homens mortos ou agonizando, a estranha serenidade do mar naquela hora terrível. A morte do capitão, com a cabeça partida pelo machado de Tostig; um marinheiro a quem abriram a barriga e atiraram à água para ser comido pelos peixes; um terceiro, o único que se rendeu, chutado no rosto até que suas feições se tornassem uma massa sangrenta. Por fim, um dos piratas entrou na outra cabine e saiu arrastando Mestre Angus, que gritava e se debatia. Foi então que Anna não conteve um brado de protesto.

– *Parem*! – gritou, e por alguma razão o nome do líder lhe voltou à memória. –Nestorian! Capitão Nestorian, está ouvindo? Mande soltarem esse pobre homem. *Agora mesmo*! – acrescentou, erguendo a voz. Não esperava que isso surtisse efeito, mas, por incrível que pudesse parecer, o homem que segurava Angus o soltou. Outros a olharam com uma espécie de temor, embora ela estivesse desarmada. A maioria das pessoas teria ficado sem ação e perdido a oportunidade, mas não a mestra da estratégia: lembrando-se do episódio com os marinheiros, Anna resolveu tentar a mesma tática, e assim começou a gritar, com os braços erguidos e uma expressão de fúria.

– *Ira e vingança de Aegir cairão sobre suas cabeças*! *Ouçam aqueles que ainda têm ouvidos, pois os Heróis falam pela minha boca, e a morte colherá aqueles que tocarem num só fio do meu cabelo!*

Diante disso, os piratas recuaram, e Mestre Angus conseguiu se levantar e correr para perto de Anna. Ela viu que seu plano funcionava e foi em frente, invocando Heróis e demônios, monstros marinhos e os espíritos da sua tribo. Todos estavam do seu lado, prontos a despejar sua fúria sobre os algozes de um velho e de um marujo indefeso. A maioria dos homens pareceu se intimidar com isso, mas alguns começaram a replicar, e foi quando um sujeito com uma longa corrente no pescoço se postou diante dela.

– Você é a moça que vê o futuro! – exclamou ele, com os olhos cheios de um estranho brilho. – Fala por Aegir? Diga, o que ele reserva para Nestorian?

– Muitos invernos de vida e um futuro glorioso, desde que o conquiste com honra e não com a morte de inocentes – respondeu Anna, sem hesitar. Sabia que aquele só podia ser o próprio capitão. Ele sorriu, satisfeito com o que acabara de ouvir, e ela se dirigiu ao Lobo em silêncio, pedindo que lhe mostrasse uma rota de fuga.

– Você parece saber o que diz, e até que não é feia – disse o pirata, medindo-a com os olhos. – Talvez eu fizesse melhor em não entregá-la àquele sujeito em Valence.

– Oh, ele não vai lhe dar o que prometeu – disse Anna, com segurança. – Você merece muito mais que isso. E vai obtê-lo, se me poupar e àqueles no barco que ainda vivem.

– Tostig! – berrou Nestorian, sem deixar de encará-la. – Quantos ficaram vivos?

– Eles não se renderam, capitão. Para abrir cabeças tão duras, só o machado – respondeu o bárbaro. – Vivos só ficaram o da cara amassada e esse velho ao lado da mulher.

– Só esses? Bom, está certo. – Nestorian deu de ombros. – Vejam se os mortos têm algo de valor, depois joguem os corpos no mar. O velho e o ferido, no porão, ao menos por esta noite. Quanto a você, entre na cabine – prosseguiu, voltando-se para Anna. – Vamos tomar uma taça de vinho e nos divertir um pouco. Quem sabe, depois disso, você possa falar um pouco mais sobre o meu futuro.

– Eu posso dizer tudo, até o que deve fazer para se tornar o senhor dos mares – Anna reagiu com presença de espírito. – Mas tenho de preveni-lo, capitão: se quer contar com essa minha habilidade, precisa se abster de me tocar, e deve ordenar a seus homens que façam o mesmo. Não lhe disseram como sou chamada em Vrindavahn – a Donzela Oráculo?

– *Donzela*? – O pirata a encarou com incredulidade. – Não pode ser! O bardo disse que você tinha um marido na sua terra!

– O bardo está enganado – replicou Anna, fazendo seu anel deslizar para uma dobra da roupa. – O homem que ele pensa ser meu marido é um dos magos do Castelo das Águias, também consagrado aos Heróis. Isso permite que encoste em mim ou pegue minha mão, assim como os meninos muito jovens... Ou os homens bem idosos, como este outro amigo que me acompanhou na viagem – improvisou, puxando Mestre Angus para mais perto. – Se eu apenas for *tocada* por um homem na idade viril, perderei o dom da profecia e serei uma mulher como qualquer outra. A escolha é sua, Nestorian.

Dizendo isso, ela reuniu toda a sua coragem – embora estivesse apavorada até a medula – e ficou à espera da resposta. Nestorian fechou a cara, resmungou consigo mesmo por alguns momentos, depois respirou fundo e a mandou entrar sozinha na cabine. Mulheres havia muitas, afirmaria mais tarde, e além disso ele sempre gostara mais das louras. Mas em lugar algum encontraria outra profetisa.

– Daí para a frente, você pode deduzir – concluiu Anna. – Nestorian me procurou de manhã e falou o suficiente sobre si mesmo para que eu pudesse inventar um futuro cheio do ouro e das honrarias com as quais ele sonhava. Rauck, o bardo, ficou desacreditado e acabou caindo de vez em desgraça por insistir em cumprir o trato com o senhor de Valence. No meio disso tudo, tentei convencer o pirata de que eu devia ser reconduzida a Vrindavahn, mas não fui bem-sucedida. De saga em saga, ele sempre exigia ouvir mais; quando trocou de barco, já tinha decidido me trazer para a Ilha dos Ossos, fazer de mim sua conselheira e, no futuro, sua esposa e rainha. Aliás, ele insiste cada vez mais nessa parte. Felizmente ainda acredita na história da Donzela Oráculo.

– Felizmente – repeti, e não fui capaz de conter a pergunta. – O que você teria feito se ele não acreditasse?

– O que fosse preciso. – A resposta seca, a única possível, embora eu não gostasse de ouvi-la. – Provavelmente iria lutar, no início, mas isso não adiantaria, então tentaria sobreviver com o mínimo de danos. Se um dia conseguisse escapar, reconstruiria minha vida, como fizeram e fazem tantas mulheres. Ou você preferiria me encontrar morta?

– Claro que não! Eu só...

– Ou mutilada, com o nariz cortado e dedos faltando? – tornou ela, no mesmo tom. – Entre as prisioneiras, há uma que perdeu a orelha. É o que os piratas fazem com as mulheres que os desagradam.

– Eu sei. Desculpe – murmurei, sentindo minhas faces esquentarem. – Você teria toda razão em agir desse jeito. Ainda bem que achou um jeito de evitar. Agora, não terá de sustentar essa farsa por mais que uma ou duas noites antes que possamos deixar este inferno.

– Mas não sozinhos – disse Anna, e se virou para me olhar nos olhos. – Meu plano foi pensado para libertar a todos nós.

– Todos? – Fitei-a, sem saber se tinha entendido. – Mestre Angus vai conosco, é claro, e concordo em levar a moça, embora exista o risco de ela dar à luz no meio do mar. Contando com a Magia e o mapa de Camdell, nós quatro poderemos escapar num dos barcos menores. Talvez você precise me ajudar com os remos, mas...

– Não serão quatro, e não será um barco menor, mas sim o *Narval* ou o *Diamante* – disse Anna, com voz neutra. Olhei-a, sem acreditar no que acabara de ouvir, e ia retrucar quando ela pôs os dedos quentes sobre os meus lábios.

– Escute, por favor, antes de dizer que isso é loucura – pediu, como se lesse meus pensamentos. – Se eu estivesse sozinha, teria tentado pegar um bote, mas Mestre Angus não pode remar, e eu não sabia se tinha força suficiente para levar nós dois. Então, veio Nina, que consegui trazer para cá dizendo que precisava de uma serva, e o que já era difícil se tornou quase impossível. Mesmo assim, ainda consideramos a ideia por algum tempo antes de deixá-la de lado. Chegamos a observar o ritmo das marés e das ondas com a nossa luneta. Sabia que temos uma ótima? Mestre Angus a fez com gotas-de-luz. Claro que os piratas nem imaginam. Nós vimos quando você chegou à Ilha dos Ossos, mas eu não sabia que história você tinha contado, por isso mencionei para Nestorian apenas um homem alto com um anel de serpente.

– Muito engenhoso. Mas você se desviou do assunto.

– É verdade. Estava falando sobre a minha própria chegada. Nestorian queria que me construíssem uma cabana ou coisa parecida, mas pude andar pela praia o suficiente para ver a gruta e até me esgueirar por uma fresta que fica aqui em cima. Dá num desvão que é ótimo como esconderijo, foi onde fizemos o observatório. – Apontou para o teto, onde um quadrado de tecido azul servia para esconder a abertura. – Eu disse a Nestorian que ia ficar aqui com Mestre Angus. Ele relutou um pouco, mas acabou concordando. Desde então, saí poucas vezes da gruta, mas isso não me impediu de ver e saber o que se passa na Ilha. São coisas terríveis, Kieran, acredite.

– Acredito – repliquei. – Estive em várias guerras. E em algumas até fiz meus próprios prisioneiros.

– Sim, mas esses não são prisioneiros de guerra, que mais tarde podem ser resgatados ou trocados por reféns do lado inimigo. São escravos à mercê de piratas cruéis – argumentou Anna. – Estou na mesma situação, por isso essas pessoas são meus companheiros, e mesmo que não fossem eu não poderia deixá-los para trás. Eles são espancados, estão desnutridos e doentes. Houve duas mortes desde que cheguei, sem falar no marinheiro de Thorold, que Mestre Angus e eu não conseguimos salvar. Suas feridas infeccionaram, e o perdemos antes mesmo de mudar de barco. E Rauck.

Ainda não me conformo pelo jeito como aconteceu, apesar de ter chegado a odiá-lo.

Franzi o cenho, o que Anna interpretou como o desejo de saber o que tinha havido com Rauck. Baixando a voz, ela contou então que Nestorian não ia matá-lo, a princípio, mas depois ficou irritado com sua insistência a respeito de cumprir o trato com o nobre. Por fim, mandou que o pusessem a ferros enquanto decidia o que fazer com ele, e só então o imbecil percebeu que sua vida corria perigo. Foi o que bastou para contar a Anna a história de sua traição e suplicar que ela intercedesse a seu favor junto a Nestorian. Anna estava com tanta raiva que se negou a fazê-lo, mas a visão do homem que chorava sob o peso das correntes a perseguiu durante toda aquela noite, e ela decidiu aconselhar o pirata a deixá-lo vivo.

– Só que fiz isso da pior maneira – suspirou. – Eu jamais sugeriria que vendessem uma pessoa como escrava, mas queria aquele bardo bem longe de mim, por isso disse a Nestorian que devia mandá-lo para o mar. Com isso imaginei que lhe dariam a punição comum entre os marujos, usada até entre piratas segundo me contaram: o homem é deixado num barquinho à deriva ou numa pequena ilha, com alguns suprimentos e uma arma, e se arranja como puder. Nestorian concordou com o que falei, mas sua ideia de pôr alguém no mar era diferente. Ele mandou que prendessem à proa a corrente do pescoço de Rauck e que o atirassem à água, e dessa vez meus conselhos e pedidos não adiantaram. Só o recolheram horas depois, meio comido pelos peixes.

Estremeceu, apertando-se contra mim, e eu soube que se sentia culpada. Isso era compreensível, assim como a vontade de ajudar os prisioneiros, porém os riscos de incluir a todos na fuga me pareciam excessivos. Foi o que procurei fazê-la entender.

– Se fossem soldados ou marujos, não seria tão difícil, mas entre essas pessoas há mulheres e um velho – argumentei. – Mesmo os homens estão no limite de suas forças. Pela nossa segurança, devemos partir sem ser notados, se possível sem luta, por mais vontade que eu tenha de cortar o pescoço desse Nestorian. Ainda conseguiríamos fazer isso, mesmo levando Mestre Angus e Nina, mas não podemos agir assim com um grupo de... Bem, quantos são ao todo?

– Nestorian disse que ainda vêm mais alguns da fazenda dos tal Behzov. No momento eles são onze, conosco fariam quinze, mas isso se não contássemos Mirko e István. Queria muito que os dois fossem conosco. Eles...

– Espere. Quem são Mirko e István? – perguntei, mas os olhos dela traíram a resposta. – Não vá dizer que são o Bagre e o Caveira!

– Não. Isto é, sim, só que ao contrário. O Caveira é Mirko – o que sofre do mal dos espasmos – e István é o que chamam de Bagre. Por favor, Kieran – insistiu Anna, vendo que eu estava exasperado. – Não faça essa cara. Eles não são ruins, mas é que estão com Nestorian desde os nove ou dez anos. E não devem ter mudado nada depois disso, a não ser na altura. Lembra aquele relato do seu mestre sobre a aldeia no pântano? Onde todos eram miseráveis e viviam em casas sobre estacas?

– Lembro – falei, recordando as palavras do estalajadeiro do "Ao Vinho e Vinagre", onde estivera com Othon. – Eu soube que eles têm filhos entre si há muitas gerações, por isso alguns nascem fracos da cabeça. Os gêmeos são daquela aldeia?

– Parece que sim. Algumas vezes eles não distinguem o que é certo do que é errado, adoram saber que seu amado capitão tomou mais um barco e brigam pelo butim, mas não maltratam os prisioneiros. Nina, por exemplo, gosta deles, porque começaram a protegê-la quando ficou grávida. Diziam que iam passar a noite com ela para afastá-la dos outros, mas na verdade nunca a tocaram, nem antes nem depois.

– Vi muita gente assim – repliquei, minha voz mais ríspida do que eu pretendia. – Na guerra ou fora dela, muitos garotos são levados a matar e roubar, e não duvido que seja esse o caso dos gêmeos. Mas, mesmo que não tivessem feito nada disso com as próprias mãos, eles são piratas, pertencem ao bando de Nestorian e lhe obedecem como cães. Não faz sentido pensar em tirá-los daqui.

– Por que não? Eles podem achar outro lugar – rebateu Anna. – Mirko tem acessos às vezes, mas duram pouco, e fora isso eles são jovens e fortes. E são bons marinheiros. Quem sabe até Mestre Thorold lhes arranja trabalho? Eu acho que devíamos tentar.

– Ah, sim, claro! E também podíamos fazer muito pelos outros – retruquei. – Tostig, o bárbaro, poderia achar emprego num açougue; o Javali, numa fazenda de porcos; o Basilisco talvez desse um bom mestre para crianças pequenas. E Nestorian poderia ingressar no Templo e se tornar um sacerdote de Aegir. Quem sabe?

– Não! Nenhum desses tem mais jeito – disse Anna. Sua dureza me surpreendeu, mas ela não havia terminado. – Tostig é um carniceiro, tenho calafrios só de vê-lo, e os outros não são melhores. Os dois imediatos, principalmente – o Basilisco e aquele alto, Rumen. Mas o pior de todos é Nestorian. Esse eu gostaria de ver morto, só para ter a certeza de que mais ninguém vai sofrer nas suas mãos.

Assenti, fitando-a com olhos apertados. Estava séria, quase sombria à fraca luz das gemas, e compreendi que recordava as crueldades praticadas por Nestorian. Talvez também refletisse sobre o que acabara de dizer, pois desejar ver o pirata morto era quase como querer matá-lo. Eu não achava que Anna pudesse admitir isso a seu próprio respeito, mas admitira, e talvez houvesse surpreendido até a si mesma. Durante toda a sua vida, a tribo e os Odravas tinham-na feito crer que as pessoas eram boas, que era preciso compreender e perdoar a todos – palavras muito bonitas, sim, mas que só faziam sentido quando se vivia isolado numa floresta. O mundo de verdade era bem mais cru.

– Vou me livrar de Nestorian para você – peguei-me dizendo. – Quanto à sua ideia, esqueça, é arriscada demais. Vamos fazer de outro jeito. Saímos da ilha com Nina e Mestre Angus, vamos para a cidade mais próxima no Norte que seja aliada das Terras Férteis – Leighdale, creio eu – e lá tenho certeza de que consigo reunir alguns homens de armas. Voltarei à Ilha dos Ossos com eles para libertar os prisioneiros e liquidar os piratas, mas antes quero pôr você a salvo.

– Isso levaria muito tempo – replicou Anna, sem hesitar. – Algumas luas, no mínimo, e até lá os que ficarem aqui podem ter morrido. Não, Kieran – concluiu, apertando minha mão como se quisesse selar um pacto. – Sei que você está pensando em mim, na minha segurança, mas isso é maior do que eu. É a vida de muitas pessoas que está em jogo.

– Sei. E como você pretende tirá-las da ilha? – desafiei-a. – Eu não tenho como enfrentar sozinho todos os piratas.

– Nem eu esperava que enfrentasse. É claro, eu imaginava que você viria à minha procura, mas não podia contar com isso, então bolei um plano que pudesse levar a cabo com a ajuda dos prisioneiros.

– Hum. E como seria o plano? – indaguei, com relutância. – Eu vi que você mandou Nestorian preparar os barcos para zarpar em breve. Está pensando simplesmente em roubar um deles?

– No princípio era o que eu pretendia, e com você aqui essa volta a ser uma possibilidade, mas eu tinha me decidido por outra coisa. Veja, Nestorian conta com quarenta e poucos homens. Com isso ele não tem como conquistar nada maior que um vilarejo, mas eu lhe disse que sua escalada para a glória começaria pondo-se a serviço de um dos senhores das Terras Geladas. Minha ideia seria zarpar com os piratas, contornar o Cabo Svaltarr e procurar a fortaleza mais próxima, pois sei de uma coisa que Nestorian não sabe: as terras a seguir ao Cabo pertencem aos parentes de Mestre Thorold. Se eu pudesse ir até eles e dizer quem sou, provavelmente conseguiria ajuda. O que você acha?

– Complicado. Seria uma longa viagem, ficaríamos muito expostos, e o fato de sermos amigos de Thorold não significa que podemos contar com sua família. O melhor é partir de surpresa, deixando os piratas para trás. Talvez eu possa provocar uma tempestade, impedi-los de ir atrás de nós por algum tempo, ou... O que foi? Por que está sorrindo assim?

– Porque você concordou – respondeu Anna, e não se intimidou quando franzi as sobrancelhas. – Não adianta disfarçar, sei que já está pensando na melhor forma de ajudar os prisioneiros. Além disso, estou decidida. Não sairei daqui sem eles.

– Hum. Bom, então o jeito é pegar um dos barcos. – Respirei fundo, compreendendo que não tinha alternativa. – Talvez o *Diamante*, porque dificilmente conseguiremos levar o *Narval* a algum lugar com uma tripulação de prisioneiros famintos.

– Estão se fortalecendo. Eu disse a Nestorian que eles precisavam ter saúde para remar e fazer os outros trabalhos. Agora, é importante que comecemos a falar com eles. Do jeito que pensei, nem todos precisarão saber da fuga antes que ela esteja acontecendo, mas será bom se um ou dois puderem colaborar. Mestre Angus começou a sondá-los, mas é melhor que passe a ser você, pois tem meios de saber se uma pessoa é ou não confiável. Ou a promessa que fez em Vrindavahn o impede?

– Não, ela só diz respeito a você. E eu tenho ódio de mim mesmo, todos os dias, por ter jurado. Você não acreditaria em tudo que fiz para chegar até aqui.

– Bom, você vai me contar. Não vai?

– Ah, sim, é claro – repliquei, e a puxei para mim. – Num outro dia.

18
Novos prisioneiros

– Rumen! Acorde, homem! O que lhe aconteceu para dormir tanto e ainda roncar feito uma morsa bêbada?

Ion tornou a sacudir os ombros do companheiro. O sol estava alto no céu, todos já tinham descido até a praia, mas Rumen ainda estava do jeito como eu o deixara muitas horas antes. Foram necessários vários safanões e um sonoro tabefe para que, por fim, acordasse com os olhos inchados e um ar confuso – expressão que logo se desfez, dando lugar ao alarme, quando não me viu ao seu lado.

– O piloto! – exclamou, erguendo-se de um salto. – Onde ele está?

– Bem ali, comendo um pedaço de queijo – respondeu o Basilisco, sem entender. Rumen olhou em minha direção e acenei para ele, dando a deixa para uma piada do Beterraba.

– Dormiram juntos, foi? Ou você anda sonhando com o piloto?

– Deve ter sido um belo sonho, ele não queria acordar! – exclamou Evgeni, e os homens caíram na gargalhada. Rumen me encarou com ódio e cuspiu no chão, depois se afastou, subindo em direção ao forte.

Acabei de comer e fui dar uma volta pela praia, vigiado de longe pelo Basilisco e pensando na tarefa que assumira pelos próximos dias. Precisávamos de pelo menos um aliado para o plano de fuga, e a escolha da pessoa certa era da maior importância. Queríamos achar alguém de fibra, que não nos entregasse em troca de comida ou alguma outra vantagem. Esse é um risco que sempre se corre ao tratar com prisioneiros. No entanto, pelo que eu podia ver, aquela gente estava sofrendo tantas privações que qualquer um deles correria atrás de uma migalha oferecida por Nestorian em troca de lealdade.

Eles estavam a pouca distância do mar, carregando pedras cinzentas que empilhavam formando uma espécie de torre. Não entendi a finalidade daquilo, e o desinteresse dos piratas me levou a crer que não havia nenhuma. Era um trabalho inútil, apenas para mantê-los ocupados. Mesmo assim, serviu para que eu os visse todos juntos e os observasse, o que fiz ao longo de todo o dia, até que voltassem a ser trancados como gado nas cabanas.

Naquela noite, ao visitar a gruta, pedi que Nina falasse sobre os prisioneiros. Eles mesmos não o fariam, porque me viam como um dos piratas, mas ela vivera durante um ano na cabana das mulheres e não se fez de rogada para me contar suas histórias. Foi assim que eu soube que duas delas eram tia e sobrinha, raptadas pelos piratas ao viajarem juntas. A mais nova era recém-casada e perdera o marido no ataque, enquanto a tia deixara cinco filhos à sua espera no Oeste. Já a terceira mulher nascera serva, fora vendida ao Pan de uma cidade costeira e depois passada aos piratas. A história que mais me revoltou foi a de Nina, pois ela fora entregue a Nestorian pelo próprio pai em troca de algumas moedas. Não tinha a menor ideia de qual dos piratas a deixara grávida, mas falava da criança com carinho e fazia planos para um futuro longe dali. Anna a encorajava, com um calor que era ainda maior por ela mesma ser filha da violência, e Mestre Angus fazia comentários que insinuavam a possibilidade de levar Nina para Vrindavahn, onde ele mantinha uma casa confortável, porém grande demais para um viúvo.

Os homens eram uma incógnita bem maior. Nina falou bem do Cozinheiro, que sempre tentava levar alguma comida para as cabanas, e de Maksim, um jovem mercador que se mostrava inteligente e corajoso, mas que nos últimos tempos andava doente dos pulmões. Artiom era jovem e forte, mas impulsivo, de forma que talvez não fosse uma boa escolha. Dos outros ela sabia pouco, de um nem mesmo o nome, embora por alguma razão não confiasse nele. No fim, eu e Anna nos recolhemos sem ter chegado a nenhuma conclusão, a não ser a de que precisaríamos nos mover com muita cautela.

Três dias se passaram sem novidades. Uma remessa de gêneros chegou dos Behzov, ainda sem as peles de raposa; dois remos do *Narval* foram substituídos e as velas enceradas; algumas vezes um bote ia à pesca, mas não trazia muita coisa além de arenques pequenos e oleosos. Eu passava as noites na gruta, saindo pouco antes da aurora para me deitar num canto da praia, onde podia ser visto por todos quando se levantavam. De dia, nadava um pouco, esculpia osso ou madeira ouvindo a conversa dos gêmeos e prestava atenção nos prisioneiros, que tinham terminado a torre de pedra e construíam outra a uns vinte passos de distância. Não tinha muita oportunidade de falar com eles, mas, com o tempo, acabei formando uma boa ideia de quem eram e do que poderia esperar de cada um.

Uma boa fonte de informação na Ilha dos Ossos eram o Bagre e o Caveira, que tinham se apegado a mim e me acompanhavam sempre que eu permitia. Eles me contaram que o capitão pretendia levar apenas seis dos prisioneiros homens para o Norte. Os outros dois, considerados fracos demais para remar, ficariam para trás, sobrevivendo com umas poucas provisões e com os peixes e moluscos que conseguissem apanhar na praia. Dito assim parecia terrível, mas Nina, que já passara um outono tendo apenas as outras mulheres por companhia, afirmou que o isolamento era bem melhor do que a presença dos piratas. Não havia surras, insultos nem violência por parte dos homens. E a fome não variava muito de estação para estação.

Enquanto, por um lado, eu observava os prisioneiros, por outro era alvo constante da vigilância de Rumen e do Basilisco. Desconfiados, talvez enciumados com a boa acolhida que eu tivera por parte do capitão e dos outros, eles não escondiam sua antipatia nem o fato de que esperavam uma oportunidade de me derrubar. Não que pensassem em me desmascarar, acreditavam que eu era quem dizia ser, mas queriam provar a Nestorian que eu não estava do seu lado; que pretendia obter algum tipo de vantagem sobre ele ou que, de alguma forma, planejava subtrair o *Narval*. Eles faziam o que podiam para me manter longe do atracadouro. Isso me irritou, a princípio, mas depois refleti e concluí que seria bom não tê-los por perto da primeira vez que subisse a bordo. Por melhor que fingisse – e não sou tão bom nisso quanto Anna – os piratas logo iriam perceber que eu não conhecia o barco. Isso traria problemas, que eu evitaria com uma visita prévia ao *Narval*. Talvez até pudesse fazer o mesmo com o *Diamante*. Era melhor visitar de uma vez o barco que eu planejava roubar.

Naquela noite, saí mais cedo da gruta e caminhei até a beira do mar. Um dos botes usado para a pesca fora arrastado para a areia e lá ficara, tendo no fundo um palmo d´água onde boiavam escamas e restos de isca. Achei um remo meio coberto por aquela água suja e o usei para levar o bote até o atracadouro.

Preso aos ossos de dragão, o *Narval* flutuava, sua proa recortada contra o céu, o longo chifre espiralado apontando para as estrelas. Subi a bordo e, com o calor de minhas mãos, produzi uma luz avermelhada, com a qual me orientei para atravessar o convés e chegar à proa. Como eu esperava, havia espaço suficiente para duas cabines pequenas, mobiliadas com um catre estreito e duas prateleiras. Só de entrar nelas eu soube quem tinham sido seus últimos ocupantes, pois a maior tinha vestígios da energia escura de Nestorian, e Anna desenhara um lobo numa prateleira da outra. Cerrei os punhos ao pensar que tinham dormido lado a lado durante vários dias, mas me impedi de imaginar o que poderia ter acontecido. Eu já tivera provas suficientes do que podia provocar com pensamentos como aquele.

A popa do *Narval* também abrigava dois cubículos, um dos quais devia ser usado como cozinha. Tinha sido mais ou menos limpo, como as cabines, mas o fedor de gordura e carne rançosa ainda era forte, e havia um fogareiro de ferro e algumas achas de lenha num canto. Provavelmente levavam tudo para fora, quando o mar permitia, e cozinhavam ao ar livre. Eu não tinha o que fazer ali, mas passei os olhos pela parede acima do fogareiro e descobri um espeto de ferro, além de um cutelo que pouco deixava a dever ao machado de Tostig. Talvez pudessem ser usados como armas numa situação extrema.

A cabine ao lado da cozinha estava trancada, mas isso não me deteve. Lá dentro encontrei a mesa do piloto, com uma gaveta na qual ele guardava os instrumentos de navegação. Ali estavam, ou pelo menos o que sobrara deles: um prumo com peso de chumbo, um quadrante e um compasso quebrados, além de um pequeno diário com capa de couro. Abri-o, esperando encontrar alguns dados sobre o barco, mas para minha decepção as páginas estavam quase inteiramente cobertas de números. As entradas não eram assinadas, mas a caligrafia mudava de repente, por isso imaginei que o volume passara pelas mãos de dois pilotos: aquele cuja identidade eu tinha assumido e o de Mikhal Rodovak. O Basilisco não acrescentara nada a não ser algumas manchas de sujeira nas últimas páginas, mas, por elas, eu soube que ele as consultara bastante. E provavelmente entendera aqueles números bem melhor do que eu.

Voltei a esquadrinhar o diário em busca de informações. Eu queria saber de quantos remadores precisaríamos se não houvesse vento, a profundidade na qual era seguro navegar, todas as coisas que devia poder responder de cor se me perguntassem. No entanto, o livro não esclarecia nenhuma dessas dúvidas, e acabei por devolvê-lo à gaveta junto com uma praga. Bem que eu podia ter me apresentado como homem de armas e não como piloto.

A esfera de energia mágica brilhava suavemente sobre a mesa. Direcionei-a para fora antes de sair e fechei a cabine, deixando-a como a havia encontrado. Então, retornei ao convés, onde me pus a contar os bancos destinados aos remadores.

E, quase no mesmo instante, vi uma lâmpada brilhar no meio do mar.

– Quem está aí? – gritou a voz do Basilisco. – Seja quem for, apareça, bastardo!

– Sou eu – respondi, e me apressei a extinguir a esfera de luz antes de sair de dentro das sombras. Um barco se aproximava rápido, impelido pelo vento e pelos remos de dois prisioneiros: o Cozinheiro e o jovem camponês chamado Artiom. A bordo estavam Evgeni, o Louro, e mais dois piratas, além de Ion, que se debruçava sobre a proa como a escultura do *Narval*.

– O que você está fazendo? – esbravejou, nem bem os barcos haviam encostado um no outro. – Onde é que estava com aquela maldita vela?

– Não era vela nenhuma – repliquei, mas não ofereci outra explicação. – Eu vim até aqui para ver se tudo estava em ordem, mas encontrei minha cabine fechada. Espero que não tenha destruído meu quadrante, pois, caso contrário, o *Narval* corre o risco de afundar nos mares do Norte.

– Afundar! *Você* é que vai afundar, com uma pedra amarrada nos pés! – cuspiu Ion. – Quando Nestorian descobrir que está bisbilhotando...

– Vai ficar contente – atalhei. – Ele já tinha me mandado inspecionar o barco.

– Sei disso! Mas ele falou para vir de dia, debaixo das nossas vistas – replicou o pirata. – Assim, no meio da noite, o que pode estar querendo? Roubar o *Narval*? Vamos, confesse!

– Confesso que nunca vi alguém tão estúpido – retruquei, no mesmo tom. – Como eu iria zarpar com as velas arriadas? Remando? Num barco desse tamanho?

– Seria impossível, Ion – disse Evgeni.

– Não sei, não – resmungou, contrariado, o Basilisco. – É verdade, ele não pode remar sozinho, mas essa história de vir a bordo à noite não cheira bem. O capitão vai saber, assim que voltarmos. E agora – prosseguiu, amaciando a voz – agora, piloto, já que está sem sono, pode se distrair um pouco, vindo conosco. Temos uma encomenda para buscar na Ilha Albatroz. E essa vai ser das boas! – anunciou, enquanto eu descia até seu barco. Este não era o que tinha vindo dos Behzov e sim um menor, com muito pouco espaço para carga. No entanto, eu sabia que Rumen e o Javali tinham ido à fazenda em outra embarcação, por isso supus que fôssemos encontrá-los a meio do caminho, com uma nova remessa de mantimentos para a viagem. E uma ou duas peles de raposa, talvez, para o manto de Nestorian. Ele estava obcecado com isso, desde que Anna lhe contara a saga de um chefe de tribo que era chamado apenas de Raposa Branca.

– Ele acha que o manto de raposa vai fazer com que todos o reconheçam como líder – dissera ela, ao me contar a história. – Eu disse que ele poderia conseguir as peles no Norte, mas parece que um servo dos Behzov apanhou uma raposa no verão passado. Foi o quanto bastou para Nestorian exigir que arranjassem outras. Coitada dessa família, à mercê dos caprichos de um maníaco!

– Não se iluda com os Behzov, Anna. Eles podem se sentir ameaçados às vezes, mas acredite: boa parte dos butins que Nestorian arrecada vai parar nas arcas da fazenda. Eles tiram um bom proveito dessa vizinhança.

– Será mesmo? É difícil acreditar que Nestorian pague por alguma coisa.

– Pois saiba que ele paga, e bem. Pelas coisas e pelas pessoas – falei, e para convencê-la contei a história de Váliek. Anna franziu as sobrancelhas, mas não retrucou quando afirmei que os Behzov venderiam qualquer um à exceção dos próprios filhos. E quanto a estes, pelo que eu vira, estavam mais do que dispostos a seguir com a tradição da família.

Essa conversa tivera lugar duas noites antes, e não voltei a recordá-la até avistarmos a Ilha Albatroz. A gente dos Behzov já estava lá, representada pelos dois filhos mais velhos, Chakro e Makar, e por alguns servos. Entre os últimos se encontravam Ivasha e o homem que o acompanhava na tarde em que eu chegara à fazenda. Daquela vez já me parecera um sujeito quieto, mas agora chegava a estar sombrio, enquanto Ivasha estava angustiado ao ponto do desespero. Olhei-os de longe, tentando estabelecer a causa de tanta infelicidade, e encontrei duas auras densas, nas quais a miséria crescia à medida que nos aproximávamos.

– Ey-hooo! Já chegaram? Até que vêm cedo! – gritou Rumen, da praia. – Por que o piloto veio junto?

– Eu o encontrei bisbilhotando o *Narval* – respondeu Ion. – Nestorian vai saber, é claro, mas até lá preferi ficar com ele debaixo dos meus olhos.

– Fez bem – disse Rumen, e me dirigiu um olhar meio de triunfo, meio de ameaça. Claro que não me abalei.

– Bom, o que viemos fazer? – perguntei, enquanto saltávamos do barco. – Levar mais carga à Ilha dos Ossos?

– Sim, carga viva. E nada de peles de raposa – disse Ion, olhando para o companheiro de Ivasha. – Esse é o caçador sem sorte, não é?

– Ele mesmo – disse Rumen. – E o outro é o fedelho que se engraçou com quem não devia. Deu sorte dessa vez, mas ele que não vá esperando os privilégios que tinha com os Behzov.

– A gente cuida disso – prometeu o Basilisco, e se voltou para os dois servos que esperavam de cabeça baixa. – Vocês dois aí, podem entrar de novo no barco e pegar nos remos. Vocês são nossos agora.

– Ah, não! Pelo amor de Deus, Pan Rumen! – implorou Ivasha, caindo de joelhos. – Matias e eu somos daqui, nascemos e crescemos na fazenda! Não vamos conseguir sobreviver no Norte, com os bárbaros e todo aquele frio!

– O que é isso? – perguntei, mas não se pode dizer que fiquei muito surpreso. – Os dois virão conosco? Por quê?

– O moleque, porque tentou se meter com a filha do Behzov; o outro porque não arranjou as peles que o capitão queria – disse Rumen, com enfado. – E como já tinham nos prometido mais alguns servos para a viagem, as coisas se acertaram assim.

– Não! Por piedade! – tornou Ivasha, com a voz trêmula. – Eu sempre servi ao senhor e ao capitão. Muitas coisas que fiz, por ordem de Pan Gyorgy, eram para a sua companhia. Não é verdade, Chakro? Makar? – prosseguiu, voltando-se para os filhos do amo. – Digam a ele como eu sempre fui obediente!

– Para quê? Vão levar você de qualquer jeito – replicou Chakro, encolhendo os ombros. Supus que estivesse certo – diante da decisão de Nestorian, sua intervenção de nada adiantaria – mas percebi que nem ele, nem o irmão se importavam com a sorte do rapaz que conheciam desde a infância. Era como se entregassem aos piratas um boi ou um carneiro. O azar era de Ivasha se imaginava que valia mais do que isso.

– Por que a demora? Para o barco, já disse! – esbravejou Rumen. Resignado à sua sorte, Matias, o servo mais velho, se encaminhou para a embarcação que nos trouxera da Ilha dos Ossos, seguido por Artiom e pelo Cozinheiro. Os três pegaram nos remos e, enquanto os piratas subiam a bordo, Rumen repetiu sua ordem para Ivasha. O rapaz se levantou devagar, com os olhos fixos em Makar e Chakro, como se esperasse alguma coisa deles. No entanto, não houve reação, apenas o grunhido exasperado do Basilisco.

– Vão se beijar ou o quê? Ponha esse fedelho a bordo de uma vez!

– Não! – gritou Ivasha, precipitando-se para a frente. Rumen o agarrou e lhe torceu o braço atrás das costas, fazendo-o gritar; e com a dor veio o desabafo de quem não tem nada a perder.

– Imundos! Filhos de uma mula negra! – berrou ele, na direção dos Behzov. – Por quanto vocês me venderam? Ah, não finjam que não puseram uns blenis no bolso, seus malditos, filhos de uma... De um...

– Chega! Cale essa boca suja! – cortou Rumen, esmurrando o lado da cabeça de Ivasha. O rapaz se encolheu, mas continuou a gritar, o que lhe valeu um segundo e um terceiro socos. O último o acertou na boca, de onde escorreu um fio de sangue. Só então ele baixou a cabeça, gemendo, as pernas trêmulas no esforço de se manter em pé. Tenho de admitir que senti um pingo de compaixão pelo infeliz.

– Venha, garoto. Vamos entrar no barco – falei, pegando-o pelos ombros. Rumen me olhou com surpresa, mas deixou que eu me encarregasse do rapaz. Sentei-o atrás do Cozinheiro e, enquanto ele soluçava, apertando o machucado com os dedos, eu mesmo peguei num remo e ajudei o barco a deixar a praia.

– Traidores – ouvi-o murmurar, olhando para os Behzov que se afastavam no bote. – Que vocês morram de lepra, seus malditos. E levem junto a vaca da sua mãe.

– Poupe o fôlego para isto aqui – disse eu, entregando-lhe o remo. Só então ele pareceu se dar conta de quem era o homem ao seu lado.

– Pan Kieran? – Um sussurro: por maior que fosse a revolta, ele ainda era um sujeito esperto. – O senhor está vivo? Não pensei...

– Imagino. E também não pensou que teria a mesma sorte de Váliek – retruquei. Ele me encarou, com os olhos cheios de uma dor que cresceria cada vez mais à medida que passasse o calor da revolta. Seria bem pior do que a de Váliek, pois este fora vendido, mas por estranhos e não pelos seus. Já Ivasha experimentava o gosto da traição, talvez o mais amargo que se pode provar. O que ele ia fazer a respeito – isso eu não sabia. Não havia garantia nenhuma sobre o seu caráter, e ainda menos sobre o de Matias. Mas, pesando os prós e os contras, achei bom contarmos com dois homens fortes e saudáveis entre os prisioneiros.

A noite se foi, e o novo dia nos encontrou bem perto da Ilha dos Ossos. Do atracadouro, víamos os servos transportando mantimentos das cabanas para o outro lado do rochedo, provavelmente com o intuito de abastecer o *Narval*. Matias foi deixado com eles, sob as ordens de Tostig, mas Ivasha seguiu conosco até o forte, onde fomos recebidos por um recém-desperto Nestorian.

– Ah! Você está aí, piloto! – disse ele, assim que me viu. – Eu já estava me perguntando onde diabos tinha se metido.

– Vou dizer onde – adiantou-se o Basilisco. – Ao zarpar em direção à Ilha Albatroz, vi uma luz na popa do *Narval*, que só podia ser uma vela. Quando chegamos perto, era ele que estava lá. E isso no meio da madrugada.

– O capitão disse a ele para ir! – exclamou o Caveira.

– Disse mesmo. Mas Ion tem razão – replicou Nestorian, perscrutando-me com seus olhos de fanático. – O normal seria ir durante o dia, para ver tudo às direitas. Por que foi à noite?

– Para ninguém ver *ele*! – Ion respondeu no meu lugar. – Capitão, eu tenho certeza de que esse sujeito está tentando enganar a gente. Ele quer tomar o *Narval* de volta. Só pode ser!

– Deixe de ser estúpido – repliquei. – Eu não icei as velas, nem poderia remar sozinho um barco daquele tamanho. Só fui até lá para ver se recuperava algumas coisas, o que não consegui, porque a cabine estava fechada. Se o seu barco não houvesse aparecido, eu teria voltado à Ilha, onde aliás deixei minhas armas e minha luneta.

– Sim, isso é verdade – disse Nestorian. – Eu vi aquela sua mochila num canto do forte. Mas você ainda não respondeu à minha pergunta. Por que escolheu a noite para ir a bordo?

– Eu...

– Capitão! O servo da Donzela Oráculo está aí – anunciou o Bagre. – Ele disse que tem uma mensagem dela para o senhor.

– Pois que entre – ordenou Nestorian, cruzando os braços. Fiz o mesmo, disfarçando minha inquietude. Pouco depois, Mestre Angus apareceu à entrada do forte, de onde me endereçou um sorriso breve e um pouco nervoso.

– Obrigado por me receber, capitão. A Donzela envia suas saudações e anuncia que teve uma visão a respeito de Mestre Kieran. É este aqui, não? – indagou o velho, olhando-me como se me visse pela primeira vez. – Não há de ser aquele rapazinho ali no canto. Ele é muito jovem para ser o piloto do *Narval*.

– Aquele é um servo. O piloto é este – disse Nestorian, apontando-me com o queixo. – O que a Donzela viu?

– A visão foi de Mestre Kieran num barco, medindo as estrelas e calculando o rumo que nos levará com mais segurança ao Cabo Svaltarr. – Pôs as mãos para trás e se empertigou, como se recitasse um texto aprendido de cor. – Ela disse que o sucesso de nossa viagem está cada vez mais nas mãos do piloto, e que ele deve ser deixado em paz com seus instrumentos e observações.

– Ah! Então ela aprova! – exclamou, satisfeito, o capitão pirata. – Ela o viu no *Narval*, esta noite, não foi? Tenho certeza de que sim.

– Sim, senhor. Essa foi a visão – disse o velho. Certamente ele e Anna tinham me visto do observatório e testemunhado o encontro com o grupo do Basilisco. Aquilo os afligira durante toda a noite, mas depois me viram regressar e trataram de prevenir qualquer problema no confronto com Nestorian. Ideia providencial: a mensagem da Donzela acabou com as suspeitas por parte do capitão. Por que eu fora até o *Narval* durante a noite? Ora... Para conferir o diário de bordo com as estrelas que via no céu!

– Parece que a sua vinda tinha mesmo que ser, piloto – disse ele, ao passo que Ion e Rumen se mordiam por dentro. – A Donzela Oráculo foi mais clara que nunca. Você vai me ajudar a alcançar a glória e a riqueza que são meu destino!

Esfregou as mãos, com uma risada breve, e ordenou que lhe trouxessem uma taça de vinho com o desjejum. Isso era tarefa dos gêmeos, e o Bagre tomou as providências enquanto o Caveira puxava Ivasha e o colocava diante de Nestorian.

– Capitão, este é nosso amigo, sempre íamos pescar juntos quando estávamos nos Behzov – disse. – Queria pedir que ele ficasse entre os nossos e não nas cabanas.

– Hum, já sei quem é. E também soube da história na fazenda. No lugar deles eu teria cortado fora algum pedaço que não fizesse falta – disse Nestorian, ao que Ivasha se encolheu, baixando a cabeça. – Mas eles foram generosos, e não há razão para que eu também não seja, uma vez que é o meu garoto que está pedindo.

– Obrigado, capitão – disse o Caveira, com o rosto iluminado. Nestorian sorriu afetando benevolência, depois pensou um pouco, o olhar relanceando de Ivasha para mim e de mim para Mestre Angus. Por fim – o que foi uma surpresa – decidiu que Ivasha trabalharia como os outros servos, mas ficaria à minha disposição caso eu precisasse de qualquer ajuda. Poderia até mesmo dormir no interior do forte, como o Caveira tinha pedido, se eu o achasse digno de confiança. Pensei que Ivasha fosse se mostrar grato por isso, mas ele fechou ainda mais a cara. Provavelmente ainda não tinha visto os currais em que os prisioneiros eram trancados à noite.

– Agradeço. Talvez mais tarde eu precise dos seus serviços – falei. – No momento ele não é necessário, por isso pode ir trabalhar junto com os outros. E se não há mais nada, capitão, também vou me retirar e comer alguma coisa.

– Pode ir, mas esteja aqui de volta ao meio-dia – disse o pirata, arreganhando os dentes amarelos. – E tente não encher muito a barriga nesse meio-tempo. Hoje, você e eu almoçamos com a Donzela Oráculo.

19
Planos e ameaças

No inverno, quando as nevascas os prendiam em suas cabanas durante dias a fio, os elfos da Floresta dos Teixos preenchiam o tempo com histórias e trabalhos manuais. Anna costumava fazer colares de contas, que depois trocava por algo de que gostasse ou precisasse. Eu não tivera oportunidade de vê-la em ação no Castelo das Águias – lá sempre havia o que fazer, bastante companhia e nenhuma neve – mas, em sua estadia na Ilha dos Ossos, ela começou um colar usando fio de couro e contas que tinham sobrado de um butim. Minhas visitas furtivas atrasaram a conclusão do trabalho, mas a cada vez eu o encontrava um pouco maior, e Anna o terminou durante a noite insone em que temeu pela minha sorte nas mãos do Basilisco.

As contas reluziam em seu pescoço quando Nestorian e eu chegamos para a refeição do meio-dia. Achei aquilo curioso, pois se tratava de osso e âmbar amarelo, que é translúcido, mas não possui brilho próprio. Logo, porém, percebi que as gotas-de-luz da parede se refletiam no âmbar, fazendo as contas cintilarem como pedras preciosas.

– Ora, ora! Que belo colar! – exclamou Nestorian, com ar satisfeito. – Ao menos uma vez você usou um presente meu!

– As joias que me deu são dignas de uma rainha, capitão. Eu as usarei quando me sentar no trono, a seu lado. Por enquanto, as contas são tudo que posso aceitar – respondeu minha mulher. Estávamos na primeira câmara da gruta, diante da mesa que Mestre Angus cobrira com uma toalha, e Nina acabava de entrar carregando uma travessa com a comida especial preparada pelo Cozinheiro. Havia cabrito assado, uma guarnição de nabos, cenouras e beterrabas cozidas e até um doce, que consistia em fatias de pera cobertas com mel. Também havia uma jarra de vinho, não muito bom, mas mesmo assim um dos melhores que eu bebera no Oeste. Eu percebia que Nestorian tinha algo a dizer, mas ele conseguiu se conter até que Nina saísse e nós começássemos a refeição. Então, falou, com a boca cheia de carne.

– Donzela Oráculo, eu estive pensando na viagem. – Uma pausa; ele lambeu os dedos engordurados. – Nosso patrono é aquele de quem sou devoto, Aegir Barba de Espuma, e ele fala pela sua boca, de modo que não temos por que temer o mar. Mas e quanto ao vento? O Senhor das Ondas pode assegurar que sempre tenhamos bons ventos em nossas velas?

– Chegaremos ao Norte, se é isso que o preocupa, meu capitão – disse Anna, num tom suave que revirou meu estômago. – Nosso piloto sabe ler as estrelas. Ele irá conduzir o *Narval*, em segurança, até o seu destino.

– Sim, mas o vento, isso ele não pode garantir – insistiu o pirata. – Mesmo na partida, não há como saber. E se ventar na lua nova, mais adiante pode haver calmaria, ou, pelo contrário, ventos traiçoeiros que nos empurrem para os rochedos. Isso não seria culpa de Aegir, mas sim de Woden, o Senhor do Vento – e, para evitar que aconteça, decidi prestar uma homenagem a ambos, na própria noite do solstício de verão.

– Uma homenagem? Sim, pode ser adequado. – Anna não hesitou, e eu mesmo não enxerguei ali nenhum mal em princípio. – Um rito em honra de Woden, para que mantenha nossas velas enfunadas, e que ao mesmo tempo agrade a nosso protetor, Barba de Espuma. É uma excelente ideia, capitão.

– Sabia que iria gostar – sorriu Nestorian, estufando o peito. – E já mandei trazer algumas coisas dos Behzov, além de erguer altares para os sacrifícios. Mas de você, Donzela, eu quero algumas palavras – uma saga, uma oração, uma bela fala que impressione meus homens e agrade aos Heróis. Fará isso, não? Por seu futuro rei e marido?

– Farei, é claro – Anna embarcou na farsa com entusiasmo. – Na noite do solstício, reuniremos a todos na praia, diante dos barcos que vão empreender a viagem. Faremos um brinde com hidromel – se os Behzov não tiverem, serve uma boa cerveja – e eu recitarei as sagas que irão nos garantir a boa-vontade de Woden e de Aegir. E, além deles, Thonarr, o Senhor do Raio, pois não queremos ser surpreendidos por nenhuma tempestade. Faremos tudo de acordo com a tradição, e assim teremos um mar tranquilo e ventos que nos levarão ao destino sem que sequer seja preciso tocar nos remos.

– Ótimo. Era o que eu queria ouvir – disse o pirata, e se inclinou para a frente, ficando com o nariz a um palmo do rosto de Anna. – Estou cada vez mais satisfeito por tê-la comigo, Donzela Oráculo. E já sabe como é. Se a sorte continuar do meu lado, também continua do seu.

– A sorte o acompanhará sempre, capitão – observou minha mulher. – Precisa apenas merecê-la, tratando bem aqueles que estão sob seu poder.

– E eu não mereço? – Nestorian franziu o cenho, ficando ainda mais feio. – Eu mandei que dessem mais comida e descanso aos servos. Deixei você ficar com o velho, que não presta para nada, e também com a garota; e ainda vou deixar que ela crie o fedelho em vez de jogá-lo no mar. Isso não é alguma coisa?

– Sem dúvida, são gestos muito nobres – apressou-se ela a responder. – E já está sendo recompensado por eles, com a presença de Kieran. Continue assim, e seu futuro será ainda mais glorioso do que pode imaginar.

Dizendo isso, ela ergueu a mão, o médio e o indicador juntos como num gesto de bênção. Nestorian respirou fundo, satisfeito, e fechou os olhos, ao passo que eu me continha para não demonstrar minha raiva. Maldito pirata, obrigando minha mulher àquele papel – e a mim também, na verdade. Eu tinha feito muita coisa na vida, mas jamais me vira obrigado a sustentar uma farsa como aquela. Felizmente, a situação estava prestes a ter um fim. Eu não sabia o quanto ainda podia suportar sem dar a Nestorian o que ele realmente merecia.

Um belo palmo de espada, bem no meio das tripas.

Naquela noite, Anna e eu nos sentamos com Mestre Angus e Nina para discutir sobre a fuga. Ainda havia muitos detalhes a acertar, e não podíamos ser precipitados. O *Narval* estava sendo carregado com suprimentos, mas o *Diamante*, até onde eu sabia, ainda não, e precisávamos que isso fosse feito antes de zarpar. Anna explicou sobre o ritual que Nestorian pretendia realizar e disse que tentaria convencê-lo a carregar os barcos antes disso. Assim, duas noites depois, poderíamos tirar os prisioneiros da cabana e deixar a ilha. Nina achava que não precisávamos contar a eles sobre o plano, pois aproveitariam a chance de fugir, mesmo que fosse anunciada de surpresa; eu me inclinava a concordar, mas Anna e Mestre Angus insistiam na ideia de avisá-los com antecedência.

– Pode haver algum imprevisto – disse o mercador. – Às vezes mandam alguém como remador à Ilha Albatroz, ou tiram uma mulher da cabana durante a noite. Se os outros estiverem avisados e prontos, podem ir em silêncio para o *Diamante* enquanto Mestre Kieran trata de resgatar o extraviado. Pode fazer isso, não? Enfrentar uns poucos piratas, usando Magia?

– Poderia enfrentar *muitos* – resmunguei. – Só não me agrada a ideia de me esgueirar cortando gargantas no meio da noite. Mas, se tiver de ser, que seja.

– Só vamos fazer isso se não houver outro jeito – disse Anna. – Num caso como esse, por exemplo – uma ou duas pessoas retiradas do grupo na noite da partida. Fora isso, seguimos com o plano de contar tudo a eles. Mas isso me preocupa. Nós realmente precisamos de um aliado, alguém em quem possam confiar e com quem colaborem no que for necessário. Só que até agora Kieran não se decidiu por ninguém.

– Podia tentar os que acabaram de chegar – disse Nina, e todos os olhares se voltaram para mim. Assenti, porque era o melhor a fazer: os prisioneiros mais antigos estavam fracos demais, amedrontados demais para nos ser de qualquer ajuda. Se precisávamos mesmo de um cúmplice, era melhor procurá-lo em Matias, ou talvez em Ivasha, mais jovem e instável, mas que ainda me parecia o mais esperto. Eu tinha quase certeza de que ele seria capaz de liderar os companheiros.

No dia seguinte, aproveitando o acesso de generosidade de Nestorian, pus o rapaz para trabalhar, ajudando-me a remar um bote até o *Diamante*. De certa forma eu também seria seu piloto, responsável pela navegação e pela rota embora não fosse manejar o leme, por isso ninguém questionou quando anunciei que iria conhecer o barco. Ele estava um pouco adiante do *Narval* no atracadouro, uma embarcação estreita com uma mulher como figura de proa, e quando saltamos para dentro senti a madeira do casco ranger sob meus pés.

– Barco velho – murmurou Ivasha, que amarrava o bote ao atracadouro. Dei de ombros e passei a um rápido exame, primeiro dos remos, depois dos cordames e das velas, que até onde eu podia ver estavam em ordem. O convés estava limpo, mas as duas pequenas cabines pareciam ter sido reviradas por um furacão. Mandei que Ivasha fosse limpando uma delas enquanto eu me sentava na outra e desenrolava o pergaminho que ganhara de Camdell. Ali estava, recortado em seus menores detalhes, o litoral do Oeste, com uma parte do extremo Norte que ia até um pouco além do Cabo Svaltarr. Terras estranhas e um mar desconhecido que eu tinha de aprender a navegar. Não seria fácil. Mas não havia outro jeito de voltar para casa.

– Limpo esta aqui agora? – Era Ivasha, parado à porta da cabine. – Eu já arrumei a outra, tirei a palha do estrado e pus aqui fora porque vai ter de ser queimada. Está podre, cheia de bichos. Mas a madeira parece que está bem.

– Ótimo. Mas deixe isso de lado por enquanto e venha cá – chamei, atento às suas reações. – Olhe este mapa. Você cresceu na região, por isso talvez seja a pessoa indicada para responder: como são estas pequenas ilhas, aqui, a meio caminho entre a Ilha dos Ossos e o Cabo Svaltarr? São só rochas e areia? Ou têm vegetação?

– Não sei. Nunca fui lá – disse o rapaz. – Nem conheço ninguém da fazenda que tenha ido.

– Hum. E quanto à Ilha dos Ossos? Você já tinha vindo aqui antes?

– Já, sim. Várias vezes. Mas, até agora, sempre tinha sido levado de volta.

– Isso acabou, Ivasha.

– Eu sei. Agora vou remar o barco até o Norte, e se não morrer de frio devem me vender por lá. A não ser – acrescentou, após uma pausa – que eu consiga o mesmo que o senhor, Mestre Kieran.

– O mesmo que eu? – Franzi a testa, tentando compreender. – O que você sabe sobre mim?

– Bom... Que o senhor não é um pirata de verdade. – Isso me inquietou, mas o que ele disse a seguir esclareceu tudo. – O Bagre me contou que o senhor é o antigo piloto do *Narval* e amigo dos Vannovich, e que o capitão Nestorian o convidou para entrar na companhia. Ninguém, lá da fazenda, pensava que ele ia fazer isso.

– Sei. Pensavam que ele ia me matar.

– Não, matar não. O senhor ainda é moço e parece muito forte. Achávamos que Nestorian ia levá-lo para o Norte, para vender aos bárbaros. Mas, em vez de um servo, o senhor se tornou um membro da tripulação, e eu pensei, talvez... Se eu trabalhar bastante, para o senhor, e para eles, então, quem sabe...

– Espere – interrompi, pois aquilo não soava nada bem. – O que está querendo dizer? Quer se tornar um deles, como o Caveira e o Bagre? É isso?

- Bom, se eu pudesse, claro que sim. É mil vezes melhor que ser vendido – replicou Ivasha, e aquilo apaziguou meu ânimo por um momento. Eu também, mais de uma vez, tinha escolhido o menor de dois males. Mas achava que podia dar a ele uma alternativa ainda melhor.

– Olhe, Ivasha, é justo você querer sua liberdade – afirmei. – Os prisioneiros mais antigos não devem pensar em outra coisa. Mas, pelo menos até agora, eles não tiveram oportunidade para tentar uma fuga, uma rebelião... Ou...

Parei, as últimas sílabas se desprendendo lentas de minha boca. Sentado ao meu lado no catre, as mãos enlaçadas em torno dos joelhos, Ivasha me olhava não apenas como quem presta atenção, mas como uma cobra que pressente e espera o momento de dar o bote. Qualquer um perceberia algo por trás daquele olhar, e se tivesse um pouco de bom senso tomaria cuidado, mas para mim era fácil compreender por inteiro as intenções daquele réptil. Como eu esperava, a menção a uma fuga acendera uma luz diante dele, porém Ivasha não pensou em aderir a uma possível tentativa dos prisioneiros de deixarem a ilha. Pelo contrário, pensou em denunciá-la. Que melhor forma de obter alguma indulgência por parte de Nestorian?

– Mestre Kieran, o... o senhor ouviu alguma coisa? – perguntou ele, sem notar que minha expressão havia mudado. – Eles estão pensando em fugir? Sabe, tenho uma ideia. Se o senhor quiser, eu posso me misturar com eles e...

– Não, Ivasha. Não ouvi nada – cortei. Meus aprendizes teriam reconhecido o aviso em minha voz e se calado, mas ele estava ávido demais para isso e prosseguiu, sem mudar de tom.

– Eu poderia falar com eles. Podia dizer que estou pensando em fugir ou algo assim. Se alguém estiver com as mesmas ideias, na certa vai dizer, achando que podemos fazer tudo juntos. Aí, eu conto ao senhor, que pode levar a notícia ao capitão. Aposto que ele vai nos...

– Chega! – ordenei, enojado. Ele me olhou com espanto, mas, antes que dissesse alguma coisa, ergui a mão e agarrei com força aquele pescoço magro. Não o apertei, nem torci, embora ficasse tentado a isso: apenas o travei, como fizera tantas vezes, ainda menino, ao prender uma serpente no chão com uma forquilha. Mesmo assim, o susto fez Ivasha emudecer, e, enquanto ele me olhava aterrorizado, aproveitei para dizer o que tinha atravessado em minha própria garganta.

– Moleque idiota, você bem que mereceu que os Behzov o vendessem. – Tomei fôlego, pois esse era apenas o começo. – Você é pior que eles, pronto a trair seus companheiros em troca de uma vantagem. Pois fique sabendo que eu pretendia ajudá-lo, mas, agora que vi quem é, não espere nenhum tipo de simpatia da minha parte. Se quiser mudar sua sorte, trate de fugir ou de se entender com Nestorian – porque, se depender de mim, você vai para o Norte, trabalhar como uma besta de carga para os bárbaros até o fim da sua vida miserável. E se disser qualquer palavra sobre essa conversa a quem quer que seja, mato você com minhas próprias mãos. Entendeu?

– *Gaaaa-awk*! – arquejou ele, com os olhos arregalados. Soltei-o e o mandei sumir da minha frente, e Ivasha não perdeu um momento antes de se virar e fugir. Atrás dele ficou um rastro de puro terror, como se a cabine fosse a cripta do Insaciável.

Tornei a guardar o mapa, sem dizer mais nada. Tarde demais, eu percebera que minhas palavras tinham sido carregadas de intenção. Se não tivesse uma vontade forte, Ivasha não demoraria a acreditar que seu destino era morrer nas Terras Geladas, e se conformaria com a ideia – ou se agarraria à mínima possibilidade de mudar sua sorte. Em qualquer caso, estaria por sua própria conta, pois eu tinha mais em que pensar e muito pouco tempo.

Faltavam apenas dez dias para a partida.

De volta à ilha, Ivasha tratou de sumir das minhas vistas, indo se refugiar junto ao Bagre e ao Caveira. Os três ficaram à toa o resto do dia. À noite, quando nenhum dos outros prisioneiros ousaria se aproximar da fogueira, os gêmeos levaram suas tigelas para o canto onde o amigo estava sentado e repartiram sua comida com ele. Alguns piratas presenciaram o ato, mas não se importaram, ou talvez estivessem ocupados demais com o guisado e a cerveja. Também não perceberam que eu enchera minha tigela com legumes e o copo com água, preparando-me para os encantos que talvez tivesse que usar na fuga. Sem carne, sem bebida, sem Anna, embora eu não renunciasse à minha visita de todas as noites. Apenas, dessa vez, não ficamos sozinhos, e foi quando Mestre Angus aproveitou para me dar um presente.

– Não é nada de muito valor. Só uma coisinha que fiz – disse o velho, estendendo-me o que parecia um bastão de madeira. Tive que olhá-lo de perto para perceber que era uma luneta, semelhante à que Mestre Angus fizera para si mesmo usando gotas-de-luz.

– Agora você pode não apenas ver as coisas mais próximas, mas também enxergar durante a noite – disse Anna, acompanhando-me ao desvão sobre sua cama que chamava de observatório. – Também se pode ver claramente através da neblina e até de fumaça espessa, como a das fogueiras quando queimam destroços.

– Interessante. Não sabia que as gotas-de-luz tinham essa propriedade – falei, esquadrinhando a praia agora quase deserta. – Nem pensei que os piratas tivessem essa superstição de não tocar nelas. Ainda mais que usam os ossos de dragão à vontade em suas construções.

– É verdade. Mas você talvez goste de saber que...

– Donzela Oráculo! Está ouvindo? – A voz aflita e abafada de um dos gêmeos, vinda de algum lugar lá embaixo. – Donzela! Por favor, ajude meu irmão!

– István! – exclamou Anna, com alarme. – Mirko deve ter tido um ataque! Preciso ir até lá!

– Por quê? – indaguei, descendo atrás dela para a câmara inferior da gruta. – Por que ele chamou você e não outro qualquer?

– Eu os conforto! – respondeu Anna, sem se voltar. Apressada, ela passou por Nina e Mestre Angus e correu para a saída, mal se detendo para ajeitar o manto sobre a cabeça. Eu queria segui-la, mas, não podendo ser visto ali, tive de parar e me concentrar no encanto de invisibilidade. A tensão me fez demorar mais do que o previsto, e quando finalmente saí me deparei com o Bagre, apavorado, os olhos maiores do que nunca ao se dirigir a Anna.

– Mirko está com *aquilo*! Está estrebuchando feito um peixe, e eu... Eu...

– Calma! Vou vê-lo – disse minha mulher. Decidida, embora eu não visse como poderia ajudá-los, ela seguiu o Bagre por um bom trecho da praia. Fui atrás deles, mantendo uma pequena distância, até me sentir seguro para desfazer o encanto.

A vinte passos do mar, dois ou três homens estavam curvados sobre alguma coisa, ou *alguém*. Anna e o Bagre apressaram o passo para se juntar a eles e eu fiz o mesmo, pondo as mãos sobre os ombros de Dusan e Evgeni e espiando por cima de suas cabeças.

– Mal dos espasmos? – perguntei, e ambos assentiram. O Caveira se debatia nos braços do irmão, os olhos virados para dentro, o rosto sujo da espuma que escorria pelos cantos da boca. A língua não estava enrolada, mas Anna se voltou para o Bagre, pedindo, com urgência, o pedacinho de madeira que ele guardava para essas ocasiões.

– Não está entre os dentes dele? – indagou o garoto, assustado. – Eu dei para o Ivasha. Era para ele colocar a madeira e ficar com meu irmão enquanto eu corria até a gruta.

– E onde ele está? – perguntou Anna. O rapaz encolheu os ombros, ocupado na tentativa de manter abertos os maxilares do Caveira. Fui em seu auxílio, ao mesmo tempo que Dusan, o carpinteiro, acudia com um pedaço de pau que estivera esculpindo. Atravessei-o na boca do Caveira e o soltei, deixando que seu irmão continuasse a segurá-lo. Anna não podia tocá-los, mas murmurava palavras de estímulo, que serviam mais ao Bagre do que ao próprio doente.

Pouco a pouco, os espasmos foram diminuindo, ao passo que outros piratas se aproximaram para ver o que havia. Em alguns momentos, o Caveira começou a recobrar os sentidos, e foi então que Nestorian apareceu, por uma vez preocupado com alguém que não ele mesmo.

– O que houve? É o Caveira? Ele mordeu a língua? – perguntou, agachando-se ao lado de Anna. – Vai ficar bem?

– Como sempre – replicou minha mulher. – Eu já lhe disse, Aegir zela por ele e por István.

– É mesmo. Bom, está certo – disse Nestorian, soltando com força o ar dos pulmões. – Foi bom você ter vindo. Mas você, Bagre, podia ter me chamado. Não fui eu que sempre cuidei do seu irmão, desde que achei vocês morrendo de fome naquela choça?

– Foi, capitão. E eu ia chamar, até porque estávamos perto do forte. Mas Ivasha disse que era melhor trazer o Mirko para perto do mar; que o ar salgado o deixaria bom. Trouxemos, mas ele começou a se debater mais forte, então Ivasha disse que devíamos chamar a Donzela Oráculo, porque ela pediria ajuda a Aegir.

– Ivasha? Quem diabos é... Ah, sei! O moleque dos Behzov – rosnou Nestorian. – Então, você é tão cabeça-oca que se deixa guiar por um servo? Onde é que esse garoto está agora?

– Não sei, capitão. Ele disse que ia ficar com Mirko enquanto eu fosse chamar a Donzela, mas quando cheguei não o vi mais. Alguém sabe para onde foi?

– Não. Não vimos – disseram os homens em torno.

A essa altura, metade da tripulação estava ali, inclusive Ion e Rumen. Ao ouvir as palavras do Bagre, não demoraram a decidir que tinham de encontrar Ivasha, e o Basilisco provocou um murmúrio excitado entre os piratas ao exclamar:

– Só falta o infeliz ter fugido!

– Se fugiu, tem que ter levado um barco – decretou Rumen. – Um bote, com certeza, que ele pode remar. Mas, com o mar do jeito que está, não vai chegar muito longe.

– E ele sabe disso? Vamos ver o atracadouro – disse Ion. Os dois se afastaram quase correndo, acompanhados por um grupo de curiosos, enquanto eu e Anna assistimos à inacreditável cena de Nestorian amparando o Caveira para tornar ao forte.

– Vamos, garoto. Precisa descansar – disse ele, voltando-se para mim. – Esses dois são como meus filhos, sabe, piloto? Peguei-os pequenos, com uns nove anos, numa aldeia do pântano. A mãe tinha morrido e todo mundo os escorraçava, principalmente o Caveira, por causa do mal dos espasmos. Tinha que vê-los pulando na água, atrás dos barcos, implorando para ir junto. "Leve a gente, capitão, queremos ser piratas..." Ha, ha! Eu dou umas boas risadas, até hoje, quando lembro disso!

Ainda gargalhando, ele apertou o braço em torno do Caveira, que aos poucos ia recobrando a consciência. O Bagre caminhava logo atrás e os fitava com um misto de adoração e alívio. Pouco depois chegamos ao forte, e Anna ia se despedir para voltar à gruta quando, do atracadouro, chegou o grito furioso do Basilisco.

– O bote! O maldito levou mesmo um dos botes! – Vozes esparsas dos piratas à sua volta, e ele tornou a falar. – Sim, é claro, vamos pegar um barco! Vamos atrás daquele moleque dos infernos e, eu juro, vou mandar ele de volta para lá. Nem que seja a última coisa que eu faça!

20
Carne e metal

Palavras são poderosas. Os bardos sabem disso e põem mais força nas histórias felizes; os magos tomam cuidado ao formular encantos. A maioria das pessoas, porém, fala sem pensar e não imagina que possa estar selando seu próprio destino. Foi o que aconteceu naquela noite.

A fuga empreendida por Ivasha foi um fracasso. Ele agarrara a oportunidade à sua frente, aproveitando o ataque de espasmos do Caveira para se evadir; mas não contava com o mar revolto, nem pensava que os piratas notariam sua ausência tão rápido. Mal posso imaginar o terror que sentiu ao ver o barco de comércio, com oito homens a bordo e Ion no comando, se aproximar velozmente do bote que ele remava contra a maré. Também não quero pensar em como foram a abordagem e a captura, nem o que fizeram com o garoto ao longo do caminho. Digo apenas que, após uma hora de tensão, as duas embarcações voltaram ao atracadouro, e um Ivasha mais morto do que vivo foi arrastado pela praia e atirado aos pés de Nestorian.

Eu esperava uma cena tão brutal quanto as que Anna presenciara a bordo do *Saemundar*, mas, justiça seja feita, o pirata manteve sua decisão de ser benevolente com o rapaz. Em vez de matá-lo, como todos esperávamos, Nestorian ordenou que Ivasha fosse surrado, depois trancado na cabana dos prisioneiros a pão e água até o dia do ritual do solstício. Rumen, o primeiro imediato, aplicaria o castigo, usando um chicote de couro cuja simples visão fez Anna empalidecer.

Ela tentou demover Nestorian, mas nem suas súplicas, nem o nome de Aegir Barba de Espuma surtiram qualquer efeito. Por fim, só lhe restou desviar o rosto, os olhos se fechando com força quando o chicote se ergueu pela primeira vez.

O prisioneiro tinha sido amarrado a uma rocha, mas a precaução me pareceu inútil, ao menos para evitar uma fuga. Bem diferente do Ivasha que eu conhecia, ele estava bambo como um espantalho. Não implorou misericórdia e mal reagiu quando a língua de couro abriu um lanho fundo em suas costas. As próximas três chibatadas lhe arrancaram alguns gemidos, mas as seguintes não, e Rumen parou ao chegar à décima, pois nunca vira alguém ficar tão mudo e imóvel enquanto apanhava. Em meio aos murmúrios curiosos de todo o bando, o Javali o ajudou a soltar as amarras do rapaz, e o sangue que escorreu de sua boca quando o viraram não deixou margem para dúvidas. Morto...!

– Diabos, Ion, você deu tanto nele que furou as tripas! – exclamou Rumen, soltando o corpo inerte sobre a areia. – Perdemos um remador por sua causa!

– Azar o dele – resmungou o Basilisco. – Ninguém mandou roubar o nosso bote. Aliás – acrescentou, voltando-se em minha direção – a culpa toda foi do piloto, não foi? Não era ele o encarregado de vigiar o moleque?

– Não. Toda a minha culpa se resume a deixá-lo dormir no forte – respondi. Tinha esperanças de que a coisa fosse parar por ali, mas Ion viu na discussão a oportunidade de me atacar e ergueu a voz para me acusar de facilitar a fuga de Ivasha. Nestorian não deu mostras de acreditar, mas também não foi veemente em ordenar que o imbecil se calasse, e o Basilisco foi ficando mais violento à medida que insistia nas acusações. Dei-lhe as costas e fiz menção de me afastar, mas ele me puxou bruscamente pelos ombros, quase me atirando de cara na areia.

– Estou falando com você, bastardo! – berrou, o pescoço inchado de raiva.

Ouvindo isso, esqueci a prudência e fiz o que qualquer homem com sangue nas veias teria feito, dando-lhe um safanão que o fez cair sentado. Ele se levantou de um salto, furioso, e tentou avançar, mas os companheiros se apressaram para detê-lo. Alguns me seguraram também, e não resisti, pois a briga não me convinha. Ion, porém, se debatia como um louco, exigindo que o soltassem e me cobrindo com os piores impropérios.

– Larguem-me, demônios! Quero acabar com esse filho de um cão! – espumou, desferindo chutes no ar. – Eu vou matá-lo, estão ouvindo? Capitão! Eu quero enfrentar esse miserável!

– Não, Ion! Esfrie a cabeça! – interveio Rumen, antes que Nestorian se pronunciasse. – Para que arriscar a pele por uma suspeita?

– Não é a suspeita! Ele me *insultou*! – urrou, fora de si, o Basilisco. – Eu vou acabar com a raça desse maldito, custe o que custar!

– Ele está certo, capitão. É um dos imediatos, e o piloto o mandou para o chão – disse o velho Dusan. – Agora, ou o senhor pune o piloto ou deixa que eles acertem as contas.

– É! É isso mesmo! – exclamaram outros homens. Olhei para Nestorian ali em pé, a boca contraída no esforço de tomar uma decisão, e tive certeza de duas coisas. A primeira: eu não teria como escapar do duelo com o Basilisco, por mais que desejasse. Quanto à outra – não sei se era ao código dos piratas que eu devia isso ou ao próprio Nestorian. Mas ele não me puniria, nem por insultar o imediato, nem depois que eu o mandasse para o inferno, como fatalmente iria acontecer se nos enfrentássemos. Pirata algum seria capaz de me derrotar num combate homem a homem.

E pelo menos um deles parecia saber disso.

– Você empurrou, ele empurrou de volta, pronto, está acabado – disse Rumen, e os outros se entreolharam admirados: ninguém esperava ouvir aquilo dele. – E você está cansado, porque chegou agora mesmo do mar. O piloto vai estar em vantagem se vocês se baterem.

– O que lhe parece, Donzela Oráculo? – perguntou Nestorian, voltando-se para Anna. – Qual dos dois vai vencer a luta?

– Capitão, não é desejo de Aegir que eles se enfrentem – respondeu ela, esforçando-se por manter a voz firme. – O senhor vai perder um membro importante da tripulação se permitir esse duelo.

– Disso eu sei. Mas qual deles? – tornou o pirata, inflexível. – Com certeza você pode me dizer.

Anna respirou fundo e fechou os olhos. Tanto quanto eu, ela sabia quem iria vencer, mas se angustiava com o que viria depois. Ao mesmo tempo, não tinha como se furtar a dar a resposta certa, por isso apenas tentou me proteger da melhor forma possível.

– O piloto sairá vencedor – disse ela, abrindo os olhos e os pousando sobre mim por um instante. – Mas haverá represálias por parte dos amigos do imediato. É por isso que os aconselho a se reconciliar em vez de travar esse duelo.

– De jeito nenhum! Vou acabar com a raça desse verme! – rugiu o Basilisco, ainda seguro pelos companheiros. Nestorian olhou para ele, depois para Rumen, tenso e impaciente à espera de uma decisão. Por fim, sorriu para Anna e disse que não ia impedir o duelo, mas tinha como assegurar que não haveria represálias.

– São as regras, e todos vão cumpri-las – afirmou, em voz alta. – Vença quem vencer, não há direito de vingança, e o que sobreviver será o primeiro a embarcar rumo ao País do Norte e aos seus tesouros. E agora soltem os dois – ordenou, dirigindo-se aos piratas que seguravam os meus braços e os de Ion. – Eles que peguem as armas e se preparem. Quero uma luta limpa. E, enquanto isso, joguem no mar o corpo do moleque.

– A maré está trazendo tudo de volta – observou Tostig. – É melhor esperar até mais tarde.

– Que seja – disse Nestorian, dando de ombros. – Agora, minha Donzela, venha até aqui. Quero que fale sobre o senhor a quem devo prestar juramento.

Afastou-se, precedido por Anna, que ainda se arriscou a me lançar um olhar por cima do ombro. O Basilisco já estava cercado por um grupo de companheiros. Quanto a mim, encontrei-me de repente entre o Bagre e o Caveira, que me apressavam em direção ao forte agora vazio.

– Precisa pegar uma espada – explicaram. – Também tirar as botas e toda a roupa da cintura para cima.

– Por quê? Não uso armadura por baixo, se é o que os preocupa – resmunguei, mas mesmo assim tirei a túnica e a camisa. Abri a mochila, resguardando-a dos olhos deles, e peguei minhas espadas, enquanto o Bagre soltava um longo assobio ao ver minhas costas nuas.

– Pelo Esquerdo! Você navegou com um capitão bem duro – comentou. – Olhe só essas cicatrizes, Mirko!

– Não são tantas assim – repliquei. – E não foi um capitão que fez isso.

– Ah, não, é claro! Isso é tarefa do imediato – disse o Caveira. –

Mas no caso de um piloto o capitão tem que concordar. Ou você ainda não era piloto?

– Não. Eu era só um menino – respondi, e apertei os lábios. Nem mesmo a Anna eu quisera falar sobre minhas cicatrizes, quanto mais àqueles dois. Felizmente, eles não insistiram, contentando-se em rir e em comentar que eu devia ter sido um grumete dos mais indisciplinados. Quem dera fosse essa a história da minha infância.

– A gente nunca apanhou – disse o Caveira. – Quer dizer, já levamos uns safanões, mas surra mesmo, nunca. É difícil o capitão castigar alguém.

– Algum dos nossos, você quer dizer – corrigiu o Bagre. – Dos prisioneiros, ele não tem piedade.

– É. Mas teve do Ivasha.

– Verdade. – Uma sombra passou pelos olhos do Bagre. – O Ivasha merecia um castigo, mas trinta chicotadas não matam ninguém. E o Rumen, você viu, também não queria que ele morresse.

– Foi culpa do Basilisco – resmungou o Caveira. – O filho de uma mula estava com raiva e descontou no Ivasha. Vai ser bem feito se o Kieran acabar com ele.

– Está falando sério? – Parei para encará-lo; era difícil acreditar. – Vocês querem que eu o mate? Apesar de ele ser seu imediato?

– Segundo-imediato – esclareceu o Bagre. – O primeiro é o Rumen. Ele também já foi capitão, só que do *Diamante*. Alguns homens que estão aqui eram da sua tripulação, mas a maioria morreu de uma peste qualquer, por isso o jeito foi ele se juntar a nós. O Basilisco era seu imediato e, aqui, passou a ser o segundo. Mas nunca deu muito certo.

– É. Acho que até o capitão prefere que você vença – disse o Caveira. – Ele gosta de você. A Donzela Oráculo também, deu para ver isso nos olhos dela.

– E nós também – disse o Bagre. – Queremos que você vença, Kieran.

– Obrigado. Vou fazer o possível. – Pigarreei, sem querer admitir para mim mesmo que também passara a gostar dos dois. – Mesmo porque eu não poderia resolver isso de outro jeito, não é?

– Não. Você tem que matar ele, ou ele mata você. Mas a Donzela deve estar certa – disse o Bagre, admirando as espadas em minhas mãos. – Com a fama que você tem e essas armas tão boas, aposto que vai acabar com a raça do Basilisco.

– Espero que sim. Que arma ele vai usar? – perguntei, pois disso dependia minha escolha. Os gêmeos, porém, afirmaram que Ion podia optar entre várias lâminas, de forma que saí do forte carregando as duas espadas.

Lá fora, o vento mordeu meus ombros, as rochas duras e frias sob meus pés descalços. Nada de Magia, naquela luta, para Kieran de Scyllix. Eu era feito apenas de carne e metal.

– Olhem só! – exclamou, da praia ainda escura, a voz do Basilisco. – Vejam quem vai morrer antes de clarear o dia!

– Não cante vitória tão cedo – repliquei, aproximando-me do círculo formado pelos piratas. No meio, um espaço de cerca de dez passos de diâmetro fora deixado livre, e foi ali que divisei a figura maciça do meu oponente. Sem camisa, como eu – era bom ver que a regra valia para ambos – ele exibia tórax e braços avantajados, cobertos de pelos e cicatrizes, e uma barriga volumosa que, no entanto, dava a impressão de ser dura como pedra. Suas mãos apertavam o punho de uma espada longa, provavelmente roubada de algum cavaleiro do País do Norte, cuja lâmina tinha duas vezes a grossura das minhas. Claro que ele aproveitou para golpear meu brio.

– Ha, ha! Rodovak disse que você usava a espada como um palito de dente, não que *lutava* armado de um palito! – Imbecil, mas vários homens acharam graça naquilo. – Vamos, Rumen, arranje uma espada de verdade para o sujeito. Com essa, ele não vai nem conseguir me fazer cócegas.

– Não é preciso. Prefiro minhas próprias armas – repliquei, seco. – Quando quiser, podemos começar.

– Ah! Ele é valente! – exclamou Ion, mas seu forçado bom humor acabou ali. – Então venha de uma vez, filho de um cão. Venha e lute. Os peixes não vão demorar a comer suas tripas!

E, enquanto eu empunhava minha espada mais longa, ele se pôs a caminhar à volta do círculo, procurando o ângulo e o momento certo para me atacar. Segurei o punho da arma com as duas mãos e esperei, consciente de tudo que havia nos olhares ao meu redor. O amor e o sobressalto que Anna mal conseguia disfarçar; a euforia dos gêmeos; a admiração de Nina e Mestre Angus, um pouco apartados do círculo.

A fria calma de Nestorian, que acreditava estar se livrando de um problema, e a excitação do resto do bando. Por fim, o ódio e o profundo desgosto de Rumen diante da cena. Era dele, apenas dele, que poderia vir alguma coisa além do previsível.

Mas não do Basilisco. Esse não teria uma só atitude, não faria um único gesto que não fosse esperado. Sua primeira investida foi violenta, acompanhada de um berro selvagem que se destinava a me assustar; quando me esquivei, ele girou e deu uma parada, tentando me atingir nas costelas. Os golpes seguintes foram mais cautelosos, não desprovidos de habilidade, mas os desviei com a ponta da espada e mantive a distância. Isso fez boa parte dos piratas pensar que ele venceria, e muitos o incentivavam com brados e assovios. Da minha parte, creio ter ouvido, aqui e ali, um "isso!" ou um "vai, piloto!" murmurado entre dentes. Não foi um apoio muito entusiasmado, mas Ion não gostou daquilo e redobrou seus esforços, desferindo golpes violentos que eu me limitava a aparar.

– Cansou do aquecimento? Vai lutar como homem agora? – perguntou, após cruzarmos lâminas uma dúzia de vezes. Seu corpo reluzia de suor, o peito subindo e descendo como um fole: ele estava cansado. Isso era mais um ponto a meu favor, e eu poderia resolver tudo no momento seguinte, se assim o desejasse. Mas não estava com muita pressa.

– Pode vir – convidei, e fiquei à espera. Ion avançou girando a espada, que bateu com estrondo na minha. Praguejando, ele arremeteu de novo, uma, duas, três vezes, porém da última não encontrou minha lâmina e sim o vazio. A força empregada em sua investida fez com que caísse de joelhos, e vendo isso os piratas se puseram a gritar e urrar, mas não lhes dei aquilo que esperavam. Ainda não.

– Levante – disse eu, mantendo a espada abaixada. – Não tem a menor graça matar um homem caído.

– Maldito! Você vai ver quem vai matar quem! – rosnou Ion, e voltou a atacar com toda a sua fúria. Aparei o golpe com o lado da espada e de novo me abaixei, deslizando, quase escorregando para trás do pirata. Era o estilo élfico de luta, e eu era um dos poucos homens em Scyllix a praticá-lo, por isso aprendera a ser extremamente rápido. Com os elfos, isso era suficiente apenas para que não me atingissem, mas o Basilisco demorou a se virar, e eu poderia ter golpeado suas costelas antes mesmo de completar meu movimento. Teria feito isso se quisesse feri-lo. No entanto, aquele era um duelo até a morte, e nesses casos é melhor que ela venha de uma vez. Pela frente, de preferência. Olhando nos olhos.

– Adeus, Ion – murmurei. Ele se virou, a boca aberta em meio à última praga que soltaria na vida: no momento seguinte, enterrei minha espada em seu peito com toda força, atravessando de um só golpe o osso e a carne. O Basilisco me olhou como que desnorteado, depois começou a tombar, o corpo estremecendo com o impacto e o estertor da morte.

– Ele venceu! O piloto venceu! – bradou o Caveira. O grito foi secundado pelos brados e assovios dos companheiros. Alguns se mostravam felizes com a minha vitória, outros nem tanto; Rumen e o grupo ao seu redor certamente não estavam. Nestorian, porém, parecia tão à vontade quanto no início, e foi com um ar quase contente que ele se aproximou, seguido por Tostig, que carregava seu inseparável machado de guerra.

– Foi uma boa luta – disse, e eu assenti enquanto recuperava minha espada. – Mas não me surpreendi. Antes que a Donzela confirmasse, eu sabia que você ia vencer.

– Hum. Bom, Ion foi um adversário de valor – observei. – Não entendi por que ele fez questão de lutar. Eu preferia não ter tido que matá-lo.

– Ah, mas ele queria matar *você*, piloto – disse Tostig, com uma espécie de risada. – Ainda há quem queira. No seu lugar, eu não daria mais as costas a nenhum homem desta companhia. Principalmente o amigo do morto.

– Que amigo? Rumen? – indagou Nestorian, olhando para o imediato. Ele estava de pé, os braços abaixados, fitando sem piscar o corpo do Basilisco. Sua expressão era sombria, cheia de dor e de tristeza, mas foi o ódio que transpareceu quando ele se dirigiu ao capitão.

– Está satisfeito? – perguntou, por entre os lábios crispados. – Era isso que queriam? Você e essa... *garota* que se diz profetisa?

– Sei que não acredita – replicou Nestorian. – Mas até agora ela não disse nada a não ser verdades. Você vai ver isso, e morder a língua, quando chegarmos ao Norte.

– Não. – Rumen cuspiu, como se suas próprias palavras o enojassem.

– *Você* vai, se quiser, com a mulher e com esse bastardo das Terras Férteis. Não há mais lugar para mim aqui.

– Como é? – Nestorian recuou, mostrando os dentes. – Você diz que vai embora? Está deixando nossa companhia?

– Estou – disse Rumen, sem ligar ao murmúrio que crescia à sua volta. – Durante seis anos, Ion e eu navegamos com você, sempre cumprindo as regras, de modo que você não tem do que reclamar. Também não tínhamos, até que você perdeu a cabeça por causa dessa mulher. Agora, o Basilisco está morto, e antes que chegue a minha vez vou desfazer nosso trato. Além disso, vou levar meu barco – acrescentou, bem alto, para se fazer ouvir. – E minha tripulação, se estiver disposta a ir comigo.

– Eu vou – disse, adiantando-se, o louro Evgeni.

– Eu também – disse o Javali. – Quem mais...? Homens do *Diamante*...?

– Eu! Eu também vou! – exclamaram outros quatro homens.

– Vocês não podem! – afirmou Nestorian, mas parecia menos furioso que perplexo. – Estamos juntos, lembram? Vamos para o Norte!

– *Você* vai, se quiser – replicou Rumen. – Para falar a verdade, eu e Ion já estávamos mesmo pensando em desistir dessa ideia. O Oeste é o bastante para nós.

– Se essa é a vontade deles, capitão... – começou Dusan, mas foi interrompido por um gesto irritado de Nestorian.

– Eu conheço as regras. Não preciso que um carpinteiro me diga – rosnou ele, e cruzou os braços. Seguiu-se um momento de silêncio, no qual o pirata encarou duramente Rumen e cada um dos seus companheiros. Tive esperanças de que acabassem lutando entre si, com isso eliminando mais membros do grupo, mas, para minha decepção, Nestorian não mentira ao dizer que seguia à risca o código dos mares. Pelo menos no que se referia à liberdade de deixar o bando.

– Pois bem – disse ele, por fim. – Se querem partir, não vou impedi-los, mas exijo uma compensação por deixarem de estar a meu serviço. O *Diamante*.

– O quê? Nem pensar! O barco é meu! – afirmou Rumen, com calor.

– *Era* seu. Meu carpinteiro o consertou, com a ajuda dos meus servos – rebateu Nestorian. – Não fosse por mim, ele nunca mais iria navegar, e você e essa caterva de inúteis teriam morrido naquela ilhota onde os encontrei. Pois bem, voltem para lá – acrescentou, com zombaria. – Voltem para as águas mansas e abordem barquinhos de pesca. Para isso, não precisam de nada mais rápido que o *Estrela Dourada*.

Levei um instante para me lembrar de que esse um dos barcos de comércio, firme e robusto, com talvez a metade do tamanho do *Saemundar*. De fato não era muito rápido, mas convinha bem a um pirata dos mares do Oeste, e pela cara de Rumen percebi que não se sentiu insultado. Ainda assim, ele protestou, mais para marcar posição do que por outra razão qualquer, e a discussão prosseguiu em meio a pragas e argumentos de ambos os lados.

Por fim, o acordo foi firmado, e os homens se afastaram para preparar a partida. Rumen permaneceu na praia, passando a mão no queixo e fitando o corpo do Basilisco. Evgeni se ofereceu para ajudá-lo a atirar o cadáver ao mar, e só então ele tomou uma decisão àquele respeito.

– Vamos fazer, mas de um jeito decente – disse. – Vamos levar o corpo. Quando chegarmos ao mar alto, nós o descarregamos, e assim não tem perigo de ele voltar à praia.

Dizendo isso, mandou que alguém fosse buscar dois prisioneiros, e a estes ordenou que levassem o corpo para o *Estrela Dourada*. Outros tiveram de carregar a embarcação com provisões e com os pertences dos que iriam partir. Nestorian os observou até certo ponto, depois se retirou, indo até a gruta para confidenciar com Anna e Tostig. O bárbaro acabara de ser promovido a imediato. Tive vontade de segui-los, mas havia gente demais por perto para que me arriscasse a proferir um encanto. Além disso, queria presenciar a despedida de Rumen, que foi um bocado fria. Não houve grandes palavras, muito menos abraços, apenas uns poucos votos de boa-sorte. Creio que o imediato não era muito benquisto pela tripulação.

Quando o barco partiu, os que ficavam se dispersaram ao longo da praia, e eu pude finalmente me aproximar do corpo de Ivasha. Estava jogado na areia, no mesmo ponto onde Rumen o deixara cair. Olhando-o, não pude deixar de pensar que minhas palavras tinham acabado com sua esperança, mas recusei o peso que ameaçava se abater sobre minha consciência. Não fora eu que levara

Ivasha a tentar a fuga. E, além disso, ele estava mais do que vingado com a morte do Basilisco.

– Pan Kieran – ouvi, atrás de mim, uma voz que não era do Bagre ou do Caveira. Voltei-me e dei com o outro servo dos Behzov, Matias, que se aproximava a passos lentos, o rosto sujo cortado por linhas que traíam suas lágrimas.

– Mandaram que eu o jogasse no mar – disse, com voz pausada. – Mas queria olhar bem para a cara dele primeiro.

– Não está agradável de ver – falei, mas deixei que Matias se aproximasse e aninhasse a cabeça de Ivasha em seus braços. O rapaz tinha os olhos fechados, mas o rosto se crispara de um jeito doloroso. O lado esquerdo estava coberto por uma crosta de areia e sangue seco, e Matias o limpou devagar, abalado com a morte do garoto que tinha visto crescer.

– Só tem acontecido coisa ruim – murmurou. – Nunca pensei que Chakro e Makar pudessem vender a gente. E muito menos que Ivasha fosse tentar fugir, sabendo quem são esses malditos piratas.

– Sou um deles – afirmei, para testá-lo. – Não tem medo do que eu possa fazer, ao ouvir você falar assim?

– Não! O senhor está com eles agora, mas não é pirata – disse Matias, em tom convicto. – Pelo menos não é como esses aí. Sei que nunca bateria num garoto até matá-lo. E eu até acho que...

– Acha o quê? Pode falar – encorajei, vendo que ele se calara por prudência. – O que disser fica entre nós. Prometo.

– Bom, eu acho... Acho que o senhor seria capaz de perdoar um servo que fugisse. – Matias se esforçava para não baixar a cabeça. – Com os Behzov a gente sempre tinha o que comer e o que vestir, e o trabalho nem era muito duro, por isso ninguém fugia. E ainda mais Ivasha: ele era amigo dos rapazes. Já aqui, nessa ilha dos infernos... Ou com os bárbaros, no gelo, para onde querem levar a gente... Dá para entender o desespero do garoto.

– É verdade. Mas e o *seu* desespero? – perguntei, e ele engoliu em seco, mas não respondeu. – Você fugiria, se tivesse oportunidade? Ou preferiria não arriscar, e passar o resto da vida como escravo no Norte?

– Eu... – fez o servo, lutando contra alguma coisa que crescia dentro dele. Sua aura, até então desprovida de brilho, começou a se expandir e a clarear, tingindo-se pouco a pouco de um tímido tom azul. Controlei minha expectativa e fiquei em silêncio, vendo a força e a determinação voltarem pouco a pouco ao espírito de Matias. Foi esse novo homem que me respondeu.

– Pan Kieran, eu não vou pegar um bote e fugir, como o Ivasha, sem saber o que me espera. Mas antes de ficar como os homens que vi aqui, doentes, meio mortos de fome – antes disso eu fujo. Fujo mesmo. Melhor ser pego pelos bárbaros e morto do que viver como os servos daqui.

– Entendo – falei, e olhei bem dentro dos seus olhos. – Mas e se nessa fuga você pudesse levar outras pessoas? Outros que também estivessem sofrendo? Você se arriscaria por eles para ter mais chances?

– Sim! – A resposta rápida, instintiva, bem como eu esperava que fosse. – Se pudesse, eu ajudaria outros, com certeza. Mas por que... Por que o senhor está...

– Calma! Eu vou lhe explicar tudo – assegurei.

Matias parou de falar e me encarou com olhos ainda confusos, mas brilhantes, como as pontas avermelhadas de sua aura. Abaixei-me, mostrando por meio de gestos como devíamos erguer Ivasha, e o carregamos para o mar, passando além da arrebentação, onde esperaríamos por uma onda que o levasse de vez.

E ali, longe de olhares e ouvidos indesejados, contei tudo a Matias. Não omiti nada, nem a verdade sobre mim – embora no início isso o assustasse tanto quanto assustara Stávro –, nem a farsa de Anna, nem os detalhes do plano. Ele ouviu tudo até o fim, depois levou a mão ao peito e jurou lealdade, na qual não hesitei em acreditar. Não diante daquela aura, que brilhava ainda mais à luz da manhã.

Após a noite de sangue e desespero, o Sol havia surgido, e com ele o aliado de quem Anna e eu tanto precisávamos.

21
O grito do corvo

Os dias seguintes passaram com a rapidez de um relâmpago. Se a perda de oito homens, incluindo seus antigos imediatos, afetou Nestorian, foi apenas no sentido de deixá-lo ainda mais convicto de que devia agradar aos Heróis com um rito de solstício. Cerveja, frutas e até um carneiro foram trazidos da fazenda Behzov, à qual – eu soube pelos gêmeos – o corpo de Ivasha acabara por chegar, inchado e roído pelos peixes. Gyorgy Behzov mandou que o enterrassem no pomar, como era costume ao morrerem os servos da família. Chakro e Makar não demonstraram qualquer emoção, mas o jovem Virgil estava triste, e sua irmã desatou em lágrimas que lhe valeram um tabefe da mãe.

– Pobrezinha! Pelo que você conta da família, tenho pena dela – disse Anna, quando ouviu a história. – Provavelmente vão casá-la com algum brutamontes herdeiro de terras e mandá-la para longe, enquanto o menino mais novo vai passar a vida trabalhando para os irmãos.

– Se é que não vai ficar igual a eles. Mas até agora parece um bom garoto – ponderei. – Matias é da mesma opinião.

– E, por falar em Matias, que sorte a nossa! – Anna se inclinou para a frente, com os olhos brilhando. – Eu não esperava que ele conseguisse resultados tão rápidos.

– É mesmo – concordei. De fato, Matias estava se saindo muito bem. Ele soubera seguir à risca a estratégia de aproximação criada por Anna: primeiro, ganhar a confiança e a simpatia dos outros prisioneiros, e só depois insinuar seu próprio desejo de fuga. Quase todos foram receptivos, e ele escolheu alguns a quem revelou a existência de um plano. Nina e o Mestre Angus figuravam como envolvidos, mas a participação de Anna foi mantida em segredo, enquanto a minha foi revelada apenas às três pessoas que Matias achava mais fortes e confiáveis. Nenhuma, em princípio, acreditou que eu estivesse do seu lado, mas o antigo caçador dos Behzov as convenceu a ouvir o que eu tinha a dizer.

Assim, na antevéspera do ritual, Artiom e o Cozinheiro remaram meu bote até o alto mar, e nós três pescamos arenques enquanto eu expunha meu plano. A conselho de Anna, não revelei quem eu era de fato, mas fiz com que acreditassem nas boas intenções do antigo piloto do *Narval*. Por muitos anos eu procurara aquele barco, expliquei, e o queria de volta; não tinha como negar que era um homem violento, mas ao mesmo tempo abominava a escravidão, e a fuga que planejava resolveria os dois problemas de uma só vez. Quando escapássemos, aproveitando a maré que nos daria uma boa dianteira sobre os piratas, meus mapas e experiência me ajudariam a alcançar um lugar seguro, e a partir dali todos voltariam a ser livres para fazer o que bem lhes aprouvesse.

Ao ouvir aquilo, o Cozinheiro hesitou, mas Artiom era jovem o bastante para se entusiasmar. Baixando a voz – embora ninguém mais pudesse ouvi-lo a não ser os peixes – ele contou que também já tinha pensado em fugir, mas não conseguira armazenar a água doce e as provisões necessárias à viagem. Além disso, à noite as cabanas dos prisioneiros eram trancadas por fora, e a vigilância era grande sobre os barcos e botes.

– E por falar em barcos, por que vai levar o *Diamante*? – sussurrou ele, em tom cúmplice. – Não é o *Narval* que quer?

– Eu gostaria, mas não sei se teremos vento constante, e os homens são poucos para remar um barco daquele tamanho. Mas não se preocupe com isso – repliquei. – Nem com as provisões, as trancas ou a vigilância. Quero apenas saber se posso contar com você nessa fuga; e com você também, Cozinheiro. Ainda têm coragem bastante para lutar pela liberdade?

– Eu tenho – afirmou Artiom, com calor. – Estou com você, piloto.

– Eu também – disse o Cozinheiro, após um momento. Estava tenso, um pouco sombrio até, mas em meio às nuvens da sua aura eu podia perceber que sequer considerava a possibilidade de me trair. Isso era o suficiente por enquanto.

O encontro com a terceira pessoa aconteceu na noite seguinte. Dessa vez foi mais difícil, pois se tratava de uma mulher, e havia uma única razão pela qual eu poderia querer estar a sós com ela. Tive que fingir camaradagem com o Beterraba e o Barriga Solta e ir com eles até a cabana das prisioneiras. Estava trancada com um amarrado de cordas, e cerrei os dentes enquanto o desfazia, porque podia ouvir os dois rindo e se vangloriando do que fariam com as pobres mulheres.

A cabana era um lugar horrível, úmido e bafiento, sem mais mobília do que alguns potes e três esteiras onde as prisioneiras se deitavam. Duas se levantaram ao nos ver entrar, a outra ficou onde estava, fitando-nos com olhos que pareciam duas esmeraldas. O rosto estava sujo e emaciado, o cabelo emaranhado como um ninho. Pelas histórias de Nina, eu sabia tratar-se da moça que enviuvara no ataque dos piratas, e que desde então costumava ter acessos de gritos e choro. Os homens a chamavam de Olia Maluca. Isso, porém, não impedia que fosse a mais procurada das três, pois era jovem e via-se que tinha sido bonita. Eu ouvira os dois piratas combinarem que se revezariam com ela.

– E você, piloto? Quer também? – perguntou o Beterraba. – As outras não são grande coisa, mas dão para o gasto. Katenka, ali, é bem forte e não reclama muito. Mas, se for com Lyuba, tenha cuidado. Ela quase deixou o Javali aleijado com um chute.

– Não vai fazer isso comigo – repliquei, olhando para a mulher no fundo da cabana. Era da minha idade e quase da mesma altura, com seios fartos, quadris largos e o cabelo preso num coque. Uma mecha estava solta e caía ao lado do rosto, na tentativa de esconder a falta da orelha esquerda. Ela viu que eu havia percebido e desviou os olhos, mas me acompanhou quando fiz um gesto em direção à porta.

Lá fora, o vento soprava forte, ondulando a areia. Caminhei até uma rocha que nos daria proteção, tanto do vento quanto do olhar de alguém que passasse pela praia, e me deitei apoiado num cotovelo. Lyuba hesitou por um momento, depois se agachou devagar, os olhos cheios de dúvidas que mal deixavam transparecer o fio de esperança.

– É verdade? – ela sussurrou, o rosto a dois palmos do meu. – Você vai nos ajudar a sair daqui, como Matias disse?

– Sim, é verdade. Não sou pirata – respondi, com franqueza. – Vim até aqui por outra razão, mas não posso partir deixando vocês assim. Só que preciso de ajuda, Lyuba. Dentro de três noites, vamos nos esgueirar das cabanas até o *Diamante* e abrir vela, mas muita coisa pode dar errado durante a fuga. Depois dela também. Vocês precisam saber que estão correndo riscos.

– Não me importo. Nada pode ser pior que isso aqui – retrucou ela, mostrando a cicatriz onde estivera sua orelha. – Como posso ajudar?

– Bom, o Cozinheiro e Artiom estão sabendo, além de Matias. Outros concordam com a fuga, mas não achamos seguro dizer que estou envolvido, pois não há razões para que confiem em mim. Eu quero apenas lhe pedir para confiar e convencer as outras mulheres – falei, olhando nos olhos dela. – Sou a melhor chance que vocês têm para sair desse inferno.

– E iríamos todos? – perguntou ela, de um só fôlego. – Nina também?

– Também. No que depender de mim, a criança que ela espera nascerá em liberdade. E você voltará para seus filhos – assegurei, buscando a mão dela no escuro e a apertando com força.

Lyuba devolveu o aperto e me olhou com gratidão. Ia dizer mais alguma coisa, mas então o vento mudou, trazendo até nós o som de vozes que vinham do mar.

– Um barco – sussurrou ela, olhando por cima da rocha. – Não sei quem está vindo, mas acho que vão aportar aqui.

Assenti, pondo a mão em pala sobre os olhos para protegê-los das rajadas de vento. O barco estava perto da praia, e apesar da escuridão tive quase certeza de que se tratava do pesqueiro da família Behzov. Pouco depois, alguém trouxe uma lanterna até a proa, e minha impressão se confirmou ao ver de relance os rostos de Makar e Chakro.

Perto da arrebentação, dois homens saltaram do barco e o puxaram até a areia. Outros dois deixaram a embarcação com água pelas canelas e saíram carregando grandes fardos, enquanto os Behzov transportavam caixas menores. Levantei-me, sacudindo a areia das roupas, e fui até eles, enquanto Lyuba esperava de pé ao lado da rocha.

– Olá! O que os traz por aqui? – perguntei, dirigindo-me a Chakro. – Acharam finalmente as peles de raposa?

– Na verdade não conseguimos – respondeu ele, parecendo apreensivo. – Trouxemos um manto de zibelina para o capitão, um de marta para a Donzela Oráculo. Estão há tempos na família. Acho que eles vão apreciar.

– E fora isso trouxemos algumas coisas que pediram. E também vamos ficar para a festa de solstício – disse Makar. – Começa amanhã, ao entardecer, não?

Assenti, e não havendo mais o que dizer voltei para perto de Lyuba. Tinha que levá-la de volta à cabana, e foi o que fiz, cerrando os punhos ao passar pelo Beterraba, que grunhia em cima de Olia sobre um monte de areia. Katenka, a antiga serva, dormia em sua esteira, e o Barriga Solta não parecia estar em lugar algum. Só fui avistá-lo mais adiante, agachado à beira-mar. Acenei, e pouco depois ele se levantou e veio atrás de mim, amarrando as calças.

Uma surpresa nos aguardava quando chegamos ao forte. Àquela hora os piratas costumavam estar dormindo, mas hoje estavam bem acordados e desciam o rochedo com armas e ferramentas nos ombros. Os prisioneiros homens também estavam ali – ou pelo menos alguns, inclusive Matias, dobrado sob o peso de um saco de mantimentos. O *Narval* e o *Diamante* estavam amarrados no atracadouro mais próximo, e os gêmeos remavam um bote que parecia estar retornando de lá.

– Ei, Kieran, mudança de planos! – exclamou o Bagre, vendo-me na praia. – Vamos zarpar ainda hoje, depois do ritual!

– Como é? – Pisquei, aturdido; eu não devia ter ouvido bem. – Não estava decidido que seria em três noites?

– Devia ser, mas o vento virou e temos que aproveitar a maré. Não sei bem como é isso, mas o capitão pode explicar – disse o rapaz, saltando com água pela cintura. Ele e o irmão puxaram o bote para a praia enquanto eu me apressava a subir até o forte, inquieto, não apenas com a notícia, mas também pelo fato de não ter como discutir aquilo com Anna. Eu não sabia nem mesmo se ela estava ciente da mudança de planos, embora fosse razoável supor que sim: Nestorian não teria deixado de avisar à Donzela Oráculo. Ainda mais porque contava com ela para o rito de solstício, que estava mantido, segundo eu entendera das palavras do Bagre. De qualquer forma, aquilo significava uma virada e tanto em nossos próprios planos.

Nestorian estava de pé à entrada do forte, gritando ordens para lá e para cá enquanto examinava os mantos trazidos pelos Behzov. Pelo jeito havia gostado, pois os irmãos tinham expressões tranquilas à luz da tocha que Tostig mantinha erguida. Dusan e outro pirata saíram do forte e passaram por mim, e foi então que o capitão se apercebeu da minha presença.

– Que bom que chegou, piloto. Quero que vá até o *Narval*, veja se tudo está em ordem, e depois faça o mesmo com o *Diamante* – disse ele. – Ninguém contava com esse vento, hem? Nem mesmo a Donzela Oráculo o previu.

– Bom, talvez porque... Porque não será nada de mais – falei, com cautela. Não sabia muito sobre ventos, mas aquele não me parecia tão forte assim. Nestorian, porém, franziu a testa, me encarando como se eu fosse um idiota.

– Como não? Claro, não vai trazer tempestade, mas um vento como esse pode nos levar adiante durante milhas sem precisarmos erguer um remo – replicou. – Temos que aproveitar e partir hoje. Eu abriria mão até do rito de solstício se não quisesse garantir a boa vontade dos Heróis. Mas vai ter de ser já – acrescentou, passando os mantos de volta às mãos de Chakro e Makar. – Mandei que todos pusessem suas coisas no barco, já aprontamos a cerveja, agora alguém tem que avisar a Donzela. Garotos, vocês fazem isso – gritou, dirigindo-se aos gêmeos, que estavam a meio caminho da subida. – Você, piloto, faça o que falei. E você, Tostig, prepare tudo para o sacrifício.

– Vou precisar de ajuda – disse o imediato, sorrindo por trás da barba amarela. Não gostei daquilo, muito menos da expressão dos seus olhos, mas por enquanto não havia o que fazer. Ele passou a tocha a Nestorian e desceu para resolver seus assuntos, assim como os gêmeos, que tinham dado meia-volta nem bem ouviram o capitão. Desci também e fui em direção ao ancoradouro, sem me deter na praia mais que o suficiente para gritar por Matias.

– Você aí, pare o que está fazendo e me leve ao *Narval*! – Às minhas costas, o som de um fardo sendo largado na areia, e logo o antigo caçador vinha correndo atrás de mim. – Vamos pegar um bote e remar até lá. Rápido! Não temos tempo a perder!

– Quem poderia esperar – murmurou ele, tentando conter o nervosismo. – Como faremos agora?

– Daremos um jeito – prometi, embora ainda não soubesse qual. –

Uma coisa é certa: não vou tentar demover Nestorian. O mesmo vento que ajudaria os piratas pode nos ajudar, e os barcos estão prontos, com tudo de que precisamos. Ficou alguém nas cabanas, além das mulheres?

– Maksim e o Botas – respondeu Matias. Levei um momento para ligar o apelido à pessoa – um sujeito lacrimoso e de cara chupada, em quem Nina não confiava – e logo em seguida me lembrei de que ele e Maksim eram os dois que os piratas pretendiam deixar para trás. O mais provável era que quisessem manter essa parte do plano, por isso teríamos de ajudá-los. Mas como?

– Uma coisa de cada vez – falei, tanto para Matias quanto para mim mesmo. – Vamos agir enquanto pensamos num plano de fuga. No momento não adianta nada eu ir até o *Narval;* preciso falar com Anna, depois pegar meu bastão e minhas armas que estão no forte. Você pode tentar falar com os outros, ou pelo menos Artiom e o Cozinheiro. Diga a eles que não se desesperem, ainda vamos sair daqui, mesmo que eu tenha de abrir caminho à força. E, se notar que não está sendo vigiado, tente ir até as cabanas avisar os que estão lá. Leve isto como garantia – acrescentei, passando-lhe a adaga de Finn.

Matias deslizou a arma para dentro da túnica e voltou sobre seus próprios passos. Respirei fundo, concentrando minha energia, e comecei a caminhar, porém não para a trilha que subia o rochedo e sim em direção à entrada da gruta. Queria me esconder em algum lugar pelo caminho e tecer o encanto de invisibilidade, e assim poderia discutir a situação com Anna. Tinha certeza de que ela se sairia com alguma boa ideia. No entanto, mal havia chegado à metade do caminho quando a vi deixar a gruta, precedida pelos gêmeos, com a cabeça descoberta e o cabelo esvoaçando como uma asa negra.

– Anna – murmurei, desejando poder chamá-la. Devia estar desarvorada diante de tudo aquilo. Pensei em ir até ela, mas isso tampouco seria prudente, então deixei que continuasse seu caminho. Ela contornou um lado do rochedo e ficou ali, diante da trilha, enquanto os dois rapazes subiam tão rápido como se apostassem corrida.

Na praia, as pessoas continuavam a correr de lá para cá. O vento cada vez mais forte encrespava as ondas, querendo arrastar para o mar os barcos presos ao atracadouro. Fechei os olhos, sentindo, bebendo, deixando-me envolver por aquele vento para aprender como usá-lo na fuga. Eu ia precisar de tudo que estivesse ao meu alcance.

– Kieran! – A voz inesperada de Anna, fazendo-me abrir os olhos num sobressalto. – Piloto! Está ouvindo? Pode vir até aqui?

– Num momento... Senhora – respondi, e me apressei a correr até ela antes que mais alguém fosse ter conosco. Anna me esperava de braços cruzados, a tensão visível em cada músculo, mas por trás daquela expressão contraída eu podia perceber as ideias surgindo e se encaixando como as tábuas de uma ponte.

– Já sabe, não é? Teremos de partir debaixo dos narizes deles – sussurrou ela. – E não há como enfrentá-los com armas, que aliás não temos. Eu pensei em algumas coisas – coisas parecidas com as que Finn me disse já ter feito, quando vivia no País do Norte –, mas preciso saber se você também consegue, sem um ritual ou uma preparação.

– Estou mais que preparado para usar Magia – rebati, mas entendera onde ela queria chegar. – Não sou tão bom com a Forma quanto Finn, mas posso dar um jeito, se for preciso. No que você pensou?

– Em surpreendê-los durante o ritual – respondeu Anna. – Eles temem e respeitam os Heróis, então escute a ideia que tive.

Inclinei-me, o vento zunindo em meus ouvidos, e ela sussurrou seu plano o mais rápido que pôde. Achei-o bem arriscado, mas tive que concordar. Era o melhor que se poderia arranjar numa situação como a nossa.

– Mas isso tem mais chances de dar certo se todo o grupo da fuga estiver reunido – sublinhei. – Pense em alguma coisa para dizer a esse respeito. Talvez durante o ritual.

– Vou pensar. – Anna mordeu os lábios, olhou no fundo dos meus olhos. – E, Kieran, se alguma coisa acontecer comigo, tenha a certeza de que eu...

Nesse momento, os gêmeos ressurgiram como se houvessem brotado do chão. Estavam vestindo as roupas esfarrapadas de sempre, mas sobre elas usavam mantos curtos sacados de algum baú. Imaginei que houvessem se arrumado assim para o ritual, o que se confirmou quando o Bagre estendeu para Anna o manto de pele oferecido pelos Behzov.

– Vai ficar linda – disse ele, com admiração, vendo-a jogar o manto sobre os ombros. – O capitão também está muito bonito.

– Lá vem ele – disse o Caveira. Voltei-me e vi Nestorian descendo a trilha do forte, com passos calculados, os ombros eretos sob o manto de zibelina. Pelo jeito esquecera as raposas brancas, para alívio dos Behzov, que agora podiam ficar à toa esperando o início da festa. Eles e os piratas, já que os barcos tinham acabado de ser carregados. Até os servos, terminadas suas tarefas, se agrupavam numa ponta da praia, todos os homens à exceção de Maksim e do que chamavam de Botas. Matias também estava lá e me olhava por cima do ombro, mas eu não tinha como ver sua expressão. Ainda faltava algum tempo para que amanhecesse.

– Então, piloto, pedindo conselhos à Donzela? – Nestorian me olhou de alto a baixo, sem parecer muito feliz. – Já foi até o *Narval* como mandei?

– Se foi, deve ter visto que deixamos suas coisas na porta da cabine – disse o Bagre, antes que eu respondesse. – Não conseguimos abrir aquilo de jeito nenhum.

– Minhas coisas? – Levei um instante para compreender e me irritar. – Vocês pegaram minha mochila no forte e a levaram para o barco? Sem permissão?

– Fui eu que mandei – replicou Nestorian. Apertei os lábios, exasperado: agora teria mesmo que ir até o *Narval*. Anna, porém, levou seus pensamentos para outra direção, e apenas um momento depois fui surpreendido por uma proposta inusitada da Donzela Oráculo.

– Capitão, o mar começa a ficar agitado, e pelo que entendi temos pressa em zarpar. Então, por que não manda embarcar de uma vez os prisioneiros? – Senti meus pelos se eriçarem, e devo ter demonstrado isso, mas Anna prosseguiu tranquilamente. – A tripulação precisa estar na praia e participar do rito, bebendo em honra de Woden, mas os servos já podem estar no *Narval*. Fica mais fácil desse jeito.

– É verdade. Por que não? – sorriu Nestorian, para me deixar ainda mais exasperado. – Eles estão à toa, então que embarquem junto com o resto da carga. Cuidem disso, rapazes.

– Sim, senhor – disse o Bagre, e os irmãos tornaram a se eclipsar. Nestorian se espreguiçou como um urso, depois se voltou para mim, batendo-me no ombro com a mão enorme.

– Quanto a você, piloto, é melhor se apressar – disse ele. – Veja o que tem de ver no barco e volte para o início do ritual. Não vai demorar nada, as oferendas já estão chegando. Ali, no primeiro altar, olhe!

Apontou para a mais distante das duas torres de pedra, que eu já sabia destinadas a servir como altares de sacrifício. Olhei por cima do ombro, esperando encontrar um tonel de cerveja e o carneiro dos Behzov – e então me voltei, mal podendo acreditar no que via com meus próprios olhos.

Maksim, amordaçado e com os punhos atados, sendo arrastado até o altar por Tostig. E logo atrás o Botas, dando um pouco mais de trabalho ao Beterraba e a outro pirata, que tentavam conduzi-lo à segunda torre.

Dois homens. Duas vítimas para o sacrifício.

Naquele momento, precisei de todo o meu controle para não matar Nestorian.

– O que está acontecendo? – Anna, o medo e a tensão na voz. – Aqueles homens não iriam ficar na ilha?

– Sim, são inúteis para o trabalho, mas os Heróis ficarão satisfeitos se os oferecermos a eles – respondeu tranquilamente o pirata. – O rapaz irá para Thonarr, por meio do fogo; o mais velho será enforcado em honra de Woden, que passou sete noites pendurado num carvalho.

– Num *freixo*, e foram nove dias e nove noites – corrigiu Anna. – Mas isso não é necessário, capitão. Os Heróis não são gananciosos. Se apenas erguermos as taças em sua homenagem, ficarão satisfeitos, posso assegurar.

– E mais satisfeitos ainda se fizermos esse sacrifício – disse Nestorian, e tornou a sorrir, arreganhando os dentes. – Acho que eu mesmo vou cuidar do fogo no primeiro altar. Ou talvez da corda. Tostig não é tão hábil nisso quanto com o machado.

Anna sacudiu a cabeça e me olhou como se pedisse ajuda. Respirei fundo, disposto a invadir os pensamentos de Nestorian e demovê-lo, pelo menos, da ideia dos sacrifícios. Exigiria algum esforço, mas foi a única solução que me ocorreu. No entanto, antes que enfrentasse o bloco de pedra que devia ser aquela mente fanática, minha mulher tornou a falar, usando a voz solene que emprestava ao seu personagem.

– O vento está trazendo uma mensagem, capitão. – Empertigou-se, erguendo os braços como se quisesse captar alguma coisa no ar. – Ouço uma voz, e não é a de Aegir. Ela sussurra junto ao meu ouvido. Pode escutá-la também?

– Não! Só posso ouvir o vento – disse Nestorian, ansioso. Era incrível a facilidade com que mordia a isca. Alguns homens se aproximaram, atraídos pela fala da profetisa, e ficaram à espera, num silêncio de braços cruzados. Anna esperou um pouco, aumentando o suspense, depois balançou a cabeça, como se assentisse às palavras do Herói invisível.

– É Woden quem fala comigo através do vento – disse ela, por fim. – Fala por si e por Thonarr, o Senhor do Raio. Ele afirma que o sacrifício irá agradá-los...

– Ah! Eu sabia!

– ... Mas que as duas mortes sejam pela espada, e o sangue das vítimas seja misturado à bebida das libações e partilhado por todos – completou Anna. Engoli em seco, perguntando-me de onde ela havia tirado aquilo, mas a coisa foi além. – Nem o senhor nem seu imediato devem empunhar a espada, e sim as taças, pois esse é o verdadeiro papel dos oficiantes. A mão que irá derramar o sangue deve ser aquela que nos guiará até o Norte longínquo, rumo a um futuro de glórias: a mão do nosso piloto, Kieran.

Um calafrio me percorreu dos pés à cabeça. Ao mesmo tempo, a compreensão do que ela estava fazendo me atingiu como um raio, e respirei fundo, absorvendo tanto o choque quanto a luz. E, ao soltar o ar, o que encontrei foi a cara fechada de Nestorian.

– O piloto, é? Por quê? Não gosto disso – rosnou ele, encarando-me com os olhos cheios de raiva. – Ele chegou aqui no outro dia, é quase um estranho, e agora Woden exige que sacrifique as vítimas?

– Sim, porque foi Woden que o guiou até aqui – retrucou Anna. – Lembra-se disso? Quando ele chegou, eu mesma tive uma visão. Mas, se isso não lhe basta, não se preocupe – acrescentou, em tom de desafio. – Woden mandará uma prova de que estou dizendo a verdade.

– Uma prova! – murmuraram os piratas ao meu redor. Nestorian resmungou alguma coisa para si mesmo e se remexeu em seu lugar. Agora era ele que continha o impulso de apertar meu pescoço.

– É, ter uma prova seria bom – concordou, por fim. – Já não estou certo de que devia ter confiado nesse sujeito, para começar.

– Pois muito bem – disse Anna, tomando fôlego antes de erguer os braços. Preparei-me para antecipar o que tínhamos combinado, criando uma ilusão de acordo com os versos que ela recitasse – Arte e Magia, o casamento perfeito –, mas, antes que começássemos, um grito agudo cortou o ar acima do oceano.

A surpresa fez com que todos na praia olhassem para o céu, àquela altura tingido de um azul mais claro, mas ainda pontilhado de estrelas. Dentre elas, uma forma escura crescia em nossa direção, batendo as asas negras enquanto voltava a soltar um grito estridente. *Uma águia*, cheguei a pensar, mas no momento seguinte ele chegou perto o bastante para que eu visse do que se tratava.

Um corvo. E um corvo enorme: o maior que eu já vira. Negro como a noite, envolto numa aura fosforescente, ele voou, primeiro em torno do mastro do *Narval*, depois, por um bom tempo, sobre a figura da proa. Por fim, retomou a direção da praia, seus olhos faiscando com uma luz que não parecia ser deste mundo. Aquele não era um corvo comum, e isso não escapou aos piratas, embora percebessem as coisas de outra maneira.

Por mais iletrados e menos devotos que fossem, todos sabiam que os corvos eram os mensageiros do Senhor do Vento.

– Vejam isso! É um sinal de Woden! – exclamou um deles.

– Vai ao encontro da Donzela Oráculo – disse Makar Behzov.

Mais alguns murmúrios, e todos se calaram, seus olhos cravados no céu a acompanhar o voo da ave. Admito que fiz o mesmo, porque não acreditava no Herói, porém menos ainda em coincidências. Mandado por alguém ou atraído por minha intenção, embora não tivesse lançado mão de qualquer Magia, o corvo estava ali para ajudar em nossos planos – e a certeza disso me levou a erguer o braço no momento em que a ave se preparava para pousar.

– *Ahhhhhhh*! – Uma só exclamação, quase um sopro dos homens à minha volta. O corvo pousou confiante sobre o meu braço, as garras se enterrando em minha túnica até tocar a pele. Ali ficamos, eu, ele e Anna, de cabeça erguida, olhando sem piscar para um incrédulo e desarvorado Nestorian; e como o capitão não reagisse, foi Dusan, o mais velho da tripulação, que avançou para dizer o que todos estavam pensando.

– A Donzela Oráculo está certa. Woden escolheu! Ele enviou o corvo para dizer que quer o piloto!

– É! O piloto! Capitão, Woden escolheu o piloto! – exclamaram várias vozes. Nestorian me encarou, o rosto pálido, mas não ousou retrucar.

Nem mesmo ele se oporia à vontade de um Herói.

22
Fogo e vento

Abençoa-nos, Woden, da lança brilhante,
Cavaleiro do crepúsculo,
Senhor da caça selvagem.
Faz soprar o vento
Constantemente em nossas velas.
Guia-nos pela névoa e pela tempestade,
Até as praias do Norte,
Até o tesouro prometido.

As palavras soavam como um cântico na voz de Anna. Com o vento nos cabelos e as mãos erguidas para o céu, ela parecia uma sacerdotisa dos tempos antigos, antes que os Prestes inventassem seu próprio Deus e o pusessem acima dos Heróis. Estava de costas para o mar, de pé sobre uma plataforma construída com ossos de dragão, que ela pedira e obtivera na última hora, junto com duas dezenas de archotes fincados na areia. O Bagre e o Caveira estavam ao seu lado, cada um segurando uma tocha acesa, mas os outros se mantinham a distância, inclusive Nestorian e Tostig. Ainda bem. Eu não queria nenhum deles perto dela quando o momento chegasse.

Apertei a espada e o bastão de aveleira que segurava nas mãos. Fora uma sorte eu ter podido ir até o *Narval* sem despertar suspeitas, mas Nestorian mandara que dois de seus homens me acompanhassem, e não pude trocar mais que um olhar de entendimento com Matias. Também não tive como pegar o arco e as flechas, que gostaria de ter deixado com ele. Por outro lado, a adaga de Finn continuava escondida em sua túnica, e eu esperava que o antigo caçador dos Behzov não hesitasse em usá-la.

Outro golpe de sorte fora obter de Nestorian que Nina e o Mestre Angus também esperassem a bordo, pois eles eram as duas pessoas mais difíceis de resgatar. Agora, além de Anna e de mim mesmo, só precisava me preocupar com os homens presos nos altares, principalmente aquele que chamavam de Botas. Ao contrário de Maksim, ele não sabia nada sobre o plano, por isso não cessava de se debater e urrar sob a mordaça. Aquilo arranhava meus nervos. Eu teria entrado em sua mente e ordenado que ficasse quieto, mas não queria desperdiçar nem um pingo de energia mágica.

Em alguns instantes, ia precisar de todas as reservas que tivesse.

Anna se desdobrava em grandes gestos, recitando uma das sagas de Aegir. Momentos antes ela mandara servir a bebida do ritual, e uma enorme taça de osso esculpido ainda passava de boca em boca entre os piratas. O vento continuava a soprar, e dentro dele o corvo planava com as asas abertas. Não que alguém além de mim estivesse prestando atenção.

– Ao mar suplicamos brandura! – entoava a Mestra de Sagas. – Ao vento damos nossas invocações. Guia-nos, Woden, sobre os domínios de Aegir e a salvo da fúria de Thonarr, até o longínquo Norte!

– Guia-nos! – berraram os piratas, em êxtase. Anna os observou por um momento e olhou para mim, mostrando, com um breve aceno, que devia me preparar para agir.

– Agora, capitão, é chegado o momento da verdade – decretou ela, olhando em cheio para Nestorian. – Que os seus homens se coloquem por trás dos archotes e eles sejam acesos, um a um. Deixemos que o fogo purifique nossos espíritos antes do sacrifício!

Mesmo de longe, pude ver o contentamento nos olhos de Nestorian. Ele esfregou as mãos e fez um sinal aos gêmeos, que se apressaram a atear fogo aos primeiros archotes. Anna voltou a erguer as mãos e se pôs a entoar estrofe sobre estrofe da "Canção do Andarilho Cinzento". Era uma das sagas mais conhecidas a respeito de Woden e não fazia sentido narrá-la em meio ao ritual, mas isso não tinha importância. O objetivo era manter Nestorian e seus homens ocupados, absortos no cântico e na contemplação da fumaça que se desprendia das tochas. Mantê-la no ar, sobre as cabeças dos piratas, e torná-la cada vez mais densa apesar do vento – essa era a primeira das minhas tarefas.

A saga prosseguia, pontilhada aqui e ali por um ruído de tosse. Um ou dois homens tentaram se afastar das tochas, mas Anna interrompeu a narrativa para ordenar que voltassem. A fumaça aumentava, cada vez mais negra e espessa, de forma que os homens por trás dela não perceberam quando os prisioneiros começaram a se movimentar no *Narval*. Desviei minha atenção por um instante e enderecei um pensamento a Matias, lembrando-o de que as velas tinham de ser içadas e um bote jogado ao mar. Então, voltei a me concentrar na nuvem de fumo, sobre a qual a voz de Anna adquirira um tom de exortação.

– Ouçam todos, o Senhor do Vento demonstrou sua boa vontade ao mandar a ave negra até nós. Aegir fala através dos meus lábios, e asseguro que está satisfeito com a devoção que viu nesta Ilha. Agora, eu invoco o Senhor do Raio e peço sua proteção. Thonarr! Envie-nos um sinal por meio das chamas!

– *Thonarr*! – gritaram os piratas, e alguns tossiram, mas esses sons chegaram até mim como se viessem de muito longe. Bastão em punho, envolto pelo vento, eu murmurava as palavras do encanto ilusório, construindo o melhor que podia a figura destinada a maravilhar e confundir a tripulação. Finn teria feito aquilo melhor e mais rápido, talvez alguém como o Encanta-Dragões criasse algo mais colorido, mas evoquei as imagens em minha memória e fui em frente, modelando naquela fumaça escura o Herói vermelho cujas histórias tinha ouvido na infância.

E, pouco depois, soube que tinha dado certo.

– Vejam! Thonarr se faz presente entre nós! – bradou Anna, em meio à agitação dos piratas. Abri os olhos, contemplando minha obra, e gostei do que vi. A imagem não era perfeita, mas qualquer um podia reconhecer Thonarr, com as barbas ao vento e o martelo em punho, elevando-se majestoso sobre os homens na praia. Eles gritavam cada vez mais, fazendo votos em troca de fortuna e sorte nas batalhas.

Relanceei os olhos para o *Narval*. As velas tinham sido içadas e estavam enfunadas pelo vento; Mestre Angus tinha ido até a proa e olhava pelo binóculo de gota-de luz, enquanto Matias esperava num bote amarrado à embarcação maior. Estava tudo pronto por aquele lado – e assim respirei fundo e empunhei minha espada, enquanto a voz infatigável de Anna voltava a se fazer ouvir.

Thonarr, Senhor do Raio e do martelo,
Consorte da bela Sif,
Campeão dos Heróis.
Tu que vieste pela chama das oferendas,
Tu que esculpiste tua imagem no fumo,
Ouve-nos, Thonarr!

– *Thonarr!* – ecoaram os homens, no momento em que eu cortava a última amarra. Maksim tirou a mordaça, esfregando os pulsos, e eu ia correr para a outra torre quando ouvi alguém gritar por trás do muro de fumaça.

– Piloto, o que está fazendo? Capitão! Veja aquilo!

– O que foi? – bradou Nestorian. Provavelmente ainda tentava enxergar, mas não me detive um só instante em considerações; desembainhando a espada menor, atirei-a para Maksim e pus-me a correr em direção aos piratas.

– Solte o Botas e vá para o *Narval*, rápido! – gritei, antes de mergulhar naquele poço de fumo negro.

Dentro dele, encontrei o inferno.

O alerta dado por um dos piratas pusera todos os outros em alvoroço, mas a fumaça ainda era densa demais para que achassem um caminho de saída. Alguns tossiam sem parar, outros estavam tontos; o calor do fogo tornava as coisas ainda piores, mas mesmo assim eles tentavam, braços e espadas cortando as espirais de fumo onde pouco antes se desenhara a imagem de Thonarr. Desviei-me de alguns golpes dados às cegas e corri ao encontro de Anna, que, do alto da plataforma de osso, ainda tentava fazer com que os homens mantivessem a calma.

– Escutem! O Senhor do Raio é misericordioso! – gritava, como se alguém ainda prestasse atenção. – As vidas dos prisioneiros devem ser poupadas!

– Você enlouqueceu? Desça daí! – exclamei. Anna se deu conta da situação e saltou para a areia, enquanto eu me voltava para aparar um golpe desajeitado. O pirata berrou alguma coisa em meio à confusão – *traidor*, talvez –, mas eu já me afastava o mais rápido que podia, seguindo os passos de Anna, que de alguma forma se orientava bem no interior da fumaça. Da minha parte, não enxergava mais que um palmo à frente do nariz, mas podia mudar isso. Foi o que fiz, usando uma palavra e um movimento do bastão.

– O piloto! Onde está aquele cão das Terras Férteis? – urrou Nestorian no momento seguinte. Olhei em torno, com a clareza adquirida através da Magia, e o vi do outro lado dos archotes, de espada em punho, rogando praga sobre praga enquanto tentava encontrar um caminho. Cerrei os dentes, lembrando que prometera matá-lo, e cheguei a erguer o bastão, mas o encanto que estava prestes a sussurrar foi substituído por um de defesa quando três homens saltaram sobre mim. Suas espadas se chocaram contra a barreira invisível e o impacto os atirou ao chão, enquanto eu recuava ainda mais em direção ao bote e ao mar.

– Venha, Mestre Kieran! Só falta o senhor! – gritou Matias. – O vento está muito forte!

– Pois que fique ainda mais! – bradei, e ergui o bastão, deixando que a Magia me percorresse como um raio. Ventos sopraram loucamente em todas as direções, uma lufada forte atirando para trás os piratas que vinham em meu encalço. As velas do *Narval* se enfunaram até o limite e uma onda estourou sobre o bote, encharcando os quatro passageiros dos pés à cabeça.

– Rápido, Kieran, rápido! – gritou Anna, a voz aguda de tensão. Virei-me e corri a toda velocidade para o bote, felizmente preso ao *Narval* por uma corda que Artiom e o Cozinheiro seguravam do convés. O barco maior fora solto do atracadouro, e apenas uma âncora leve impedia que o vento o arrastasse para longe. Ouvi o rangido dos ossos de dragão, o ruído de coisas velhas querendo se partir; quando entrei no bote, meu peso o fez gemer como um veterano com a doença das juntas.

– Podem puxar! – gritou Matias para os homens no barco.

Uma discussão pareceu estourar lá em cima – a voz nervosa de Artiom, apaziguada pelas de Lyuba e do Cozinheiro –, mas logo a corda que nos prendia ao *Narval* começou a ser recolhida, enquanto

Matias fazia força nos remos. Não o ajudei, porque não havia outro par e porque continuava com o bastão em punho, murmurando encantos para o vento.

Na praia, boa parte da fumaça havia se dissipado. Os piratas esfregavam os olhos, piscando várias vezes antes de se dar conta do que acontecia. Quase todos se detiveram, incrédulos diante da iminente partida do *Narval*, mas Tostig passou por eles e correu para a água, trovejando suas pragas de bárbaro. Teria nos seguido a nado, não fossem o peso do machado e as ondas que rebentavam em cima dele.

Uma escada de corda nos esperava quando o bote encostou no *Narval*. Maksim e o Botas subiram sem problemas, e o mesmo fez Anna, acolhida nos braços de Nina e de Mestre Angus. Fui o próximo, mas ao saltar para o convés fui recebido por vários pares de olhos assustados. Só os de Artiom mostravam alguma raiva.

– Você mentiu para nós. Não é um piloto e sim um feiticeiro – disse ele, contraindo as feições.

– Exato. E mesmo assim vou nos tirar daqui – repliquei. O camponês franziu a testa e deu um passo à frente, como se fosse me enfrentar. Pensei que teria de lidar com ele, mas, por sorte, Matias acabara de subir para o convés.

– Não seja estúpido, esse homem salvou sua pele – disse ele, empurrando o rapaz em direção à proa. – Você lhe deve desculpas, mas agora vá recolher aquela âncora. Temos que partir!

Artiom hesitou por um momento, depois se virou e correu para cumprir a ordem. Matias se debruçou na amurada e cortou a corda do bote, enquanto Vassia e Leonid, os dois que tinham sido marujos, cuidavam das velas com a ajuda do Cozinheiro. Nova lufada de vento e a embarcação descreveu uma volta, o chifre espiralado em sua proa agora indicando o caminho do Norte.

Corri até a popa, querendo ver como estavam as coisas na praia. O *Narval* se afastava velozmente, embora não tão rápido que os piratas já estivessem fora de vista. Alguns ainda estavam parados, mas outros começavam a se mexer, tentando alcançar os barcos ainda presos ao atracadouro. Eu tinha certeza de que viriam atrás de nós, tão logo conseguissem zarpar. Era preciso uma boa dianteira, por isso continuei a empunhar o bastão, mantendo o vento apenas em nossas velas. Fiz isso até estarmos bem distantes, sussurrando, recitando, prolongando o efeito do encanto até que minhas forças vacilassem. Então, baixei meu braço exausto e abri os olhos – para me encontrar diante do corvo, empoleirado na popa do barco e me encarando como se me reprovasse.

– Você. Não me olhe assim – murmurei, e ato contínuo fui obrigado a me apoiar na amurada. Os prisioneiros comemoravam, dando vivas à fuga e à liberdade, enquanto uma náusea terrível fazia com que eu me dobrasse em dois. Eu fora um imbecil forçando meus limites daquele jeito.

– Kieran! Você está bem? O que houve? – perguntou Anna, correndo para mim. Olhei para ela, querendo dizer algo que a tranquilizasse, mas não fui capaz de falar. Às nossas costas, a alegria tomava conta do convés, um vozerio que se misturava aos sons do mar e do vento. E acima das vozes, alheio à confusão, o corvo alçou voo, deixando claro que estávamos mais uma vez entregues à nossa própria sorte.

23

Entre o mar e a espada

Acordei com um raio de sol tentando furar meu olho. Eu estava deitado no convés e as tábuas me incomodavam as costas, mas havia algo macio sob minha cabeça, e logo um toque ainda mais suave me roçou a face.

– Está melhor? – A voz de Anna, que se inclinava protegendo meu rosto da luz. – Você dormiu durante um dia e uma noite, Kieran.

– Eu não dormi, de fato. Eu *apaguei*. – Sentei-me, ainda tonto, porém muito melhor do que no dia anterior. – O que aconteceu nesse meio-tempo?

– Deu tudo certo, graças a você. E a eles também – disse Anna, fazendo um gesto em direção ao grupo. – Matias, principalmente, que comandou todo mundo e acalmou os ânimos. Não fosse ele, talvez você acordasse no fundo do mar.

A última frase foi dita em tom de brincadeira, mas eu sabia que tinha um fundo de verdade. Nem todos a bordo estavam à vontade com a minha presença, e dois ou três continuavam a me lançar olhares hostis. Pior para eles, pensei, olhando o mar quase liso, as velas murchas com a falta de vento. Se aquilo continuasse, logo precisaríamos lançar mão da Magia outra vez.

Vendo-me acordado, Mestre Angus veio me cumprimentar, acompanhado pelas mulheres e por Matias. Nina me deu uma caneca d´água fresca e se ofereceu para trazer comida, mas recusei, pois meu estômago ainda estava revirado. Espreguicei-me, desfazendo os nós em meus músculos antes de me levantar e ir até a popa do barco, onde Artiom manejava o remo longo que servia de leme.

– Como está se saindo? – perguntei. Ele franziu a testa, depois encolheu os ombros como se aquilo não lhe dissesse respeito. De onde estavam, os outros homens olharam para nós, e decidi que a fala destinada a Artiom bem poderia servir para todos.

– Escutem bem, vocês aí. – Ergui a voz, conferindo-lhe um tom de comando. – Sei que alguns estão com raiva porque menti, e outros sentem medo porque ouviram dizer que os magos são perversos. Não vou tentar convencê-los do contrário. Gostem ou não, eu e minha mulher tiramos a todos nós da Ilha dos Ossos, e agora pretendemos levar este barco para o Norte. Os botes ficaram para trás, por isso a escolha é uma só: ou se conformam com a minha presença ou pulam no mar. Os que ficarem vão ter que obedecer a mim, a Anna e a Matias, mas estarão livres quando chegarmos a terra firme. Alguém quer dizer alguma coisa?

Como eu esperava, houve murmúrios, mas ninguém se pronunciou contra minhas palavras. Também não houve quem preferisse deixar o barco. Esperei mais alguns momentos, depois virei as costas como se nada houvesse acontecido e fui com Matias inspecionar o estoque de provisões do *Narval*.

– Não estamos nada mal – disse ele, mostrando-me os barris de água doce e a comida estocada. – Isto foi pensado para trinta pessoas e somos apenas dezesseis. A maioria dos piratas já tinha trazido sua bagagem, ou parte dela, por isso contamos com algumas armas. Também temos velas de reserva para qualquer emergência. E remos, claro, suficientes para suprir os dez bancos.

– Isso me preocupa – afirmei. – Entre nós há dois homens doentes e um muito velho. Válidos, somos apenas oito. O número seria razoável no *Diamante*, mas, com o *Narval*, vamos precisar de vento para nos mover.

– Mas o senhor pode cuidar disso, não?

– Se necessário, sim, mas não o tempo todo – respondi. – Espero que a calmaria não tarde a passar. Você viu como aquilo me deixou esgotado.

– Vi mesmo. – Matias hesitou por um momento, depois voltou a falar. – Eu queria pedir desculpas por ter deixado o senhor no convés. Devia tê-lo levado para a cabine do capitão, pois ela é sua por direito, mas tive medo de...

– O quê? A cabine de Nestorian? De jeito nenhum – declarei, pois não queria dormir em meio aos resquícios da energia daquele fanático. – Anna e eu vamos ficar com a do piloto. É pequena, mas dá para nós dois. Nina deve ficar na que era da Donzela Oráculo. A de Nestorian pode servir para os doentes, caso o tempo esfrie e eles precisem de abrigo. Falando nisso, há roupas a bordo? Mantos, agasalhos?

– Vou dar uma busca nas bagagens, mas acho que não vai haver muita coisa. A maioria dos piratas só tem a roupa que está no corpo. E nós também – sorriu Matias. – Vamos chegar bem malcheirosos, a não ser que chova.

– Hum. Seria melhor que não chovesse – respondi. Não queria ter de lidar com o vento, menos ainda com uma tempestade, que nos afastaria do rumo e causaria danos ao barco. O dia, porém, estava firme e ensolarado, e os cálculos que fiz mais tarde me levaram a crer que estávamos indo na direção certa, de forma que tentei descansar um pouco em meio à calmaria.

Naquela noite, Anna e eu partilhamos o catre do piloto, onde só cabíamos muito apertados. Não que isso fosse um problema para nós. Maksim e o Botas ficaram na cabine de Nestorian, Nina e Olia na última; os demais se acomodaram sobre mantas e sacos no convés. A noite de verão estava agradável, mas o vento havia cessado por completo, e o *Narval* permaneceu onde estava. Eu ia ter que fazer algo a respeito nas próximas horas.

– Bom dia, piloto! – saudou Nina, sorrindo, quando saí da cabine. – Ou eu deveria dizer *capitão*?

– Diga qualquer coisa, desde que não se refira a Magia nem a remos – repliquei, aceitando a cerveja que ela me oferecia. O tempo firme permitira trazer o fogareiro para o convés, e todos estavam em torno dele, comendo o peixe e o grão preparados pelo Cozinheiro. Observei-os por alguns momentos e concluí que os ânimos tinham melhorado, mas preferi não me mostrar muito amigável por ora. Peguei a tigela de comida quase fria e fui me sentar ao lado de Anna, que como sempre já havia puxado conversa com quem estava mais perto.

– Foi arriscado, mas Nestorian não percebeu – dizia ela a Matias e Katenka. – Também não cheguei a mostrar ao Kieran. Mas ele deve ter visto quando fugimos pelo meio da fumaça. Não foi, amor?

– Não sei. *O que* eu devia ter visto?

– O que me permitiu enxergar. Isto aqui – disse Anna, afastando o cabelo dos ombros. Prendi a respiração ao ver a parte de trás do seu colar: não simples contas de âmbar, mas gotas-de-luz verdadeiras, brilhando com a essência do dragão. Era uma joia sem preço.

– Quando desci da plataforma eu não conseguia ver nada, então tirei o colar e olhei através das contas. Deu certo – afirmou minha mulher.

– As lunetas também são excelentes – disse Mestre Angus, que se aproximara do grupo. – E aposto que há outros usos para as gotas-de-luz. Todos bem lucrativos.

– Já eu queria ter trazido um pedaço de osso de dragão – disse Matias. – Ouvi dizer que os boticários pagam bem por ele.

– Não pagam, não. Isso é um boato – esclareceu o velho. – Houve uma época em que os ossos eram moídos e usados como remédio contra o mal das juntas, mas depois se concluiu que não faziam qualquer efeito. Nestorian devia saber disso, porque usou os ossos no atracadouro em vez de tentar vendê-los.

– Eu não me importo com os ossos. Só quero esquecer Nestorian – murmurou Katenka. – Ele, a ilha e tudo que veio antes.

– Você está certa. Vamos todos recomeçar de um jeito melhor – disse Matias, afagando-lhe o ombro. Anna olhou com surpresa para eles, depois para mim, um sorriso curvando os cantos de seus lábios.

– Ei, Vassia! Alexei! – A voz de Leonid, um dos antigos marinheiros. – O vento está voltando! Vamos virar essa vela e pegá-lo de lado!

– Ao leme, piloto! – brincou Anna, quando eu já me levantava. Tinha que me assegurar de que o *Narval* ia continuar no rumo certo. Os marujos, porém, já estavam tratando de tudo, e o barco não tardou a se mover, se bem que meio adernado, em direção ao que eu supunha ser o Cabo Svaltarr.

– Tudo certo – murmurei, e me voltei para o leme, manejado por um Artiom ainda ressentido. – Pelo menos é o que espero. Você, o que diz?

– Nada. – Baixou a voz, lutando consigo mesmo. – A não ser que... Bom, Matias acha que eu lhe devo um pedido de desculpas.

– Não precisa. Só quero que me olhe nos olhos quando falar comigo – repliquei. – Se vamos brigar, que seja como homens. Você não é mais nenhum garoto.

– Eu era, quando me pegaram – murmurou ele. – Três anos atrás. Eu tinha acabado de fazer dezesseis.

– Bom, eu tenho o dobro da sua idade, e perdi mais do que três anos da minha vida. – Alguns por minha própria culpa, mas isso eu não ia dizer. – E você até que tem sorte. Em poucas luas vai estar de volta à sua terra, com saúde e todo o tempo do mundo pela frente.

– Isso é verdade – reconheceu Artiom, e só então voltou a me olhar com franqueza. – Mas eu preferia que não tivesse mentido para nós.

– Eu também – respondi, no mesmo tom. – Mas fiz o que tinha mais chances de dar certo.

Bati em seu ombro antes de me levantar e voltar à cabine. O mapa de Camdell estava lá, desenrolado sobre a mesa estreita e marcado pela ponta do compasso com o qual eu estivera tentando trabalhar. Levei-o para fora, onde havia luz e ar fresco, e tentei calcular a distância até a ilha mais próxima. Devíamos passar por algumas, pequenas e desabitadas, dentro de pouco tempo.

– Olhe só, Mestre Kieran – Matias se aproximou, segurando um estojo de couro que continha formões, pregos e um grande martelo. – Estou olhando as bagagens, para ver se acho roupas, e encontrei isso aqui. Pode ser bem útil. Se precisarmos de qualquer conserto no barco, já temos as ferramentas.

– E também temos madeira – observou Lyuba, que olhava pela amurada. – Vejam aquilo!

Matias largou a sovela que estava examinando e se juntou à mulher. Fui com ele, para ver o que se passava, e me deparei com um monte de destroços boiando à superfície da água. Aduelas de metal, pedaços de madeira e até um remo passaram por nós em lenta sucessão, à medida que um vento brando continuava a impelir o *Narval* para a frente. Aquilo só podia ter um significado – um naufrágio – e a ideia trouxe consigo algo sombrio que gelou minha espinha.

– Olhem! É terra! – exclamou Vassia, da proa. – Tem uma ilha logo ali adiante!

– Existe um grupo de ilhas entre a dos Ossos e o Cabo Svaltarr.

Já teríamos passado por elas se não houvéssemos ficado parados durante a noite – expliquei. Isso apaziguou os ânimos por algum tempo.

A ilha estava cada vez mais próxima, pouco mais que uma rocha perdida no meio do mar. Íamos passar ao largo, e Leonid já começava a fazer a manobra quando Artiom deu o alarme.

– Vejam! Há umas pessoas, ali, no alto daquelas pedras! Parece que estão chamando a gente!

– Mulheres...! – exclamou Lyuba, espantada.

Olhei para onde ela apontava e vi duas figurinhas diminutas, que acenavam freneticamente com os braços erguidos. Estávamos longe demais para saber se eram de fato mulheres, mas, em vista dos destroços, não havia dúvidas sobre o que ocorrera. Do barco, ou o que restara dele, não havia sinal, e imaginei que houvesse afundado ao bater nas rochas que circundavam a ilha. Provavelmente elas ficavam encobertas durante uma parte do dia.

– Quem são aqueles dois? – perguntou Anna, juntando-se a nós.

– Duas mulheres – disse Lyuba.

– Mesmo? O da direita parece um rapaz. Mas, enfim... São náufragos. O que podemos fazer por eles?

Dizendo isso, ela olhou para mim, e não foi preciso mais nada para que eu soubesse o que estava pensando. Suspirei, pois aquilo nos atrasaria ainda mais, porém não havia o que contestar. Não podíamos deixar dois náufragos abandonados à própria sorte.

– Atracamos perto da ilha? – perguntei a Vassia. O marinheiro sacudiu a cabeça, resoluto: na sua opinião, corríamos um sério perigo de também nos chocar contra os rochedos. Por outro lado, estávamos longe demais para que os náufragos nadassem até o barco, por isso decidi arriscar uma aproximação, com Matias testando a profundidade com o fio de prumo. Pouco a pouco, fomos avançando pela esquerda, Artiom e outro homem se preparando para lançar âncora enquanto Lyuba gritava para as pessoas na praia.

– Quem são vocês? Precisam de ajuda?

– Pelo amor de Deus, sim! – A voz era jovem e aguda, mas pertencia sem dúvida a um rapaz. – Piratas tomaram nosso barco! Eles levaram nosso pai!

– Piratas – disse Anna, com a voz tensa. – Não pensei que íamos encontrar outros.

– Nem eu – respondi, embora estivesse quase certo de que se tratava de velhos conhecidos. – Bom, pergunte a eles se podem nadar até aqui. Não temos bote, e é arriscado avançar mais.

Lyuba pôs as mãos em torno da boca e fez a pergunta. A resposta foi desanimadora: o rapaz nadava bem, mas levara uma pancada e estava tonto, e a irmã mal conseguia dar algumas braçadas sem afundar. Diante disso, achei que o melhor seria dois ou três dos nossos irem até lá, levando uma corda à qual os garotos pudessem se amarrar para serem puxados. No entanto, para minha surpresa, ninguém além de mim e de Anna sabia nadar, nem mesmo Leonid e Vassia, que tinham sido marinheiros durante anos.

– Como se arranjavam? – perguntei. Os dois se entreolharam, depois encolheram os ombros. Aquilo não devia ser incomum no Oeste. Resmunguei, reiterando minha antipatia pela região, e me abaixei para tirar as botas. Foi então que uma figura passou diante dos meus olhos e se atirou à água antes que eu pudesse detê-la.

– Não precisa vir mais ninguém! – gritou Anna, entre duas rápidas braçadas. Um arrepio me subiu pela espinha antes que eu percebesse que ela amarrara uma corda à cintura – a outra ponta presa ao mastro do *Narval* – e se repetiu quando vi que estava apenas com as roupas de baixo. Os homens ao meu redor também viram, mas foram prudentes o bastante para não comentar, limitando-se a desviar os olhos e a murmurar que Anna nadava como uma lontra.

Vendo o socorro a caminho, os dois irmãos se abraçaram, o vento trazendo até nós seus gritos de alegria. Lyuba fez novas perguntas, e assim ficamos sabendo que eles eram moradores de uma ilha a oeste da nossa rota. Saindo para pescar, tinham visto os destroços de um barco, e no rochedo um punhado de homens que tentavam reunir madeira para uma jangada. Um deles gritara pedindo ajuda, e, pensando tratar-se de marinheiros, o pai de Roskva e Sigurd atracara de boa-fé. Foi o que bastou para caírem nas mãos dos piratas.

– O chefe era um sujeito magro, alto e muito mal-encarado – disse Sigurd, um garoto moreno e esguio de uns quinze anos. – Ele nos deixou aqui e levou meu pai para guiá-los até a nossa casa, porque acha que temos alguma coisa de valor. Mas não há nada além do barco, e isso eles já pegaram.

– Disseram que voltariam para nos buscar – ajuntou a irmã. – Acho que vão mesmo, para nos vender como escravos ou coisa assim.

– Não tenham medo! Isso não vai acontecer – assegurou Lyuba, e se voltou para mim em busca de confirmação. Assenti e suspirei de novo, olhando para Matias, que balançava a cabeça.

– Não nos livramos de Rumen – disse. – Maldito filho de uma mula!

– O quê? Vamos à tal ilha? – perguntou Vassia, com os olhos arregalados. – Com todo respeito, Mestre Kieran, o senhor é *maluco*?

– Não o maior de todos – respondi, olhando para a rocha onde estavam os irmãos. Minha mulher tinha acabado de sair da água e amarrava a corda em torno da cintura de cada um, formando uma corrente viva que devíamos resgatar. Faltava apenas um elo: o pai. Eu sabia que Anna faria de tudo para ajudá-lo e não tinha como me opor, mas estava preocupado, porque não me agradava a ideia de nos reencontrarmos com Rumen. O próprio som do seu nome trouxera uma sensação ruim. Eu tinha certeza de que ele estava por ali, embora não fizesse ideia do quanto estávamos próximos.

E muito menos do fato de não estarmos sozinhos.

De repente, gritos de alarme irromperam entre os homens na popa do *Narval*. Corri até lá, tentando ver de longe quem ou o que se aproximava. Rumen seria a aposta mais provável, mas a vela que enxerguei a distância era grande demais para pertencer a um barco de pesca. Logo depois surgiu outra, pequena e quadrada, enfunada pelo vento cada vez mais forte. Ambas as embarcações tinham a proa apontada em nossa direção, e um raio me percorreu da cabeça aos pés quando enfim reconheci a maior.

O *Diamante*. O barco que eu havia escolhido para nossa fuga, mas tivera que deixar nas mãos dos piratas. E, em sua proa, um homem cujo rosto eu não via, mas que reconheci pela voz cheia de ódio com que berrava meu nome.

– *Kieran*! – Um rugido, uma fera, o monstro do mar. – Vou arrancar seu coração, desgraçado! O seu e o dessa bruxa maldita! Vocês vão pagar com sangue por cada mentira que me contaram!

– Não acredito...! Como ele pode ter nos alcançado? – murmurou Nina, torcendo as mãos.

– Avançando, à força de remos, durante a calmaria – disse Mestre Angus. – Só pode ter sido isso.

– Sim. Mas não é hora para conjecturas – falei, sem desviar os olhos de Nestorian. – Vamos agir. Matias, ajude a tirar Anna e os garotos da água. Nina, você leva os dois para a sua cabine, quero que se tranquem lá. E o senhor, Mestre Angus, mande Artiom já ir puxando a âncora. Vou tentar nos tirar daqui pelo outro lado.

– Tarde demais – disse Matias, em tom fúnebre. – Os outros estão a caminho.

– Que outros? – perguntei. O caçador apontou para a ilha, sem nada dizer. Segui com os olhos a direção que ele indicava – e gelei. Por trás do rochedo, tão perto que se podiam ver os rostos dos homens a bordo, acabava de surgir um pequeno veleiro, e logo os insultos de Rumen vinham se somar aos de Nestorian do lado oposto do mar.

– Bastardo de um cão! Escória das Terras Férteis! – berrava ele, brandindo a espada que fora do Basilisco. – Valeu a pena naufragar e perder tempo, para poder arrancar suas tripas imundas!

– Rumen! Ele me enganou! – gritou Nestorian, a plenos pulmões. – Ele se juntou com a cadela morena e me tomaram o *Narval*. Eu vou matar os dois!

– Então vão morrer duas vezes! – concluiu Rumen, arreganhando os dentes. – Eu também quero acabar com os miseráveis!

– Mestre Kieran, pelo amor de Deus, faça ventar – implorou Katenka. – Vamos embora daqui!

– É! O senhor pode! Por favor! – exclamaram outras vozes. Quase todos no *Narval* haviam se aglomerado ao meu redor, agoniados à vista dos barcos que nos cercavam por dois lados. Eu também estava tenso, mas não podia me precipitar, por isso mandei que calassem a boca e corri para a proa. Ali, Matias e outros dois homens tinham acabado de resgatar Sigurd, e Roskva dava suas últimas braçadas desajeitadas com o auxílio de Anna. Faltava pouco para alcançarem o barco, mas Rumen se aproximava, berrando para incitar seus homens a remarem mais rápido. Atrás dele, Evgeni se levantou segurando o que em princípio parecia um remo, mas o gesto de erguê-lo sobre o ombro desfez o engano. Uma lança...!

– Cuidado, Anna! – gritei, mas o mesmo instinto já me fazia agir, construindo entre ela e os piratas um escudo feito da mais pura energia mágica. Ninguém, além de mim, era capaz de vê-lo, mas viram a lança ser erguida, e as súplicas para que eu os tirasse dali se transformaram em gritos de alerta e desespero.

Então, foi tudo muito rápido. Roskva alcançou a proa e foi içada pelos homens que ajudavam Matias; Anna agarrou a mão do caçador, e nesse exato instante a lança de Evgeni bateu contra a proteção mágica. Exclamações de assombro e alívio se ergueram vindas do *Narval*, enquanto, perturbados com a visão da arma caindo ao mar – depois de se chocar, ao que parecia, com *nada* – os piratas deixaram de remar por alguns momentos. Foi nesse meio-tempo que Anna saltou da amurada para os meus braços.

– Não podemos sair daqui – falei, com urgência, assim que seus pés tocaram o convés. – Estamos entre as rochas e os piratas. Vamos ter que lutar.

Anna assentiu, tensa e um pouco ofegante, e tornou a vestir suas roupas. Os fugitivos estavam à nossa volta, parecendo atarantados, e vi que não se mexeriam sem uma voz de comando.

– O que estão esperando? Peguem as armas! – exclamei. – Há várias no barco, podem escolher!

– São piratas – gemeu o Botas, baixinho. Mesmo assim, Anna escutou e o pegou pelo ombro, puxando-o até que os rostos ficassem quase colados.

– São as *nossas vidas* – disse, alto o bastante para que todos ouvissem. – Vamos lutar por elas. Onde está aquele arco?

– Aqui! – gritou Artiom, correndo para lhe entregar arco e flechas envoltos num pedaço de couro. Isso arrancou os demais de uma espécie de transe: no momento seguinte, quase todos correram para pegar uma arma. Nina já estava na cabine com Sigurd e Roskva. Mestre Angus segurava uma espada curta e ensaiava uma pose marcial. Apertei meu bastão de poder e uma das espadas e olhei para Anna, que estava na proa, encaixando a primeira flecha na corda do arco.

– Estão vindo – disse ela, com os olhos no mar.

24
Acerto de contas

Os momentos que se seguiram foram de luta e desespero.

Berrando como loucos, brandindo espadas e lanças e tomados de uma fúria assassina, os piratas nos atacaram de uma só vez. Pela proa vinham Rumen e seus comparsas, tendo como refém o pescador, que chorava e chamava pelos filhos; pela popa, Nestorian e pelo menos vinte homens no *Diamante*; pela esquerda, mais recuado, o barco dos Behzov. O ataque nos obrigou a dividir nossas forças, por isso me afastei enquanto Anna ficava na proa, disparando suas flechas contra os homens de Rumen. Um deles foi atingido e caiu na água antes mesmo que eu chegasse a meu posto: a elevação na popa do *Narval*. Eu estava decidido a acabar pessoalmente com Nestorian.

– Pode vir, maldito! Eu vou furar esses seus olhos de cobra! – berrou o pirata, ameaçando-me com a espada. Ergui o bastão, pronto para liquidá-lo, mas nesse momento um arpão vindo do barco dos Behzov passou rente ao meu ouvido. Abaixei-me, por instinto de defesa, e quando olhei de novo vi que Nestorian abandonara seu lugar na proa. Onde ele estivera relampejavam agora os cabelos ruivos do Beterraba. Foi o que escolhi como alvo para meu primeiro ataque.

– *Morte* – murmurei, como tinha de ser. A energia se projetou como um dardo da ponta do bastão. Fulminado, o pirata caiu para trás, causando um alvoroço entre os companheiros. Certamente já tinham visto muitas mortes, porém eram causadas por metal, doença ou algum desastre. Ninguém sabia dizer o que tinha sido *aquilo*.

– Bruxo! *Ele* é que é o bruxo! – De repente, um dos homens entendeu tudo e gritou, apontando para mim. – Não foi a Donzela Oráculo que fez o Thonarr de fumaça. Foi ele!

– É! É mesmo! Foi ele! – bradaram outros. Aproveitei a confusão para atacar de novo – uma, duas, três vezes – e a cada disparo um homem caía no mar. Dos que estavam no *Diamante*, alguns não faziam mais do que gritar ou se encolher, paralisados pelo medo, mas outros foram em frente, atirando dardos e pedras à falta de flechas. Esquivei-me e consegui não ser atingido, mas não tive como impedir que também lançassem ganchos sobre a amurada do *Narval*.

Vendo que os piratas se preparavam para puxar o barco, Matias veio em minha ajuda, empunhando a adaga de Finn. Chegou a cortar duas cordas, mas outras duas caíram fora de seu alcance. Eu ia correr para lá, mas nesse meio-tempo os homens no barco menor também tinham se aventurado, e logo éramos surpreendidos pela presença de Chakro no convés.

– Matias! Aí está você! – gritou ele, mas para minha surpresa não atacou o antigo servo. – O que está esperando, asno idiota? Puxe o Makar e os outros para cima!

– O... O quê? – fez Matias, piscando duas vezes. – Quer que eu ajude *eles*?

– Você é surdo? É claro que quero! Vá! Eu posso sozinho com esse bruxo – disse Chakro, estufando o peito. Ato contínuo, avançou para mim, empunhando uma faca larga. Sorri, e ia erguer minha espada quando Matias se meteu entre nós, brandindo a adaga élfica na direção do jovem Behzov.

– *Eu* é que vou acabar com você, desgraçado – jurou, com a voz alterada. – Por todos estes anos. Pelo Ivasha!

Dizendo isso, ele se precipitou sobre Chakro e o golpeou às cegas. O rapaz soltou um brado de surpresa, mas conseguiu se desviar e investir contra Matias. Eu ia interferir, mas um movimento na água chamou minha atenção, e quando me virei foi para ver Tostig se aproximando a nado. Avançava rápido, mesmo com o peso do machado preso às suas costas, e antes que chegasse ao *Narval* decidi tomar uma medida extrema.

– Perdido por dez... – rosnei para mim mesmo, entre dentes. O que ia fazer exigiria muito de minhas forças. No entanto, não havia um plano melhor, por isso corri para a direita e me inclinei sobre a popa, de onde apontei meu bastão de poder. Não para Nestorian, que de alguma forma continuava desaparecido ou escondido, e não para os outros homens, mas para um espaço vazio no interior do barco.

– *Queime*! – bradei; e desta vez não foi um dardo, mas um fortíssimo jorro de energia que se chocou contra o casco do *Diamante*. Os piratas saltaram para os lados, aos berros, agarrando-se uns aos outros e às armas enquanto o fogo se alastrava pelo barco. Um se apavorou tanto que pulou no mar, antecipando o que provavelmente seria o destino da maioria. O barco não teria como se manter à tona, mesmo depois que o incêndio se extinguisse – e, se os marinheiros não sabiam nadar, por que os piratas saberiam?

– Sua vez, bárbaro – murmurei, com uma espécie de alegria, vendo a enorme mão de Tostig agarrar a amurada. Um homem do Norte, ele não tivera dificuldade em nadar até o barco, e agora içava o corpo até o convés, onde eu já o esperava de espada em punho. Jamais me privaria de um duelo com tal adversário.

– Ah! Era você que eu queria, maldito! – rugiu ele, pondo-se de pé. – Eu vou lhe ensinar a não zombar do Senhor do Raio!

– Venha! Estou esperando – repliquei. Tostig soltou um berro e se precipitou sobre mim, brandindo o machado. Fiquei parado até o último instante possível antes de torcer o corpo, e a lâmina se abateu rente aos meus pés com tanta violência que temi houvesse rachado o casco do *Narval*. Tostig tornou a arremeter, e eu me esquivei mais duas vezes, evitando o impacto do machado contra minha espada.

– Pare de dançar, bastardo! – berrou o bárbaro, cego de raiva, entre dois golpes. – Use a espada! Lute como um homem!

– É melhor como um elfo – retruquei. No instante seguinte, dobrei um joelho e estiquei a outra perna para trás, na postura que os mestres de Scyllix chamam de Bote do Escorpião. Vendo-me rente ao convés, Tostig soltou um uivo e levantou o machado, pronto para rachar minha cabeça – e foi quando cravei minha lâmina com toda força em sua barriga.

Dessa vez o bárbaro não urrou, apenas arregalou os olhos. O susto ainda se refletia em suas pupilas quando caiu. Chutei-o, certificando-me de que estava morto, e recuperei minha arma, enquanto olhava em torno à procura de Matias. Inútil: ele e Chakro não estavam mais lá, perdidos em meio à batalha entre os antigos servos e os piratas do barco de Rumen. Anna matara alguns dos últimos com seu arco, mas outros tinham conseguido subir a bordo do *Narval* – onde, no entanto, cada homem havia se deparado com dois ou mais adversários, dispostos a cobrar bem caro por tudo que tinham passado na Ilha dos Ossos.

Respirei fundo, vendo-os lutar como eu jamais imaginara que fariam. Leonid se apossara de uma espada e estava prestes a acabar com Evgeni, que ainda se defendia, acuado num canto, o braço esquerdo quebrado pelo martelo de Artiom. Outro sujeito chegara com uma flecha no ombro, e o Cozinheiro usara o cutelo para acabar o que Anna tinha começado. Quanto ao Javali, chegara a ferir um dos nossos, mas Lyuba o enfrentara com o espeto de ferro, e Olia e Katenka agarraram o que estava à mão e lhe bateram até que ficasse inconsciente e coberto de sangue. Deixei-as entregues à merecida vingança e fui à procura de Anna – que, para meu alívio, surgiu no instante seguinte, correndo pelo convés para se juntar a mim.

– O barco deles está vazio, a não ser pelo pescador, pai dos garotos – disse ela, ofegante. – Mas alguns caíram ou pularam no mar, incluindo Rumen. Não sei se ele ainda vai...

Parou, alarmada, à visão de um fardo que tombava aos nossos pés. Era Chakro Behzov, sangrando por três ou quatro ferimentos, ao passo que um Matias muito pálido apertava o braço contra o lado do corpo. Anna o fez sentar num canto enquanto eu erguia Chakro e o atirava por cima da popa.

– Para adubar o seu pomar, serpente! – gritei, dirigindo-me a Makar, que estava debruçado para fora do barco. O rapaz não reagiu, fazendo-me compreender que seus servos tinham criado coragem ao exemplo de Matias. Os quatro ainda estavam lá, muito quietos, como se esperassem ser punidos pelo que tinham feito. Por mim, mereciam uma medalha.

– Ei, vocês! Estão livres agora! Podem partir! – gritei. Antes que respondessem, porém, um tremor abalou o convés do *Narval*, acompanhado por pancadas e berros de pavor. Deixei o resto de lado e corri para lá – mas não a tempo de impedir que Rumen, saltando de surpresa no meio dos nossos, desferisse uma saraivada de golpes com a espada do Basilisco. Atingido no peito, Vassia caiu, e os outros recuaram diante da fúria do antigo imediato.

– Pronto! Aí foi o primeiro! – gritou ele, erguendo outra vez a arma. – Quem vem agora? Quem matou Evgeni, o Louro?

– Deixe-os, Rumen! É a mim que você quer – falei. Ele me viu e estacou, subitamente pálido. Relanceei os olhos para o lado e vi que o Caveira também subira ao *Narval*, e agora perambulava pelo convés sem que ninguém lhe prestasse atenção. Todo o temor estava concentrado no imediato.

E todas as esperanças – é claro - em *mim*.

– Deixe-os em paz – repeti. Rumen piscou, depois arreganhou os dentes num desafio.

– Está certo... *Bruxo*. – A palavra foi pronunciada bem devagar: ele testava meus limites. – Minha questão é mesmo com você. Resta saber se é homem o suficiente para lutar sem esse maldito bastão.

– Não dê ouvidos, Mestre Kieran – aconselhou o velho Angus. – Mate esse cão de uma vez.

– Vou fazer isso – respondi. – Mas concordo com um duelo pelo metal. As coisas não têm graça quando são muito fáceis.

– Certo. Já vi que gosta de contar vantagem. Mas, sem a bruxaria, não vai ter nenhuma – disse Rumen.

Tanta confiança era mau sinal, mas mesmo assim me afastei alguns passos e pousei o bastão no convés. Nem bem o havia soltado quando ouvi o ruído de pés sobre madeira, e me voltei a tempo justo de aparar o primeiro golpe.

– Bastardo! – gritei, sentindo a fúria crescer dentro de mim. Rumen não respondeu, apenas voltou a atacar, a cara distorcida pela sanha assassina. Sua espada era maior que a minha, e ele era um adversário tão bom quanto o Basilisco, mas não lutava de forma limpa. Isso me deu ainda mais vontade de liquidá-lo. Ainda assim, o pirata resistiu a vários assaltos, e sua lâmina chegou mesmo a riscar as costas de minha mão.

Foram apenas algumas gotas de sangue, mas sua visão encorajou Rumen, tornando-o menos calculista e mais descuidado. Agindo sem refletir, ele começou, palmo a palmo, a perder terreno; a se defender, mais do que investir; por fim, a suar frio, antecipando o único desfecho possível para o duelo. E já estava quase paralisado pelo medo quando, após uma sucessão de golpes ofensivos, arranquei-lhe a espada e o acuei de encontro ao mastro, sem lhe dar tempo sequer para uma última praga.

– *Scyllix*! – O grito brotou por impulso enquanto eu girava a espada e a descarregava, seca e certeira, sobre o pescoço de Rumen. Por um momento, ele se manteve no mesmo lugar, depois caiu, o corpo escorregando para o chão enquanto a cabeça rolava até meus pés. No mastro ficou apenas uma listra vermelha, e em minha lâmina uma pequena mossa, que ali permaneceria como lembrança de mais uma luta.

– Acabou... Mestre Kieran? – perguntou Artiom, num sussurro. Assenti, perguntando-me por quanto tempo ele estivera ali. Eu estava tão concentrado em meu próprio duelo que nem percebera o fim da batalha no convés.

Ressabiados, os outros se aproximaram pouco a pouco. Lyuba e o Cozinheiro, com as roupas sujas de sangue; Leonid, de olhos arregalados; Mestre Angus com a boca aberta e a mão sobre o peito. Ninguém falava, mas todos pareciam ter algo a dizer, embora não soubessem exatamente o quê. Baixei minha espada e os encarei, um a um, os vivos, os mortos e os feridos; e de repente, embora eu já tivesse me esquecido dele, meus olhos encontraram o Caveira, o único dentre todos que estava de costas para mim.

– Mirko. – Por estranho que pareça, eu me lembrava do seu nome. – Escute, rapaz, acabou. Está entendendo? A luta acabou, e também a companhia. Você era um deles, mas não tomou parte em nada, por isso vou deixá-lo ir embora. Está ouvindo? Nós deixaremos você em alguma ilha, ou... Mirko? Você escutou? Entende o que estou dizendo?

– Ah, Kieran. – Um murmúrio apenas; ele não se voltou para me olhar. – Você nos enganou. Eu não devia fazer isso, mas...

– O quê? O que você não devia fazer? – perguntei, inquieto. Alguma coisa não estava bem. O Caveira não respondeu, mas estendeu o braço em direção à popa; e quando olhei meu coração deu um salto, porque jamais teria imaginado aquela cena.

Anna de Bryke. Lá estava minha mulher, com uma flecha bem encaixada no arco.

E diante dela, saído não sei de que covil sob o mar, estava Nestorian, fitando-a com seus olhos de louco, as mãos crispadas sobre o punho de uma enorme espada.

– Maldição...! Ele está vivo – murmurou Mestre Angus atrás de mim. As pessoas no barco se juntaram, algumas me incentivando a agir, outras, pelo contrário, sussurrando que tivesse calma. Num gesto de coragem, raro até mesmo entre meus aprendizes, Artiom pegou o bastão de aveleira e o trouxe para mim. Foi então que o Caveira despertou do choque.

– Não, Kieran! Não mate o capitão! – implorou, agarrando-se ao meu braço. – Quando o barco pegou fogo nós pulamos, e István sumiu no mar! O capitão, agora, é tudo que eu...

– Sinto muito, garoto – falei, e me desvencilhei dele, atirando-o nos braços de Artiom. Seus gritos ecoaram atrás de mim enquanto eu corria em direção à popa. Meu bastão estava a postos, mas não o usei, porque Nestorian estava sob a mira e ao alcance da flecha de Anna. Se ela hesitasse em se defender ou errasse o disparo, então sim, seria a minha vez – mas por que ele ainda não tinha atacado? Por que ficava ali parado, olhando para ela, enquanto suas chances diminuíam a cada momento?

– Nestorian! Não esperava encontrá-lo de novo! – exclamei, colocando-me ao lado de Anna. – O que ainda veio procurar? A morte? Receio que só tenha isso a lhe oferecer.

– Ah, não! Você tem muita coisa que me pertence – replicou o pirata. Embora se dirigisse a mim, seus olhos não se desviavam de Anna, cujo braço – agora eu percebia – tremia devido à tensão prolongada. Mais alguns momentos e teria que desarmar o arco, por isso me apressei a resolver o impasse com Nestorian.

– Eu abri mão de usar a Magia e enfrentei Tostig e Rumen – falei, esperando uma reação, mas não houve nenhuma. – Os dois morreram lutando, e eu lhe dou o mesmo direito, a não ser que prefira uma morte rápida. Prometo que vai doer menos.

– Morte...! Ah, você fala muito em morte, bruxo – replicou Nestorian. – Fala de boca cheia, assim como essa vadia ao seu lado falava sobre glória e fortuna no País do Norte. E era mentira! Vocês mentiram para mim e para Aegir!

– Não se mente para os Heróis, Nestorian. Eles *sabem* – disse Anna, com firmeza. – Aegir sabia que eu não era uma profetisa, mas também estava ciente das crueldades cometidas por você. Ele permitiu que eu agisse para ajudar as pessoas que você escravizou.

– Mentira! – retrucou Nestorian, com violência. – Tudo que você disse foi mentira, desde o início! Você me traiu, e *você* também – você, feiticeiro imundo, parido por uma serpente. Você dormiu com a mulher que eu queria, roubou meu barco, matou meus melhores homens. Mas isso não vai ficar assim! – acrescentou, com os olhos dardejando e os dentes à mostra. – Aegir, o Senhor dos Mares, ainda me protege! Ele me tirou do fundo das águas, me mostrou o caminho – e agora vai guiar minha mão!

– Nestorian, não...

– Aegir! – bradou de novo o pirata, sem ligar ao aviso de Anna. – Senhor dos Oceanos! Ajude-me na vingança! *Aegiiiiiiir*!

E, enquanto o eco de seu grito ainda vibrava no ar, ele saltou, a espada faiscando como fogo ao meio-dia. Deixei meu coração bater uma vez e apontei o bastão, uma palavra de poder surgindo em meus lábios – e logo morrendo, quando a flecha disparada por Anna se cravou na garganta de Nestorian. Ele soltou um grunhido horrível, como o de um porco, e andou às cegas para trás até tropeçar na amurada, caindo no mar pela segunda vez. Como um tributo a Aegir, a espada afundou rápido, mas o corpo boiou, preso a destroços que tinham restado do incêndio no *Diamante*.

Debrucei-me sobre a amurada para vê-lo. Suas pupilas já começavam a embaçar, mas eu sabia que a última imagem a se refletir neles fora a de Anna. O olhar era perplexo: ele morrera sem acreditar que ela houvesse sido capaz de atingi-lo. Assim acabou Nestorian, sem jamais ter visto um tesouro, vestido um manto de raposa ou alcançado as glórias prometidas pela Donzela Oráculo.

Anna respirou fundo e baixou o arco, bem devagar. As pessoas se aproximaram, os rostos ainda tensos, um novo brilho mal começando a surgir em seus olhos. Pensei em dizer qualquer coisa, a eles ou a ela, mas, antes que o fizesse, o Caveira se soltou das mãos de Artiom e correu para a borda do barco.

– Capitão! Capitão! – exclamou, a voz entrecortada, diante do corpo de Nestorian. – Ah, capitão, sem o senhor... Sem o senhor, eu...

– Não chore, garoto! Mestre Kieran já disse que vai poupar sua pele – resmungou Leonid. – O que você quer mais?

– Nestorian era mau – ajuntou Lyuba, com mais simpatia. – Você não vai sentir falta dele.

– Vou, sim! Ele era como meu pai! – explodiu o rapaz. – E meu irmão está no fundo do mar, e... e eu vou ficar lá com eles!

– Mirko! Não! – gritou Anna, precipitando-se para agarrá-lo. Tarde demais: ele saltara sobre a amurada e se debatia dentro d´água, em meio aos restos carbonizados do *Diamante.* Todos, no *Narval,* começaram a gritar instruções – que batesse as pernas, que segurasse um pedaço de madeira – e o Cozinheiro atirou uma corda, que, no entanto, o Caveira não conseguiu agarrar. Ou talvez nem mesmo tenha tentado, embora o instinto o fizesse manter a cabeça fora d´água.

– Eu vou buscá-lo – disse Anna, preparando-se para saltar.

– Não! Ele não quer nossa ajuda – contestei. Anna puxou o braço que eu segurava e me encarou, com os olhos brilhando e a boca cerrada num desafio. Foi então que ouvimos uma voz vinda de trás da popa do *Narval.*

– Mirko! Mirko!

– É o István! – exclamou Anna, correndo para a popa. Fui atrás dela, seguindo o som do chamado, e me deparei com o Bagre, completamente encharcado, mas vivo e ileso, no pesqueiro que fora dos Behzov. Sabendo quem ele era, os servos o haviam resgatado do mar, e agora eram cinco a remar por entre os destroços.

– Mirko! Mirko! – chamava o Bagre, incansável.

– Aqui, István! Ele está aqui! – gritou Anna. As pessoas a bordo do *Narval* avistaram o barquinho e redobraram seus apelos ao Caveira. Este lutava contra o próprio impulso de sobrevivência, mas mudou de ideia assim que compreendeu que o Bagre estava vivo. Agarrando-se à corda, esperou a aproximação do pesqueiro, e todos respiramos satisfeitos ao vê-lo abraçar o irmão.

– Ah, Mirko! Sabia que ia achar você! – exclamou o Bagre. – Como poderia estar morto se eu ainda estava vivo?

– É, mas o capitão morreu mesmo, István – disse o Caveira. – O que nós vamos fazer agora?

– Vamos com eles – retrucou o Bagre, indicando os companheiros. – Makar e Chakro morreram, e eles não vão voltar aos Behzov. Vamos achar trabalho num barco ou coisa assim. Vai dar tudo certo.

– Ô de bordo! – gritou um dos homens no pesqueiro, dirigindo-se a nós. – Matias está aí? Ele não quer vir com a gente?

– Ele está muito ferido, mas vamos cuidar dele. Vão em paz e boa sorte – disse Anna. A voz soou decidida, mas no fundo havia uma espécie de tremor, denunciando uma tensão que ela se esforçava para esconder. Segui seu olhar e me deparei mais uma vez com Nestorian, a flecha na garganta, os olhos sem brilho que, no entanto, pareciam cheios de uma paz que ele jamais conhecera em vida.

De modo que, no fim, talvez houvéssemos libertado mais um prisioneiro.

25
A FÚRIA DO CÉU

Muitos destinos foram selados naquele dia a bordo do Narval. Os piratas estavam mortos, mas nós também tínhamos tido baixas: Vassia, o marinheiro, e um homem que fora morto pelo Javali. Chamava-se Gregor, e eu nunca lhe dirigira a palavra, mas os outros gostavam dele. Ficaram tristes quando o corpo foi atirado ao mar. Em contrapartida, o Botas, com quem ninguém jamais simpatizara muito, resolveu partir com os antigos servos dos Behzov, dizendo que o Norte não era para ele e que preferia tentar a sorte numa região mais conhecida. Não tentei demovê-lo, embora o Narval precisasse de homens, e até cedi provisões ao grupo, inclusive dois barris de preciosa água doce. Eles partiram à tardinha, depois de Anna ter abraçado os gêmeos e desejado boa sorte. O pesqueiro se afastou à força de remos, e já estava bem distante quando a Mestra de Sagas se lembrou de chamar:

– Ei, Botas! Por que você ganhou esse apelido?

– Porque peguei as botas de um morto! – foi a resposta franca. Anna ergueu as sobrancelhas, surpresa, e olhou para mim. Encolhi os ombros, mas no fundo estava satisfeito por vê-lo partir com os outros. Não tenho simpatia por ladrões.

O vento recomeçou a soprar durante a noite, e de manhã chegamos à ilha onde morava o pescador. Era isolada, mas lá cresciam árvores, e a família cultivava verduras e cevada. Também tinham galinhas, mas os homens de Rumen haviam matado todas elas. Algumas para comer – havia ossos roídos por toda parte – e as outras por puro espírito de destruição, já que continuavam jogadas por ali com o pescoço torcido.

Anna não teve muito trabalho para me convencer a ficar na ilha por um dia, assim evitando o desperdício de toda aquela carne ainda fresca. Ela assou as aves no espeto enquanto Lyuba preparava um caldo de verduras para os feridos: Matias, que perdera muito sangue e inspirava cuidados, e Alexei, que tinha um corte na perna. Os demais estavam bem, até mesmo Maksim, cujo rosto começava a ganhar alguma cor. Todos ajudaram o pescador e os filhos a reparar os estragos feitos pelos piratas em sua casa, que era boa e sólida, com alicerces de pedra e telhado de palha trançada. À noite, sentamos ao redor da fogueira e acabamos com um barril de cerveja de Nestorian, e alguns ficaram tão alegres ao ponto de cantar e dançar. Eu mesmo estava satisfeito, embora não soubesse o que esperar dali para a frente. Só deixei as preocupações de lado quando Anna me convidou para ver as estrelas do outro lado da ilha.

Pela manhã, a já escassa tripulação do *Narval* sofreu uma nova baixa. No dia anterior, eu notara uma troca de olhares e brincadeiras entre Leonid, um homem ainda novo embora maltratado pelo tempo de cativeiro, e Roskva, a filha do pescador, que devia andar pelos vinte anos. Os dois tinham entrado em entendimento durante a noite – inclusive com o pai dela, a quem vinha a calhar mais uma mão na pesca –, e logo cedo nos procuraram para dizer que Leonid não seguiria viagem. Anna ficou feliz por eles, mas não consegui mostrar o mesmo entusiasmo. A morte de Vassia fizera de Leonid o único de nós a entender de barcos e da vida no mar. Ia ser ainda pior sem ele.

Partimos nessa mesma manhã, aproveitando o vento que soprava do sul. Remar estava fora de questão, embora houvéssemos deixado na ilha tudo que parecesse inútil ou excessivo. Mesmo o manejo das velas passara a ser difícil. Artiom e eu éramos os únicos a ter força suficiente para mover o leme; as manobras teriam de ser feitas por aquele de nós que não estivesse na popa, ajudado por Anna, Lyuba e o Cozinheiro. Além disso, eu teria de cuidar da navegação, assegurando que o *Narval* se mantivesse na rota certa.

Tudo somado, eu esperava uma jornada de pesadelo, mas nos saímos bem nos primeiros dias. O tempo estava firme, o mar tranquilo; o vento nos puxava um pouco para o leste, mas nada que eu não pudesse corrigir com cálculos e um pouco de Magia. Matias reagiu bem ao tratamento com cristais e logo dava seus passos pelo convés, quase sempre abraçado a Katenka. Alexei, com a perna enfaixada, passou a ajudar nas manobras, e Maksim estava tossindo bem menos. Olia teve um acesso – um susto causado por um peixe que saltara sobre a amurada – mas se acalmou em seguida, e depois de conversar a respeito Anna e eu concluímos que ela não era louca. Seus nervos estavam abalados, mas ela iria melhorar à medida que se afastasse da Ilha dos Ossos, o que, aliás, já estava acontecendo com todos no *Narval*. Eu mesmo não podia estar mais satisfeito por deixar tudo para trás. Não apenas a Ilha, onde os poucos remanescentes do bando esperariam em vão o retorno de Nestorian, mas também a fazenda Behzov, o ar maligno do castelo Vannovich e as febres do pântano. Nunca mais queria sequer chegar perto do Oeste.

Anna tinha outro jeito de lidar com as coisas. A experiência havia deixado marcas, mas ela não pretendia esquecê-la. Pelo contrário, fez questão de registrar tudo, inclusive os episódios da minha jornada, no livro em branco que Lara me mandara por Urien. Em pouco tempo, meus relatos e suas lembranças tinham se transformado numa espécie de saga, e Anna a leu para o resto do grupo, ao longo de três ou quatro noites, quando todos se sentavam em torno dela no convés. Do leme, onde tentava manter o curso a partir das estrelas, eu a escutava narrar, ouvia os gritos de espanto e as gargalhadas, e novamente me dava conta do poder contido numa boa história.

Foi na quinta noite de sagas que o tempo mudou. Começou com o vento: um vento súbito, violento e incessante, arrastando nuvens escuras que não tardaram a cobrir o céu. O mar, até então sereno, se encrespou em poucos momentos. Manobramos como foi possível, mas nem o barco mais rápido conseguiria se pôr a salvo, e logo uma fortíssima chuva desabava sobre nossas cabeças.

– São os Heróis! – gritou Katenka, agarrando-se a Matias. – Aegir, Woden e Thonarr! Eles estão furiosos por causa daquele falso ritual!

– Não foi de todo falso! – Anna precisou gritar para ser ouvida. – Eu pedi aos Heróis que protegessem os viajantes, e somos nós! Nem uma vez pronunciei o nome de Nestorian!

– Então – retrucou o Cozinheiro, também aos gritos – vamos

pedir a Deus, agora, que nos ajude! Nem os Heróis vão poder nos salvar se um raio atingir o mastro!

Sua voz ainda ressoava quando um relâmpago iluminou o céu, seguido de um trovão ensurdecedor. Luz e estrondo se repetiram no momento seguinte, depois outra vez, e outra, e outra enquanto os raios dardejavam por entre as nuvens. O *Narval* balançava ao sabor do vento, inclinando-se em ângulos tão acentuados que só por um triz escapamos de ser lançados ao mar.

Apavoradas, molhadas da cabeça aos pés, as pessoas imploravam que eu fizesse cessar a tempestade, mas dessa vez as forças da Natureza pareciam decididas a se impor: à primeira tentativa, a chuva redobrou de violência, fazendo o barco adernar e girar sobre si mesmo. Se continuasse assim, acabaria se partindo como uma casca de noz, e compreendi que teria de deixar o vento soprar onde quisesse. Era preciso concentrar meus esforços em afastar os raios e em conferir resistência ao *Narval*.

Assim, durante um longo tempo, sustentei o encanto de proteção, usando minha energia como uma rede que envolvia o barco e as pessoas a bordo. Algumas tinham ido para as cabines, mas outras ficaram ao meu lado, agarrando-se às cordas, tentando baixar as velas, escorregando e chapinhando no convés enquanto procuravam esvaziá-lo. As ondas se quebravam sobre o *Narval*, vento e correnteza o arrastando para um rumo desconhecido, talvez de volta à Ilha dos Ossos, talvez para o fim do mundo. Pouco importava, contanto que estivéssemos vivos.

A certa altura – talvez fosse madrugada – Anna escorregou ao esvaziar um balde, que rolou pelo convés enquanto ela mesma se agarrava à minha perna. Eu empunhava meu bastão com o braço direito, mas com o outro a ajudei a levantar, e por um momento nos vimos abraçados em meio ao vento e à tempestade. Uma onda maior que qualquer outra ergueu o barco de viés, fazendo nossos rostos apontarem para o céu; e então nos apertamos um contra o outro, estarrecidos diante do que acabávamos de vislumbrar por entre as nuvens escuras.

Negro. Ou pelo menos parecia, não víamos com clareza. Pequeno, como uma águia jovem, mas com uma enorme envergadura e asas que lembravam as de um morcego. Uma cauda longa, terminando em ponta, e uma cabeça de réptil, que ele movia para todos os lados como se à procura de algo. Uma presa? Um caminho?

Ou, quem sabe, os ossos de seus antepassados?

– Não acredito – disse Anna, baixinho. – Nunca pensei que veria um deles. Isso valeu por tudo que passamos.

– Sim. E, só por isso, um dia quero voltar. – As palavras me saíram da boca sem esforço. – Vamos fazer disto um segredo, para um dia mostrar ao Mael.

– Ao *Loki* – Anna replicou sem hesitar. Olhei-a através da confusão que eram meus pensamentos – o esforço prolongado do encanto, a tempestade, o dragão – e mal havia me lembrado da eterna discussão sobre o nome de nosso filho quando uma nova onda se abateu sobre o convés. Gritamos juntos, sentindo que o barco ia virar, e pareceu-me ter ouvido outro grito vindo do céu, mas não tenho certeza. Anna se soltou de mim e se agarrou à amurada, o mar engolfando o *Narval* como um manto cinzento, meus lábios quase insensíveis murmurando as palavras do encanto. Ainda assim, ergui a cabeça e tive um último vislumbre do dragão, no exato instante em que seu vulto se fundia às nuvens escuras. Isso é tudo de que me lembro até o cessar da tempestade.

Quando a chuva finalmente abrandou, eu me achava no limite das minhas forças. Havia pessoas à minha volta, mas demorei para reconhecer seus rostos. Estavam todos pálidos, alguns esverdeados; havia contusões aqui e ali, mas todos os olhares transbordavam de gratidão e alívio. Isso foi o bastante para mim: tão logo me asseguraram que o barco estava fora de perigo, cambaleei até a cabine do piloto, arranquei as roupas encharcadas e apaguei durante um longo tempo.

Ao acordar, com uma forte dor de cabeça e a boca seca, a primeira coisa que pensei foi que a tempestade arrastara o *Narval* por uma longa distância. Eu tinha que refazer todos os meus cálculos para tentar devolvê-lo ao rumo certo, e o quanto antes melhor. Pouco importava se ainda me sentia como um trapo. Vesti a primeira roupa que encontrei e saí, piscando sob o sol intenso que banhava o convés.

Uma salva de palmas me esperava ao sair da cabine. Agradeci, mas pedi que parassem, pois qualquer ruído me incomodava. Anna trouxe água e um cozido de carne e legumes, que comemos à sombra da vela enquanto Matias falava sobre o barco. Segundo ele, o mastro e o leme estavam sólidos; tínhamos perdido um barril de víveres, que rolara para o mar, e três pessoas tinham se machucado ao escorregar no convés, mas tudo se resumia a alguns calombos e arranhões. Quanto à rota, não havia como saber, porque a paisagem não apresentava mudanças: era só mar e céu e nada mais.

– Mas Mestre Angus e Maksim andaram fazendo cálculos – avisou Anna, e se antecipou à minha resposta. – Sim, eu emprestei a eles o livro do piloto e o mapa enquanto você dormia. Por enquanto têm apenas uma suposição, mas se estiverem certos vamos ter que tomar uma decisão importante.

– Posso imaginar – resmunguei, embora não tivesse ideia do que iam dizer. O encanto havia exigido toda a minha concentração, e depois disso eu apagara por um dia ou mais, portanto poderíamos estar em qualquer ponto entre a Ilha dos Ossos e o Cabo Svaltarr. Mas algo me dizia que continuávamos bem longe das Terras Geladas.

Quando acabei de comer, chamei Mestre Angus e Maksim e pedi que me mostrassem seus cálculos. Eles começaram por dizer que tinham passado a noite em claro, observando as estrelas e interpretando as notas do livro, e que no fim haviam concluído que estávamos muitas milhas a sudeste do Cabo Svaltarr. Em outras palavras, na altura da Ilha dos Ossos; mas não do lado que conhecíamos, onde ficavam as praias e o forte dos piratas, e sim no braço de mar que banhava a costa do País do Norte.

– Então teríamos contornado a Ilha – murmurei, franzindo a testa. – E se isso realmente aconteceu, devemos estar perto de chegar a algum lugar, que pode ser Valence – onde está o bastardo que ordenou o sequestro de Anna – ou até mesmo a maldita Pengell.

– Sim, é provável estarmos nessa altura – concordou Mestre Angus. – Mas, nesse caso, é só descer um pouco mais por esse mesmo estreito e chegaremos a Leighdale, que se não me engano é aliada das Terras Férteis. Isso seria bom, não seria?

– Não sei. Esperemos que sim – resmunguei. Tinha empregado tanto esforço em chegar ao Cabo Svaltarr que qualquer outro lugar me parecia igualmente mau. No entanto, depois de ter eu mesmo observado as estrelas, concluí que os cálculos do velho mercador deviam estar certos; que havíamos contornado a Ilha dos Ossos e estávamos a meio caminho entre ela e o País do Norte. Seguir para baixo pelo estreito seria mais rápido e seguro, por isso deixei minha relutância de lado e me empenhei em manter o vento a estibordo. Era o melhor que tinha a fazer naquelas circunstâncias.

Por quatro dias, viajamos sem achar mais terra do que umas poucas ilhas, minúsculas, rochosas e quase invisíveis a olho nu. Não passamos pelas pontes em ruínas, sinal de que não tínhamos ido além de Pengell. Na tarde do quinto dia, cruzamos com um pequeno barco mercante, e gritamos uns com os outros o suficiente para saber que estávamos a poucas horas do porto de Valence. Olhei para Anna, que respondeu com um sorriso e um encolher de ombros. Algumas histórias nunca chegam de fato a acontecer.

Foi necessário mais um quarto de lua para que atingíssemos o novo destino. Ventos fortes e constantes nos fariam chegar mais rápido, mas tivemos dois dias de calmaria, e eu me recusei a usar a Magia para o que quer que fosse. Não que alguém houvesse pedido; a vida a bordo era boa, o mar estava tranquilo e os poucos barcos que vimos eram de pesca ou comércio. Não houve sobressaltos.

No último dia navegamos perto da costa e até chegamos a avistar alguns povoados, mas, de comum acordo, decidimos não desembarcar até chegar a Leighdale. Sabíamos que não era uma cidade muito grande, mas não havia outra maior na região, por isso Mestre Angus passou o último dia de luneta em punho, atento à visão de um porto que fosse mais que um simples cais de madeira.

O que o mercador procurava com tanto empenho surgiu, enfim, ao amanhecer do oitavo dia. Quase todos no barco dormiam, mas despertaram com o chamado alvoroçado de Maksim, que substituíra Mestre Angus na tarefa de esquadrinhar a costa. Quando eu e Anna chegamos, o *Narval* já manobrava em direção ao porto, um pequeno aglomerado de construções que se apertavam por trás de quatro ou cinco atracadouros. Havia vários barcos, o que era esperado, mas também uma quantidade enorme de pessoas no cais. Isso me deixou um pouco inquieto. O que tanta gente fazia ali, àquela hora?

– Deixe-me ver – pedi, e olhei para a multidão através da gota de luz. Muitos dos homens que vi pareciam pertencer ao lugar – pescadores, carregadores, marinheiros –, mas havia outros vestidos como camponeses, além de muitas mulheres e crianças. Um Preste de certa idade se enrolava num manto de pele, e havia também um punhado de homens de armas, que só faziam olhar para nós como todos os outros. No meio de todos, apontando excitadamente em nossa direção, via-se um menino de oito ou nove anos, de cabelos escuros. E com ele, tentando acalmá-lo a despeito de também parecer ansioso, estava um jovem forte, vestindo um manto ornado com sóis e cometas.

– Anna! Veja isso! – exclamei, batendo em minha própria testa. – Como diabos fui esquecer que...

– Nem se incomode! Eu esqueci também! – disse ela, e ergueu as sobrancelhas de um jeito que acabou me fazendo rir. Todo aquele tempo falando em chegar a Leighdale e nenhum de nós havia se lembrado de que Lear vivia lá como mago da corte. E um mago melhor do que antes, ao que parecia, já que de alguma forma havia previsto nossa chegada. Ele já nos reconhecera entre os fugitivos e acenava com entusiasmo enquanto embarcava num bote tripulado por quatro homens. O menino também saltou para dentro, os olhos brilhando, o corpo envolto numa impressionante aura azul. Mal se cabia de tanta excitação, e Lear teve de segurá-lo para que ficasse sentado enquanto o bote era remado até o *Narval*.

– Mestra Anna, Mestre Kieran, sejam bem-vindos a Leighdale! – O Encanta-Dragões saltou sobre a amurada, de braços abertos. – Sei que foi duro chegar até aqui, mas agora está tudo bem. Não precisam se preocupar com mais nada!

– Não somos náufragos, seu tonto – rosnei, mas em seguida o abracei pelo pescoço e esfreguei os nós dos meus dedos de encontro à sua cabeça. Estava feliz por vê-lo, e ele também, embora meu gesto o tivesse surpreendido e deixado sem fôlego. A mesma coisa se podia dizer quanto à minha aparência. Barbado e desgrenhado, com as roupas não muito limpas, o homem diante dele era bem diferente daquele que conhecera no Castelo das Águias.

– Sei que não naufragaram – Lear esclareceu, depois que Anna também o havia abraçado. – Mas sei também que a viagem foi difícil. Três vezes, nesta última lua, sonhei com Mestre Camdell dizendo isso e avisando que vocês chegariam a Leighdale pelo mar. Deixei todos no castelo de sobreaviso, mas não sabia exatamente quando viriam. Então, esta noite, Orlando, o filho menor de meu senhor Herrin...

– Que deve ser este aqui – disse Anna, sorrindo para o menino. Ele assentiu, vermelho, e desviou os olhos. Só então percebi que eram como os dela, grandes, oblíquos e muito escuros. Olhos de elfo da floresta.

– É ele mesmo – disse Lear, confirmando as palavras de Anna e a minha suspeita. – A Dama Alana, mãe de Orlando, é neta de uma xamã do Bosque dos Sons, e o menino herdou alguma sensibilidade. Ele tem sonhos, principalmente com animais, e às vezes intuições. Era perto de meia-noite quando me acordou, dizendo que um corvo tinha pousado na sua janela e que os gritos dele soavam como "Kieran! Kieran!". Além disso, ele mesmo, Orlando, tinha sonhado com um homem alto, armado com duas espadas, que chegava num barco. Então, não tive dúvidas em vir esperar no porto, e sabe como é. Onde o mago da corte está, o povo o segue para saber quais são as novidades.

– Parece que você tem muito prestígio – brincou Anna. Lear sorriu, sem esconder o prazer que sentia por estar cercado de admiradores. Orlando abaixara a cabeça, intimidado, e me espreitava com o canto dos olhos. Eu queria observá-lo melhor, mas, por outro lado, também queria ir de uma vez para terra firme e descansar, no castelo ou em qualquer outro lugar que Lear tivesse preparado para nós. Todo o resto podia ser deixado para mais tarde.

Como se houvesse adivinhado o que eu pensava – ou talvez tivesse enfim adquirido um pouco de bom senso – Lear deu as boas-vindas aos viajantes do *Narval* e os convidou a passar ao bote. As mulheres foram conosco no primeiro grupo, e todos esperamos no cais enquanto a embarcação retornava para buscar os outros homens. Nesse meio-tempo, a multidão formou um círculo ao nosso redor, mas ninguém se aventurou a nos dirigir a palavra. Tudo que fizeram foi se acotovelar e murmurar entre si, olhando-nos como se fôssemos bichos raros, até que Lear nos conduzisse aos carros que esperavam na entrada do porto.

– Deixei três homens de confiança do Thane Herrin cuidando do barco – disse ele. – Como eu já disse, não têm que se preocupar com nada enquanto estiverem em Leighdale.

– Que bom – disse Anna, recostando-se no banco. Era desconfortável, e o carro sacolejava mais do que o *Narval*, mas pouco importava: depois de tantas luas, nós finalmente havíamos começado a voltar para casa.

Ou pelo menos foi o que pensei.

26

Na terra dos falcões

Os poucos dias que eu esperava passar em Leighdale se estenderam por mais de uma lua. Isso, em si, me incomodou um pouco, mas para ser justo devo dizer que foi uma estadia agradável, a começar pela hospitalidade com que fomos acolhidos.

O castelo era pequeno, com muralhas sólidas e um salão decorado com troféus de caça. Ali fomos recebidos pelo casal de nobres. Gostei logo do Thane Herrin, um homem já próximo dos sessenta anos, mas forte e vigoroso, com braços musculosos riscados por longas veias azuis. Nos dias que se seguiram eu jamais o veria sem sua espada bastarda, embora já fizesse uma década desde que precisara usá-la. Também a mencionava toda vez que se referia à esposa, dizendo que ela podia não ser maior que aquela lâmina, mas que, ainda assim, era a alma e o coração do castelo. De fato, a Dama Alana tinha o calor que se espera de uma mãe, mas estava longe de ser só sentimento. Pequena e morena como minha mulher, tinha a mesma mente aguçada e respostas rápidas, embora os modos fossem mais calmos. Era quase como estar diante de uma Anna dez anos mais velha.

Orlando era o único filho do casal, mas o Thane tinha outro do primeiro casamento, um rapagão de nome Lionel. Também havia um punhado de parentes em vários graus, criados, funcionários e homens de armas. Todos nos deram as boas vindas e asseguraram que podíamos ficar em Leighdale pelo tempo que quiséssemos. Da minha parte, eu teria abreviado esse período – dois ou três dias de descanso já estariam bem –, mas Matias ainda convalescia e Nina estava prestes a dar à luz. Por eles, tínhamos de esperar. Além disso, precisávamos resolver questões ligadas à posse do *Narval* e ao nosso regresso para casa. Felizmente, Mestre Angus se ofereceu para ficar à frente de tudo, e assim Anna e eu acabamos passando a maior parte do tempo com a família do Thane, tomando parte em seu divertimento favorito: caçar, com matilhas de cães e às vezes também falcões adestrados. Achei o método interessante, pois me lembrava das águias guerreiras, mas minha mulher torceu o nariz. Para ela, caçar era seguir rastros floresta adentro, durante horas, silenciosa como um espírito, até que caçador e presa se encontrassem à distância de uma flechada. Só isso, nada mais: durante a estadia em Leighdale, sabendo que o Thane Herrin e seus homens trariam mais carne do que podíamos comer, Anna não abateu um único animal.

Enquanto nos entretínhamos com arcos e falcões, Mestre Angus e Maksim cuidando dos trâmites no porto, os demais viajantes do *Narval* trataram também de ocupar suas horas no castelo. As mulheres teciam, Alexei foi trabalhar com os carpinteiros e Artiom se pôs a serviço do mestre de armas, aproveitando para aprender algumas técnicas de luta. Por sua vez, o Cozinheiro não levou mais que três dias para ser promovido de ajudante de cozinha a responsável pelos assados; e, como não tivesse uma família para quem voltar, a oferta de um emprego permanente foi aceita num piscar de olhos.

Três dias depois, fui informado de novas baixas no grupo. Matias ainda não podia cavalgar, mas se ofereceu para tratar das peles e fazer outros serviços, e se saiu tão bem que o Thane lhe ofereceu um cargo de guarda-caça. Ele e Katenka me procuraram, tímidos e radiantes, para dizer que ficariam em Leighdale e perguntar se podiam dar meu nome ao seu primeiro filho. Hesitei, pois as últimas pessoas a fazer isso não tinham tido sorte, mas mudei de ideia quando uma imagem cruzou minha mente: a de um garoto feioso, mas robusto e de ar satisfeito, com um falcão empoleirado no punho. Um bom destino para aquele Kieran que chegaria dentro de oito luas.

O casal recebeu as bênçãos na tarde seguinte, no pequeno templo que ficava no interior do castelo. A comemoração foi modesta, mas houve música e dança, e Nina abusou tanto da última que, naquela mesma noite, ouviu-se o choro de um recém-nascido ecoar nas paredes de pedra. Era uma menina, que foi chamada de Anna, em homenagem a minha mulher e à senhora de Leighdale. Fui vê-la na manhã seguinte, e aproveitei um momento a sós com Nina para perguntar se queria saber quem era o pai. A moça, porém, me surpreendeu, dizendo que a menina pertencia apenas a ela; que se um dia viesse a ter um pai, seria o homem que se casasse com Nina e aceitasse a criança como sua. Até lá, ela ficaria no castelo, a serviço da Dama Alana, que prometera lhe encontrar um bom marido. Assenti, em silêncio, e olhei para a sua aura, mas não vi nenhuma imagem do futuro. Tudo que havia era o verde suave de quem tem a alma tranquila.

Mesmo com tantas pessoas deixando o grupo, ainda éramos oito, e eu não tinha ideia de como iríamos nos arranjar dali para a frente. Dois dias após o nascimento da criança, porém, Mestre Angus reuniu a todos para dizer que tudo estava resolvido; que contratara uma tripulação para nos levar até Bulforg, e uma vez lá o agente de Thorold poderia cuidar do *Narval* e fazer correr a notícia da sua recaptura. O antigo dono do barco talvez aparecesse, ou um de seus herdeiros, ou talvez mesmo o piloto furioso, mas nesse meio-tempo cada um de nós teria seguido seu caminho. Uma pequena soma de dinheiro seria suficiente para custear a próxima etapa das viagens de Olya, Lyuba e Alexei, que eram de aldeias próximas a Bulforg. Artiom precisaria de um pouco mais para chegar a Kyrshel. Já Maksim, que fora contratado por Mestre Angus como secretário, retornaria conosco a Vrindavahn, no primeiro barco de Thorold que zarpasse com esse destino.

Eu sabia que Semyon e Thorold iriam nos ajudar, mas a questão do dinheiro ainda me intrigava, e mais confuso ainda fiquei quando Mestre Angus disse ter conseguido um bom preço pelas joias do casamento de Anna. Eu não lhe dera joia alguma a não ser o anel com padrão de teixo, que ela voltara a usar tão logo deixamos a Ilha dos Ossos. A confusão se desfez quando Anna explicou que confiara ao velho as pulseiras, colares e tiaras dadas por Nestorian a sua futura rainha. Mestre Angus as levara para o *Narval* e as escondera dentro de uma almofada, que trouxera consigo ao desembarcar em Leighdale. Só quando a esvaziou se deu conta de que faltava um colar de rubis.

– Foi o Botas – concluiu ele, com um suspiro. – A almofada estava na cabine, e ele foi o único a dormir lá além de mim e de Maksim, um rapaz de inteira confiança. Isso explica por que tinha tanta pressa em partir. Mas, mesmo sem o colar, temos dinheiro bastante para pagar por todas as viagens – acrescentou, vendo minha cara fechada. Era difícil engolir a ideia de que um ladrão me fizera de imbecil. Anna, porém, disse que o fato de ter levado apenas um colar era um sinal de gratidão por parte do Botas, e que também estávamos agindo como ladrões, pois joias vindas de um pirata só podiam ser roubadas. A diferença era apenas não sabermos de quem – e, dessa forma, o melhor que podíamos fazer era usá-las para a nobre causa de reconduzir os prisioneiros libertados a seus lares. Isso parecia mais sensato do que atirá-las ao mar.

Assim, de um dia para o outro, as coisas tinham entrado nos eixos, faltando apenas decidir a data da viagem. Por mim seria o mais rápido possível, mas tive que concordar com o pedido da Dama Alana para que ficássemos mais três noites e participássemos de uma festa de despedida. Não seria a primeira das homenagens que recebíamos. Desde o início a família declarara sua gratidão à Escola de Artes Mágicas – a simples presença de Lear desencorajava ameaças por parte dos vizinhos mais belicosos – e as sagas com que Anna entretinha a maioria dos jantares sempre mereciam vivas e brindes. Eu mesmo conquistara a admiração dos falcoeiros e do mestre de armas, sem falar na de Orlando. Por essa altura já ficara acertado que ele seria enviado ao Castelo das Águias dentro de quatro anos: Lear demoraria mais que isso a adquirir a experiência que lhe permitiria ter um aprendiz. Avisei que o sangue nobre não daria privilégios ao garoto, mas confirmei a possibilidade de ele também ser treinado nas armas. Essa era a única exigência do Thane Herrin para se separar do filho mais novo.

Orlando ficou animado com a decisão, mas seu olhar se encheu de sombras quando soube que partiríamos em breve. Achei que fosse apenas porque iria sentir nossa falta, pois o menino me seguia a toda parte e adorava as histórias de Anna. No entanto, quando toquei no assunto, aproveitando um momento a sós em nossa última caçada, ele foi veemente ao negar. Tive de insistir para que concordasse em dizer o que o incomodava.

– É que eu sonhei com o pássaro, Mestre Kieran – sussurrou, com os olhos brilhando. – Sabe aquele corvo que eu vi, pouco antes de o senhor chegar a Leighdale? Pois sonhei com ele, ontem e anteontem, e estava chamando seu nome.

– Certo. Sonhou com um corvo. – Encolhi os ombros, retomando a trilha que nos levava a uma clareira na floresta. – Eu também vi um corvo quando estávamos para deixar a Ilha dos Ossos, e posso até dizer que ele me ajudou. O que isso tem a ver com irmos para casa?

– Justamente, ele parecia estar dizendo ao senhor para ir a outro lado. Chamando-o para ir a um lugar que não é o Castelo das Águias – respondeu Orlando. Na mesma hora desviou o rosto, evitando me olhar. Sabia que eu não ia me alegrar com aquilo. De fato, não gostei muito, mas não sabia como responder, pois aquele não era um sonho qualquer e muito menos fora inventado pelo garoto. Era o que vinha sendo dito, havia um bom tempo, sem que eu desse ouvidos.

– Se esse corvo, seja quem for ou *o que* for, quiser falar comigo, vai me mandar algum outro sinal – falei, por fim, e ergui minha voz para que chegasse ao topo das árvores. – Eu não o vejo desde aquele dia no mar, não tenho sonhos, não ouvi ave nenhuma chamando meu nome. A não ser que tenha sido aquela ali.

Dizendo isso, apontei para um dos falcões de Lionel, que nos fitava, meio confuso, pousado num galho de freixo. Orlando riu, quebrando a tensão, e estendeu o punho enluvado, mas a ave sacudiu a cabeça e voou em direção à clareira. O garoto incitou o cavalo e partiu atrás dele, seguido pelo irmão e pelos três homens que nos acompanhavam na trilha, mas eu fiquei onde estava, porque acabara de ver um estranho movimento entre as folhagens.

Talvez seja um esquilo, pensei, mas isso não durou mais que um instante. Nunca fui muito bom em enganar a mim mesmo. Um esquilo, um tordo, outro falcão – sim, era o que eu preferiria ter visto. Mas na verdade já sabia o que esperar quando as folhas se moveram para revelar as asas negras de meu visitante.

E no fundo de seus olhos, essa sim me apanhando de surpresa, a imagem de um portal, uma passagem que se abria entre o seu mundo e a minha percepção mágica.

Pisquei, tentando me localizar naquele cenário. Era um lugar conhecido, mas logo compreendi que não tinha estado lá em pessoa;

que uma visão anterior, datada talvez de muitos anos, me levara até aquela floresta povoada de teixos milenares. Outras árvores se erguiam entre eles – olmos, freixos, uns poucos pinheiros –, e também arbustos carregados de bagas vermelhas. A folhagem densa ocultava pelo menos duas dezenas de cabanas de madeira, algumas construídas no chão, outras sobre os galhos mais resistentes. Essas eram ligadas umas às outras por escadas e pontes rústicas. Eu nem precisaria das visões mais antigas para saber onde estava, mas a disciplina adquirida com a prática da Magia do Pensamento me fez querer confirmar – e nem bem tinha dito isso a mim mesmo quando um pássaro gritou, atraindo meu olhar para o mais frondoso dos teixos.

Eu tinha visto árvores mais altas, porém nenhuma tão impressionante. Seus galhos se estendiam como se quisessem abraçar toda a floresta; o tronco era tão largo que uma família inteira poderia viver dentro dele, mas ninguém o havia escavado, nem construído ao seu redor como acontecera com árvores menores. Ainda assim, o teixo abrigava uma cabana, embora a boa distância do chão, assentada sobre galhos firmemente entrelaçados uns aos outros. Fora a Magia que os moldara – aquilo era inegável – e toda a árvore estava envolta por um poder que eu reconhecia, mas não dominava. Desconcertado, procurei um jeito de subir até a cabana, ver de perto aquele lugar secreto que escondia tantos mistérios; mas não havia escada, e o tronco não oferecia muito apoio, de forma que, assim como a Magia que continha, a cabana estava fora do meu alcance.

A menos que...

A ideia me passou pela cabeça como um raio, ao mesmo tempo que um novo grito me arrancava da visão. Ali estava eu, de volta à floresta de Leighdale, contendo as rédeas do meu cavalo assustado. O vento soprava da clareira, prometendo chuva. E no alto de um ramo, prestes a grasnar outra vez, o corvo ainda me espreitava, a cabeça sob a asa, um olho reluzindo entre as penas de azeviche.

– Eu sei! Já entendi! – exclamei, frustrado. Ele me olhou por mais alguns instantes, depois bateu as asas e se foi. Acalmei como pude o cavalo e dei meia-volta, deixando para trás os caçadores e os filhos do Thane. Sabia que algo importante me esperava no castelo.

A primeira pessoa que vi ao entrar no salão foi Dartax. Era um parente da Dama Alana, um meio-elfo que só abria a boca para falar de falcões e caçadas. Anna costumava ir à floresta em sua companhia, mas no castelo raramente estavam juntos, por isso foi uma surpresa vê-los conversando, animados, em meio a um círculo que também incluía dois homens de armas. Com eles estavam ainda o Thane Herrin e um homenzinho bem-vestido, que balançava a cabeça em concordância toda vez que Anna ou Dartax lhe diziam algo.

– Não há perigo algum – dizia minha mulher. – A rota é segura, posso garantir.

– Claro que na volta vai precisar de mais alguns homens de armas. Três devem bastar – afirmou o meio-elfo. – Pode consegui-los com o Jarl de Lardale.

– Ou talvez algum dos meus... – Anna começou a falar, mas se calou ao perceber minha aproximação. Não foi a única. De repente estavam todos olhando para mim, e um silêncio cheio de expectativa pairou no ar, até ser quebrado pelo vozeirão do Thane.

– Chegou em boa hora, Mestre Kieran. Este é Tristan, um dos magistrados da cidade. – Bateu no ombro do homenzinho, que me cumprimentou com um aceno. – Ele parte amanhã para Lardale a fim de negociar um acordo em meu nome. Dartax o acompanhará, assim como Joscelyn e Robin, mas parece que sua esposa também gostou da ideia.

– Não é bem isso – Anna se apressou a dizer. – Não quero ir a Lardale. Mas Dartax disse que o grupo não iria pela estrada principal; que cortaria caminho por uma trilha no meio da floresta. Se você soubesse por onde eles vão passar...

– Certo, já entendi. Nós vamos – falei, mais ríspido do que gostaria.

Anna me olhou, perplexa, porque não esperava uma vitória tão fácil. Mas não expliquei a ela nem a ninguém. Em meus ouvidos ressoavam as palavras de Orlando, advertindo sobre o chamado para longe de Vrindavahn, e os gritos do corvo, que eu não tinha mais como ignorar. Não quando conhecia tão bem o mapa de Athelgard e a rota entre as duas cidades.

Antes que Anna o dissesse, eu já sabia onde tínhamos de ir.

Epílogo?

Os cavalos avançavam sem pressa pela trilha. À frente do grupo, nosso guia se voltou para avisar que passaríamos por uma nascente, mas preferimos não parar, mesmo estando cansados. Faltava muito pouco para chegar ao destino.

Anna era a mais animada de todos, embora, como sempre, estar montada lhe causasse incômodo. O mesmo acontecia com o magistrado, que passara toda a viagem a se queixar da falta de uma liteira. O grupo era completado por dois homens de armas – o grandalhão Joscelyn, sempre pronto para uma cerveja e uma piada, e o pequeno e irônico Robin – e pelo guia, Dartax, que viajava acompanhado por dois de seus falcões.

Eu também, no início, tivera a companhia de uma ave. O corvo tinha vindo com frequência no primeiro quarto de lua, não mais pousando em meu braço, mas sobrevoando nosso grupo ou se empoleirando nos galhos de uma árvore para nos ver passar. Nos últimos dias, porém, passara a aparecer cada vez menos, e agora parecia ter voltado ao lugar de onde viera. Eu tinha uma ideia do que podia estar acontecendo, mas não me preocupei em averiguar. Já era o bastante saber que aquele corvo era a razão de eu estar ali.

O povoado foi se revelando à medida que avançávamos. Para assinalar seu início havia um marco de pedra, e logo apareceu um campo onde o trigo acabara de ser colhido. Mais adiante surgiram uma casinha e um cercado com pelo menos uma dúzia de cabras, e entre elas a primeira pessoa que avistamos: um jovem elfo, de pele clara e cabelos cor de cobre protegidos por um chapéu de aba larga.

– Não acredito! Brewl, é você? Brewl! – exclamou Anna, acenando freneticamente do alto da sela. O rapaz soltou uma exclamação e veio correndo ao nosso encontro, ao mesmo tempo que uma elfa de traços delicados surgia à porta da casa. Seus olhos se arregalaram de espanto e prazer ao se deparar com Anna, e logo os três estavam abraçados, trocando aquelas saudações Odravas que me arranham os nervos. Felizmente, não durou muito, e após uma breve apresentação os dois se dispuseram a nos acompanhar até o centro da vila.

Tristan, o magistrado, foi o único a permanecer sobre o dorso do cavalo. Os outros foram puxando os seus pelas rédeas e caminhando em meio aos campos de grãos, salpicados de casas de pedra e mais raramente de madeira. Eram simples, mas bem construídas, e em quase todas havia um detalhe mais elaborado, como uma porta entalhada ou uma aldrava em forma de dragão ou serpente. Também avistamos cercados, a maioria de cabras, mas dois ou três contendo ovelhas de lã dourada.

Além das terras de cultivo e dos animais, a comunidade tinha estufas, que produziam legumes durante as estações mais frias. Eram três galpões compridos, perto de um rio onde também estava instalado o moinho. A partir dali, as casas se agrupavam ao longo de quatro ruas largas e tortas, tendo no meio uma praça. Foi onde paramos, já então cercados por dezenas de pessoas que haviam se juntado a nós ao longo do caminho. Anna se detivera para abraçar muitas delas e fazer as apresentações, e isso criara alguma confusão, mas nada que se comparasse ao que viria depois. Porque, após termos passado pelos campos e pelo centro da vila, surgiram as primeiras cabanas de madeira, os troncos altos com as pontes e plataformas, e menos de cem passos depois havíamos mergulhado na floresta.

E uma vez nela, direto nos braços da tribo.

– Anna! Anna! – De repente, as vozes vinham de todos os lados, vozes de adultos e crianças morenas, de cabelos trançados e olhos que brilhavam como sóis. Eles saíram por cada porta de madeira ou couro enrijecido, cruzaram todas as pontes e desceram todas as escadas, e logo formavam um círculo em torno do nosso grupo. Alguns mantiveram uma pequena distância, mas a maioria se precipitou para abraçar Anna, principalmente as crianças, que eram loucas por ela. Outros não tiveram dúvida em se aproximar de nós e tocar nossas roupas, mãos e até mesmo os rostos, como se fazia na tribo, para enorme constrangimento do magistrado e de Joscelyn. Só Robin pareceu feliz em deixar as garotas afagarem seu bigode.

Em meio ao vozerio, um elfo caminhou resoluto em direção a Dartax, empunhando uma comprida lança enfeitada com penas.

– É você o companheiro de Anna? – perguntou, em tom solene.

Dartax abanou a cabeça e apontou para mim. Avancei, cumprimentando o elfo, e este se apresentou como Tarnek, líder dos caçadores da Casa do Lobo. Uma moça sorridente deu as boas-vindas em nome da Casa da Lontra, mas a do Corvo não se pronunciou, e eu começava a pensar onde aquilo me levaria quando duas crianças saltaram de um galho baixo sobre as minhas costas.

– Primo Kie-rannnn! – entoaram as vozes risonhas de Lyris e Kel. Maryan apareceu logo depois dos filhos, e com ela veio Kyara, cujos olhos e aura brilhavam à visão da neta. Passei minhas armas às mãos de Robin e sentei Kel em meus ombros enquanto Anna abraçava demoradamente a avó, a prima e outros membros da família. Eu só os conhecia de nome, mas todos se dirigiram a mim como se fôssemos velhos amigos. Maryan me saudou com o beijo dos Odravas e Kyara perguntou quando teria seu bisneto antes de me abraçar com força. Em meio a tanta efusão, faltava apenas um parente, mas eu sabia que nos encontraríamos mais cedo ou mais tarde. Era só esperar.

Após os cumprimentos formais e para seu grande alívio, Tristan retornou à vila dos elfos brilhantes com Brewl, o amigo de Anna que nos acompanhara à floresta, e os dois homens de armas. Dartax também foi, mas apenas para ajudar a acomodar os cavalos, pois o líder dos Lobos o convidara para se hospedar com sua família. Os parentes de Anna levaram nossa bagagem para a cabana da avó, uma sólida construção de madeira ao lado de uma cascata.

– À noite vamos ter salmão fresco – disse Kyara. Foi o que bastou para três primos mais novos saírem com forquilhas e lanças de pesca. Os outros se sentaram conosco à frente da casa e passaram o resto da tarde ouvindo Anna contar as peripécias de nossa viagem. Como era de se esperar, houve exclamações de susto quando ela falou do vampiro, revolta contra os piratas, pena e consternação pelos prisioneiros; as excentricidades de Stávro arrancaram gargalhadas, assim como a esperteza de Mestre Angus, que a essa altura já devia estar a caminho de Vrindavahn. De tudo, o que mais gostaram foi a aparição do corvo no episódio da fuga. Eu não tinha contado a Anna sobre a visão na floresta de Leighdale, mas ela vira o pássaro retornar e acompanhar o início de nossa jornada até Bryke. Isso também foi recebido com sorrisos de aprovação.

A essa altura da história a noite estava prestes a cair, e Kyara começava a partilhar os salmões assados na brasa quando alguém chamou meu nome. Era a voz mais estranha que já me chegara aos ouvidos. Olhei na direção de onde vinha – do alto de uma árvore – e me deparei com Zendak, atravessando uma ponte suspensa entre duas plataformas de galhos. Sua aparência era a mesma de sempre, mas a aura estava impregnada com resquícios de Magia, e olhando bem notei que seus traços pareciam mais agudos que de costume.

– É o pai! Ele voltou! – exclamou Lyris, correndo ao seu encontro. Logo foi seguida pelo irmão menor. Zendak acenou para os filhos, depois se pôs a descer agilmente por uma escada de corda. Enquanto isso, não tirava os olhos dos meus, suas pupilas dilatadas, seus lábios se alargando num sorriso ao perceber o que me passava pela cabeça.

– Saudações, Coração de Águia! – Não me esforcei para entender, embora talvez devesse. – É um prazer revê-lo, primo. Se bem que o tenho visto, através de muitos olhos, nestes últimos quartos de Lua. Você sabia, não é?

– Soube há pouco tempo – admiti, contra a vontade. – Mas muito antes de você aparecer crocitando no alto da ponte.

– Aparecer fazendo o quê? Ah, bom – riu Zendak, e saltou para o chão. – A voz é o que mais demora a voltar ao normal. Desta vez foi um bom tempo. Mas eu não podia deixar de seguir meus sonhos, e, quando me levaram até Anna, de ajudar vocês a se livrarem daqueles piratas.

– Aquele não era você – repliquei, na mesma hora. – Não podia ser. Estávamos longe demais.

– Não, aquele era outro corvo, mas meu espírito falou com o dele e pediu ajuda. São coisas que você vai entender. Mas não agora – disse Zendak, passando os braços em torno de Lyris e Kel. – Agora, a família está reunida, é um momento para celebrar e contar histórias.

– Nanna já contou como foi a viagem, para ela e para o primo Kieran – disse Lyris. – Eles passaram por muitas aventuras. Pena que você não ouviu.

– É mesmo. Mas posso ouvir depois, quando ela contar tudo de novo para o restante da tribo – respondeu o xamã, piscando para mim. Seu olho esquerdo era o de um elfo, enorme e oblíquo, mas o direito estava disfarçado por uma tatuagem que o fazia parecer menor, arredondado. Foi esse olho que ficou aberto, fitando-me agudamente, enquanto ele sorria.

A noite se prolongou, iluminada pela lua e pela alegria do reencontro. Houve muita comida, visitas da floresta e de Bryke, canções, histórias e danças ao som de flautas e tambores. Anna dançou com os primos e primas, depois com os amigos, por fim com os caçadores da Casa do Lobo, girando de mãos dadas ao redor da fogueira. Dessa vez não a tirei do círculo, mas fui dançar com ela, como nunca tinha feito em Vrindavahn. A tribo aplaudiu, assim como o pequeno grupo de Odravas, e eu soube de uma vez por todas que nascera para ser o mais feliz dos homens.

Mais tarde, porém, quando Anna dormia serena em nossa cama de peles, vesti-me e saí em silêncio da cabana, pondo-me a caminhar por uma trilha quase invisível. Sabia onde encontrar o que buscava – o teixo que a tribo de Anna chamava de Árvore-Mãe – embora ainda não soubesse o que me esperava ao chegar lá. Nem tinha ideia de como faria para subir até a cabana. Isso, porém, não se mostrou um problema, pois ao me aproximar vi uma escada de corda presa à plataforma, e o couro de gamo que vedava a entrada estava suspenso como se esperassem visitas.

E se ainda houvesse alguma dúvida, ali estava Zendak, de pé sobre a plataforma, segurando alguma coisa que eu não conseguia ver.

– Tenha cuidado, primo. A escada não é firme – disse ele, quando eu já havia subido mais da metade. - Preciso remendar algumas partes quando tiver tempo.

– Sim. E limpar esse covil – falei, contemplando o interior da cabana. O lugar não estava sujo, a não ser por manchas antigas de tinta e outras substâncias, mas era atravancado com todo tipo de objeto. Flautas e tambores, lanças e flechas, esteiras, potes e vasilhas se amontoavam nos cantos, não restando praticamente nenhum lugar para Zendak lá dentro. Talvez por isso, ele não me mandou entrar, apenas me mostrou o que tinha na mão: uma espécie de máscara, feita com talos de capim amarrados e pintados, da qual se projetava um bico esculpido em madeira. A toda volta havia penas de corvo, várias delas quebradas pelo uso, e o resultado lembrava a cabeça daquela ave. Mais ou menos. Bom, o importante era a intenção.

– Você deve saber por que está aqui. – De repente, o rosto de Zendak pareceu quase solene. – Ao longo desta jornada, você enfrentou a sombra, principalmente a que traz dentro de si mesmo. Também conheceu alguns jovens e os ajudou a seguir em frente, assim como seu mestre o ajudou quando você era como eles. Agora, é minha vez de ajudá-lo a dar um passo importante, mas não conheço a Magia que você pratica. O que uso é uma máscara como esta aqui, uma capa de penas, fumaça de algumas ervas e um tambor. Se você se empenhar...

– Não – falei, e apertei os lábios. – Sei o que pretende fazer, e estou grato. Mas eu não poderia. Nenhum mago das Terras Férteis jamais fez isso.

– São outros caminhos – concordou Zendak. – Mas você pode aprendê-los, porque não é um mago qualquer. Você consegue tocar o espírito das aves. E *deve* saber voar como elas. Só precisa tentar.

– Mas eu tentei – murmurei, constrangido. – Tentei muitas vezes, ao longo de vários anos. Esgotei todos os ritos e encantos possíveis de Forma e Pensamento. E nunca cheguei nem perto de conseguir.

– É claro, porque isso não está no plano do pensamento. Está no plano da alma. Provavelmente, com todo o poder que você tem, um dia acabaria conseguindo voar, pela simples força de vontade. Mas se isso puder ser antecipado em alguns anos... Pode imaginar o que faria?

– Claro que posso – respondi, porque era verdade. Durante anos eu havia sonhado com o momento em que haveria de voar: primeiro, com as águias guerreiras, tomando parte nas batalhas em lugar de apenas comandá-las a partir do solo, e, quando fiquei mais velho e mais sábio, com as águias de Vrindavahn, apenas para acompanhá-las em suas excursões pela montanha. Se acontecesse agora, teria um companheiro para as excursões, meu amigo Thonarr, e quem sabe... Sim, quem sabe um dia voaria em busca do dragão que Anna e eu avistáramos na tempestade. Aquilo valeria todo o meu empenho.

Se fosse feito de maneira que eu conseguisse entender.

– Não, Zendak. É impossível – murmurei, por fim, fitando a máscara que ele ainda segurava. – Reconheço seu poder e não duvido de suas crenças, mas isso não é para mim. Eu não consigo nem me imaginar usando uma coisa dessas.

– Não vai usar – afirmou ele, com um sorriso. – Você já chegou bem longe usando seu próprio caminho. Agora podemos facilmente usar um atalho. Talvez este aqui.

Puxou alguma coisa de dentro da máscara. Tentei ver o que era, mas Zendak se esquivou e enterrou o que tinha na mão entre meus cabelos. Soltei uma exclamação, mais de susto e indignação do que de dor, e me voltei; mas, para minha surpresa, Zendak já não estava lá. Ou talvez estivesse invisível, e, portanto, fora do meu alcance até que ele mesmo decidisse em contrário.

Aquilo me irritou tanto que decidi encerrar a conversa, admitindo que jamais seria capaz de voar. Não se isso significasse me submeter àqueles ritos e àquelas máscaras ridículas. Procurei o primeiro degrau da escada e fui descendo, de frente, sem olhar; e foi então que uma amarra se soltou, fazendo que, por um momento, meus pés se agitassem chutando o vazio.

Não durou mais que um instante, porque eu também estava seguro por uma das mãos. Isso impediu que caísse e me estatelasse lá embaixo. No entanto – essa foi a experiência mais estranha que já tive, desde os tempos de aprendiz – quando meus pés falsearam, tive a impressão de que o vento me colhia pelas costas. Ao mesmo tempo, o braço livre, que eu estendera por instinto de proteção, parecia se alongar bem mais do que seria possível.

Firmei os pés nos degraus com todo cuidado e olhei para minha mão, surpreendendo-me com o comprimento dos dedos. Pareciam mais longos que nunca, porém mais finos e flexíveis. Na verdade, muito finos, como se aquela não fosse a minha mão e sim...

– Uma *asa*? – murmurei, engolindo em seco.

Nesse momento, ouvi com nitidez o crocitar de um corvo, e depois uma risada que era quase o eco do mesmo som. Olhei naquela direção e vi Zendak de cócoras sobre um galho, a máscara numa mão, enquanto a outra fazia o gesto de arrancar alguma coisa da nuca.

– É bom cuidar bem disso, primo. Talvez não consiga se equilibrar da próxima vez – disse ele, vendo que eu procurava em meus próprios cabelos. Localizei o que parecia uma agulha longa e puxei – e ouvi uma nova risada ecoar entre as árvores.

Em minha mão, brilhando como uma lâmina sob a lua, estava uma pena de águia.

Maldito xamã.

Outras histórias no mundo de Athelgard

O Castelo das Águias (*livro 1 da série*)
A Ilha dos Ossos (*livro 2 da série*)
A Fonte Âmbar (*livro 3 da série*)

Contos

A encruzilhada
A voz do sangue
Em nome de Thonarr
Fogo interior
O anel do escorpião
O Jogo do Equilíbrio
Saga de Thorold
Um estranho equinócio

http://editoradraco.com/category/contos-do-dragao/

Este livro foi impresso em papel pólen bold na Renovagraf em junho de 2016.